Jean-Luc Bannalec est le pseudonyme d'un écrivain allemand qui a trouvé sa seconde patrie dans le Finistère sud. Après *Un été à Pont-Aven* (2014), il écrit la suite des aventures du commissaire Dupin dans *Étrange printemps aux Glénan* (2015), *Les Marais sanglants de Guérande* (2016) puis *L'Inconnu de Port Bélon* (2017) et *Péril en mer d'Iroise* (2018). Tous ses romans ont été publiés aux Presses de la Cité et repris chez Pocket. En 2019 paraît *Les Disparus de Trégastel*, chez le même éditeur.

PÉRIL EN MER D'IROISE

DU MÊME AUTEUR
CHEZ POCKET

**LES ENQUÊTES DU
COMMISSAIRE DUPIN**

UN ÉTÉ À PONT-AVEN

ÉTRANGE PRINTEMPS AUX GLÉNAN

LES MARAIS SANGLANTS
DE GUÉRANDE

L'INCONNU DE PORT BÉLON

PÉRIL EN MER D'IROISE

JEAN-LUC BANNALEC

PÉRIL
EN MER D'IROISE

Une enquête
du commissaire Dupin

*Traduit de l'allemand
par Nadine Fontaine*

Titre original :
BRETONISCHE FLUT
KOMMISSAR DUPINS FÜNFTER FALL

Pocket, une marque d'Univers Poche,
est un éditeur qui s'engage pour la préservation
de l'environnement et qui utilise du papier fabriqué
à partir de bois provenant de forêts gérées
de manière responsable.

© 2016, Verlag Kiepenheuer & Witsch, Köln

place
des
éditeurs

© Presses de la Cité, un département   2018,
pour la traduction française
ISBN 978-2-266-29130-9
Dépôt légal : mars 2019

Diaoul – pe burzhud ?
Le diable – ou un miracle ?

A L.
A Zoé

LE PREMIER JOUR

— Quelle merde, siffla entre ses dents Georges Dupin, le commissaire du poste de police de Concarneau.

L'odeur était pestilentielle. Le cœur au bord des lèvres, il était oppressé. Submergé par une sorte de vertige, il avait dû s'adosser contre le mur. Il ne supporterait pas de rester ici longtemps. Des gouttes de sueur froide perlaient à son front. Il était cinq heures trente-deux, ce n'était pas encore le jour et plus tout à fait la nuit. L'air était frais. A l'ouest, le ciel s'éclairait lentement. Un appel téléphonique l'avait réveillé à quatre heures quarante-neuf – encore au plus profond de la nuit – alors que Claire et lui avaient quitté l'Amiral à deux heures du matin passées, où ils avaient célébré dans la bonne humeur le solstice d'été, fête qui s'appelait Alban Hefin chez les Celtes. Bien que la lumière fût en Bretagne magnifique en toute saison, elle devenait ces jours-là plus exceptionnelle encore, si tant est que cela fût possible, quasiment magique. Le soleil ne se couchait pas avant vingt-deux heures trente, emplissant l'atmosphère d'une vive clarté qui laissait entrevoir l'horizon sur l'Atlantique alors que les premières étoiles scintillaient. Le « crépuscule astronomique », ainsi qu'on appelait ce moment, persistait jusqu'à presque minuit, avant que la mer et le ciel ne se confondent dans la nuit noire. Tant de lumière était enivrant. Dupin adorait ces jours-là. D'habitude.

Carrelé du sol au plafond, le bâtiment était étroit, baigné par la lumière crue et glaciale des néons. Bien qu'ouvertes, les deux fenêtres minuscules, ou plutôt de larges fentes, ne laissaient passer qu'un filet d'air frais dans la pièce, remplie de six grosses bennes montées sur roulettes et regroupées par trois sur deux rangées.

La jeune femme – la trentaine, supputa Dupin – se trouvait dans le container sur le côté gauche de la première rangée ; elle avait été découverte par une employée du service de nettoyage. Deux gendarmes étaient arrivés sans tarder à la criée de Douarnenez. Avec les techniciens de la police scientifique de Quimper, parvenus sur les lieux avant Dupin, ils avaient sorti le cadavre du container et l'avaient déposé sur le sol carrelé.

Même pour les plus endurcis, le spectacle était affreux. De toute sa carrière, jamais Dupin n'avait vu une chose pareille. Le corps était constellé de déchets de poissons, entrailles, estomacs, intestins, un mélange de matières plus ou moins liquides qui s'étaient accumulées dans la benne. Partout sur le corps revêtu d'un pull bleu et d'un pantalon de ciré jaune à bretelles noires et jusque sur les bottes en caoutchouc étaient accrochés des poissons entiers, des arêtes, des queues. De petites têtes de sardines s'étaient prises dans les cheveux châtains coupés court. Le visage était également souillé. Des écailles scintillaient dans la lumière ; l'une, plus grosse, cachait l'œil gauche tandis que l'œil droit était grand ouvert, donnant à l'ensemble un effet encore plus macabre. Le haut du corps était maculé de matière gluante mélangée au sang de la jeune femme. Beaucoup de sang. A la base du cou, une blessure de quatre à cinq centimètres de long était visible.

— On ne peut plus morte, déclara dans un haussement d'épaules l'énergique médecin légiste.

En dépit de ses joues roses, il n'avait vraiment rien d'un comique. La puanteur ne semblait aucunement le déranger.

— Qu'ajouter de plus ? Les causes du décès sont aussi évidentes que le fait qu'elle soit morte. Quelqu'un lui a tranché la gorge, probablement hier entre vingt heures et minuit ; je vous fais grâce des détails corroborant cette hypothèse, dit-il en regardant Dupin et les deux techniciens de la scientifique. Si rien ne s'y oppose, on va emmener la jeune dame au labo. Avec la benne, d'ailleurs. Peut-être y trouverons-nous encore quelque chose d'intéressant, ajouta-t-il d'un ton joyeux.

Une nouvelle vague de nausée submergea Dupin.

— Pour nous, pas de problème, dit-il. Nous en avons terminé pour l'instant.

A la grande joie de Dupin, l'habituel chef de la police scientifique de Quimper était en vacances. A sa place étaient venus deux de ses assistants, tous deux gonflés de la même assurance inébranlable que leur

13

chef et maître. Le plus petit des deux avait pris la parole :

— Sur la poignée du couvercle, on a pu relever une vingtaine d'empreintes différentes, la plupart sont partielles et superposées. Je ne peux pas en dire plus pour l'instant. Nous aussi, ajouta-t-il après une courte hésitation, nous voulons explorer l'intérieur de la benne.

Labat, un des deux officiers de police sous les ordres de Dupin, qui semblait tout à fait réveillé et sensé, se tenait très près du cadavre. Il s'éclaircit la gorge :

— Quelques autres informations ne seraient pas superflues. Par exemple sur le couteau, dit-il, tourné vers le légiste. Je suppose que la lame était relativement fine, l'entaille paraît digne d'un chirurgien, ajouta-t-il sur un ton docte.

Le légiste ne se laissa pas impressionner.

— Nous allons étudier la blessure à tête reposée. Les caractéristiques de l'entaille ne dépendent pas uniquement de la lame mais aussi beaucoup de l'adresse de l'agresseur, de la rapidité avec laquelle il a porté le coup. Avec un peu d'habileté et d'expérience, n'importe qui peut faire une entaille au couteau, y compris au milieu d'une bagarre. Bon, je crois qu'on peut malgré tout exclure la machette, déclara-t-il, se croyant manifestement très drôle. Mais je suppose que les pêcheurs qui viennent à la criée possèdent à eux tous de cent à deux cents couteaux. Sans oublier les dizaines d'outils professionnels pour vider et découper les poissons. N'importe lequel peut être celui qu'on recherche.

» Quant à savoir qui sait se servir d'une lame, continua le petit technicien sur un ton clairement ironique, je vous souhaite bon courage. Tous ceux qui vivent sur le littoral, pêchent, cherchent des coquillages, ceux qui possèdent un bateau et travaillent, c'est-à-dire presque tout le monde, possèdent au moins un bon couteau et savent s'en servir.

Sur le point de répliquer, Labat se ravisa et changea de sujet :

— Quand et à quelle fréquence les containers sont-ils vidés ? Avez-vous déjà enquêté sur ce point ?

Il se tourna vers le tout jeune gendarme de Douarnenez qui était arrivé le premier sur les lieux et qui lui semblait avoir les pieds sur terre.

— Deux fois par jour, ça, on le sait. La préparation des poissons dure parfois jusqu'à la nuit tombée, c'est pourquoi les bennes sont vidées très tôt le lendemain matin, avant que les premiers bateaux ne rentrent au port, vers quatre heures et demie. Puis une nouvelle fois vers quinze heures. L'employée qui devait vider le container a appelé un collègue de la halle, complètement paniquée. Et c'est lui qui nous a téléphoné. Puis il a verrouillé le local.

— Sans avoir jeté un seul coup d'œil dans la benne pour savoir qui s'y trouvait ?

— On voyait seulement une jambe.

— Un téléphone ? insista Labat. Avez-vous trouvé un portable près du cadavre ?

— Non.

— Bon, conclut le légiste qui était pressé, on embarque déjà le corps et...

— Patron !

Le Ber, le second officier de police de Dupin, venait d'apparaître sur le seuil du petit local déjà plein à craquer. Derrière lui se tenait une femme qui ressemblait étrangement à la morte, sinon qu'elle devait être âgée d'une cinquantaine d'années.

— Gaétane Gochat, la responsable du port et de la criée, elle vient d'arriver et…

— Céline Kerkrom. C'est Céline Kerkrom.

La patronne de la halle s'était arrêtée brusquement sur le seuil et fixait le cadavre. Un moment passa avant qu'elle ne reprenne la parole.

— Elle fait de la pêche côtière. Elle vit sur l'île de Sein et c'est à nous surtout qu'elle confie sa pêche pour la vente.

Gaétane Gochat ne semblait pas du tout émue. Aucune trace de terreur, de choc ou de pitié, mais, comme Dupin le savait bien, cela ne voulait rien dire. Chaque être humain réagit différemment à un événement brutal ou tragique.

Lors de leur grosse affaire de Port Bélon, ils avaient remué ciel et terre avant de pouvoir mettre un nom sur le cadavre. Rien de tel ici, l'identification du corps ne leur causerait aucune difficulté.

— J'ai besoin d'un café, marmonna Dupin qui faisait là sa deuxième déclaration depuis son arrivée. Nous avons des choses à nous dire, madame Gochat, venez avec moi, ajouta-t-il sans se soucier de son attitude grognon.

Il s'était soudain décollé du mur, était passé devant tous et, sans attendre une quelconque réaction ni même remarquer les mines surprises, voire perplexes, était déjà sorti. Il avait besoin d'un café, de toute urgence. Il devait se débarrasser de sa sensation d'oppression, de la nausée, de l'odeur pestilentielle et de la fatigue qui rendait flou tout ce qu'il voyait. En bref, il devait se ressaisir, revenir tout bonnement dans le monde réel. Au plus vite. Retrouver un esprit alerte, lucide et aiguisé.

Le commissaire traversa la grande halle avec détermination. Dès son arrivée, il avait repéré un stand avec un petit comptoir et une grosse machine à café, devant lesquels se trouvaient quelques hautes tables fatiguées. Le Ber et Gaétane Gochat avaient du mal à suivre le rythme.

Dans la halle sobrement carrelée, l'activité battait son plein, sans que la terrible nouvelle ait changé quoi que ce soit, bien qu'elle se fût sans aucun doute déjà répandue. L'activité était intense ; pêcheurs et poissonniers, restaurateurs et autres clients vaquaient à leurs affaires. Des centaines de caisses en plastique étaient posées sur le sol de béton mouillé, réparties dans toute la halle. Leurs couleurs étaient crues : rouge criard, vert fluo, bleu pétant, orange lumineux, quelques taches de noir et de blanc. Dupin en avait déjà vu à Concarneau, elles appartenaient à tout paysage portuaire, outil incontournable des enchères : à l'intérieur, sur la glace grossièrement pilée, se trouvait tout ce que les pêcheurs avaient pris dans leurs filets. Des quantités astronomiques de poissons et de fruits de mer, de toutes tailles, couleurs, formes et aspects, tout ce que les profondeurs maritimes recelaient de créatures exotiques : d'énormes lottes aux gueules grandes ouvertes semblant sortir de la nuit des temps, des maquereaux scintillant dans la lumière, des homards bleus prêts au combat, des calamars gris foncé entremêlés, d'innombrables langoustines, toutes sortes de poissons plats, de magnifiques bars (que Dupin aimait par-dessus tout, particulièrement en carpaccio ou en tartare), des rougets succulents, des araignées de mer géantes, des crabes énormes au regard sombre. Il y avait aussi des poissons et des crustacés dont Dupin ne connaissait pas le nom et d'autres qu'il n'avait jamais vus, ou alors peut-être seulement dans son assiette. En bon Français, son intérêt pour la gastronomie surpassait de loin celui qu'il vouait à la zoologie. Dans une caisse, il découvrit un requin recroquevillé et suintant la tristesse, dans une autre un poisson presque plat et rond d'un mètre de diamètre, muni d'une nageoire dorsale proportionnellement immense. Un poisson-lune, si Dupin avait bonne mémoire ; Le Ber lui en avait récemment montré un à la criée de Concarneau. La Bretagne était un paradis à maints égards, surtout, bien sûr, pour les amateurs de poissons et de fruits de mer ; nulle part ailleurs on n'en trouvait de meilleurs et de plus frais. Voilà pourquoi le qualificatif de « breton » était presque toujours accolé à tous les plats de poissons de quasiment tous les restaurants étoilés : « sole bretonne », « langoustines bretonnes », « saint-pierre breton » ; il n'existait pas de plus haute distinction.

Les enchères se tenaient à l'arrière de la halle, là où régnait l'activité la plus intense. Une partie des poissons était transformée dans les pièces latérales laissées ouvertes. Habillés de tenues de protection blanches à capuche, bottes blanches en caoutchouc aux pieds et gants bleus aux mains, des hommes manipulaient de longs et gros couteaux autour de grandes tables en acier.

— Deux petits cafés !

Bien que Dupin eût été obligé de louvoyer entre les caisses, il avait rapidement atteint le stand. La dame d'âge mûr derrière le comptoir lui lança un regard méfiant mais finit par lui préparer deux gobelets de café.

Dupin se tourna vers la patronne de la criée, qui se tenait près de Le Ber.

— Etes-vous une parente de la morte, madame ?

Cette idée avait traversé l'esprit de Dupin tant ces deux femmes se ressemblaient.

— Pas du tout, déclara Gaétane Gochat, comme si ce n'était pas la première fois que la question lui était posée.

— Avez-vous une idée de ce qui s'est passé ici ?

— Pas la moindre. A-t-elle été assassinée dans la halle ? Quand le crime a-t-il eu lieu ?

— Probablement entre vingt heures et minuit, hier soir. On ne sait pas encore s'il a été perpétré ici même. Vous étiez présente jusqu'à quelle heure hier ?

— Moi ?

— Oui, madame, vous.

— Jusqu'à environ neuf heures et demie, je pense. J'étais dans mon bureau.

— Où se trouve votre bureau, si je puis me permettre ?

— Juste à côté de la criée, répondit-elle sans rien laisser paraître. Là où se trouvent les locaux de l'administration portuaire.

Madame Gochat était une personne terre à terre qui réglait tout de façon rapide et rationnelle. Sa présence en imposait : plutôt trapue, les cheveux courts et châtains, les yeux marron, le visage dénotant un esprit plus pratique qu'obstiné, de petites rides sévères autour des yeux et de la bouche. Dupin était convaincu qu'elle

19

pourrait au besoin se montrer coriace. Elle portait un jean, une veste grise molletonnée ainsi que les bottes en caoutchouc réglementaires.

— Qui sont les pêcheurs qui livrent ici ? Et les plus gros bateaux ?

— Le matin, à cinq heures, ce sont les chalutiers de haute mer qui rentrent au port, après deux semaines en mer. L'après-midi à seize heures, les bateaux de chez nous, après deux jours en mer. A dix-sept heures, c'est au tour des pêcheurs côtiers, partis le matin à quatre ou cinq heures, et des sardiniers, qui ont appareillé la veille au soir. Dès que les bateaux sont au port, les enchères débutent. Hier, nous avons eu beaucoup de travail, la saison estivale a commencé. Quelques pêcheurs côtiers étaient encore là quand je suis partie.

— Avez-vous vu madame Kerkrom ?

— Céline ? Non.

La serveuse d'âge mûr avait posé les deux cafés devant Dupin. Son visage était impénétrable.

— Et plus tôt dans la journée ?

— Vers dix-neuf heures je crois, je l'ai aperçue brièvement. Elle arrivait tout juste avec une caisse à la criée.

— Vous vous êtes parlé ?

— Non.

— Et vous ? Que faisiez-vous à ce moment-là dans la halle ?

Madame Gochat ne put dissimuler une pointe d'agacement.

— J'aime bien voir si tout se passe comme il faut.

Dupin avala son premier café d'un trait. Un vrai café de nonne, comme disaient les Bretons en parlant d'une

20

lavasse. Le café fort, lui, s'appelait le torré. Pour désigner le café vraiment imbuvable, les Bretons avaient des expressions plus corsées : pisse de bardot ou *kafe sac'h*, qu'on pouvait traduire librement par « jus de chaussette ».

— Vous nous avez dit que la plupart du temps Céline Kerkrom vous apportait sa pêche. C'est-à-dire ? A quelle fréquence ?

— Elle venait presque tous les jours, toujours au début des enchères. Elle faisait surtout le lieu jaune, le bar et la dorade. Elle pêchait à la ligne, rarement au filet droit, autant que je sache.

— Elle a livré sa pêche ici, hier ?

— Oui.

— Mais ça n'arrivait pas tous les jours, disiez-vous ?

— Il lui arrivait, peut-être cinq ou six jours par mois, de vendre directement à quelques restaurants, répondit madame Gochat sur un ton où perçait clairement la désapprobation.

— L'assassin pouvait donc être à peu près certain de la trouver ici hier ?

Madame Gochat se troubla quelque peu avant de se ressaisir.

— Tout à fait.

— Avait-elle un équipage ? Des employés ?

— Non. Elle était toute seule sur son bateau. Beaucoup de pêcheurs côtiers travaillent seuls. Un dur labeur.

— Nous devons savoir à quelle heure elle est arrivée hier, qui l'a vue pour la dernière fois, quand et où. Avec qui elle a parlé. Tout.

— Evidemment, déclara Le Ber en se mêlant à la conversation.

— Si je comprends bien, parmi les pêcheurs qui se trouvent ici ce matin, il est peu probable que l'un d'entre eux ait été là hier soir ? s'enquit Dupin qui s'était de nouveau tourné vers son interlocutrice en extirpant son calepin rouge de sa poche de pantalon et son stylo de sa veste.

— Tout à fait.

— Qui exactement en dehors des pêcheurs se trouve à la criée pendant les enchères ?

— Au moins un de mes collaborateurs, les clients, c'est-à-dire les poissonniers et les restaurateurs, et puis les ouvriers qui préparent une partie de la pêche. Et deux gars pour la glace.

Madame Gochat remarqua le regard étonné de Dupin.

— Tout le monde a besoin d'énormes quantités de glace. Juste à côté de la criée, il y a un grand silo à glace. C'est un des services du port.

— Nous avons besoin aussi vite que possible de la liste de toutes les personnes qui se trouvaient hier soir entre six heures et minuit dans la criée et sur le quai.

— Mes collègues vont s'en occuper.

Madame Gochat semblait avoir l'habitude de donner des ordres.

— Savoir qui était dans la halle ne posera pas de problème, reprit-elle, mais pour ceux qui étaient sur le quai, ce sera difficile. Cette partie du quai est accessible à tout le monde. Les pêcheurs à la ligne apprécient l'endroit, le soir ils y sont nombreux. Sans parler des touristes qui viennent faire un tour. Il y a toujours des choses à voir. En plus, depuis hier midi, trois chalutiers espagnols sont à quai avec au moins huit matelots chacun.

— Je suppose que les grandes portes coulissantes de la halle restent ouvertes pendant toute la criée ?

— Bien sûr.

Une fois passée la porte d'entrée, large d'une dizaine de mètres, on n'avait que quelques pas à faire pour rejoindre le petit local où le corps avait été découvert.

— Je veux connaître le nom de toutes les personnes présentes ici hier, répéta Dupin d'un ton catégorique. Qui était là, de quand à quand et ce qu'il y faisait. Et puis, on les cuisine un à un !

— Ça sera fait, patron ! répondit Le Ber. Les gendarmes de Douarnenez se sont déjà entretenus avec le collaborateur de madame Gochat, qui était là hier soir. C'est lui qui a fermé la criée. Jean Serres. A vingt-trois heures vingt. Les derniers pêcheurs ont quitté les lieux peu avant vingt-deux heures trente. Il a croisé Céline Kerkrom plusieurs fois au cours de la soirée.

A l'instar de Labat, Le Ber semblait tout à fait réveillé et détendu, ce qui pouvait presque sembler inconvenant. Mais c'était comme ça depuis la naissance de son fils Maclou-Brioc un mois plus tôt, en dépit du manque de sommeil : la fierté d'être père le rendait invincible.

— Il n'a rien remarqué d'inhabituel ou de suspect. Jusqu'ici personne n'est venu nous dire avoir observé quoi que ce soit.

Cela aurait été trop beau.

— A quelle heure ce monsieur Jean Serres a-t-il vu Céline Kerkrom pour la dernière fois ?

— Les collègues n'ont rien dit à ce sujet.

Dupin avala son deuxième café. Encore d'un trait. En rien meilleur que le premier. Tant pis.

— Encore un, s'il vous plaît.

D'ordinaire, il ne buvait pas ses cafés par plaisir mais pour l'effet qu'ils procuraient. La serveuse prit la commande en coulant un regard rapide au commissaire.

— Madame Gochat, dit Dupin, je voudrais que vous téléphoniez à votre collègue et lui demandiez quand il a vu Céline Kerkrom pour la dernière fois.

— Vous voulez que je l'appelle maintenant ?

— Oui, maintenant.

— Comme vous voudrez.

Madame Gochat tira un téléphone portable de sa poche et s'écarta d'un pas.

— Jean Serres, continua Le Ber, estime qu'à vingt et une heures il y avait encore dix à quinze pêcheurs dans la halle. Plus cinq personnes à la préparation du poisson, peut-être cinq marchands et deux hommes pour la glace. Aux environs de cette heure-là, les premiers pêcheurs de sardines ont appareillé, du bassin d'à côté. Sur le quai, l'activité battait son plein. La pluie qui est tombée tout l'après-midi a soudain cessé vers dix-sept heures trente et le soleil a percé. Ça a attiré les pêcheurs à la ligne et les touristes.

A Concarneau, Dupin faisait partie de ces flâneurs qui aimaient se balader du côté de la criée. Il appréciait l'activité joyeuse et colorée des installations portuaires ; on aurait dit un ballet parfait qui se répétait inlassablement jour après jour. Il se passait toujours quelque chose.

Après avoir posé sur le comptoir un troisième gobelet devant Dupin, la serveuse s'occupait de quatre vieux pêcheurs qui venaient d'arriver, encore dans leur ciré jaune.

— Le Ber, je voudrais que vous passiez à la loupe tous les employés de la criée, déclara Dupin d'une voix forte.

— Je m'en occupe, patron.

Dupin avala son troisième café d'un trait.

La responsable de la criée s'avança vers lui, le téléphone encore à la main.

— Serres dit qu'il a vu Céline Kerkrom pour la dernière fois vers neuf heures et demie. Dans la halle. Il croit qu'elle est rentrée au port vers six heures.

— Il a remarqué quelque chose de particulier ?

— Non. Elle était comme d'habitude. Mais, évidemment, il n'avait aucune raison de faire attention à elle. Ils ne se sont pas parlé.

— J'aimerais m'entretenir avec lui tout de suite. Le Ber, dites-lui de venir immédiatement.

— J'y vais.

Le Ber quitta le stand et se dirigea vers la sortie où se tenait un petit groupe de gendarmes.

— Madame Gochat, combien de temps durent d'habitude les enchères de la pêche côtière ?

— Il n'y a pas d'habitude, ça dépend de la saison et du temps. Le pic d'activité a lieu en décembre, à l'approche des fêtes, c'est encore plus intense que pendant les trois mois d'été. On travaille jusqu'à minuit passé. En ce moment, c'est jusqu'à onze heures, onze heures et demie.

— Et une fois que les enchères sont terminées ? Que font les pêcheurs ?

Madame Gochat haussa les épaules.

— Ils retournent à leurs bateaux, les amarrent à leur emplacement habituel. Parfois, ils traînent encore un peu, bossent sur leurs embarcations, discutent sur le quai ou boivent un dernier verre.

— Ici ?

— Au Vieux Quai. Port du Rosmeur. Juste à côté.

Pour la première fois de la matinée les traits de Dupin s'éclairèrent. Il faillit même sourire. Le quai et le quartier derrière étaient fabuleux ; il pouvait passer des heures à admirer les maisons de pêcheurs aux façades peintes en bleu, rose ou jaune, à rester assis dans un des bistrots à regarder la vie qui passe. La vraie vie, comme on dit. Peint d'un blanc éclatant et de bleu Atlantique, le café de la Rade, qui avait élu domicile dans une ancienne conserverie, était son préféré. Tout y était authentique, rien ne sonnait faux. Il donnait sur le port et sur la baie de Douarnenez. La vue était à couper le souffle. Dupin aimait Douarnenez et tout particulièrement les anciennes halles si merveilleuses, où on pouvait boire un café remarquable, le port du Rosmeur, le quartier des pêcheurs, qui avait vieilli avec tant de charme depuis le XIXe siècle, le siècle d'or de la sardine. S'ils devaient installer leur QG à Douarnenez, le café de la Rade était le lieu idéal. A chacune de ses enquêtes, le commissaire, qui avait tendance à tout transformer en rituels, installait son quartier général dans un café, parfois même en pleine nature. Il y menait ses entretiens et, s'il le fallait, également les interrogatoires officiels. C'était connu, Dupin exécrait tous les bureaux et le sien en particulier, il s'en échappait aussi souvent que possible. Il résolvait ses affaires sur le lieu du drame, même si le préfet

26

le pressait de changer d'habitude. Dupin avait besoin d'être dehors, à l'air frais, de se mêler à la population, de voir les choses de ses propres yeux, de parler personnellement aux gens, de les regarder évoluer dans leur monde.

— Connaissiez-vous la victime intimement, madame Gochat ?

— Non. Comme je vous l'ai dit, c'était une femme pêcheur de l'île de Sein. Elle a été mariée. Son ex-mari, autant que je sache, était un des techniciens du phare de l'île.

Il n'y avait aucune trace d'émotion dans les paroles de madame Gochat.

— Quand a eu lieu le divorce ?

— Oh, il y a longtemps, dix ans au moins. Sur l'île, on se marie tôt. Et quand ça dérape, on se retrouve seul tout aussi jeune.

— Que pouvez-vous nous dire d'autre sur elle ?

— Bah, elle avait trente-six ans, et c'était une des rares femmes à exercer ce métier. Elle était très franche et a eu parfois maille à partir avec certains.

— C'était une battante ! Une rebelle !

La serveuse, penchée sur un petit évier où elle lavait quelques verres, se redressa en fulminant.

Madame Gochat parut très contrariée. Sa curiosité piquée, Dupin ne tarda pas à réagir.

— Que voulez-vous dire, madame… ?

— Je m'appelle Yvette Batout, monsieur le commissaire, se présenta la femme qui se dressait devant Dupin. Céline était la seule à tenir tête à celui qui s'était autoproclamé le roi des pêcheurs de la région. Charles Morin. Un criminel à la tête d'une flotte importante, une demi-douzaine de chalutiers de haute mer et un nombre encore plus élevé de petits bateaux côtiers. Des bolincheurs, surtout, et quelques chalutiers. Il en a sur la conscience ! Et pas seulement pour la pêche.

— Ça suffit, Yvette ! l'interrompit madame Gochat d'un ton abrupt.

— Laissez donc parler madame Batout.

Yvette Batout regardait Dupin en clignant des yeux.

— Morin est sans scrupule, même s'il joue au grand seigneur. Il utilise de grandes dragues et des filets trémails même pour le fond, il ramène des quantités énormes de prises accessoires, ne respecte pas les quotas. Céline l'a même surpris plusieurs fois à pêcher dans le parc d'Iroise, au milieu de la réserve naturelle – même s'il nie tout et menace ses détracteurs. Céline a plusieurs fois porté plainte contre lui, auprès des autorités, y compris celles du parc. Elle avait assez de cran pour ça. Pas plus tard que la semaine dernière, on a trouvé six dauphins morts échoués sur une plage d'Ouessant. Ils étaient pris dans un trémail.

— A-t-il menacé directement Céline Kerkrom ?

Dupin prenait des notes d'une écriture fébrile ; on aurait dit un code secret.

— Il a dit qu'elle devait faire attention, qu'elle verrait bien. Ça s'est passé ici dans la halle, devant témoins, en février.

— Il l'a menacée de déposer une plainte pour diffamation, pas de la tuer. Il y a une différence, Yvette.

La protestation de Gaétane Gochat semblait étrangement mécanique. Difficile de dire ce qu'elle pensait réellement.

— Que s'est-il vraiment passé en février ?

— Ils se sont croisés par hasard ici même, intervint la patronne de la criée avant que madame Batout ne puisse répondre, et ils ont eu des mots. Rien de plus. Ce sont des choses qui arrivent.

— C'était bien plus qu'une dispute, Gaétane, tu le sais pertinemment ! répondit madame Batout avec un regard mauvais.

— Quel est l'âge de monsieur Morin ?

— Une bonne cinquantaine d'années.

— Qu'est-ce que vous voulez dire, madame Batout, par « il en a sur la conscience, et pas seulement pour la pêche » ?

— Il est impliqué dans tout un tas d'activités crimi-nelles. Y compris la contrebande de cigarettes. Je ne sais pas pour quelle raison, mais on n'arrive pas à le prendre sur le fait. Il y a trois ans, un bateau de la douane le serrait de près ; ils ont failli l'attraper, mais il a fait couler son bateau ! Le seul élément de preuve ! Et encore une fois on n'a rien eu contre lui.

— Tu devrais faire attention à ce que tu dis, Yvette.

— Charles Morin a-t-il fait l'objet d'une enquête officielle ?

— Non, jamais, répondit la patronne de la criée d'un ton catégorique. Je dirais que ce ne sont que de vagues accusations, des rumeurs. Avec tous les délits qu'on lui impute, je pense que les forces de l'ordre auraient découvert le pot aux roses, depuis le temps.

Hélas, Dupin connaissait moult exemples où il n'en avait pas été autrement.

— Formidable, murmura-t-il.

Un premier entretien, et voilà qu'ils n'avaient pas seulement un sujet brûlant, mais deux. Pêche illicite et contrebande de cigarettes.

La pêche était un énorme sujet de préoccupation en Bretagne. La lecture d'*Ouest-France* ou du *Télégramme* – Dupin s'y adonnait avec la régularité d'un métronome – apportait quotidiennement son lot de nouvelles sur la pêche. Quasiment à égalité avec l'agriculture et avant le tourisme, la pêche était un secteur économique crucial et pour ainsi dire l'emblème de la Bretagne. Pas loin de la moitié du volume de capture français venait de Bretagne. Cette activité traditionnelle était plongée dans une crise profonde. Plusieurs raisons à cela : la surpêche, la destruction des fonds marins par la pêche industrielle, le réchauffement et la pollution des océans au fort impact sur les stocks de poissons, le changement climatique entraînant des bouleversements météorologiques qui amplifiaient la baisse des prises, la concurrence internationale féroce frisant l'illégalité, ainsi que l'absence depuis trop longtemps de politique de pêche sur un plan régional, national et international. Tout cela donnait lieu aux affrontements les plus vifs, à des querelles aigres et des conflits.

Quant à la contrebande de cigarettes, le préfet harcelait Dupin à ce sujet depuis des années, à son grand dam. Mais le fait était là : le trafic de tabac était un réel et sérieux problème, quelle que soit l'aura d'aventure qui le nimbait dans l'Europe contemporaine. Un quart de toutes les cigarettes consommées en France provenait du commerce illicite ; on estimait officiellement le préjudice annuel à un milliard d'euros. Depuis que la vente par Internet avait été interdite, la situation s'était encore dégradée.

— Merci beaucoup, madame Batout, votre aide a été très précieuse. Nous allons nous intéresser à ce monsieur Morin dans les plus brefs délais. Où habite-t-il ?

— Près de Morgat, sur la presqu'île de Crozon. Il y possède une imposante villa. Ce n'est pas la seule maison qu'il possède, il en a une ici à Douarnenez, à Tréboul. Toujours dans les plus beaux endroits, ajouta la femme qui ne s'était pas départie de son air furieux.

— Et hier ? Il était là ?

— Je ne l'ai pas vu, répondit madame Batout sur un ton de regret.

— Il vient très rarement, s'immisça madame Gochat, mais quelques-uns de ses pêcheurs étaient certainement là. Il…

— Madame Gochat !

Un jeune homme mince vêtu d'un épais pull bleu s'était approché, cherchant à attirer son regard. Elle leva un sourcil.

— On a besoin de vous en haut, madame.

— Quelque chose en rapport avec le corps ? demanda Dupin qui avait coupé le sifflet de madame Gochat, le café commençant à faire son effet.

Le jeune homme lui jeta un regard indécis.

— Répondez au commissaire, nous n'avons rien à cacher, l'encouragea madame Gochat.

Le spectacle était intéressant. Le jeune homme paraissait la craindre.

— C'est monsieur le maire au téléphone, il dit que c'est urgent.

— Il va lui falloir encore un peu de patience, rétorqua Dupin.

Gaétane Gochat fut sur le point de dire quelque chose avant de se raviser.

— Revenons à la morte, madame. Que pouvez-vous me dire d'autre sur elle ? A-t-elle eu maille à partir avec d'autres personnes ?

Avant de répondre, la patronne de la criée fit un geste au jeune homme qui décampa sur-le-champ.

— Elle… elle s'était engagée en faveur d'une pêche durable, écologique et responsable. Elle participait de temps en temps à des projets et des initiatives concernant le parc d'Iroise.

— Le parc d'Iroise, intervint de nouveau madame Batout qui venait de servir ses commandes avec une rapidité impressionnante, est un parc naturel marin exceptionnel, unique au monde ! Il est situé à la pointe extrême du Finistère, sur l'espace marin compris entre l'île d'Ouessant, l'île de Sein et les limites de la mer territoriale. Notre parc s'enorgueillit de la plus grande biodiversité maritime d'Europe.

On ne pouvait se méprendre sur le ton empli de fierté de la dame. Dupin croyait entendre Le Ber.

— C'est un biotope de plus de cent vingt espèces de poissons ! Dans ses eaux vivent plusieurs colonies de dauphins et de phoques. Et c'est la plus grande réserve d'algues d'Europe ! On a recensé plus de trois cents espèces différentes, la septième réserve du monde. Et depuis…

— Il existe pour le parc un important projet pilote, coupa madame Gochat. Outre la recherche scientifique, il a pour objectif de concilier l'exploitation du littoral par les hommes – pêche, algues, loisirs, tourisme – et l'écologie, la protection de l'espace maritime.

Nolwenn et Le Ber lui avaient déjà parlé de ce projet, sans aucun doute extraordinaire. Mais Dupin devait s'avouer qu'il savait très peu de chose à ce propos. De toute façon, pour le moment, ce n'était pas le sujet.

— Céline Kerkrom a-t-elle eu ces derniers temps d'autres démêlés ?

— Oh oui, et pas seulement avec Morin.

Madame Gochat lança à madame Batout un regard d'avertissement et reprit :

— Sur l'île, Céline Kerkrom a fondé une association prônant une production d'énergie alternative et s'opposant au pétrole pour produire de l'électricité et traiter l'eau salée. Elle a fait de la propagande sur toute l'île. Elle voulait faire construire plusieurs petites centrales marémotrices, une espèce de système de turbines et pompage.

— Et ça vous met en colère ?

Les paroles de madame Gochat avaient perdu de leur neutralité.

— Je veux dire qu'elle s'est certainement fait des ennemis.

— A qui pensez-vous ?

— Thomas Royou, par exemple. C'est le propriétaire de la navette qui ravitaille l'île.

Dupin consignait tout sur son calepin.

— Ils se sont disputés ?

— Oui. En mars, Céline Kerkrom a rédigé un manifeste sur son mouvement et l'a distribué partout. *Ouest-France* et *Le Télégramme* s'en sont fait l'écho. Royou a dit ce qu'il en pensait dans une interview.

— Céline avait tout à fait raison ! s'exclama madame Batout qui ne pouvait se contenir.

Le mécontentement de madame Gochat était de plus en plus visible.

— Bien noté. Nous aurons une conversation aussi avec ce monsieur.

Puis, s'adressant ostensiblement aux deux femmes, Dupin demanda :

— Savez-vous si Céline Kerkrom avait de la famille ? Des amis parmi les pêcheurs ?

— Je ne peux pas vous le dire, répondit madame Gochat, quelque peu perplexe. Pour moi, c'était une solitaire, mais je peux me tromper. Vous devriez vous adresser à quelqu'un qui la fréquentait. Allez voir les gens de l'île. Là-bas, tout le monde se connaît.

— Avez-vous une idée de ce qui s'est passé ici ? demanda Dupin en se tournant vers madame Batout.

— Non.

Une réponse bien lapidaire pour quelqu'un qui s'était exprimé avec autant de flamme quelques instants plus tôt. Un silence s'ensuivit.

— Mais vous devez arrêter l'assassin ! s'écria-t-elle.

Dupin sourit.

— Nous n'y manquerons pas, madame. Nous n'y manquerons pas. Vous n'avez aucune inquiétude à avoir.

— Bon, j'y vais. Je dois aller chercher du lait. Derrière, dans l'entrepôt.

Madame Batout, qui avait l'air très contente d'elle, s'en alla sur ces mots.

— Allez-vous fermer la halle ? demanda madame Gochat non sans inquiétude.

Dupin avait un oui sur le bout de la langue. Il avait la réputation de boucler les lieux d'un crime, et ce pour un bon bout de temps.

— Non. Seulement le petit local à poubelles.

Mieux valait laisser l'activité se dérouler comme à l'habitude.

— Une dernière question, madame. Quelle est la situation financière du port ? Vous devez certainement avoir quelques difficultés. Comme tous les ports.

— On doit se bagarrer. Depuis quelques années, le volume de prises place notre port au seizième rang des ports français. On fait cinq cents tonnes par an, en majorité des sardines. C'est notre point fort depuis toujours.

Le sujet n'avait pas l'air de la préoccuper.

— Mais le nombre de bateaux diminue ici aussi, non ?

En tout cas, c'était le sujet sempiternel à Concarneau. Comme dans toute la Bretagne.

— La situation n'évolue pas vraiment depuis plusieurs années. Deux cents bateaux sont immatriculés chez nous, dont dix-huit pour la pêche côtière.

— Et quelle est la part de la pêche qui revient à votre criée ? C'est toujours la même ?

Dupin perçut un léger vacillement dans le regard de madame Gochat. Le Ber aurait été fier de sa perspicacité. Ce sujet-là aussi faisait l'objet de discussions animées au commissariat : les entreprises internationales, espagnoles par exemple, utilisaient certes les ports bretons, mais seulement pour décharger leur pêche, celle-ci étant ensuite directement embarquée dans d'énormes camions frigorifiques.

Après un moment de silence, elle répondit.

— Non, mais les taxes d'utilisation du port sont plus élevées, dit-elle avec une pointe d'acidité dans la voix. Notre port jouit d'une situation privilégiée. Même par mer forte, il offre un bassin calme avec des conditions en tout point parfaites. Pensez-vous qu'il y ait un lien entre la situation du port et le meurtre ?

Elle le défiait du regard. Coriace.

Dupin ignora la question comme le sous-entendu menaçant.

— Ce sera tout pour l'instant, madame. Nous aurons certainement l'occasion de nous reparler.

— Vous me trouverez tous les jours ici, répondit madame Gochat qui s'était ressaisie. Au revoir, commissaire.

Elle avait déjà tourné les talons lorsque Dupin, planté devant le comptoir, l'apostropha.

— Où êtes-vous allée après avoir quitté votre bureau à vingt et une heures trente ?

Il renonça à assortir sa question d'un « pure routine » ou d'un « nous posons cette question à tout le monde ».

Elle revint sur ses pas.

— Je me suis rendue directement chez moi, puis une douche et au lit.

L'insistance du commissaire ne semblait pas la déconcerter.

— Combien de temps vous faut-il d'ici pour rejoindre votre domicile ?

— Un quart d'heure en voiture.

— Donc, vous étiez couchée avant vingt-deux heures trente ?

— Oui.

— Et vous avez des témoins ?

— Mon mari est en déplacement, il rentre ce soir.

— Avez-vous passé un coup de fil à partir de votre téléphone fixe ?

— Non.

— C'était… très instructif. Encore une fois, je vous remercie.

Dupin se mit en mouvement sur ces mots. Il allait jeter un coup d'œil aux alentours en attendant le collègue de madame Gochat à qui il voulait parler.

Le « coup d'œil aux alentours », cette façon singulière de marcher sans but, était une des activités favorites de Dupin. Il n'était pas rare qu'il remarque ainsi des détails qui semblaient de prime abord insignifiants mais qui se révélaient ensuite de première importance. Il avait résolu maintes affaires grâce à ces détails anodins sur lesquels il était tombé par hasard en farfouillant à droite et à gauche.

Dupin se tenait sur le quai. Le jour s'était levé.

Il déambula longtemps, furetant ici et là, mais rien ne lui sauta aux yeux.

Il regarda la halle. C'était un bâtiment badigeonné de blanc, tout en longueur et plat, d'une architecture simple comme tous les autres bâtiments du port. Près de l'entrée, deux chariots élévateurs à fourche stationnaient en travers du quai, comme si les conducteurs les avaient abandonnés précipitamment pour une raison ou une autre.

Partout régnait l'activité routinière, les hommes vaquaient à leurs occupations habituelles. Ainsi que la patronne de la criée l'avait précisé, la halle participait à l'effervescence quotidienne et n'importe qui pouvait passer inaperçu. D'étroits sentiers de terre serpentaient derrière et entre les différents bâtiments. Dupin découvrit même deux camping-cars devant lesquels se dressaient deux chaises pliantes.

L'air encore frais du matin faisait du bien, aiguisant l'esprit et la réflexion. S'y ajoutait la caféine des trois tasses qu'il avait avalées.

Comme il le faisait toujours – on pouvait même parler de marotte –, Dupin s'était avancé au bout de la jetée, la pointe de ses chaussures dépassant presque du bord ; un mouvement imprudent et Dupin tomberait. A marée basse, comme à présent, cela équivaudrait à une chute de trois à quatre mètres.

Devant lui s'ouvrait la vaste baie de Douarnenez.

De la presqu'île de Crozon au nord, qui s'avançait dans l'Atlantique, au cap Sizun, au sud-ouest, elle formait un immense abri naturel où s'étendaient, en fond de baie, de longues plages de type normand.

Le panorama était magnifique. Dupin comprenait pourquoi le monde entier affirmait que c'était la plus belle des baies françaises, et l'une des plus belles d'Europe.

L'océan étale bleu outremer, la digue en béton clair qui délimitait le port, puis le large d'un bleu encore plus profond, un bleu de carte postale, lumineux, sur lequel voguaient déjà de petits voiliers dont le nombre augmenterait au fil de la matinée. Un air de vacances. Au-delà de la large baie s'épanouissait un paysage verdoyant composé de collines au doux arrondi : la presqu'île de Crozon sous un azur que décoraient quelques rares nuages telles des boules de coton immaculé. C'était l'été, il allait faire de plus en plus chaud. Une journée magnifique s'annonçait. Qui n'avait cure de la tragédie qui s'était déroulée ici même.

Le vieux port, à droite, était lui aussi protégé par une longue digue. A gauche de la halle, deux à trois cents mètres plus loin, le quai tournait à angle droit et se dirigeait vers le môle situé en amont. De gros pneus de voiture servant de pare-battages aux bateaux pendaient à des cordages. Une poignée de pêcheurs à la ligne tentaient leur chance à cette heure matinale. Baptisées *Vag-a-Lamm*, *A-Raok* et *Barr-Au*, trois jolies barques de pêche étaient amarrées. Elles ressemblaient aux bateaux que Dupin voyait dans les films de son enfance, ou à ceux que les artistes de Pont-Aven représentaient. La coque de l'une était peinte de turquoise clair, de jaune vif et de rouge paprika ; la partie supérieure de la deuxième barque était d'un rouge cramoisi et la partie inférieure bleu Atlantique, la troisième barque était dans différents tons de vert, du plus foncé au plus clair, avec une ligne de flottaison blanche. Les couleurs ne devaient rien au hasard. Chaque pêcheur, chaque patron de pêche choisissait personnellement les couleurs qu'il combinait à l'envi. Dupin avait appris que c'était là leur véritable signature. On pouvait ainsi les identifier de loin quand elles étaient en mer.

Dupin se mit à observer les installations destinées aux chalutiers de haute mer : d'un autre gabarit, les navires étaient longs de quarante à cinquante mètres, et d'une belle hauteur. Avec ces installations et les halles, cette partie du port n'avait ni le charme ni l'ambiance du vieux port. Tout y était fonctionnel, technique. Le béton, l'acier, l'aluminium luttaient depuis toujours contre la rouille omniprésente, la mer et le climat. Cela sautait aux yeux : ici on travaillait dur. Dans ce monde, seul comptait le professionnalisme le plus exigeant ; la moindre erreur pouvait être fatale. Savoir-faire, connaissances, expérience, voilà le prix à payer quand on voulait lutter contre la mer. Opiniâtreté et témérité. Dupin était admiratif. Enfant, déjà, il aimait les ports, par-dessus tout la mer et ses histoires. Il avait été comme possédé, lisant toutes les histoires de marins qui lui tombaient sous la main. La mer avait été au cœur de ses longues rêveries, et ce bien qu'il abhorrât déjà les voyages en bateau, quelle que fût l'embarcation. Probablement cette peur était-elle née de ses rêves. Les innombrables créatures étranges, ces horribles monstres sortis de son imagination et qui, comme chez Jules Verne, hantaient les profondeurs marines : les crabes gigantesques, les serpents de mer, les monstres informes et ondulants. Le monde sous-marin était d'un noir aussi intense que le cosmos. Un univers inconnu et merveilleux, mais effrayant.

Dupin se dirigea vers les pêcheurs. Une seule rue menait jusqu'au cœur de la zone portuaire. Dupin avait laissé sa voiture plus haut, non loin de la conserverie Chancerelle, qui commercialisait la fameuse marque Connétable, la plus ancienne conserverie au monde. Comme Le Ber aimait le rappeler, elle avait été créée en 1853. Napoléon en personne avait exhorté l'industrie française à développer une méthode de conservation des produits frais, dont il avait besoin pour ses campagnes militaires. C'est ainsi que les boîtes de conserve avaient été inventées, faisant la fortune de Douarnenez et d'autres régions bretonnes. Plus précisément, la richesse avait été apportée par les sardines. Dupin adorait les petites boîtes rouges remplies de sardines, de maquereaux et d'autres poissons, surtout des filets de thon à la tendreté incroyable. A la grande époque de la sardine, à la fin du XIXᵉ siècle, il existait au port du Rosmeur et dans les environs plus de mille bateaux de pêche qui se reconnaissaient à leurs voiles rouges ou tannées, et une bonne cinquantaine de « fritures ». Nolwenn avait offert à Dupin un ouvrage de photographies anciennes sur la Bretagne : l'effervescence, le grouillement coloré – on pouvait presque respirer l'odeur pénétrante des poissons frits qui devait saturer l'air. Les habitants de la ville s'étaient eux-mêmes baptisés avec fierté les *Penn Sardin*, les têtes de sardines.

— Patron ! Patron ! appela Le Ber qui courait vers le commissaire. Je vous ai cherché partout. Je…

Il s'arrêta devant Dupin avant de reprendre :

— Jean Serres, le collaborateur de madame Gochat, devrait arriver sous peu. Il a mis plus longtemps que prévu. Sa voiture n'a pas démarré, il a dû prendre son vélo. En plus, il habite en dehors de la ville, ajouta-t-il en tendant le bras dans une direction approximative. Les collègues ont déjà parlé avec trois pêcheurs présents hier soir. L'un d'eux se souvient d'avoir aperçu Céline Kerkrom un peu avant vingt-deux heures. Elle était toute seule près de l'entrée. Les trois hommes nous ont donné tout un tas d'autres noms de pêcheurs qui étaient là hier soir, ainsi que de quelques clients. Je pense qu'on pourra sans problème établir une liste. Jusqu'à maintenant, personne n'a pu nous livrer une information précise.

— Prenez autant de renseignements que possible sur ce... roi des pêcheurs, Charles Morin, précisa Dupin après avoir jeté un œil sur la première page de son calepin. Avant tout, je voudrais savoir ce que la police pense de lui, si elle le tient pour un criminel qu'elle n'aurait pas encore réussi à faire tomber.

— Comme si c'était déjà fait, patron. Au fait, les journalistes viennent d'arriver, ceux d'*Ouest-France* et du *Télégramme*. Ils sont au stand de madame Batout.

— Dites-leur qu'on est encore dans le noir. La vérité, quoi.

— D'accord.

De nouveau, Dupin se tenait très près du bord de la jetée. Son regard glissa sur la large baie. Le Ber faisait de même. Les passants auraient pu les prendre pour deux simples touristes.

— Savez-vous, commença le lieutenant avec la formule rituelle qui inaugurait chacun de ses discours, que c'est là, au fond de la baie de Douarnenez, que gît Ys. La mythique Ys, cette ville magnifique et d'une richesse incommensurable, avec ses murs d'enceinte rouges et ses toits en or. La ville qui, un jour, a sombré dans la mer. Où régnait le célèbre roi Gradlon dont l'épouse a donné naissance à une fille splendide, prénommée Dahut. Nous en avons d'innombrables récits. Cette histoire purement bretonne, dit Le Ber en mettant l'emphase sur « purement », est certainement la légende maritime la plus célèbre du folklore français.

Bien sûr. Dupin connaissait fort bien cette histoire. En fait, tout enfant breton la connaissait.

— L'année prochaine, une expédition scientifique de grande envergure va explorer le fond de la baie.

On a observé qu'il était recouvert de plusieurs mètres de sable et de boue, apportés par les grandes marées. En 1923, lors d'une des grandes marées du siècle qui a eu lieu après une éclipse totale du Soleil, plusieurs pêcheurs ont raconté avoir vu des ruines au milieu de la baie.

De nombreuses expéditions pour retrouver l'Atlantide avaient déjà été organisées, eut envie de rétorquer Dupin.

— Et là, devant nous, continua Le Ber en faisant un vague mouvement avec la tête, directement en face de Douarnenez, côté ouest, vous avez l'île Tristan, sa faune extraordinaire, ses ruines mystérieuses. Une des versions de la légende affirme que l'île est le dernier morceau existant d'Ys. Et il y a mieux, dit-il avec respect, cette île est elle-même un lieu où courent des histoires et des légendes aussi effrayantes et sanglantes que merveilleuses. L'histoire d'amour la plus belle et la plus tragique de l'humanité s'y est déroulée : celle de Tristan et Iseut. Une histoire bretonne, déclara Le Ber d'une voix vibrante, une histoire de la Cornouaille, du célèbre royaume médiéval qui s'étendait de la pointe du Raz jusqu'à Brest et Quimperlé. (Le ton de Le Ber s'était gonflé d'emphase au fil de son récit.) Cette histoire est devenue une des œuvres les plus importantes de la littérature occidentale. On la raconte encore de nos jours. Encore et toujours. C'est en 1170 qu'elle a été consignée pour la première fois. On y précise déjà que Tristan est originaire de Douarnenez, la capitale de la Cornouaille. Quimper, dit Le Ber non sans mépris, ne le deviendra que bien plus tard. Avant, c'était Ys, s'enflamma-t-il. Iseut aussi est bretonne. Dans une des nombreuses versions de l'histoire, Tristan, désespéré par la mort de sa bien-aimée, se jette dans la mer du haut des falaises. Une rafale l'attrape et le dépose doucement sur la petite île. Mais il y meurt de chagrin peu de temps après. Quoi qu'il en soit, c'est là que se trouve leur tombe, là que reposent les deux amants pour l'éternité, sous deux arbres dont les branches s'épousent.

Le Ber, très ému, soupira avant de poursuivre :

— Quelque part au nord-ouest de l'île, personne ne sait où exactement, à part le roi qui a demandé qu'ils soient enterrés là. Vous trouverez les ruines d'un château fort aux Plomarc'h, sur la plage du Ris...

— Le Ber ! l'interrompit Dupin qui s'impatientait en dépit de son amour des légendes marines, nous devons savoir de qui Céline Kerkrom était la plus proche. Il faut aussi fouiller sa maison, s'entretenir avec ses amis, ses voisins sur l'île de Sein. Avec tous les habitants de l'île, d'ailleurs. Vous devez vous y rendre aussi vite que possible.

— Pas de problème, patron.

— Trouvez-moi les personnes qui la connaissaient bien et ramenez-les sur le continent.

Autant que possible, Dupin voulait éviter de se rendre sur l'île.

— Ça sera fait, répliqua Le Ber qui semblait piaffer d'impatience. Au fait, j'ai un cousin qui vit ici, à Douarnenez.

Dupin s'interdit de poser une question. Ce qui n'allait rien changer.

— C'est le président de l'Association du véritable kouign amann.

Ah, ce succulent gâteau plein de beurre ! Dupin en avait l'eau à la bouche. Du beurre breton en grande quantité, de la levure, un peu de farine, quelques gouttes d'eau et beaucoup de sucre : les ingrédients les plus simples, mais l'art consistait dans la caramélisation les transformant en une merveille digne de l'ambroisie.

Le Ber coula un regard vers Dupin et poursuivit avec précipitation :

— Au milieu du XIVe siècle, un pâtissier de Douarnenez devait réaliser un gâteau pour une grande fête. Mais, durant la nuit, on lui a volé la plupart de ses ingrédients. Il ne lui restait plus que du beurre, de la farine et du sucre. Et c'est ainsi qu'il a inventé le kouign amann. Mon cousin s'est donné pour mission de défendre la recette d'origine. Qui est insurpassable !

— J'ai un coup de fil urgent à donner, Le Ber. Et vous, vous devez vous mettre en route. Labat va prendre votre suite ici.

Sans transition, Dupin était revenu à son affaire.

— Je vais faire venir un bateau. A propos de bateau, Labat inspecte celui de la victime, dit Le Ber.

C'était un point important.

— Et alors ?

— Nous vous avertirons dès qu'ils auront terminé, patron. A plus tard.

Le Ber se dirigea à pas pressés vers la jetée.

Dupin ne bougea pas.

Il extirpa son portable de la poche de sa veste. Un rituel l'attendait : la première conversation téléphonique au sujet d'une nouvelle affaire avec Nolwenn, son irremplaçable assistante. Il faudrait aussi qu'il téléphone à Claire. Ce matin, il avait disparu en lui laissant une courte note sur la table. Ils avaient prévu de faire la grasse matinée puis de prendre leur petit déjeuner à l'Amiral et même de déjeuner ensemble. Dupin avait eu l'intention de n'apparaître au commissariat que l'après-midi. Ces derniers mois, Claire et lui avaient passé très peu de temps ensemble. La situation était bien différente de celle qu'il avait imaginée et souhaitée quand Claire l'avait rejoint l'année précédente en Bretagne, après avoir accepté le poste de chef du service de cardiologie dans une clinique de Quimper. Le plus triste était que Claire avait justement libéré sa matinée – des heures précieuses qu'ils auraient pu passer ensemble avant qu'elle ne parte pour une réunion de médecins à Rennes. Elle devait y passer la nuit. Quand ils vivaient à Paris, au temps de leur « première relation », Dupin était pratiquement toujours celui à cause de qui ils se voyaient rarement. Aujourd'hui, la situation s'était inversée. Souvent, Dupin se rendait en pleine nuit à Quimper pour aller la chercher à la sortie de la clinique. Puis ils s'asseyaient sur le petit balcon chez Claire, buvaient du vin rouge en dégustant le fromage que Dupin avait acheté aux halles de Concarneau. La plupart du temps, Claire était si fatiguée qu'ils restaient assis sans rien dire, à regarder la ruelle faiblement éclairée. Les balades comme celles qu'ils faisaient lorsque Claire venait de Paris pour passer ses journées de congé en Bretagne étaient devenues rares. Elles manquaient à Dupin.

Sur le trajet, il avait tenté d'appeler Nolwenn mais la ligne était occupée. Comme à son habitude, elle serait déjà au courant de tout ; Dupin avait cherché comment, par qui et quand elle obtenait ses informations, mais il avait abandonné depuis longtemps, imaginant qu'elle recourait à la télépathie. Des compétences druidiques, donc.

— Cette femme était une rebelle, commissaire. Je la connais grâce à l'amie d'une tante de mon mari, dont Céline Kerkrom est la nièce.

Evidemment, Dupin n'était pas étonné, même s'il ne saisissait pas vraiment les liens de parenté.

Passionnée par tout ce qui avait trait à la Bretagne par tradition et un réflexe génétiquement ancré, merveilleusement anarchiste, Nolwenn se tenait par principe du côté de l'opposition. Elle frayait avec tous ceux qui s'élevaient contre l'injustice, l'arbitraire et tout pouvoir malfaisant.

— Vous la connaissiez personnellement ?

— Pour ainsi dire. Je vais essayer d'en savoir plus.

— Absolument.

Ça ne pouvait mieux tomber. Nolwenn prenait les choses en main.

— Dans ce cas, c'est plus que la triste fin d'une femme remarquable ! s'exclama Nolwenn, hors d'elle. Je ne veux pas vous mettre la pression, mais vous devez en être conscient. Savez-vous quel immense courage il faut pour affronter toute seule la mer quand elle est grosse, que les vagues font plusieurs mètres de hauteur, que la tempête fait rage et que la nuit est d'un noir d'encre ? C'est ça, le dur labeur de tout pêcheur.

De toute façon, c'était pour Dupin un cauchemar.

— Ce sont des héros ! Un métier d'une grandeur exceptionnelle ! Un mythe, à n'en pas douter.

Dupin n'avait pas l'intention de la contredire.

— Jean-Pierre Abraham a dit que sortir en mer signifiait quitter à chaque fois le monde des vivants. Sans garantie d'y revenir.

Abraham était l'écrivain préféré de Nolwenn. Il avait été gardien de phare pendant de longues années avant de s'installer dans les îles des Glénan. Dupin ne le vénérait pas moins.

— En comparaison, le travail d'un commissaire est un pur loisir, ajouta-t-elle sans que Dupin le prenne pour lui.

Nolwenn se tut quelques instants avant de poursuivre :

— Vous devez mettre ce mafieux de Morin sur la sellette ! Il est capable de tout !

— On n'y manquera pas, Nolwenn, ne vous inquiétez pas.

— Céline s'est certainement attiré plein d'ennemis.

— Le Ber va se rendre sur l'île.

— Parfait. Il sait parler aux gens de là-bas. Mais, en fait, vous devriez l'accompagner, lui conseilla-t-elle sur un ton sévère. Ah, et puis, je vous le dis avant que vous ne vous en étonniez, je travaille aujourd'hui à Lannion. Mais je reste joignable.

Dupin ne voyait pas du tout de quoi elle parlait.

— Et...

— Patron ! Patron !

Le Ber se précipitait vers lui, la mine épouvantée.

— Je vous rappelle, Nolwenn.

— Nous avons... dit-il en pilant devant Dupin, le souffle court. Nous avons un autre cadavre, patron !

— Quoi ?

48

— Ce n'est pas une blague, patron. Encore une victime. La deuxième.

— Encore une ? Mais qui ?

— Une femme. Devinez comment elle a été assassinée.

— La gorge tranchée.

Le Ber le fixa d'un air hagard.

— Comment vous le savez ?

— C'est incroyable, s'exclama Dupin en fourrageant dans ses cheveux.

— Une delphinologue du parc d'Iroise. La gorge tranchée. Et devinez où ! Sur l'île de Sein, ajouta rapidement Le Ber avant que Dupin ne puisse placer un mot.

De toute évidence, l'île prenait une place essentielle dans les événements.

— C'est un petit garçon qui l'a trouvée.

— Une delphinologue, disiez-vous.

— Oui.

— La serveuse du stand de café nous a parlé de dauphins morts échoués.

— Dans le parc d'Iroise, il y a deux populations de grands dauphins. Une cinquantaine croisent au large de l'île d'Ouessant et une vingtaine vers l'île de Sein. Le parc d'Iroise abrite plusieurs espèces de cétacés, des marsouins, des dauphins bleu et blanc et, en été, les dauphins de Risso, expliqua Le Ber qui connaissait bien sûr toutes les espèces. Les dauphins sont un sujet d'étude essentiel pour les scientifiques du parc d'Iroise, nous en savons encore peu sur leur comportement social très développé, ainsi que sur leur intelligence hors norme. Leur situation est par ailleurs un indicateur de la situation écologique du parc, de la qualité de l'eau.

— Les deux femmes se connaissaient ?

— Ça, je ne peux pas vous dire.

— Quand la delphinologue est-elle morte ?

— On ne le sait pas non plus.

— Mais c'est complètement fou ! s'exclama Dupin, qui avait à peine commencé à s'occuper du premier cas.

— Ça veut dire que nous devons nous rendre sur l'île. Et moi aussi.

— J'en ai bien peur, patron.

Dupin n'allait pas y échapper.

— La mer est encore démontée.

Dupin était conscient qu'il y avait des sujets autrement plus importants. Ces derniers jours et jusqu'à l'après-midi de la veille, la tempête avait fait rage. Depuis, le plein été s'était installé ; la mer, dans la baie, était magnifiquement calme. Mais Dupin connaissait bien l'Armorique à présent, ce « pays qui fait face à la mer ». Au large, l'océan serait encore bien agité.

— Hélas, nous n'aurons pas d'hélicoptère à notre disposition. Le préfet s'en sert pour l'exercice de simulation de quatre jours pour…

— Laissez tomber, Le Ber.

Dupin n'en serait que plus énervé. C'était toujours pareil. A chaque fois qu'ils avaient vraiment besoin de l'hélicoptère, le préfet l'accaparait. Pendant des semaines, le préfet avait parlé de « cet événement de première importance » qui consistait en une simulation pratique d'un nouveau plan conçu depuis des années qui avait pour but de contrôler secrètement la vitesse partout en France à l'aide de « nouvelles technologies et de méthodes sensationnelles », un sujet hautement sensible pour Dupin.

— Nous pouvons partir d'ici avec une vedette de la gendarmerie, proposa Le Ber en jetant un coup d'œil à sa montre, ou alors par la navette d'Audierne. Si on ne veut pas le rater, il faut être à l'embarcadère dans vingt minutes.

Dupin l'interrogea du regard.

— Le trajet est beaucoup plus tranquille par la navette, c'est une embarcation plus lourde et plus stable. Dans ce cas, nous devons partir tout de suite, ajouta Le Ber en consultant de nouveau sa montre.

Quand il était obligé d'aller sur l'eau, Dupin appréciait le qualificatif de « régulier ».

— Il y a une gendarmerie sur l'île ?

— Non. C'est l'adjoint au maire qui s'occupe de tout. Il est en même temps le médecin de l'île et le président de la SNSM, la Société nationale de sauvetage en mer.

Ça promettait.

— Une vedette de la gendarmerie maritime est déjà en route. Partie d'Audierne.

— Le trajet est plus court d'Audierne que de Douarnenez ?

— Oui.

— Alors prenons le bateau. Le régulier. Allez-y tout de suite. Nous nous retrouvons à l'embarcadère d'Audierne. Dites à la compagnie de transport de nous attendre s'il le faut. Labat reste ici. Qu'il appelle du renfort.

Sur ces mots, Dupin rejoignit sa voiture. Tout était absurde. Deux gorges tranchées en l'espace de quelques heures. Cela n'avait rien d'une coïncidence. Les deux victimes, toutes deux des femmes, étaient originaires de l'île de Sein, travaillaient dans le secteur maritime, le parc d'Iroise. C'était l'évidence même : on avait affaire à une seule et même enquête.

Quand ils avaient appareillé, les vagues faisaient trois mètres de haut. Quelques milles plus loin, elles atteignaient déjà cinq mètres : de longues vagues à la houle profonde avec des creux extraordinaires. Depuis qu'ils avaient dépassé la pointe du Raz, leur hauteur était bien de sept à huit mètres. Ils avaient à parcourir neuf kilomètres de pleine mer jusqu'à l'île.

L'*Enez Sun III*, le nom de l'île de Sein en breton, était un bateau aux couleurs bleu et blanc traditionnelles, ni aussi grand, ni aussi gros, ni aussi stable que Dupin se l'était imaginé d'après les explications de Le Ber. Aucune trace du « trajet plus tranquille » et de l'« embarcation plus stable ». Le bateau pointait dangereusement vers le ciel avant de retomber dans les creux des vagues.

Le chaos régnait. On se serait cru sur un dangereux grand-huit. Le bateau n'était pas malmené par le seul roulis, mais par plusieurs oscillations divergentes et simultanées. Il ondulait, chancelait, basculait soudainement, tanguait, roulait. Que ce soit les sens, le corps, l'esprit, impossible de s'adapter à un rythme particulier. En plus de ces horribles perceptions, il y avait ce tremblement insupportable de tout le corps provoqué par les vibrations du moteur qui se trouvait juste sous les pieds du commissaire. Sans parler du bruit assourdissant.

Dupin essayait de fixer l'horizon. Il paraît que cela aidait. Hélas, Le Ber et lui n'avaient pu obtenir de places assises sur le pont supérieur, le bateau ayant dû les attendre vingt minutes. Ils se tenaient à la poupe, qui, en théorie, s'élevait deux mètres au-dessus de l'eau, mais d'où ils ne voyaient aucun horizon, celui-ci étant continuellement caché par les montagnes d'eau mouvantes. Le bateau était plein à craquer. Il était rempli de touristes qui faisaient une excursion d'une journée et d'insulaires qui avaient passé la nuit sur le continent.

Si la mer était d'un bleu profond près des côtes, elle était à présent d'un noir d'encre. Surtout : elle était partout. Elle encerclait Dupin, qui n'était plus protégé par la distance. Il était entouré par les flots, à leur merci pour le meilleur et pour le pire. Au-dessus de lui, ce n'était pas mieux : des paquets d'écume explosaient à chaque vague qui déferlait, alors que l'écume bouillonnante du sillage par fort vent arrière suffisait à tremper les passagers. Tout avait le goût et l'odeur de la mer. Dupin l'avait dans la bouche, le nez et sur ses cheveux.

Ils allaient devoir rester debout pendant tout le trajet, ils ne pourraient même pas se tenir sur le pont arrière, là où la traversée aurait été un petit peu plus agréable puisqu'ils n'auraient pas subi aussi violemment les secousses du bateau. Un couple bien en chair, leur petit chien et d'innombrables bagages s'y étaient installés confortablement.

Dupin se demandait si la vedette de la gendarmerie n'aurait pas été un moindre mal. Mais il était trop tard.

Il se rappela une histoire que Nolwenn aimait raconter : les Romains avaient certes baptisé la Bretagne et tout ce qui y vivait le bout du monde, *Finis terrae*, mais en fait c'était de l'Atlantique qu'il était question. En effet, pour eux, l'Atlantique était littéralement la véritable fin, le terme après le bout du monde, après le tout dernier morceau de terre. La « mer extérieure », qui n'avait rien à voir avec la « mer intérieure », la Méditerranée, si paisible et civilisée.

« Il n'y a aucune mesure entre la navigation sur une mer fermée et la navigation sur l'immense océan, qui ne finit pas, mais qui est lui-même la fin », notait César lors de la bataille navale décisive contre les Vénètes.

Dupin avait l'impression que son corps n'était que secousses. Il fallait qu'il continue d'occuper son esprit. Affichant avec provocation une mine réjouie, Le Ber se tenait sur le pont arrière et observait avec enthousiasme l'énorme vague d'étrave.

Le mieux serait encore qu'ils discutent.

Dupin se dirigea vers l'arrière, d'un pas prudent, s'accrochant sans cesse à une prise ferme. Il avait bien cinq mètres à franchir.

— Ah patron ! s'exclama Le Ber sur un ton d'illuminé, quelle traversée fantastique ! Vous savez certainement ce que disent les pêcheurs ? « Qui voit Sein voit sa fin. » Ou bien : « Mon Dieu, secourez-moi au passage du Raz, car ma barque est petite et la mer est grande. » Nous traversons un des passages les plus sauvages et les plus dangereux qui existent au monde.

Courants violents, remous, houle, la mer devant la baie des Trépassés est parsemée sur des kilomètres de récifs terriblement acérés.

Ce n'était pas la distraction que Dupin avait espérée. Mais Le Ber poursuivit.

— On a recensé dans la région cent soixante-dix-neuf naufrages depuis 1859. Mais en réalité il y en a eu trois fois plus ! Ici, on a besoin des instruments de navigation les plus précis, et parfois ça ne suffit pas. Regardez autour de vous, partout des récifs, comme si un géant porté sur la plaisanterie s'était assis sur la pointe du Van et s'était amusé à jeter des rochers dans la mer comme les enfants jettent des cailloux.

C'était une belle image, même si cela rendait la situation encore pire.

— Même le diable avait du mal à approcher de l'île, patron. Et l'histoire de ses tentatives avortées explique aussi pourquoi la mer est ici particulièrement sauvage.

Avec une introduction pareille, il était clair que l'histoire allait suivre.

— Le diable réclamait les âmes des insulaires. Il devait donc griller la politesse à Guénolé qui avait promis aux habitants de l'île de leur construire un pont reliant l'île au continent. Pour atteindre l'île, le diable prit l'allure d'un homme simple et engagea un pêcheur. Cependant, le bois du bateau commença à prendre feu à cause des pieds du diable d'où s'échappaient des flammèches. Alors le diable imagina une ruse : il voulut amener Guénolé à construire un pont pour lui. Guénolé se trouvait devant un choix cornélien : s'il ne bâtissait pas le pont, il rompait son vœu sacré, ce qui était un sacrilège, et le diable obtiendrait son âme, et celles de tous les insulaires par-dessus le marché. Tourmenté, Guénolé demanda son aide à Dieu, qui, sans attendre, souffla fort sur la mer, faisant apparaître un pont de glace. Le diable s'imagina donc avoir gagné. Il s'empressa d'emprunter le pont. Mais celui-ci fondit sous ses pas et le diable tomba dans les flots tumultueux. Encore raté !

Le lieutenant fit un geste au-dessus du bastingage.

— De l'eau bouillante jaillit ici, entre le continent et l'île. Les remous violents empêcheraient le diable d'oser une autre traversée et protégeraient l'île contre lui. Aujourd'hui encore, par reconnaissance, les pêcheurs font le signe de croix en passant la pointe du Raz. L'endroit où le diable est tombé s'appelle l'Enfer de Plogoff et est signalé sur toutes les cartes marines.

Une histoire incroyable, Dupin devait bien l'admettre. Mais qui, pour se changer les idées, n'était pas très efficace.

— Appelez la préfecture de Quimper, Le Ber. Demandez s'il y a eu ces derniers temps en Bretagne des affaires dans lesquelles les victimes ont eu la gorge tranchée.

— Vous pensez à quelque chose, patron ? demanda Le Ber en s'agitant. Vous pensez… hésita-t-il. Vous pensez à un meurtrier en série ?

— Seulement par mesure de précaution.

A sa mine, Le Ber ne paraissait pas satisfait de la réponse de Dupin.

— Là, à droite, on a les deux phares mythiques, Tevenneg et Ar Groac'h, la vieille.

A présent, c'était Le Ber qui semblait avoir besoin de se changer les idées.

— Peut-être allez-vous apercevoir l'un d'eux pendant un creux de vague. Les phares ont été érigés sur quelques rochers nus et acérés au milieu de la mer. Des ouvrages d'architecture imposants. Hélas, ajouta Le Ber sur un ton de froid regret, Tevenneg est maudit. Le dernier gardien a fui le phare, pris de panique. Aujourd'hui, ils sont activés à distance, depuis l'île de Sein. Savez-vous comment les gardiens de phare appellent un phare isolé en pleine mer ? L'enfer. Le purgatoire est le nom porté par ceux qui sont sur les îles, et le paradis désigne ceux qui sont érigés sur le continent.

Ils se rendaient là où avait eu lieu un crime capital, un meurtre brutal, le deuxième en l'espace de quelques heures. Dupin trouvait que l'enfer était le mot qui convenait à l'excursion.

— Nous devons avant tout déterminer le lien entre les deux femmes, Le Ber. C'est par là qu'il faut commencer.

— Je suppose qu'on va le découvrir sur l'île.

Dupin cherchait à retrouver une idée qu'avait déclenchée une phrase prononcée par Le Ber au port de Douarnenez. Les pensées en écho, en attendant leur répercussion ultérieure, étaient une méthode propre au commissaire, à la fois traîtresse et efficace.

— Vous avez dit que l'état de santé des dauphins était un indicateur de la qualité de l'eau et d'autres caractéristiques de la mer, n'est-ce pas ?

— C'est exact.

Bien sûr, Le Ber attendait la suite qui lui expliquerait la raison de cette question. Mais Dupin changea de sujet.

— Les navettes partent toutes d'Audierne ?

— Une seule. L'*Enez Sun III*, sur lequel nous sommes. En juillet et août circulent d'autres bateaux, dont l'un part de Douarnenez. Le reste de l'année, seul celui-ci fait la traversée. Trente-quatre mètres de long, huit mètres de large, vitesse de quinze nœuds, très puissant, deux moteurs de 1 750 chevaux. Il appartient à Penn-Ar-Bed, une compagnie privée qui relie les trois îles, Sein, Ouessant et Molène, pour le compte de l'Etat. L'*Enez Sun III*, qui est également le nom breton de l'île de Sein, fait une rotation par jour.

— Une seule ?

— Le matin, il part d'Audierne et quitte l'île l'après-midi. C'est tout.

— Il doit y avoir d'autres moyens de relier l'île au continent et inversement ?

— L'hélicoptère de l'hôpital de Douarnenez pour les urgences médicales. Sinon, rien. En tout cas, rien par le service public.

Cela signifiait qu'on était loin de tout. Une situation qui avait son importance pour l'enquête. Dupin réfléchissait à haute voix :

— Selon l'heure à laquelle a eu lieu le meurtre, il est possible que l'assassin soit encore sur l'île. Nous avons deux cas de figure, soit quelqu'un de l'île s'est rendu sur le continent pour commettre son forfait, soit quelqu'un du continent est venu sur l'île.

Dit comme ça, l'hypothèse semblait simplette. Le Ber n'en tint pas compte.

— Les habitants de l'île s'appellent des insulaires et appellent les gens du continent les « Français ». Autant dire « touristes ». Vous devez le savoir. Pour éviter quelques impairs pendant notre enquête. Parfois, ils se nomment même les « Américains ».

Dupin eut une moue interrogative.

— Au-delà de la Bretagne, il n'y a que l'Amérique, répondit Le Ber sur un ton décontracté.

Dupin savait que ce n'était ni des bizarreries ni du chipotage. C'était important à savoir si on ne voulait pas passer pour un idiot.

— Généralement, ils sont incroyablement têtus. Comme l'île. Elle n'appartient pas au même monde, patron. Elle est magique. Le continent est loin, bien plus loin que les neuf kilomètres qui le séparent de l'île. Vous le verrez par vous-même. C'est un petit morceau de terre rocheux en plein milieu de l'océan. On dit qu'elle a la forme d'un « animal fabuleux à longue queue » qui tient la dragée haute aux puissances primitives de l'Atlantique. Elle est longue de deux kilomètres et demi, large à certains endroits de vingt-cinq mètres seulement, tout à fait plate, d'à peine deux mètres au-dessus du niveau de la mer, si bien que, les jours de tempête, d'immenses vagues montent à l'assaut de l'île et la submergent entièrement. En tout, elle fait moins d'un kilomètre carré. Apre, aride, sauvage, isolée. J'aime Sein et ses habitants.

On aurait dit que Le Ber parlait d'une autre espèce. D'une autre planète.

— C'est une île parée de forces magiques, qui a une aura extraordinaire. Vous allez vous en apercevoir ; certains s'en effraient, expliqua Le Ber avec respect. Déjà pendant l'époque préhistorique, elle hébergeait des lieux de culte ; aujourd'hui encore vous y trouverez des menhirs et des dolmens. Un tumulus de première importance a été saccagé par des chercheurs d'or cupides. Plus tard, selon la croyance celtique, l'île était le lieu le plus proche du royaume des morts et des immortels. Un monde de fées, de nymphes et de druides ; nombre d'entre eux sont enterrés ici. On doit absolument y être préparé quand on se rend à Sein, patron. Préparé intérieurement.

Le Ber avait prononcé ces derniers mots avec gravité.

Dupin n'avait pas la force de ramener Le Ber à la raison. De toute façon, la plupart des informations lui étaient passées par-dessus la tête. D'une part parce que le bateau se soulevait avant de retomber avec fracas dans les creux et que Dupin s'était réfugié derrière une armature en acier à laquelle il se cramponnait si fort qu'il en avait mal au poignet. D'autre part parce qu'il essayait de se concentrer sur les questions urgentes que lui posait l'enquête.

— Combien de personnes composent l'équipage de la vedette de la gendarmerie qui vient d'Audierne ?

— Quatre. En plus de l'équipe technique.

— Combien d'habitants sur l'île ?

— Tout au long de l'année, deux cent seize, en été environ six cents. La plupart des touristes passent la journée sur l'île et rentrent avec le bateau de l'après-midi. Rares sont ceux qui y passent plusieurs nuits.

— Quatre gendarmes et nous deux ne suffirons pas à interroger autant de personnes, déclara Dupin en se frottant les tempes. Existe-t-il une liste des passagers ? Les billets sont-ils nominatifs ?

— Oui, c'est obligatoire, par mesure de sécurité. Mais si c'est le même assassin qui a perpétré les deux meurtres, il n'est pas venu avec le bateau. Etant donné qu'il était hier sur le continent entre vingt heures et minuit, il aurait pu prendre seulement le premier. Or, la delphinologue a certainement été assassinée dans la nuit ou ce matin très tôt.

Le cerveau de Dupin ne tournait pas encore à plein régime, constata-t-il. Il avait besoin d'un supplément de caféine.

— Mais bien sûr, il y a beaucoup de particuliers possédant un bateau, sans oublier les bateaux des entreprises et des pouvoirs publics, qui accostent sur l'île, certains régulièrement. Et puis, nous avons les bateaux spéciaux comme le bateau-benne ou le bateau-citerne. Celui contre lequel Céline Kerkrom a protesté. Il y a aussi les bateaux pour les touristes qui veulent voir les dauphins, même s'ils ne sont pas nombreux. Ou bien encore les bateaux des scientifiques, des chercheurs et des gardiens du parc d'Iroise. La victime possédait certainement elle aussi un bateau, puisqu'elle appartenait à l'équipe scientifique du parc naturel.

En un mot : il y avait un très grand nombre de possibilités d'atteindre sans problème l'île malgré son isolement.

— Quoi qu'il en soit, Le Ber, on devrait pouvoir apprendre quels sont les bateaux qui ont appareillé ou accosté entre hier matin et ce matin.

— Ça ne sera pas facile. Je n'ai énuméré qu'une partie des embarcations. Comme je vous l'ai dit : ici, chacun peut s'en aller avec son propre bateau quand il le veut.

— Nous…

Dupin ne termina pas sa phrase. L'*Enez Sun III* était monté vaillamment à l'assaut d'une vague monstrueuse.

61

« Piquer dans la plume », comme les marins bretons appelaient la manœuvre consistant à affronter l'écume blanche qui se formait à la crête de la vague, avait-il lu un jour.

Dupin inspira et expira largement.

Il avait oublié ce qu'il voulait dire. Le Ber en profita :

— Le récit le plus précis qu'on ait sur l'île de Sein a été écrit par un Romain ayant visité l'île en l'an 20. Il y fait mention de l'oracle d'une déesse celtique servie par neuf prêtresses vierges lors de cérémonies rituelles. Les Gallicènes, ainsi s'appelaient-elles, étaient les premières sorcières dont l'Histoire fait mention. A l'aide de formules magiques, elles ordonnaient à la mer de se soulever et aux vents de se déchaîner ; elles avaient le pouvoir de se métamorphoser en un animal de leur choix, de soigner les malades et les moribonds. Elles prédisaient aussi l'avenir. On venait les consulter de tous les pays. L'une de ces druidesses s'appelait Morgane la fée, continua le lieutenant qui en parlait comme d'une amie. Vous la connaissez grâce à la légende arthurienne. On raconte que c'est sur l'île de Sein que les neuf prêtresses ont soigné Arthur blessé pendant sa dernière bataille : en un mot, Sein *est* Avalon !

Dupin n'eut aucune réaction, il avait sombré dans ses pensées.

— Le Ber, contactez le parc d'Iroise et informez-vous au sujet de l'incident des dauphins.

— Vous pensez à quelque chose en particulier ?

— Non. Demandez si des mesures de la qualité de l'eau ont semblé bizarres. Des pollutions passées ou présentes.

— D'accord, patron. Nolwenn s'occupe de Charles Morin, j'ai vu ça avec elle. Elle va faire des recherches. Et puis elle vous organise une entrevue avec lui. Par ailleurs, elle a téléphoné au préfet pour le mettre au courant.

— Très bien. Au fait, vous savez ce que fiche Nolwenn à Lannion ?

— Une tante.

— Une tante à Lannion ?

Dupin avait déjà entendu parler de nombreuses tantes, mais pas d'une qui habiterait Lannion.

— Jacqueline Thymeur. Je crois que c'est la troisième sœur de sa mère. Soixante-dix ans environ.

Bien. Nolwenn pouvait travailler de n'importe où. Cela n'avait aucune importance.

— Il s'est passé quelque chose de particulier ?

Lors de leur dernière enquête, Nolwenn avait dû se rendre aux obsèques d'une de ses tantes.

— La tante va bien. Si c'est cela que vous voulez dire.

— Le Ber ! Appelez Goulch ! s'exclama Dupin qu'une idée venait de traverser. Qu'il se mette en route et vienne nous prendre sur l'île de Sein avec son bateau.

Dupin était content de son idée. Certes, Kireg Goulch, de la gendarmerie maritime, conduisait lui aussi une de ces effroyables vedettes rapides. Mais le bateau n'était pas mieux et le commissaire faisait entière confiance à Goulch, un grand escogriffe avec qui il avait travaillé lors de la difficile affaire des Glénan. Non que les trajets sur le bateau de Goulch eussent été une partie de plaisir mais la peur de l'eau de Dupin (qui n'avait rien à voir avec le mal de mer proprement dit) n'avait pas été aussi grande avec Goulch. En outre, c'était un excellent gendarme. Et un expert de la mer.

— Avec plaisir.

Le visage de Le Ber s'était illuminé. Au fil des années, Goulch et lui avaient noué une solide amitié.

De nouveau, le bateau, avec témérité, se souleva bien haut, resta un moment interminable en l'air avant de s'écraser violemment. On aurait dit que l'Atlantique jouait avec eux. Sans méchanceté ni colère – cela aurait une autre allure – mais plutôt avec facétie et coquetterie. Pour passer le temps. Peut-être.

Soudain, sans raison apparente – il y avait encore un bon kilomètre à parcourir jusqu'à l'île et le bateau continuait sa route sans changer de vitesse –, la mer s'apaisa comme s'ils avaient franchi une ligne magique qui aurait stoppé les éléments déchaînés. Après avoir parlé avec Le Ber, Dupin se réfugia dans un coin du pont et tenta d'apercevoir l'horizon, même fugacement. S'il n'avait pas été préoccupé par lui-même, son vertige et une contracture qui tournait en crampe, Dupin aurait été alarmé par ce mystérieux changement. Il se contenta de l'accepter.

A droite, des rochers aux formes étranges jaillissaient de la mer. Dangereusement acérés et sombres, hauts de plusieurs mètres, ils se dressaient vers le ciel d'un bleu fabuleux. Certains étaient recouverts de lichen vert clair. De leur perchoir, des mouettes méfiantes regardaient le bateau passer.

Le bateau s'approchait des rochers. Presque au dernier moment, il vira et contourna un îlot rocheux devant le port. Puis, tout à coup, on la vit : l'île de Sein. Très réelle et belle à couper le souffle.

Le port, plusieurs jetées, un phare, le Men Brial, semblant sorti tout droit d'un album d'images, une église imposante et solennelle, un long quai incurvé avec en contrebas une plage de sable fin et, plus haut, une rangée de maisons basses peintes en jaune, bleu ciel, rose clair, la plupart blanches ou en pierre, agrémentées de volets bleus comme l'Atlantique. Tout était un peu passé, abîmé, marqué par le vent, l'écume, le sel et le soleil. La mer réfléchissait la lumière de tous côtés, la démultipliait. On aurait dit qu'elle plastronnait comme en état d'ivresse.

Le port formait une baie naturelle ceinte d'un môle massif, et s'étendait jusqu'à un groupe de rochers et sa plage de sable blanc. Le béton et les pierres des fortifications avaient jauni au fil des années. Derrière le quai et le village, dépassant tout, le phare de l'île, élégant, gracieux, immense, que Dupin connaissait grâce aux photos. Le Goulenez, le Grand Phare. Une célébrité. Presque tous les phares bretons étaient célèbres et portaient un nom, rappelant qu'ils figuraient dans un palmarès officieux qui mesurait l'inaccessibilité et l'inhospitalité des lieux où ils étaient édifiés.

Le bateau se dirigea vers l'extrémité du quai ; aucun doute, c'est là qu'ils allaient débarquer.

— A marée basse, le bateau accoste à la première jetée, l'eau devant l'autre jetée n'est pas assez profonde, entendit Dupin de l'un ou l'autre des touristes qui commençaient à descendre les deux escaliers de fer.

Une file s'était formée, Dupin s'y rangea avec soulagement. Bientôt, il foulerait la terre ferme, même si elle était aussi grande qu'un mouchoir de poche.

Une forte secousse annonça que le bateau venait d'accoster.

— Ici, par ici ! Monsieur le commissaire !

Une voix de femme, aiguë et volontaire, les apostrophait de la jetée. Dupin descendit en tanguant l'étroite passerelle pentue.

Une femme trapue d'âge mûr, les cheveux frisés gris blond, faisait de grands gestes. Les passagers regardaient autour d'eux, pleins de curiosité, allant de la femme au commissaire. Puis, d'une voix encore plus forte, elle cria :

— Le cadavre !

Les excursionnistes affichèrent des mines à la fois troublées et consternées ; leur séjour sur l'île commençait de fâcheuse façon.

Dupin, les jambes flageolantes, avait atteint la jetée. Tout à coup, la femme surgit devant lui. Les traits de son visage étaient aussi énergiques que sa voix. Une coriace. Dupin connaissait le genre : têtu jusqu'au fanatisme. Elle l'avait sans doute reconnu grâce aux photos parues dans la presse.

— Je m'appelle Joséphine Coquil et je dirige les musées de l'île. Vous devez être le lieutenant, ajouta-t-elle en se tournant légèrement vers Le Ber. Bien. Je vous emmène voir la morte, notre deuxième victime ! s'exclama-t-elle en levant les sourcils. Quel drame pour l'île ! ajouta-t-elle sur un ton plus exalté qu'affligé. D'abord le meurtre de Céline Kerkrom et maintenant la delphinologue ! Pauvres filles ! Quelle pitié ! Vous avez déjà quelque chose ? Vous avez une piste ?

— Nous venons de découvrir le cadavre de Céline Kerkrom, madame.

Dupin faisait passer tout son poids d'une jambe à l'autre, dans une tentative de retrouver son équilibre.

— Vous connaissez l'adage « Qui voit Sein voit sa fin »... Ah !

— J'ai... commença Dupin en cherchant ses mots. J'ai déjà entendu la devise de l'île, madame.

Et ce ne serait sans doute pas la dernière fois, pensa-t-il.

— C'est vrai qu'on a retrouvé Céline la gorge tranchée ? Parce que c'est le cas pour la scientifique. Aucun doute là-dessus, vous pouvez me croire.

— Aucun doute non plus pour Céline Kerkrom.

— Un monstre circule ici ! s'écria madame Coquil sans paraître plus effrayée que ça. Céline était courageuse, elle a apporté des changements. Laetitia Darot était elle aussi une femme de caractère. Même si elle ne fréquentait personne. La plupart du temps, elle naviguait seule. Elle discutait seulement avec Céline, parfois avec l'adjoint au maire. Quel gâchis ! Elle venait de Brest et n'était ici que depuis janvier. Elle n'en aura pas beaucoup profité. (Elle secouait la tête avec indignation.) Elle s'occupait de nos dauphins. Elle s'est rendue quatre fois au musée. Même si elle ne parlait pas beaucoup, elle s'intéressait à nous. A notre île. A son histoire, sa flore et sa faune. Si vous revenez un jour, monsieur le commissaire, pour autre chose que ces crimes affreux, venez visiter mes musées. Il y en a trois, aujourd'hui réunis en un seul : l'Abri du marin, sur la vie insulaire, un autre sur les sauvetages en mer, un troisième sur la Résistance. Je…

— Où se trouve le corps, madame ? Avons-nous une voiture à notre disposition ?

Dupin était nerveux. Joséphine Coquil lui lança un regard de reproche devant son ignorance coupable.

— Aucun véhicule ne circule sur l'île, sauf quatre : deux voitures de pompiers, un camion-citerne qui transporte le fioul pour le phare, la production d'eau potable et d'électricité, enfin une ambulance. Mais qui n'est utilisée que pour les urgences, conclut-elle sur un ton sévère.

Dupin l'avait sur le bout de la langue : ne se pouvait-il pas qu'il s'agisse ici d'une urgence ? Mais madame Coquil lui coupa l'herbe sous le pied :

— La femme est déjà morte, à quoi nous servirait une ambulance ? Nous y allons à pied. Vous n'avez pas de bagages. Venez, pas la peine de traîner.

Elle partit d'un pas énergique le long du quai. Bien que petite et âgée, elle marchait vite. Le commissaire devait faire des efforts pour garder le rythme. Le Ber aussi, comme sa grimace le démontrait.

— C'est la première fois que vous venez sur l'île, n'est-ce pas ?

Ce n'était pas une vraie question.

— Oui, madame.

— Depuis quand êtes-vous en poste en Bretagne ? demanda-t-elle à Dupin à qui la critique implicite n'échappa pas. Quoi qu'il en soit, vous êtes là. Tous les ans, en juillet et en août, quelques-uns de vos amis parisiens viennent nous rendre visite, mais la plupart d'entre eux ne restent que quelques heures.

On aurait dit que Dupin devait tous les connaître sans exception.

— Mais savez-vous quelle a été la période la plus intense ici ? (Encore une question qui n'en était pas une.) L'époque romaine ! Sein et Ouessant étaient les deux étapes les plus importantes sur la route reliant la mer Méditerranée à la Grande-Bretagne et au nord de l'Empire. La route la plus fréquentée pour le commerce et les opérations militaires. L'activité était fébrile ! C'est ici aussi que les Romains ont fait la connaissance des neuf druidesses, elles…

— Je suis au courant, madame.

— Et pendant la guerre de Cent Ans ? En 1360, quatre-vingts bateaux avec quatorze mille hommes à bord ont accosté ici ! Tout ce beau monde s'est retrouvé sur l'île de Sein ! Pour la piller.

Il sembla au commissaire que cela faisait un nombre considérable de personnes pour une si petite île. Ne serait-ce que d'un point de vue pratique, cela paraissait inimaginable. Quatorze mille hommes !

A droite du quai se tenaient quatre hommes en pantalon de ciré jaune. Sur le rebord du mur, on voyait quelques beaux crabes, certainement le butin d'une partie de pêche à pied. Les hommes s'affairaient, de grands couteaux à la main.

— Il s'ensuivit une longue période d'accalmie, continua-t-elle sur un ton de profonde déception. C'était si calme que le Roi-Soleil a exonéré les insulaires de toute taxe afin de rendre l'île plus attractive. Ce décret est encore en vigueur. Il a dit, je cite : « Vouloir imposer l'isle des Saints ou l'isle Molène, déjà accablées de tous les impôts de la nature, ce serait vouloir imposer la mer, les tempêtes et les rochers. » (D'évidence, elle pouvait réciter la phrase même en dormant.) Comme il avait raison ! Mais cela n'a été d'aucune aide, tout comme l'agriculture qu'ont apportée les missionnaires, dont on n'a rien tiré si ce n'est quelques pommes de terre rabougries, de la pauvre orge en si petite quantité que les femmes devaient fabriquer leur pain avec des racines ! La majorité de la pêche était expédiée à Audierne. On nous livrait bien de temps à autre quelques biscuits secs et du poisson salé de maigre qualité mais ça ne nous aidait pas plus. Les Sénans devaient ramasser le varech pour préparer à manger et faire le feu. Il ne restait rien d'autre que de devenir des pirates et des pilleurs d'épaves. Que pouvaient bien faire, sinon, ces pauvres gens ? /

Son expression montrait autant de désespoir que de compréhension. Madame Coquil inspira profondément.

— Savez-vous comment ils nous ont appelés, sur le continent ? Les « sauvages », les « barbares » et les « diables des mers ». Et l'île, le « rocher de l'enfer ». Seulement parce que nous n'avions rien à manger et pas de curé. Naturellement, car aucun de ces trouillards n'osait venir ici. De mauvaises langues ont même affirmé que les insulaires s'étaient opposés à la construction du premier phare sous prétexte qu'il aurait empêché les naufrages. Car on n'obtenait du vin que quand les bateaux échoués en transportaient.

En longeant le quai, ils dépassèrent le joli phare noir et blanc. Un chariot élévateur à fourches descendait la jetée vers le bateau pour y prendre les containers des denrées alimentaires. Dupin savait bien qu'il leur fallait écouter Joséphine Coquil. Ils obtiendraient ainsi des informations fondées sur l'île. Ce serait tout à l'avantage de l'enquête d'en savoir plus sur les insulaires et leur royaume.

— De nos jours, vivent sur l'île cinq à six fois plus de lapins que de gens. Notre avant-avant-dernier maire a introduit trois couples, ce qui eut, dirons-nous, quelques conséquences. Il était d'avis que consommer de la viande varierait les menus. Chacun peut chasser son propre dîner ! Jadis, la vie n'était pas aussi confortable que maintenant, tant s'en faut. Les gens sont de plus en plus gâtés : plus la vie s'est améliorée au fil des dernières décennies, plus les départs de l'île ont été nombreux. En 1793, elle comptait trois cent vingt-sept habitants qui n'avaient que du poisson séché à se mettre sous la dent et qui mouraient de faim. A la fin du XIXe siècle, nous étions presque mille ! En 1926, mille neuf cent vingt-huit ! Mais au cours de la deuxième moitié du XXe siècle, la population n'a cessé de diminuer. Alors que nous avons l'électricité et l'eau, une poste, un supermarché, des cafés et des restaurants, la télévision, une école avec six élèves qui peuvent à marée basse faire du sport sur les plages, une belle église, de jolis menhirs, un maire, un maire-adjoint qui est en même temps le médecin de l'île, trois pêcheurs… (Elle marqua une hésitation.) Deux pêcheurs, et une antenne qui permet une réception parfaite des réseaux de télécommunication. Ici, plus personne n'a besoin de ligne fixe ! Et, déclara-t-elle, le pylône n'étant visiblement pas le clou de son argumentaire, nous sommes un des cinq lieux de France auxquels la Croix de la Libération a été décernée. Après l'appel du 18 Juin du général de Gaulle, les cent quarante et un hommes que comptait l'île sont tous partis sur six bateaux, et le même jour qui plus est ! Un de ces fiers navires existe encore aujourd'hui, c'est le *Corbeau des Mers*.

Tous les Français connaissaient cette histoire impressionnante ; elle était en quelque sorte l'âme de l'île.

— Seuls les enfants, les femmes, les vieux, le curé et le gardien du phare sont restés sur l'île. Vingt-cinq pour cent des hommes qui sont arrivés à Londres à l'appel de De Gaulle venaient de chez nous. Plus tard, lors d'un vibrant discours, le président a déclaré : « L'île de Sein, c'est donc le quart de la France ! » Oui ! Nous ! Personne n'a été aussi courageux que nous. Le président est venu en personne pour nous décerner la Croix de la Libération. « C'est vous qui avez sauvé la France », nous a-t-il déclaré. Et *ça*, monsieur le commissaire, souligna-t-elle en prenant une profonde inspiration, *c'est* l'île de Sein, c'est son âme ! Ce sont eux, les « sauvages », qui ont sauvé la France !

— L'endroit où se trouve le corps est encore loin, madame ?

Mais Joséphine Coquil n'en avait pas encore terminé.

— Et maintenant ? Maintenant, Sein va bientôt sombrer.

Elle se tourna vers Dupin et lui fit les gros yeux. Dupin ne voyait pas de quoi il s'était rendu coupable.

— C'était hier dans la presse. Un professeur émérite de Brest, Paul Tréguer, a dit que l'île de Sein faisait partie des premières îles qui seraient inondées si le niveau de la mer continuait de monter. Et c'est ce qui se passe ! Nous ne sommes qu'un petit rien du tout. De plus, une étude a démontré que *l'aggravation des conditions atmosphériques extrêmes* (elle prononça ces

mots comme s'il s'agissait d'un monstre des abysses)
aurait un impact considérable sur l'île. Comme d'habitude, les hommes comprendront une fois qu'il sera
trop tard. D'ici là, Sein ne sera plus depuis longtemps
que de l'histoire ancienne. C'est une tragédie. Et si en
plus le Gulf Stream disparaît, alors la Bretagne tout
entière se retrouvera en Arctique… Nous envisageons
de porter l'affaire devant les instances internationales
et de porter plainte, comme l'ont fait d'autres îles des
mers chaudes, par exemple.

— Je… Vous avez tout à fait raison, madame,
répondit Dupin avec le plus grand sérieux.

— Passons par le village, c'est plus rapide.

Sur ces mots, madame Coquil se faufila entre deux
maisons, empruntant une ruelle si étroite que Dupin
ne l'aurait pas remarquée. Large d'un demi-mètre à
peine, elle était agrémentée d'un fier panneau : rue du
Coq Hardi. Ils avancèrent l'un derrière l'autre, Le Ber
fermant la marche.

La rage de la femme semblait s'être calmée, sans
doute grâce à l'approbation sincère de Dupin.

— Il faut que vous sachiez que nous avons cin-
quante-quatre rues ; les deux principales sont les deux
quais, bien sûr, le quai des Paimpolais et le quai des
Français libres, que nous appelons simplement quai
Nord et quai Sud. Et puis, l'axe est-ouest qui relie le
village à l'autre extrémité de l'île. La semaine dernière, nous avons eu un grand événement ! L'éclairage
des rues a été équipé d'ampoules LED. Elles donnent
une lumière plus forte tout en consommant beaucoup
moins. En plus, elles sont inusables. En Europe, seule

Monaco possède des lampes LED, et, en Amérique, quelques villes comme Los Angeles.

La vieille dame avait tourné à gauche, puis à droite et encore à gauche. Les ruelles étaient toutes aussi étroites. Les murs des maisons se ressemblaient : blancs, parfois jaune pâle ou roses. Elles étaient serrées les unes contre les autres comme si on les avait comprimées. Un vrai labyrinthe. C'était étrange : Dupin avait perdu le sens de l'orientation, ce qui ne lui arrivait d'ordinaire jamais.

— Les maisons sont imbriquées pour empêcher le vent de passer ; elles se protègent mutuellement.

Madame Coquil avait bifurqué encore deux fois. Dupin avait l'impression qu'ils tournaient en rond. Il n'aurait pas été étonné de se retrouver sur le quai. Ils virèrent une dernière fois à gauche, à angle serré, débouchant sur une route asphaltée.

— Nous voilà sur l'axe est-ouest, la route du phare.

Les véhicules ne pourraient circuler ici qu'avec peine. La route était bordée à droite et à gauche de petits jardins et de courettes. Il n'y avait pas âme qui vive.

— Quand le temps est au beau, les gens déjeunent dehors, déclara madame Coquil en scrutant le ciel.

— Comment pouvons-nous savoir quels bateaux ont accosté ou quitté l'île hier et ce matin, madame ?

Avant qu'elle puisse répondre, Dupin se tourna vers son adjoint.

— Le Ber, l'apostropha-t-il, agacé que cette idée ne lui eût pas traversé l'esprit plus tôt, donnez l'ordre d'interdire à toutes les embarcations de quitter l'île sans nous prévenir et avant qu'on ait pu parler aux propriétaires. Aucune exception ne sera tolérée.

— Eh bien, vous allez avoir du pain sur la planche, commissaire ! Un véritable travail de Sisyphe. Bien sûr, aucune autorité centrale n'enregistre les entrées et sorties des bateaux. Qu'est-ce que vous imaginez ? En plus, nous sommes en été : vous aurez les bateaux de plaisance, les voiliers, les plongeurs, les pêcheurs à la ligne. Les Bretons, les Français et les autres étrangers. Sans oublier les bateaux du parc d'Iroise… Vous n'en aurez jamais fini. Ah oui, et puis les navires officiels. Le navire-citerne qui vient tous les jeudis, comme le bateau qui ravitaille le petit marché. En principe, le jeudi, il y a aussi le coiffeur qui est sur l'île à cette heure-là.

— Le coiffeur ?

En effet, cela faisait beaucoup d'embarcations. Et un coiffeur.

— Il fait la tournée des îles. Le lundi et le mardi, il travaille dans son petit salon de coiffure à Camaret, sur la presqu'île de Crozon. Avant, il était pêcheur et s'improvisait de temps en temps coiffeur en coupant les cheveux de ses amis. Puis il en a fait son métier, et il le fait très bien. Beaucoup de personnes âgées vivent sur l'île. Elles sont contentes de ne pas être obligées de se rendre sur le continent pour se faire coiffer. Oh, n'oublions pas non plus le curé ! Lui aussi fait la tournée des îles en bateau. Mais lui, vous pouvez le rayer de la liste des assassins potentiels. Depuis deux semaines, il se trouve sur l'île de Zanzibar.

C'était à la fois bizarre et plausible : vivre sur l'île, qui était isolée et bénéficiait d'infrastructures et de facilités minimales, requérait un autre type d'organisation. Malgré tout, imaginer un curé et un coiffeur naviguer d'île en île – et assassiner – avait quelque chose de fou. On se serait cru dans un roman d'Agatha Christie.

Ils avaient atteint les dernières maisons du village. L'île devenait étroite, l'océan battait des deux côtés. Ils se dirigeaient vers le grand phare – ils n'avaient pas le choix, c'était la seule route en dehors du village. Le Ber, pendu à son téléphone, s'était laissé distancer.

Partout, le sol était inégal, hérissé d'herbe que la mer, le sel, le vent et sans doute les lapins avaient ratiboisée. Vert clair et lumineux, le paysage bosselé se poursuivait de tous côtés par des plages rocailleuses et la côte. C'était un paysage étrangement désert, dénué d'arbres et de buissons. Çà et là, on voyait de jolies petites fleurs roses en pleine floraison, qui conféraient quelque douceur au paysage âpre et aride.

— D'où vient le navire-citerne, madame ?

— Du port d'Audierne. Il vient d'abord chez nous puis il ravitaille Molène et Ouessant.

Situées au large de la pointe la plus occidentale de la Bretagne, ces deux îles étaient les plus grandes de l'archipel qui faisait partie du parc d'Iroise. L'archipel se composait d'innombrables rochers, îlots et îles. Ouessant était sans conteste l'île la plus grande et la plus impressionnante, mais Molène aussi, légèrement plus grande que Sein, était renommée.

— Je suppose que nous parlons du navire que Céline Kerkrom contestait ?

— Pas le navire lui-même, mais les dégâts que nous provoquons ici en utilisant le pétrole ! Elle avait raison : il existe d'autres solutions.

— A quelle heure accoste-t-il ici d'ordinaire ?

— Entre sept et huit heures du matin. Il repart entre dix et onze heures.

— Et le bateau de ravitaillement ?

— A huit heures, mais il n'est pas toujours ponctuel.

— Il vient aussi d'Audierne ?

— Non, de Camaret.

Dupin connaissait bien la presqu'île, qu'il aimait beaucoup, surtout Crozon et Morgat, la station balnéaire avec son petit port. Il avait de bons amis à Goulien, une des plages les plus fabuleuses de la presqu'île.

— Et aujourd'hui ? Il était là avant huit heures ?

— Non, peu après huit heures.

— A quelle heure a-t-il appareillé ?

— Il est encore au port. Les deux dockers sont dans un des cafés devant lesquels nous sommes passés.

Dupin avait bien sûr repéré les cafés sur les deux quais ; ils avaient fière allure et lui semblaient pour ainsi dire parfaits.

Dupin s'adressa à son adjoint qui avait entre-temps fini de téléphoner.

— Le Ber, où se trouve la vedette ?

Dupin ne l'avait pas vue au port.

— Elle est amarrée dans la baie, là devant nous, vous la voyez ? intervint madame Coquil en montrant la direction du phare. Avec celle du port, c'est la seule jetée de l'île sur laquelle on peut accoster quelle que soit la marée. Mais, en réalité, personne ne l'utilise plus. Nous y sommes bientôt.

— Au fait, dit Le Ber qui marchait au côté du commissaire, il n'y a eu en Bretagne aucun autre crime par égorgement ces dernières années. Absolument aucun. Quant à l'incident avec les dauphins, le parc d'Iroise n'a pour l'instant rien à en dire, ce sont des choses qui arrivent, avec les filets et les prises accessoires. Nous devrions parler avec le directeur scientifique du parc, m'a-t-on suggéré. Y compris au sujet d'éventuelles pollutions. J'ai passé la consigne au sujet des bateaux.

Dupin se tourna vers la conservatrice.

— Y a-t-il en ce moment un navire du parc d'Iroise ? Avez-vous… ?

Dupin fut interrompu par la sonnerie de son téléphone. Un numéro parisien qu'il ne connaissait pas s'afficha. Il s'arrêta et prit la communication à contrecœur.

— Allô ?

— Il y a aussi un train à six heures vingt-sept, commença une voix sur un rythme frénétique et sans pause, qui arrive à onze heures dix-sept. Le train de huit heures trente-trois n'arrive à Paris qu'à treize heures vingt-trois. Ce serait dommage, c'est trop serré, mon cher Georges. Je suis justement chez tante Yvonne, nous sommes en train de tout vérifier. Les tout derniers détails.

Dupin était trop perplexe pour placer un mot.

Sa mère.

Le « grand événement ».

Bien entendu, il n'y avait pas pensé un seul instant. Ni, par conséquent, au probable, au très probable conflit qui allait éclater. Cependant, cela ne serait d'aucun secours de laisser sa mère dans l'ignorance de la situation ou de chercher des excuses. Au contraire, cela ne ferait qu'envenimer l'affaire.

— Je... nous... (Il devait le faire, il devait le dire.) Nous avons un meurtre. Et même deux, pour être précis. Des meurtres barbares. Nous en avons eu connaissance il y a quelques heures.

Dupin s'exprimait sur un ton plus pathétique qu'il ne l'aurait souhaité. Mais c'était certainement le juste ton.

— Je suis au milieu d'une enquête, ajouta-t-il avec un soupir démonstratif.

Silence au bout de la ligne. Deux lapins filèrent juste devant lui en traversant l'axe est-ouest.

— C'est mon soixante-quinzième anniversaire, mon cher Georges, énonça sa mère d'une voix à la fois froide et sous contrôle. Tu seras à Paris après-demain quoi qu'il arrive. Toi et ta fiancée (ainsi appelait-elle Claire systématiquement, bien qu'il n'eût jamais été question de fiançailles). A dix-neuf heures précises, tu seras assis à ma droite, à la table d'honneur, et à ma gauche, il y aura ta sœur.

S'ensuivit un long silence, peut-être se calmait-elle, du moins un peu.

— Bon. Eh bien, prends le train de huit heures trente-trois. Ça, je te le concède. Vous avez déjà vos billets.

Quelques secondes plus tard, elle avait raccroché.

Le soixante-quinzième anniversaire d'Anna Dupin.

Les préparatifs avaient commencé un an plus tôt. Elle voulait une grande fête, bien entendu. Ou, pour reprendre ses mots, « une fête à la hauteur des circonstances ». Pour la grande bourgeoise parisienne qu'elle était, ce serait extrêmement élégant, extrêmement solennel. En tout point comparable à ce que Dupin connaissait depuis son enfance et qu'il avait toujours détesté. Rigide et artificiel. Une centaine d'invités se presseraient dans le salon anglais de l'hôtel George-V loué pour l'occasion. Rien que ça. Ils avaient échangé au moins cent coups de fil depuis le début des préparatifs. Rien que la veille, il en avait reçu trois lors desquels il avait été question pour la énième fois des « tout derniers détails ».

Bien sûr, il ne pouvait pas savoir combien de temps cette enquête allait l'occuper, mais jamais jusqu'ici il n'avait résolu une grosse affaire en deux jours. C'était impossible.

Dupin se frotta énergiquement la nuque. Il devait réfléchir.

Il rejoignit Joséphine Coquil et Le Ber. Le petit groupe se remit en marche.

— Les bateaux du parc d'Iroise, c'était ma question, madame. L'un d'eux se trouve-t-il ici en ce moment ?

— Je ne sais pas. Mais ayez le capitaine Vaillant dans le collimateur, le pirate contrebandier qui va où il veut. Y compris ici.

— Le capitaine Vaillant ?

— Pour certains, c'est un escroc, pour d'autres un héros qui fait la nique à l'État.

De quel côté penchait Joséphine Coquil ? Impossible de le savoir.

— C'est un pêcheur qui navigue sur une épave, une tête brûlée qui dirige une petite équipe. On dit qu'il tire ses revenus de la contrebande. Alcool. Eau-de-vie. Il s'approvisionne dans différentes distilleries et l'écoule en Angleterre. Mais, jusqu'ici, personne ne l'a pris sur le fait.

Il était de nouveau question de contrebande. D'alcool cette fois, pas de cigarettes. Encore une personnalité éminente qu'on n'avait pas surprise la main dans le sac.

Dupin venait de prendre son carnet et de noter en marchant quelques mots d'une écriture qui tenait des hiéroglyphes.

— Vaillant, c'est ça ?

— Capitaine Vaillant. Personne ne connaît son prénom. Ah, nous voilà bientôt arrivés.

A une cinquantaine de mètres, sur la droite, se tenait un groupe de gendarmes et d'hommes en civil, certainement l'équipe scientifique. Ils entouraient une femme et un jeune garçon.

— Vous devez savoir, dit Le Ber en se tournant vers Dupin, que la contrebande vers les îles Britanniques est une longue tradition, tout comme la contrebande en Bretagne a un lien étroit avec la piraterie. La contrebande, prononça Le Ber sur un ton affectueux, a commencé au début du XVIIᵉ siècle. Les trois siècles suivants ont marqué l'apogée de la contrebande dans la mer Celtique, la route principale se situait à l'est d'Ouessant…

— Le Ber !

Il allait encore dépasser les bornes. Dupin connaissait cette histoire, tout comme il savait que la contrebande n'avait pas peu contribué à la prospérité économique de la Bretagne. Quelques villes côtières, comme Roscoff ou Morlaix, lui devaient ainsi leur grande fortune et leur renommée. Cette activité avait façonné des territoires entiers, entre autres les sentiers magnifiques serpentant le long du littoral et que Dupin aimait tant. Ils n'étaient rien d'autre que les anciens chemins des contrebandiers, si bien que le terme de « sentier des douaniers » faisait résonner aujourd'hui encore aux oreilles des Bretons une petite musique romantique. Laquelle n'avait absolument rien à voir avec les trafics contemporains sur toutes les mers du globe qui montraient un tout autre visage, un visage d'une extrême brutalité.

Dupin se tourna vers madame Coquil. Il n'avait pas l'intention de suivre la digression plus longtemps.

— Ce capitaine Vaillant se trouvait-il sur l'île hier ou aujourd'hui ?

— Ça, vous devez poser la question dans les cafés des quais. C'est là que l'équipage se rend tout droit après avoir accosté. Il ne va pas plus loin.

Soudain s'élevèrent des sons harmonieux, des sons celtes : le téléphone de Le Ber, qui s'éloigna discrètement de quelques pas.

— Et Charles Morin, le gros patron de pêche ? Est-ce qu'on l'a vu ces derniers temps sur l'île ?

— Alors, *lui*, c'est un *véritable* escroc ! s'exclama madame Coquil qui ne cacha pas cette fois le fond de sa pensée. Pas que je sache. Non. Il possède un grand Bénéteau ; on ne peut pas le rater. Il lui arrive de s'attabler au Tatoon. C'est là qu'on vous servira le meilleur lieu jaune du monde. Pêché par des hommes de chez nous.

Dupin prit note.

— Nous sommes arrivés. Le cimetière des cho-lériques.

— Le cimetière des cholériques ?

Un homme s'approchait d'un pas énergique. Madame Coquil fit les présentations sur un ton officiel.

— Antoine Manet. Notre adjoint au maire ! Et le médecin de l'île ! Le maire est en vacances. A Jokkmokk, en Laponie. Pour observer les rennes. Savez-vous qu'ils font là-bas du saucisson de rennes ?

L'adjoint au maire – une grosse cinquantaine, peut-être la soixantaine – était un homme mince et athlétique. Il avait des cheveux gris courts, un visage ouvert, sérieux, tanné par le soleil. Son regard jeune pétillait d'intelligence. Jean, chaussures noires en cuir, un polo et un blazer gris, un sac en bandoulière vert foncé.

Il tendit la main à Dupin avec un sourire.

— Quelle merde ! dit-il en accompagnant ces mots d'une forte poignée de main.

Dupin fut comme frappé par la foudre. Il ressentit un agacement difficile à décrire. Ce n'était pas lui qui avait juré mais l'adjoint au maire, et en utilisant son juron préféré !

— Il ne nous manquait plus que ça !

Dupin restait sans voix.

— Venez, commissaire. La victime est là, déclara-t-il négligemment mais avec fermeté. Vous connaissez la devise : qui voit Sein voit sa fin.

Sans attendre une réaction de Dupin, le médecin tourna les talons. Joséphine Coquil n'avait pas l'air de vouloir se retirer. Au contraire.

— En 1885, une grosse épidémie de choléra s'est abattue sur nous. (On aurait dit qu'elle parlait du mois précédent.) Déjà au XVIIe siècle, nous avions subi une épidémie de peste qui avait failli nous exterminer. Les survivants ont dû repeupler l'île en allant chercher des conjoints sur le continent. (Cette dernière phrase lui tenait manifestement à cœur.) Mais revenons à l'épidémie de choléra, importée du continent. Le médecin, plein de bon sens, a isolé les premiers morts en les faisant inhumer ici, dans ce cimetière qu'on a créé du jour au lendemain. Le costume noir des femmes de Sein tire son origine de l'épidémie. Aujourd'hui encore, la coiffe est noire.

Tout était désolant. Désolant et démoralisant. Surtout quand on savait que les costumes traditionnels bretons se démarquaient par la richesse et l'éclat de leurs couleurs.

Dupin emboîta le pas de l'adjoint au maire. Le cimetière des cholériques se trouvait au milieu d'un pré à l'herbe drue ravagé par des terriers de lapins. Ici aussi les champs s'étiraient jusqu'aux plages rocheuses. Le cimetière n'était rien d'autre qu'un espace herbu entouré d'un vieux muret de pierres plates qui s'élevait à hauteur de genou. Un rectangle parfait avec une entrée sur l'axe est-ouest. Protégés par le muret s'épanouissaient quelques bouquets de fleurettes aux boutons roses. En face de l'entrée, au-delà du muret, se dressait une simple croix de pierre érodée, d'un mètre de haut tout au plus. A l'intérieur du rectangle, sur les côtés, quelques grandes plaques de granit posées à même le sol étaient alignées parallèlement. Elles ne portaient aucune inscription. Elles étaient complètement nues.

C'était là tout le cimetière.

Un endroit insensé. Un bout de néant, plat et dépouillé, sous l'infini ciel d'un bleu magnifique. Trente mètres plus loin, l'océan. Quelques gros blocs erratiques de granit aux formes bizarres s'égrenaient le long du rivage ; certains émergeaient telles des sculptures mystérieuses, des signes cryptiques.

— Ils doivent se partager la croix, déclara madame Coquil qui avait aperçu le regard de Dupin. En fin de compte, on n'a déploré que six victimes du choléra, pas plus. Le cimetière aurait pu en accueillir davantage, semblait-elle regretter au vu de la place perdue.

Les gendarmes, les hommes en civil, la mère et le jeune garçon se tenaient à côté de la croix et regardaient Dupin. L'adjoint au maire attendait le commissaire, Le Ber et madame Coquil à l'entrée.

— Sept, non ? Il y en a sept, observa Dupin en passant.

Il avait compté cinq pierres de granit dans la rangée de gauche et deux dans celle de droite.

Mais cela importait peu.

— Pardon ?

A la remarque du commissaire, la responsable des musées s'était arrêtée net. Son visage était empli d'effroi. Il s'était sans doute passé quelque chose d'extraordinaire, même si Dupin n'avait pas la moindre idée de ce qui la troublait.

Antoine Manet s'en était lui aussi rendu compte.

— Joséphine, n'effrayez pas le commissaire ! Nous avons plus important à faire. C'est le meilleur, à ce qu'on raconte.

Madame Coquil tenta difficilement de reprendre contenance.

— Vous… Vous avez vu sept tombes ? A gauche, vous avez vu cinq tombes, c'est ça ? Cinq ?

— J'ai dû mal compter, répondit Dupin qui n'en dénombra plus que quatre quand il y jeta un deuxième coup d'œil.

Il s'était donc trompé.

— On dit que celui qui voit une cinquième pierre tombale dans la rangée de gauche, commença-t-elle en s'efforçant vainement de ne pas parler sur un ton trop dramatique, celui-là a vu sa propre tombe. Il lui arrivera... il lui arrivera quelque chose de terrible dans les prochains jours. La dernière fois, c'était il y a quatre ans, un homme du Conquet, un boucher...

— Joséphine ! Arrêtez !

Le ton était brutal. Antoine Manet ne plaisantait pas. Ce qui n'arrangeait rien, jugea Dupin. Pourquoi était-il si sérieux ? Ce n'était là rien d'autre qu'une superstition ridicule.

Dupin lança un coup d'œil à Le Ber, téléphone en main alors qu'il ne parlait plus. Il était changé en statue de sel et regardait alternativement Joséphine Coquil et Dupin.

Aucune aide à attendre de ce côté-là.

— Qu'y a-t-il, Le Ber ? demanda Dupin en s'approchant de son adjoint.

— Labat s'est manifesté, répondit Le Ber qui essayait en vain d'affermir sa voix. Le légiste a établi l'heure du décès aux alentours de vingt-deux heures, plus ou moins une heure.

Dupin ne s'était pas attendu à autre chose.

— Sinon, il a confirmé toutes les premières hypothèses. Rien de nouveau. Ils n'ont rien découvert de particulier non plus sur le bateau de Kerkrom. Tout semble normal pour l'instant. Mais Labat voudrait faire réexaminer le bateau par un pêcheur qui a la confiance de la gendarmerie de Douarnenez. Il pourrait peut-être voir plus de choses.

C'était une bonne idée.

— Ils n'ont pas trouvé non plus de portable dans le bateau. Mais on sait maintenant que Kerkrom en possédait un. C'est certainement le meurtrier qui l'a pris.

Le Ber ne semblait toujours pas vraiment d'aplomb ; on aurait dit que parler l'aidait à se calmer.

— Renseignez-vous sur le fournisseur d'accès et la connexion.

— On a commencé. Mais vous savez que cela risque de prendre un peu de temps. Labat a interrogé Jean Serres, le collaborateur de madame Gochat. Franchement, cela n'a rien donné. Il s'est contenté de répéter ce que nous savons déjà. Nous avons la liste des acheteurs présents à la criée hier. D'après des sources convergentes, notre liste est complète, elle comprend tous ceux qui étaient présents ce soir-là dans la halle. Les interrogatoires ne sont pas terminés. On nous préviendra si cela donne quelque chose de notable.

— Bien.

Labat connaissait la marche à suivre.

— Vous… Vous devriez faire attention, patron. Vous ne devriez pas prendre cette histoire de septième tombe à la légère.

Le Ber avait la mine soucieuse.

— Tout va bien, Le Ber. Tout va bien ! s'écria-t-il sans le vouloir.

Le Ber parut sur le point de répliquer, mais il se ravisa.

— Je vais m'occuper du bateau et de l'équipage, patron. Vous pourrez me joindre sur mon portable. Appelez-moi s'il se passe quelque chose, ajouta-t-il après une hésitation. Pour quoi que ce soit.

Le lieutenant se secoua et s'avança vers les gendarmes.

— Nous avons à faire, messieurs. Suivez-moi.

Ils le regardèrent avec curiosité et le suivirent comme de jeunes chiots. Dupin se tourna vers Manet.

— La victime ? Où est-elle ?

Il ne voyait aucun corps.

— Derrière la dernière tombe, répondit Antoine Manet en se dirigeant vers le mur du cimetière. Là-bas derrière, ajouta-t-il avec un geste vague de la tête, dans une cuvette. On a creusé une tombe autrefois mais elle n'a jamais servi. Avec le temps, elle s'est éboulée. On ne peut pas voir le corps de la rue. Anthony l'a découvert ce matin alors qu'il jouait.

Il s'agissait certainement du jeune garçon, âgé de neuf ou dix ans, qui se tenait au côté de sa mère.

Dupin salua la compagnie. Il ne connaissait aucun des membres de l'équipe scientifique.

— Pourquoi le corps se trouve-t-il justement dans ce cimetière ?

Manet, qui venait de s'arrêter devant le muret, haussa les épaules.

— Nous n'en avons pas la moindre idée.

Dupin était arrivé devant la dernière pierre tombale. Il voyait enfin le cadavre.

C'était celui d'une femme âgée d'une trentaine d'années et d'une beauté époustouflante, il n'y avait pas d'autre mot. Laetitia Darot était sur le dos, comme allongée sur un lit, presque paisible. Elle avait de longs cheveux bouclés aux reflets auburn, des traits gracieux et cependant énergiques, une bouche ourlée. Elle avait l'air de dormir. La blessure à la gorge apparaissait presque délicate, comme une étrange parure, seule la trace de sang séché était large. Jean sombre, de courtes bottes bleues en caoutchouc, une veste de laine bleue sur un pull gris aux mailles épaisses.

— Je pense que cela s'est passé ce matin, probablement entre sept et huit heures. Une entaille nette de la trachée et des cordes vocales, expliqua Manet, le front plissé par la concentration. Le cerveau a été privé instantanément d'oxygène et le sang a coulé dans la trachée-artère, elle est morte étouffée.

Manet fit une pause, son regard glissa de la tête le long de son corps. Dupin suivit son regard.

— Le poignet droit est légèrement enflé, là où le meurtrier l'a tenue. Cependant, nous n'avons aucune trace de lutte et aucune autre blessure.

— Ce type d'entaille est-il de la main d'un expert ? Qu'en pensez-vous ?

Cette question avait déjà été posée le matin même.

— Pas forcément. Au bord de la mer, il y a des tas de gens qui utilisent des couteaux et en maîtrisent parfaitement l'emploi.

— La légiste doit arriver sous peu, annonça sur un ton crâne et zélé un des techniciens de la scientifique – un type à la Labat. Je pense qu'on devrait attendre son avis de spécialiste.

— J'ai toutes les informations qu'il me faut sur le cadavre, grommela Dupin.

Le médecin de l'île eut un petit sourire. Il n'avait nul besoin que Dupin prenne son parti, car il n'était pas facile de décontenancer Manet. Il donnait l'impression d'en avoir déjà vu de belles.

— L'homicide a certainement eu lieu ici ou à proxi-
mité, déclara avec compétence le deuxième technicien,
un homme plus âgé doté d'une épaisse chevelure
blanche. Une grosse quantité de sang a été absorbée
par le sol à côté du corps, la victime ne peut en avoir
perdu autant à partir d'une deuxième blessure. Elle n'a
pas pu bouger non plus une fois dans la fosse.

— Laetitia Darot avait déjà perdu connaissance.
En règle générale, ça se produit au bout de dix secondes,
approuva Manet en hochant la tête.

— Par précaution, nous avons recherché d'autres
traces de sang dans tout le cimetière, nous n'en avons
pas trouvé. Ni dans le pré qui entoure le cimetière.
Rien qui nous aurait sauté aux yeux. Pas la peine de
chercher des empreintes de pas, ajouta le technicien
en regardant le sol d'un air entendu. Jusqu'ici, nous
n'avons rien trouvé non plus sur les vêtements. Nous
allons tout vérifier de nouveau une fois que le cadavre
sera emporté.

La compétence de l'homme était manifeste.

Dupin fit le tour de la fosse.

— C'est ici qu'elle a probablement rencontré le
meurtrier. Aux toutes premières lueurs du jour, précisa Dupin en jetant un regard vers le rivage. S'il est
venu en empruntant un gros bateau, il l'a certainement
amarré au ponton où se trouve la vedette de la gendarmerie.

— Nous allons inspecter ce ponton, réagit l'homme
aussitôt.

— Ou bien il a jeté l'ancre plus loin, intervint
madame Coquil pour la première fois depuis l'incident des tombes – Dupin avait d'ailleurs l'impression

qu'elle le regardait d'un drôle d'air –, et s'est approché avec une annexe. Ou alors il vit sur l'île, dit-elle avec un regard sombre.

— Quand votre fils a-t-il découvert la victime, madame ?

Les deux techniciens de l'équipe médico-légale étaient partis vers la jetée, leurs lourdes valises en aluminium à la main. Dupin était resté en compagnie du garçon, de sa mère, d'Antoine Manet et de Joséphine Coquil.

— A sept heures vingt-quatre.

Le jeune garçon avait répondu lui-même à la question. Ses yeux brillaient. De toute évidence, il n'était en rien impressionné.

— Tu peux être aussi précis ?

Avec fierté, le jeune garçon exhiba une montre digitale :

— En cas de meurtre, on doit être précis.

Puis il ajouta après un moment de réflexion :

— L'école commence à huit heures et demie, je peux rester jouer dehors jusqu'à huit heures et quart. Après, il faut que j'y aille.

Sa mère se sentit obligée d'ajouter :

— Nous habitons dans une des premières maisons, là-bas devant. En fait, Anthony n'a pas le droit de s'éloigner autant. Mais il ne peut rien lui arriver, ici. Euh… normalement, ajouta-t-elle en se rendant compte de son impair.

— La victime avait la même position quand tu l'as trouvée ?

— Oui, pareil.

— As-tu vu autre chose de bizarre, Anthony ?

C'était un garçon dégourdi. Un aventurier. Des cheveux châtain clair ébouriffés, un sourire coquin, un jean très sale, des tennis, un tee-shirt bleu délavé. Les poches de son pantalon, derrière et devant, formaient des bosses comme si elles étaient remplies de tout un fatras.

— Des lapins. Six. Ils regardaient le cadavre. Ils étaient assis autour. Et Jumeau était de sortie.

— Un des pêcheurs de l'île naviguait, compléta Manet qui posait sur le gamin un regard indulgent.

Dupin était soudain tout à fait éveillé.

— Loin ?

— Pas trop, répondit Anthony en montrant le large.

Une réponse difficile à interpréter.

— Le bar, il le pêche à la ligne. Cela fait quelques jours qu'il est tous les matins à peu près au même endroit. Il faut que tu le dises, Anthony, sinon le commissaire va devenir soupçonneux. Tu dois seulement donner les informations utiles, dit la mère du garçon en plissant le front.

L'enfant ne se laissa pas démonter.

— Savez-vous que le président a mangé chez nous ? L'année dernière, il a fait un discours ici, dit-il en montrant d'un geste le monument un peu plus loin qui montrait un Sénan sur un grand socle carré en pierre dressé devant une croix de Lorraine.

— C'était une commémoration pour rendre hommage à notre courage. Toute l'école était là. Le discours terminé, je suis allé le voir et je l'ai invité à déjeuner.

La mère d'Anthony eut un sourire confus.

— C'est vrai. Il est venu chez nous, il est resté une demi-heure.

— Il y avait du saint-pierre et des pommes de terre sautées.

Mais Dupin s'intéressait à autre chose.

— Comment s'appelle ce pêcheur, déjà ?

— Jumeau.

— Et son prénom ?

— Luc.

Dupin prit des notes. Il y avait déjà quelques noms sur sa liste : Gochat, patronne de la criée ; Batout, la serveuse du stand ; Morin, le roi des pêcheurs…

A chacune de ses enquêtes, une des difficultés que rencontrait Dupin était de se remémorer tous ces noms. A Paris c'était déjà le cas, mais les noms bretons avaient aggravé le problème. En fait, songeait souvent Dupin, ce défaut le rendait inapte à l'exercice de sa profession. Celui-là et quelques autres.

— Il y a dix ans, compléta madame Coquil, on comptait encore douze pêcheurs ici.

— Tu as remarqué autre chose, Anthony ?

— Rien qui serait important pour l'enquête, monsieur le commissaire. (Puis par mesure de précaution il réfléchit encore intensément.) Mais je vous le dirai si quelque chose me vient à l'esprit. C'est comme ça qu'on dit, n'est-ce pas ?

— Il faut que tu ailles à l'école maintenant, dit sa mère sur un ton sans réplique. Tu l'as assez manquée.

Les yeux du garçon brillèrent de nouveau.

— L'école n'est pas son truc, expliqua la mère en guise d'excuse.

Dupin comprenait bien le garçon.

93

— Merci beaucoup. Tu nous as beaucoup aidés.

Dupin avait conscience que sans Anthony le corps n'aurait pas été découvert aussi vite. Une cinquantaine de mètres les séparaient de l'axe est-ouest. Le cadavre reposant dans une fosse, on ne le voyait qu'une fois devant. Cela aurait pu durer longtemps, peut-être des jours, avant qu'on ne le découvre.

Un instant plus tard, le garçon avait disparu, suivi par sa mère.

Dupin s'approcha d'Antoine Manet et de Joséphine Coquil.

— Qui se rend régulièrement dans cette partie de l'île ?

— Moi, par exemple, répliqua Manet, quand je viens rendre visite aux quatre techniciens qui s'occupent du phare et de tous les aspects techniques de l'île.

Il se mit à rire.

— Mais je ne suis pas le seul. Il y a également les promeneurs. Le chemin vers le phare est très apprécié, et pas seulement par les insulaires, les excursionnistes d'un jour aiment bien l'emprunter. On n'a pas tant de chemins que ça, par ici.

Dupin regarda le phare. Il était à moins d'un kilomètre. Et entre le phare et lui, il n'y avait rien. Manet fit un geste en direction du village :

— Les trois maisons entre le village et le cimetière sont occupées seulement en juillet et en août. Parfois à Pâques, pendant une semaine.

Dupin se frotta le front, un geste parmi d'autres qui devenait un tic pendant ses enquêtes.

— Avez-vous une idée de ce qui s'est passé ? demanda-t-il. Deux femmes de l'île de Sein sont assassinées. Elles se connaissaient.

— Nous avons déjà vécu pire, s'échauffa madame Coquil. On ne se laisse pas impressionner aussi facilement. Mais quelque chose de vilain se prépare. De très vilain. Je ne peux rien dire de plus. Faites attention à vous, commissaire. Pensez aux sept tombes !

Sur ces mots, elle tourna les talons.

— Je dois rentrer, mes musées m'attendent. Normalement, j'ouvre à neuf heures. J'attends que vous me rendiez visite, commissaire, dit-elle sans se retourner. Je sais beaucoup de choses.

Puis elle disparut.

— Vous non plus, monsieur Manet, vous n'avez aucune idée de ce qui s'est passé ici ?

— Honnêtement, non, je n'en ai pas la moindre idée.

— Dites-moi ce que vous savez au sujet de ces deux femmes. Ce qu'elles faisaient. Avec qui elles étaient en contact.

— Un instant. Je dois appeler l'hélicoptère et la légiste. On ne devrait pas laisser le cadavre trop longtemps ici.

Manet fit quelques pas de côté. Dupin se demanda s'il ne devait pas partir avec l'hélicoptère pour s'épargner un trajet en bateau. Mais bien sûr, c'était trop tôt, il lui fallait interroger des tas de gens.

Le commissaire sortit également son portable.

— Le Ber, demandez à un de nos agents de venir au cimetière et de garder l'œil sur tout jusqu'à ce que le corps soit enlevé. Je veux qu'on boucle le cimetière.

— Bien, patron. J'ai posté un homme au port pour empêcher tout bateau de quitter l'île avant qu'on puisse contacter son propriétaire. Le bateau-citerne est encore là. Celui du coiffeur aussi. Je leur ai dit qu'on voulait leur parler. Ils nous attendent dans un des cafés. Entre-temps, le bateau de ravitaillement est reparti, il faut bien nourrir les gens. Il va être difficile de dresser la liste des bateaux qui ont accosté ou appareillé entre hier et aujourd'hui. Il n'y a pas de bureau des affaires portuaires. Mais on va essayer. Nous parlons avec tout le monde, les tenanciers des cafés nous aident.

— Parfait.

Les patrons de bistrot savaient et voyaient beaucoup de choses.

— Nous ne pourrons quand même pas consigner tous les bateaux. En été, il y en a toujours qui arrivent tard le soir et qui repartent le lendemain à l'aube. Des bateaux à moteur, à voile. Ils n'ont pas besoin de s'enregistrer quelque part. Ils se déplacent à leur guise. En journée aussi, certains ne viennent que pour quelques heures. Les gens font une petite promenade dans le village, ils vont au restaurant et repartent.

Aucune chance de pouvoir tous les repérer. Ils en étaient réduits à compter sur la chance. Dupin soupira.

Antoine Manet avait terminé sa conversation télé-phonique et se tenait discrètement quelques mètres plus loin.

— En tout cas, il est possible que l'assassin soit de l'île.

Le Ber s'était exprimé comme s'il s'agissait d'une bonne nouvelle.

Si le meurtrier était d'ici, il s'était certainement rendu en bateau à Douarnenez entre huit heures et neuf heures la veille, quel que soit le bateau, puis il était revenu une fois son forfait accompli. Ou, autre scénario : le meurtrier venait du continent. Il se serait rendu sur l'île entre la veille à environ vingt-trois heures et six heures du matin. S'il y avait un complice, les scénarios se multipliaient à l'infini. Dupin n'allait pas commencer à les dérouler.

— Je veux qu'on se rende dans chacune des maisons et qu'on interroge les habitants. Peut-être l'un d'eux a-t-il vu quelque chose qui pourrait nous aider. Un promeneur en vadrouille très tôt ce matin, par exemple.

— J'ai déjà demandé du renfort, dit Le Ber. Huit gendarmes devraient arriver sous peu dans deux bateaux.

Le Ber connaissait bien son commissaire. Ce serait pour lui une petite invasion.

— Entre le quai Sud et le quai Nord, directement sur le rivage, il y a quelques cabanons, des remises que les pêcheurs utilisent. Ils y rangent leurs filets, les bouées, des choses comme ça. Céline Kerkrom et Laetitia Darot en avaient loué un chacune. Une collaboratrice du maire-adjoint va nous les montrer. Je viens d'envoyer deux collègues chez Kerkrom et chez Darot pour une première visite. Le bateau de Laetitia Darot est amarré au port. On va le fouiller, bien sûr.

Le Ber avait pris l'affaire en main, ce qui arrangeait Dupin qui pouvait poursuivre ses propres réflexions.

— A tout à l'heure, Le Ber.

Manet s'approcha de Dupin.

— Venez, accompagnez-moi chez ma patiente. Nous pourrons discuter en chemin. Son genou s'est infecté. Elle a eu un petit accident sur un bateau, mais sa blessure est vilaine à cause d'une écharde.

Le médecin s'était mis en marche pendant qu'il parlait. Dupin le suivit. Deux lapins curieux étaient assis devant le muret à la sortie du cimetière. Ils filèrent en un éclair.

— Il m'est arrivé de boire un verre avec Céline. La plupart du temps Chez Bruno. On parlait de tout, de la vie, de l'île, de la pêche. Des conversations sérieuses qui ne nous empêchaient pas de rire beaucoup. C'était une femme qui avait de la suite dans les idées. Franche. Forte personnalité. Engagée. Mais ça, vous avez déjà dû l'apprendre. Elle était solitaire sans être misanthrope. Elle était sans rancune, n'était pas en lutte contre elle-même ni contre le monde. Je crois qu'elle aimait globalement la vie qu'elle menait. Elle avait même accepté l'échec de son couple. Elle aimait son métier, aussi difficile était-il devenu.

Cela paraissait être un bon résumé.

— Quand la delphinologue est arrivée sur l'île, en janvier, elle s'est tout de suite liée d'amitié avec elle. C'était stupéfiant. Dans les derniers temps, justement, ces deux ou trois mois passés, je les ai vues souvent ensemble. Parfois, elles rentraient le soir au port en même temps, et l'une allait passer un moment sur le bateau de l'autre.

Manet se frotta l'arrière de la nuque.

— C'est bête ; chacune était sans aucun doute la personne qui en savait le plus sur l'autre, plus que n'importe qui sur l'île.

— Que pouvez-vous me dire sur Laetitia Darot ?

— Pas grand-chose. Laetitia semblait timide, mais pas désagréable, ni négative ou arrogante. Tout simplement, elle ne cherchait pas le contact. Ici, sur l'île, nous laissons chacun être ce qu'il veut. C'est dû à une alchimie singulière entre le sens collectif et solidaire d'une part et un individualisme forcené d'autre part. Bien entendu, la promiscuité, le fait que nous vivions les uns sur les autres peut déclencher des conflits. Mais, encore une fois, de ce point de vue, Laetitia ne faisait pas partie du village. C'est pourquoi je ne sais pas dans quelles affaires elle aurait pu tremper. Certains trouvaient qu'elle se donnait un air de mystère, mais personne n'a jamais dit un mot de travers sur elle. Les gens éprouvaient du respect pour la scientifique qu'elle était.

Ils avaient rejoint la route.

— Elle passait la plupart de son temps en mer.

— Savez-vous ce qu'elle faisait avant, à Brest ?

— Je sais seulement qu'elle travaillait déjà pour le parc quand elle était en poste là-bas.

— Qui parmi les îliens pourrait me parler d'elle ?

— En fait, je crains qu'il n'y ait personne. Mais je vais me renseigner. S'il y a quelque chose à rapporter, si quiconque a vu ou entendu quoi que ce soit sur les deux femmes ou sur un autre sujet, je le saurai bientôt.

Antoine Manet sourit.

Dupin le croyait sur parole. Evidemment. Tout se propageait sur l'île à la vitesse de l'éclair. Le médecin était la dernière instance. Une personne de confiance.

— Bien. Céline Kerkrom était-elle en contact avec les autres pêcheurs de Sein ?

— Oui, avec les deux. Mais, que je sache, il n'y a jamais eu aucun problème entre eux. Elle avait une relation plus étroite avec Jumeau. Mais de là à dire qu'ils étaient amis… je ne sais pas. La vie des pêcheurs est rude.

Un couple âgé s'avançait vers eux sur la route du village.

— Bonjour, Pauline, bonjour, Yannick.

— Quelle tragédie ! Tu t'en sors quand même, Antoine ? Ça ne change rien pour ce soir ?

— Bien sûr que non.

Il allait de soi que tous les Sénans connaissaient Manet, à la fois adjoint au maire, médecin et président de la société de secours en mer. Malgré tout, il n'émanait de lui rien d'autoritaire, aucun air de supériorité, rien de superficiel. Plutôt de la sagesse. C'était avant tout l'ami de chacun.

— Alors à plus tard, Antoine.

— Nous organisons une réunion pour préparer la grande fête du cent cinquantième anniversaire de la société de sauvetage en mer, expliqua Manet alors que le couple poursuivait son chemin. Yannick en est membre depuis cinquante ans et a été longtemps sauveteur. Nous allons trinquer au souvenir de Céline et Laetitia. Dans des situations pareilles, c'est mieux de se retrouver. Un meurtre. On n'en a jamais eu ici.

— On dit que Céline s'est querellée avec beaucoup de gens.

— Non, pas avec beaucoup. Mais avec certains, c'est sûr. Ça a bien créé des remous de temps en temps sur le continent. Ici, moins. La vie poursuit son cours, immuable.

— Et le conflit au sujet du pétrole ? Son engagement en faveur des énergies alternatives ? J'ai entendu parler, commença Dupin en compulsant son calepin, de « petites centrales marémotrices », d'un « système de turbines et pompage ».

— La plupart des gens sont d'accord avec elle. Seuls quelques-uns ont peur que l'approvisionnement ne soit pas régulier. Mais on va réussir à les convaincre. Il n'est pas seulement question de petites centrales marémotrices mais d'une combinaison de plusieurs types d'énergies renouvelables. Il n'y a eu qu'une seule grosse dispute à ce sujet, avec le patron du bateau-citerne. Un matin, il l'a même guettée près de son bateau et l'a agonie d'injures.

C'étaient là les informations les plus concrètes qu'il avait entendues jusque-là.

— Ils en sont venus aux mains ?

— Il l'a poussée.

— Mais n'arrive-t-il pas en fin de matinée ? Je veux dire qu'elle était depuis longtemps en mer, non ?

— Normalement oui. Mais parfois elle partait tard elle aussi. Cela dépendait beaucoup de la météo.

— Quel est le nom de cet homme, déjà ?

— Thomas Royou.

Dupin jeta un coup d'œil sur son calepin.

— Je vais tout de suite lui parler. Mon lieutenant a déjà pris contact avec lui.

Manet hocha la tête.

— A-t-on connu ces derniers temps de quelconques problèmes ou incidents concernant la pêche ?

— Non, pas que je sache. Je n'en ai pas entendu parler et personne ne m'a rien rapporté. C'est dur pour les pêcheurs, mais pas pire cette année que les précédentes. Céline gagnait sa vie. En tout cas, elle n'a jamais mentionné de problèmes financiers. Mais vous devriez peut-être parler avec la direction du port de

Douarnenez. La plupart du temps, Céline apportait sa pêche à cette criée.

— Nous sommes déjà en contact, dit Dupin en s'efforçant d'adopter le ton le plus neutre.

Ils atteignaient les premières maisons du village. Bientôt, ils pénétreraient dans le labyrinthe. Dupin s'arrêta au premier embranchement.

— J'ai aussi entendu parler de Charles Morin. D'une altercation entre Céline Kerkrom et cet homme.

— Il faut que vous pensiez à lui comme à une sorte de parrain breton. Cela fait belle lurette qu'il ne se salit plus les mains lui-même. Il tire les ficelles de l'arrière.

— Je vais le rencontrer.

— Vous y avez tout intérêt.

— Vous pensez donc que les accusations de Céline Kerkrom sont justifiées ? Qu'il pratique, ou fait pratiquer, des méthodes de pêche illégales ?

— Ce n'est pas la question. La question est : va-t-on réussir un jour à le prouver ?

— En quoi consistent ces pratiques illégales ?

— Morin ne respecte aucune règle. Ni en dehors du parc en pêchant avec ses chalutiers, ni dans les limites du parc avec ses bolincheurs. Il se fiche comme d'une guigne des quotas de pêche, des restrictions, des réglementations concernant les filets. Et tout ça, j'en suis certain, de façon systématique. Avec ses dragues, il pêche d'énormes quantités. De plus, des pêcheurs ont remarqué que ses bateaux dégageaient leurs eaux usées dans la mer.

— Les pêcheurs ont-ils déposé plainte pour ces délits ?

— Pour autant que je sache, certains l'ont fait. Mais aucune n'a jamais abouti à une mise en accusation. Le pire est que personne n'est jamais au courant. Personne n'est témoin de ce qui se passe sur les bateaux.

Dupin espérait que Nolwenn serait bientôt capable de leur livrer quelques informations.

— Et la contrebande ? En avez-vous déjà entendu parler ? De cigarettes ?

— Oui, j'en ai entendu parler. Certains le murmurent. Est-ce vrai ? Je n'en ai aucune idée. Parfois, les gens débordent d'imagination.

Venant d'un Breton, cette phrase valait son pesant d'or, pensa Dupin.

— A-t-il des soutiens ?

— Quelques-uns, oui. Parmi lesquels on trouve des puissants de la région. Surtout au sujet de la polémique concernant le parc d'Iroise. La plupart des pêcheurs soutiennent le parc d'Iroise, du moins les pêcheurs côtiers. Mais d'autres affirment que tout ça a pour unique but de les berner. C'est ce que disent en particulier les grosses entreprises. Pour eux, le parc est une idée théorique dont ont accouché des écologistes et des bureaucrates qui ne connaissent rien à la réalité ; ce ne sont que des tracasseries parisiennes. Pour leur piquer leur mer. Ils considèrent que la surpêche et l'état désastreux des mers ne sont que des lubies. Evidemment, c'est de la mauvaise foi, même si la bureaucratie exagère parfois. Cependant, nous avons un gros problème, on ne peut le nier : les pêcheurs bretons et français sont obligés de pratiquer une pêche durable à l'intérieur des limites du parc, de façon encore plus rigoureuse qu'ailleurs. Les autres pays font ce qu'ils veulent. L'anarchie règne sur toutes les mers du globe. Ou la barbarie, si vous préférez. Même au sein de l'Union européenne, les réglementations de la pêche divergent. C'est comme ça que les pêcheurs d'ici sont pénalisés. Les règlements internationaux sont importants mais ils doivent être les mêmes partout. Du moins en Europe.

Sans s'en rendre compte, ils étaient sortis du lacis de ruelles. Ils avaient débouché sur une petite place à la pelouse bien entretenue devant l'église qu'il avait aperçue lorsqu'il était sur le bateau.

— Là, ce sont les Causeurs, deux de nos menhirs. Ils se parlent jour et nuit. Parfois, on les entend.

Contrairement à Le Ber et à madame Coquil, Manet ne s'embarrassait d'aucune fioriture. Il racontait les histoires les plus fantastiques sur le même ton sec.

Il est vrai que les menhirs avaient des formes inhabituelles. Même sans faire preuve d'une imagination débridée, on reconnaissait une femme enceinte et un soldat.

— Les réglementations sur la pêche sont-elles souvent violées ?

— De temps à autre. Une infraction plus grave a eu lieu la semaine dernière. On en a attrapé un dans la baie de Douarnenez, un pêcheur sur un bolincheur, répondit Manet en remarquant le regard interrogateur de Dupin qui en avait entendu parler à la criée. Une méthode qui consiste à tendre sous l'eau un filet entre deux balises pour former une boule. Un filet qu'on appelle une balance ronde. Il sert surtout à pêcher les sardines, les maquereaux et les chinchards. Mais lui l'a utilisé pour pêcher des dorades roses, ce qui est strictement interdit.

Et délectable, pensa Dupin.

— Le bolincheur fait-il partie de la flotte de Morin ?

— Je ne sais pas. Son nom n'a pas été divulgué. L'affaire est en cours.

Ils obtiendraient son identité sans tarder, Nolwenn allait s'en charger. Ce matin, madame Gochat n'avait pas dit mot sur cet incident.

— Durant tout l'hiver, le parc a été le théâtre d'altercations entre les bolincheurs et les pêcheurs côtiers qui ont de plus petits navires, même si le problème ne date pas d'hier. Les bolincheurs mènent la vie dure à la petite pêche. Une fois que quelques bateaux ont déposé leurs grosses balances rondes à un endroit, il ne reste plus rien à pêcher pour les petits. Or, d'un autre côté, les bolincheurs sont eux-mêmes des petits pêcheurs comparés aux chalutiers. A leur tour, les chalutiers ne sont pas tous identiques, certains sont énormes, de véritables usines flottantes.

Manet laissait clairement entendre que ce débat était habituel et qu'il n'était pas près de s'éteindre.

— Ce n'est pas facile. Il existe une association des bolincheurs, dirigée par un des pêcheurs de Morin. Avec lui aussi, Céline Kerkrom a eu des démêlés. Il s'appelle Frédéric Carrière. Sa mère vivait sur l'île. Elle est décédée il y a quelques années en laissant sa maison à son fils.

Encore un nom à ajouter à sa liste.

— Céline Kerkrom a-t-elle été impliquée d'une manière ou d'une autre dans l'altercation qui a eu lieu dans le parc ?

— Marginalement.

— Quels étaient ses démêlés avec Frédéric Carrière ? Concrètement ?

— Des agressions verbales. Des deux côtés. Tout particulièrement pendant les enchères.

A ce sujet non plus la patronne de la criée n'avait soufflé mot.

— Récemment ?

— J'ai seulement entendu parler de la dispute de cet hiver.

Entre-temps, ils avaient quitté la place de l'église et avaient de nouveau pénétré dans le labyrinthe.

— Ce monde de la pêche est un univers bien complexe, dit Dupin en fourrageant dans ses cheveux.

Assez complexe pour devenir le théâtre de délits les plus divers, meurtre compris.

— Ça, vous pouvez le dire ! s'exclama Manet en riant.

— Avez-vous entendu parler de problèmes de pollution dans le parc ? Au cours des dernières semaines ou des derniers mois ?

Le sujet taraudait Dupin, il ne savait pourquoi. Manet fronça les sourcils.

— Il y en a eu deux, à ma connaissance. Une nappe de pétrole, pas très importante, mais quand même. Au nord d'Ouessant où le trafic est intense. Le deuxième incident concerne une soudaine et grosse augmentation du risque chimique occasionné par le travail des dockers dans le port de Camaret. Des produits très nocifs sont utilisés pour la remise à neuf des coques contre l'érosion et le pourrissement. C'est là que sont aussi amarrés les chalutiers de haute mer appartenant à Morin.

— Cela concernait ses bateaux ?

— Je n'en sais rien, vous devez poser la question à Pierre Leblanc. C'est le responsable scientifique du parc. Il est au courant de tout, de chaque incident qui a lieu dans le parc d'Iroise. Il surveille tout de son regard d'aigle.

Il avait déjà été question de cet homme. Dupin nota son nom.

— Le supérieur hiérarchique de Laetitia Darot.

— Exactement. Il travaille sur l'île Tristan, où se trouve le centre scientifique du parc.

C'est à lui qu'il devrait parler en priorité, dès son retour sur le continent.

C'était toujours la même chose. Dupin aurait aimé s'entretenir sur-le-champ avec tout le monde. Il n'aimait pas travailler en s'occupant d'une chose après l'autre. Si cela ne tenait qu'à lui – perspective terrible autant pour les autres que pour lui –, il choisirait de tout traiter en même temps. A chaque fois, il n'était pas seulement frustré mais carrément fâché que cela ne fût pas possible.

— Le parc possède plusieurs stations de contrôle de l'eau. L'une d'elles se trouve sur notre île. Leblanc vient une fois par semaine relever les mesures.

— Quel jour ?

— Le vendredi matin.

— Et cette histoire de dauphins retrouvés morts la semaine dernière à Ouessant ?

— Prise accessoire. Conséquence de la pêche au chalut et au trémail. C'est infâme. A ce jour, la commission de la pêche au Parlement européen n'a pas été capable d'interdire totalement l'utilisation de ces filets.

Une situation effroyable. Nolwenn en parlait souvent.

— La capture accessoire concerne aussi les colonies de phoques qui vivent au nord de l'archipel. Ainsi que les cétacés et les tortues de mer. Sans oublier toutes les espèces de poisson dont la pêche est interdite.

— Y a-t-il eu récemment d'autres incidents ?

— Parlez avec Leblanc. Il pourra également vous expliquer dans quel domaine Laetitia travaillait. Je ne peux rien en dire. Comme tout le monde ici, je suppose.

— Je n'y manquerai pas.

Manet s'était arrêté devant une jolie maison agrémentée d'un pignon pointu et entourée de roses trémières. C'était certainement là que demeurait la patiente au genou enflammé.

— J'aimerais ajouter quelque chose, reprit Manet en fronçant les sourcils, bien que ce soit probablement une simple rumeur et que d'ordinaire je ne tienne pas compte des racontars. Je ne sais pas s'il y a quelque chose de vrai, mais cela pourrait avoir son importance : certains racontent que Laetitia Darot était la fille illégitime de Morin.

Dupin se dressa.

— Darot ? La fille de Morin ?

C'était énorme. Explosif.

— La rumeur dit qu'il a eu une liaison avec la mère de Laetitia. Le fait qu'on en sache aussi peu sur elle a échauffé les esprits, vous connaissez la chanson.

— Morin a-t-il fait un commentaire à ce sujet ?

— Pas que je sache.

Ce serait là un sujet merveilleux pour une pièce dramatique. Le père et sa fille : d'un côté, un gros patron de pêche sans scrupule qui détruit tout sur son passage, de l'autre une scientifique à la fibre écologiste qui s'est vouée aux dauphins.

— Avez-vous des informations sur la famille de Darot ?

— Aucune. Je doute même que quelqu'un sache quelque chose.

— Et Cécile Kerkrom ? Sa famille ?

— Fille unique. Ses parents sont morts il y a quelques années à peu de temps d'intervalle. Des Sénans. Depuis des générations. Le père de Céline travaillait sur un chalutier de haute mer. Le thon. Sa mère ramassait des algues, comme beaucoup ici.

Quelle tristesse. Toutes deux étaient des femmes seules, mais peut-être Dupin s'en faisait-il une fausse image.

— Il faut que j'y aille, à présent. Ensuite, je devrai régler quelques formalités, je le crains. Je ne sais pas du tout quel genre de rapport je dois rédiger quand il s'agit d'un homicide. Il faut aussi que nous pensions aux obsèques, conclut Manet d'une voix sourde.

— Quant à moi, je vais aller à la recherche de mon lieutenant, annonça Dupin sur un ton involontairement bizarre. Et commencer les interrogatoires.

— Si vous avez besoin de moi... Impossible de se rater sur une petite île.

Sur ces mots, Manet disparut à l'intérieur de la maison sans sonner ou frapper au préalable. Comme s'il habitait là.

Le quai Sud était un endroit fabuleux : il rassemblait tous les ingrédients que, selon Dupin, tout lieu idéal devait posséder. La baie formait un demi-cercle tout en douceur, les anciennes maisons de pêcheurs étaient badigeonnées de blanc, vert clair et bleu ciel. Après s'être trompé deux fois, Dupin était sorti du lacis de venelles et avait débouché au bout du quai qui s'étendait devant lui.

La lumière féerique faisait tout resplendir, la clarté conférait aux contours une présence aiguë. Bien qu'elle fût vive, la luminosité n'était pas crue ni désagréable.

Le quai était bordé d'une digue en pierre en excellent état. Comme partout sur l'île, il fallait se protéger contre les tempêtes et les flots démontés. On y pensait immanquablement dès qu'on mettait le pied sur ce tout petit bout de terre, même si les tempêtes paraissaient très loin en ce jour où la mer clapotait gentiment au creux du bassin bien abrité. De magnifiques navires en bois aux couleurs de l'Atlantique se balançaient doucement. Le banc de sable d'un blanc aveuglant que Dupin avait remarqué du bateau s'allongeait en face et s'intégrait au port protecteur.

Le monde sénan avait quelque chose de curieux. Dupin avait tenté de comprendre le phénomène à son arrivée. On aurait dit que le quai, les maisons, tout le village, l'île tout entière s'enlisaient, comme si le ciel essayait de les enfoncer. Au-dessus de la mer, le ciel était toujours infiniment lointain, mais ici, à l'aplomb de l'île, il paraissait encore plus grand, plus haut, il se dilatait, s'étirait dans toutes les directions ; même l'Atlantique si puissant rapetissait pour n'être plus qu'un fin ruban étincelant. On pouvait se croire en position allongée et observer par un objectif grand angle. Cela faisait exactement cet effet-là, pensa Dupin. Cette impression, à n'en pas douter, faisait partie du charme de cette île. On avait le sentiment d'être devant l'immensité qui nous rendait à la fois petits et... libres. Etrangement libres. Peut-être dangereusement libres. Bien sûr, c'était seulement valable par beau temps. Les jours de tempête, sous les cieux chargés de gros nuages noirs filant à toute allure, au milieu d'une mer déchaînée, tandis qu'on était livré à la nature sauvage, il ne devait rien rester de tout cela.

Le silence particulier qui régnait sur l'île frappait également le visiteur. La rumeur que l'on entendait partout n'existait pas ici : pas de voiture, de camion-poubelle, de train ni de machine. L'Atlantique semblait absorber doucement les quelques sons existants qui, une fois disparus, amplifiaient le silence. Beaucoup de choses étaient différentes, cela sautait aux yeux dès qu'on mettait le pied sur l'île, mais il fallait du temps avant de comprendre ce qui rendait ce monde si singulier.

— Patron !

Sortant de nulle part, Le Ber avait surgi devant Dupin qui sursauta.

— Les gendarmes ont visité rapidement les domiciles de Céline Kerkrom et de Laetitia Darot. A priori, personne n'y est allé avant. Tout semble normal, rien n'a été fouillé. Naturellement, on ne peut pas en être sûrs. Aucune des deux femmes ne fermait sa porte à clé. Personne ne le fait ici. Le coupable aurait pu entrer comme chez lui et s'emparer de n'importe quoi sans se faire remarquer. L'équipe scientifique va passer les maisons au peigne fin.

— Où sont-elles situées ?

— Elles ne sont pas éloignées l'une de l'autre, derrière le quai Nord. Quand on vient du cimetière des cholériques, expliqua le lieutenant, qui avait anticipé les questions de Dupin, on peut prendre le chemin du littoral sans être obligé de passer par le village. Mais, encore une fois, pour le moment nous n'avons aucun indice qui nous porte à croire que l'on s'est rendu dans une des deux maisons. Cependant, on n'a pas trouvé trace du portable de Darot.

— Je veux voir les maisons par moi-même. Occupez-vous des lignes téléphoniques de Darot.

La liste des choses à résoudre rapidement s'allongeait.

— Les cabanons ? Ont-ils été inspectés ?

— On y a jeté un coup d'œil. Les deux cabanons sont remplis de tout un bric-à-brac, surtout du matériel de pêche. Dans celui de Kerkrom, on trouve avant tout des bouées et des filets, c'est un véritable capharnaüm. La remise de Darot est plus ou moins bien rangée. De vieilles combinaisons de plongée, des bouteilles, des bouées, un petit bateau pneumatique. Rien de suspect pour l'instant. Bien sûr, quelqu'un a pu fouiller les cabanons. Surtout celui de Kerkrom. Nous ne savons pas comment tout était disposé. Et ce qui manquerait.

— Il faut que les techniciens regardent tout à la loupe.

— C'est ce qu'ils font. Ils n'ont rien trouvé de suspect sur la jetée. Ah, Labat s'est manifesté. On a trouvé dans la benne de grandes quantités de sang humain.

On pense que Céline Kerkrom y a été jetée aussitôt après avoir eu la gorge tranchée. Il y a donc de fortes présomptions qu'elle ait été tuée dans le local.

— Qui est-ce que je peux interroger, et où, Le Ber ?

— Le coiffeur a quitté l'île, il avait des rendez-vous à Molène. Nous ne pouvions pas l'obliger à rester.

— Vous avez essayé ?

— Nous l'avons menacé de toutes les manières possibles. Y compris en le prévenant qu'il devrait alors se rendre à la préfecture de Quimper. Mais il a rétorqué que quatre personnes âgées l'attendaient à Molène.

Au ton de Le Ber, on comprenait que c'était cet argument qui l'avait fait fléchir.

— Deux gendarmes, se hâta-t-il d'ajouter, avaient préalablement inspecté son bateau sans rien trouver de bizarre. Excepté les douzaines de lames de rasoir.

Dupin supposa que c'était de l'humour. Mais il n'en était pas moins vrai que chaque personnage de cette affaire maîtrisait l'art de la lame, tous types confondus : les pêcheurs, ceux qui travaillaient au port, dans le parc, le médecin et jusqu'au coiffeur, tous ceux qui possédaient une embarcation.

— Le coiffeur possède un bateau assez petit, long de 7,8 mètres, mais muni d'un moteur puissant. Et vous savez quoi ? s'enquit Le Ber, qui aimait le suspense, nos deux victimes faisaient partie de ses clientes ! Il y a seulement trois semaines qu'il les a coiffées pour la dernière fois. L'une après l'autre. Céline Kerkrom était sa cliente depuis des années. Comme quasiment tout le village.

— A-t-il dit quelque chose ? Les victimes lui ont-elles confié un élément de quelque importance en rapport avec les événements ?

— Il était bouleversé, cela ne fait aucun doute. Mais rien ne lui est revenu en mémoire. Laetitia Darot avait été aimable mais elle avait peu échangé avec lui. Avec Céline Kerkrom, il a parlé des orques qui auraient été repérées.

— Des orques ?

L'exclamation lui avait échappé. Récemment, Dupin avait vu un reportage dans lequel des orques déchaînées, pendant de longues minutes, jouaient au ping-pong de façon cruelle avec un pauvre phoque. Avec leur puissante nageoire caudale, elles l'avaient fouetté puis mangé.

— La grande orque, qui appartient à la famille des cétacés, peut mesurer jusqu'à dix mètres. En été, des groupes d'épaulards s'approchent parfois des côtes. La dernière fois qu'on en a vu, c'était dans la baie d'Audierne.

Là où ils avaient appareillé le matin même.

Dupin se secoua.

— Dans le parc d'Iroise, il n'est pas rare de croiser des marsouins et des rorquals. Et même des cachalots.

Dupin n'avait pas l'intention de se laisser entraîner dans cette voie. Il revint à son sujet, c'est-à-dire à l'enquête.

— Le coiffeur s'est rendu au domicile des deux femmes ?

— Oui. Il va ensuite à Ouessant, puis rejoint le continent. Il habite à Camaret.

— Et où était-il hier soir ?

— Chez lui, en compagnie d'un ami. Il nous a donné son nom.

— Hmm.

Un de ces alibis spécieux.

— Et ce matin ?

— Il est arrivé peu avant huit heures, à ce qu'il prétend.

— Nous devons tout vérifier méticuleusement.

— Bien sûr. Au fait, Goulch est là. Il inspecte le bateau de Laetitia Darot. Il se tient avec sa vedette à notre disposition, ajouta Le Ber en grimaçant sans raison.

Le portable de Dupin sonna. Jusque-là, son téléphone était resté étonnamment muet alors qu'il se trouvait au milieu d'une enquête. Même Nolwenn ne s'était pas encore manifestée.

Le numéro de Labat s'était affiché. Dupin prit la communication d'un geste brusque.

— Le Ber m'a déjà rapporté ce que vous avez à me raconter.

— Un pêcheur nous a contactés de façon confidentielle. Il s'agit d'un des pêcheurs côtiers présents à la criée hier après-midi.

Dupin était tout ouïe. Labat fit une pause théâtrale.

— Il prétend que madame Gochat lui a demandé à plusieurs reprises s'il avait vu Céline Kerkrom dans le parc, et quand.

— Qu'est-ce que cela veut dire ?

— Je pense qu'elle voulait savoir où elle pêchait.

— Et pourquoi madame Gochat voulait-elle l'apprendre ?

— Je vais aller lui parler. Je…

— Laissez, Labat, je vais le faire moi-même. De toute façon, j'ai quelques questions à lui poser.

Dupin était très curieux de connaître la réponse de la patronne de la criée. Une fois les entretiens terminés ici, il devait de toute manière se rendre sur le continent. Pour rencontrer le responsable scientifique du parc. Et parler avec Morin.

— A tout à l'heure, Labat.

Dupin raccrocha.

Un coup après l'autre : le rythme de l'enquête s'accélérait à grande vitesse. Chaque affaire avait son rythme propre, son atmosphère particulière, en un mot sa personnalité.

— Bon, et maintenant...

De nouveau son portable ! Ils étaient encore au milieu du quai.

Nolwenn. Dupin pressa l'appareil contre son oreille.

— Nous n'avons pas de chance, commissaire, maugréa Nolwenn qui semblait stressée et énervée, contrairement à son habitude. Je n'ai rien déniché d'intéressant sur Céline Kerkrom, seulement des choses que nous savons déjà. J'ai parlé avec l'amie de la tante de mon mari. (En Bretagne, ce n'étaient pas seulement les familles sur plusieurs générations qui formaient de vrais clans, les amis en faisaient aussi partie.) Elle la connaissait très peu. Céline Kerkrom, a-t-elle dit, était une femme très intelligente et incroyablement têtue, encore plus têtue que le Breton moyen. Une bonne fille. Elle était complètement bouleversée mais n'a rien pu me dire de plus.

— C'est tout ?

— C'est tout.

C'était vraiment peu.

— Pas d'autre proche ?

En arrière-fond, on entendait des voix, en grand nombre. Nolwenn était en route pour il ne savait quelle destination.

— Et Morin ?

— D'abord, il y a deux dépôts de plainte, en effet. Pour avoir contrevenu aux réglementations de la pêche dans les limites du parc. Ces dernières années, il y en a eu plusieurs autres. Cela dit, aucune n'a été déposée par Céline Kerkrom. C'est certainement une rumeur. Jusqu'ici, aucune action n'a débouché sur une inculpation. Morin a loué les services d'un avocat extrêmement retors. J'ai parlé avec plusieurs personnes, y compris avec le commissaire de police de Douarnenez. Il a renoncé à poursuivre Morin car personne n'arrivera sans doute jamais à le coincer. Il faudrait obtenir des photos ou des vidéos, pas seulement des indices et des témoins qui prétendent avoir vu quelque chose à plus de cent mètres de distance. C'est le principal problème des incidents en mer.

— Quel est l'objet des plaintes et de quand datent-elles ?

— L'une concerne les rejets d'un chalutier.

— Oui ?

— C'est à propos de l'écrémage, une pratique strictement interdite. Les pêcheurs rejettent en masse les captures pour faire place aux poissons de meilleure qualité ou pour exploiter les quotas au maximum. Pour sélectionner l'espèce qu'ils peuvent vendre à meilleur prix que les prises initiales. Nous parlons de quantités phénoménales. C'est abominable.

C'était là un point nouveau.

— C'est ce qui se passe, s'échauffait Nolwenn, mais comment voulez-vous le prouver ? Une fois qu'un bateau entre au port, si vous pouviez monter à bord – et il n'y a pas de loi qui l'autorise – et que vous vous rendiez compte que « par hasard » toute la pêche est parfaite, ce qui est impossible, vous n'auriez que des indices mais pas de preuve. Cela ne suffirait jamais. Le procureur a dit que ce type de rejet ne pourrait être prouvé devant un tribunal que s'il était constaté sur place, en mer. Nous avons besoin de toute urgence d'une loi qui oblige à enregistrer des vidéos sur les bateaux. Il faut installer des caméras ! Dernière chose, siffla Nolwenn entre ses dents, on sait qu'un chalutier de haute mer a jeté par-dessus bord mille cinq cents tonnes de harengs morts, pendant une campagne de pêche de trois semaines en mer du Nord. Il s'agit d'un navire subventionné par l'Union européenne à hauteur de vingt millions d'euros sur les quinze dernières années. Le scandale a été percé par une commissaire héroïque, une femme fantastique !

— Qui a déposé la plainte contre Morin ?

— Un jeune pêcheur originaire du Conquet. Un homme courageux. Je viens de lui parler. (Nolwenn était tout simplement parfaite.) En revanche, il ne connaissait pas Céline Kerkrom personnellement. Il n'y a rien qui puisse établir un lien avec elle.

— Et la deuxième plainte ?

— Un des pêcheurs de Morin s'est fait remarquer avec une quantité d'ormeaux bien trop importante. L'année dernière. Mais il n'y a eu que de légères contraventions. Les ormeaux sont vendus au Japon des sommes astronomiques.

Les ormeaux étaient les fruits de mer préférés de Dupin : on poêlait leur chair ferme et blanche comme une entrecôte, on y ajoutait du beurre salé, de la fleur de sel, du piment d'Espelette et du poivre. Un délice.

Le commissaire se ressaisit.

Les possibilités de pratiques illégales en matière de pêche semblaient infinies.

— Morin s'est exprimé à ce sujet ?

— Non, pas que je sache.

— Récemment, le bassin du port de Camaret a été pollué par des produits chimiques, ceux qu'on utilise pour la remise à neuf des coques contre le pourrissement. Savez-vous s'il s'agissait de la flotte de Morin ?

— Oui. Ses bateaux ne sont pas les seuls, mais ils forment le gros du bataillon. A l'extrémité du quai du Styvel, il y a une importante installation. Ainsi qu'au Conquet et à Douarnenez. Cette saloperie de pollution chimique ne date pas d'hier, cela fait des années que ça dure, mais je n'ai pas entendu dire que le conflit à ce sujet s'était aggravé.

— Avez-vous appris quelque chose à propos du trafic de cigarettes ? Que disent les douanes ?

— Il y a trois ans, les douaniers ont serré de très près un réseau qu'ils suspectaient de s'adonner à la contrebande de cigarettes par mer. Les trafiquants utilisaient des bateaux de pêche. Ce faisant, les enquêteurs sont tombés sur deux bateaux de Morin qui auraient été vus plusieurs fois dans les eaux maritimes anglaises, à l'endroit précis où on supposait que les trafiquants s'arrêtaient pour transborder la marchandise. Ils ont alors pu remonter la filière, mais ils n'ont trouvé que des preuves de contrebande par camions qui traversaient la Manche en empruntant le tunnel. (Nolwenn avait, comme à son habitude, fait des recherches fouillées.) C'est pourquoi l'enquête qui menait vers Morin a été stoppée. Il n'y avait pas non plus d'autres indices. Pour les douanes, Morin est irréprochable.

— D'accord. Nous avons une autre rumeur, Nolwenn. Laetitia Darot serait la fille illégitime de Morin.

— Elle aurait certainement mérité d'avoir un meilleur père, soupira Nolwenn. Rien de ce genre ne m'était parvenu aux oreilles, commissaire. Mais je m'en occupe. Morin est marié et n'a pas d'enfant, du moins d'enfant légitime.

— Que savez-vous d'autre sur lui ?

— On évalue sa fortune personnelle à une dizaine de millions. Il a la réputation d'être pingre, *hemañ zo azezet war e c'hodelloù,* il est assis sur ses poches, disent les Bretons – Nolwenn enquêtait sur les traits de caractère comme s'ils étaient des faits. Il possède quelques biens immobiliers spectaculaires où il habite tour à tour. Son domicile principal se situe à Morgat, les autres demeures que j'ai dénichées sont à Tréboul, à Saint-Mathieu, au cap Sizun et sur l'île de Molène.

Les plus beaux endroits éparpillés le long de la pointe occidentale.

— Ses quatre chalutiers de haute mer sont enregistrés à Douarnenez, rapporta Nolwenn sur un rythme de mitraillette, donnant l'impression d'être de nouveau sous pression. Les autres bateaux, sept bolincheurs et trois chalutiers, mouillent au Conquet, Douarnenez et Audierne.

Dupin avait tout consigné.

— Vous avez rendez-vous avec lui aujourd'hui à seize heures.

Elle hésita un peu, ce qui était très inhabituel chez elle, avant d'ajouter :

— Si cela vous convient. Je peux sinon repousser le rendez-vous.

— On verra le temps qu'il me faut pour terminer ce que j'ai à faire ici. Je vais rencontrer d'abord le directeur du parc avant de revoir la patronne de la criée.

Nolwenn ne pipa mot. Encore une réaction inhabituelle.

— La patronne de la criée a voulu savoir dans quelle zone Céline Kerkrom pêchait ces dernières semaines, expliqua Dupin sans raison particulière.

— Savez-vous pourquoi ?

— Aucune idée.

— Je vous envoie à vous, Le Ber et Labat toutes les coordonnées téléphoniques dont vous aurez besoin. De tous ceux dont il a été question jusqu'ici.

Dupin n'avait écouté que d'une oreille.

— Encore une chose, Nolwenn, s'empressa-t-il d'ajouter, heureux que cela lui eût traversé l'esprit à temps. Il y a une procédure en cours contre un bolincheur qui a capturé deux tonnes de dorades roses dans la baie de Douarnenez alors que c'est strictement interdit. Je voudrais savoir de qui il s'agit et s'il fait partie de la flotte de Morin.

— Bien. Je vous rappelle. A plus tard, commissaire.

— Nolwenn ?

— Commissaire ?

— Tout va bien ?

— Oh, bien sûr.

Le brouhaha en arrière-plan s'était amplifié.

— Où êtes-vous, en fait ?

— Nous avons besoin de quelques signatures, que nous sommes en train de récolter.

— Des signatures ?

— Vous savez que le ministre de l'Economie a signé l'autorisation de détruire le banc de sable dans la baie de Lannion ! C'est infâme ! Ma tante Jacqueline mène le Peuple des dunes, un des groupes de résistance de la région. Nous devons mobiliser de nouveau. Je donne un coup de main.

— Je…

Dupin se tut. Il n'y avait rien à ajouter.

Lannion faisait la une depuis des semaines. La colère montait, à juste titre. Des actions d'envergure et des manifestations avaient déjà eu lieu depuis le début de l'année, mais elles n'avaient servi à rien. Dupin avait lu à ce sujet la longue interview d'un professeur de biologie parue dans *Ouest-France*. Une entreprise avait obtenu l'autorisation – donnée par le « gouvernement centralisé français » – d'extraire de la baie de Lannion d'énormes quantités de ce sable précieux, composé de débris de coquillages, pour une utilisation industrielle. En d'autres termes, car il ne s'agissait que de cela, elle avait obtenu le droit de détruire un fond marin d'une valeur écologique sans pareille. Une dune de sable sous-marine de quatre kilomètres carrés, Trezen ar Gorjegou. Petits ou gros poissons, mammifères marins et oiseaux, tous étaient dépendants du plancton qui y proliférait et qui constituait la base de toute vie marine. L'équilibre biologique de cette région maritime serait sensiblement rompu, entraînant des dégâts massifs, y compris pour les petits pêcheurs côtiers qui devaient déjà lutter pour leur survie. Mais il y avait plus cynique encore : ils envisageaient de stopper l'extraction entre les mois de mai et août pour ne pas déranger les touristes. Lors de sa dernière enquête à Bélon, Dupin avait déjà affronté le phénomène du sable volé : une entreprise criminelle enlevait le sable de façon illégale. Mais ici, il s'agissait tout simplement d'un vol d'Etat, ce qui rendait la chose encore plus monstrueuse.

— On convie le monde entier à la plus grosse conférence de tous les temps sur le climat et l'écologie, et en même temps on se comporte comme des barbares ! s'écria Nolwenn, hors d'elle.

Dupin entendit des applaudissements frénétiques et des exclamations de soutien.

— C'est comme avec l'interdiction de la pêche en eau profonde que la France bloque au sein de l'Union européenne ! (Des applaudissements nourris s'élevèrent en arrière-fond.) Et pourquoi les gens laissent-ils faire ? Parce qu'on ne voit pas les dégâts causés en mer. On ne prend conscience des conséquences catastrophiques qu'une fois qu'il est trop tard depuis longtemps !

Des cris d'enthousiasme fusèrent. Nolwenn avait l'air de se trouver au milieu d'une assemblée nombreuse.

Si Dupin comprenait bien, Nolwenn, pour cette enquête, allait travailler de derrière les barricades. Cela ne changerait rien au travail fantastique qu'elle abattait, mais le commissaire était préoccupé par d'autres aspects de la situation.

— Vous avez tout à fait raison, Nolwenn.

Il voulait apporter sa contribution. En plus, il était sincère.

— Alors vous devriez vous engager, commissaire. Mais revenons à notre affaire. Nous n'avons pas de temps à perdre. Comme je vous le disais : je vous rappelle.

Une seconde plus tard, elle avait raccroché.

Dupin devait remettre de l'ordre dans ses idées. Il était par trop perplexe.

Le Ber avait mis à profit l'appel de Dupin pour en passer un lui aussi.

— J'arrive, conclut-il. A tout à l'heure. Nous avons une première liste de bateaux qui ont quitté ou accosté sur l'île entre hier soir et ce matin tôt, ajouta-t-il à l'adresse du commissaire. Il s'agit évidemment des départs et arrivées observés par des témoins. Je vais aller éplucher la liste.

— Contactez-les tous, Le Ber, un par un. Vérifiez chaque alibi, sans exception.

Dupin avait dû se secouer pour sortir de ses pensées restées auprès de Nolwenn derrière les barricades.

— Je le ferai, patron. Thomas Royou vous attend. Le type du camion-citerne. Il est au café Chez Bruno. Avec ses deux employés. Cela fait maintenant un bout de temps qu'il attend.

Le Ber s'en alla sur ces mots.

Le patron du café avait choisi un jaune soleil chaleureux pour la façade et un jaune citron lumineux pour les murs latéraux. On accédait à cette maison étroite après avoir franchi un portillon vert en bois, inséré dans un joli muret blanc qu'une ligne rose fuchsia ornait dans la partie supérieure. La terrasse était surmontée sur toute la largeur d'une marquise verte sur laquelle était inscrit en grosses lettres : Chez Bruno. La terrasse par laquelle on accédait au bistrot, légèrement surélevée, était bordée de madriers patinés. Quelques tables de bistrot rondes, des sièges confortables en osier. L'atmosphère avait quelque chose d'intime, comme si l'on se trouvait au domicile de quelqu'un. On ne pouvait pas être assis devant plus belle vue : le port, la jetée, le banc de sable, la mer au-delà, le ciel d'un bleu fabuleux au-dessus.

Pour s'assurer que c'était bien là, Dupin jeta un coup d'œil dans son calepin et posa le pied sur la marche menant à la terrasse.

— Thomas Royou ?

Trois hommes étaient assis à une table, dans un coin.

Ils portaient une combinaison bleue, sale et élimée. La terrasse empestait l'essence. Chaque homme avait devant lui deux petites tasses de café ainsi qu'un bock vide de bière Fischer ; un grand cendrier jaune de marque Ricard débordait de mégots de gitanes écrasés. Trois paires de gants maculés étaient posées sur la table voisine.

— Elle veut détruire mon affaire pour quelques litres d'essence, déclara sur un ton agressif l'homme du milieu, qui avait des cheveux blond vénitien et des pommettes saillantes. C'est absurde ! Elle devrait militer pour une autre cause. Qu'est-ce que vous croyez ? Qu'ici on gagne correctement sa vie grâce au soleil et au vent ? Tiens, j'aimerais bien voir ça ! Qu'ils fassent ce qu'ils veulent, ce n'est pas mon île. Qu'elle aille se faire voir.

— *Elle* a été assassinée.

L'homme lança à Dupin un regard lourd de mépris.

— Ah, et vous pensez que…

— Où étiez-vous hier dans l'après-midi et la soirée ainsi que ce matin aux premières heures, monsieur Royou ? Vous avez un témoin ?

Dupin avait attrapé une chaise de la table mitoyenne et avait pris une pose débonnaire face aux trois hommes, avec le chef en ligne de mire.

— Je ne suis pas obligé de vous répondre.

— C'est avec plaisir que je vous recevrai au commissariat pour vous poser les mêmes questions. Comme vous préférez.

Dupin avait baissé la voix. Il s'exprimait d'un ton froid et tranchant, accentuant chaque syllabe de toute sa stature imposante. Ça ratait rarement son effet. Sauf ici.

— Et alors ? aboya Royou en fixant Dupin.

— Cela va vous coûter une journée, peut-être deux, s'il le faut. Nous allons évidemment vous convoquer à Concarneau, demain matin de bonne heure peut-être. Mais comme vous pouvez l'imaginer, avec une affaire pareille, la police ne manque pas de travail urgent. Vous serez là et devrez attendre. Et puis je serai obligé de remettre l'entretien à plus tard. Vous devrez encore une fois attendre. J'en serai désolé.

Aussi fruste la menace était-elle, elle donna à réfléchir à Royou. Mais cela resta sans effet.

— Vous ne me faites pas peur.

— A-t-on déjà inspecté votre bateau ? Si ce n'est pas le cas, nous allons le faire séance tenante.

— Vous n'avez pas le droit, vous ne…

Toujours le même refrain. Dupin commençait à perdre patience.

— Si, nous l'avons. Pas besoin de commission rogatoire. Il y a à peine quelques heures, deux meurtres atroces ont été commis. Vous avez eu un lourd conflit avec une des victimes. De plus, votre comportement vous rend suspect. C'est amplement suffisant pour que nous ayons des soupçons *fondés*.

Dupin bluffait. Au point où il en était, il était prêt à recourir à certaines méthodes.

— Où étiez-vous hier soir ? Entre vingt-deux heures et minuit ?

Le bonhomme sembla réfléchir. Si l'on peut dire. Pas longtemps.

— A cette heure-là, je dors.

Cela pouvait être vrai : à l'instar de tous les travailleurs de la mer, il avait un emploi du temps particulier.

Et pourtant…

— Quelqu'un peut-il nous le confirmer ? Qu'à cette heure-là, vous dormiez ?

— Ma vieille.

— Et ce matin ?

— Nous avons quitté Audierne à six heures et accosté sur l'île à sept heures cinq.

La delphinologue avait été assassinée entre six et sept heures, selon toute vraisemblance, avait dit le médecin, peut-être un peu plus tard.

— Le camion-citerne nous attendait déjà. Nous l'avons rempli deux fois. Pendant qu'il se rendait au phare, nous nous sommes affairés sur le bateau.

— Vous et votre équipe êtes restés ensemble tout le temps ?

— Oui, j'crois bien, répondit un des employés, au visage tanné par le soleil.

Tous deux affichaient un rictus niais.

— Il y avait quelqu'un avec vous ?

— Seulement le chauffeur du camion-citerne. Ou vous voulez parler d'autres personnes ?

De nouveau le rictus.

— Combien de temps a duré la première livraison jusqu'au phare ?

— Une demi-heure, je dirais.

Dupin en prit note.

— Nous allons le vérifier, murmura-t-il. Faire le premier plein a duré combien de temps avant le départ du camion ?

— Dix minutes, à mon avis. Maximum.

— Il était donc environ sept heures et quart. Il est parti tout de suite après ?

— Oui. Pourquoi voulez-vous qu'il traîne ?

— Votre patron était toujours dans votre champ de vision jusqu'au moment de l'appareillage ?

Dupin s'adressait aux deux employés.

— Oui, répondirent-ils en chœur.

La réponse manquait de conviction ; ça ne voulait rien dire.

Dupin se mit à calculer. L'alibi de Royou était tout sauf convaincant.

— Après avoir accosté, vous auriez pu facilement vous rendre au cimetière et revenir, lui demanda Dupin. Le chauffeur du camion-citerne vous a-t-il vu avant de partir ?

— Je n'en sais rien. J'étais occupé sur le bateau. Mais maintenant, j'en ai marre.

Les traits durcis, Royou s'était exprimé d'une voix coupante ; il se leva brusquement dans un mouvement de colère qui fit tomber sa chaise avec un tel fracas que toute l'île dut l'entendre.

Pendant un moment, Dupin pensa que Royou allait s'en prendre à lui physiquement. La discussion avait débouché sur quelque chose de plus fort qu'une escarmouche. Sans compter que Dupin sentait la moutarde lui monter au nez.

— A très bientôt, alors.

Dupin était resté assis ; il paraissait tout à fait calme.

Les deux autres s'étaient également dressés. Ils suivirent Royou et se dirigèrent vers le port.

Dupin attrapa son portable.

— Le Ber, écoutez-moi. Envoyez immédiatement plusieurs hommes sur le bateau de Thomas Royou. Qu'ils le fouillent de fond en comble. Au cas où Royou se plaindrait, dites-lui de m'appeler. Demandez aux gens du port et dans les cafés du quai Nord si quelqu'un l'a vu, ici ou là et sur son bateau, ce matin de bonne heure, et à quelle heure exactement le bateau a accosté. Ah, et faites-vous confirmer les horaires par le chauffeur du camion-citerne : à quelle heure il est parti après le premier plein et à quelle heure il est revenu. Et aussi s'il a vu Royou au moment de son départ.

— Compris, patron. Faites attention, il paraît que Royou descend en ligne directe des Vikings. Un des gendarmes connaît sa famille…

— Demandez à Nolwenn de vérifier s'il a déjà eu maille à partir avec les autorités.

— Vous savez bien, commença Le Ber en hésitant, qu'elle est à Lannion…

— Oui, je sais.

Dupin soupira et raccrocha.

Pendant qu'il parlait avec le patron du bateau-citerne, il avait perçu des sons étouffés qui se faisaient de plus en plus présents.

L'hélicoptère.

Dupin fouilla le ciel au-dessus du continent. Il avisa un point dans le ciel, tel un insecte.

Le bruit s'amplifia à mesure que l'appareil s'approchait de l'île.

L'hélicoptère venait chercher le corps de la victime.

La jeune femme avait ouvert les yeux sur une journée qui s'annonçait splendide et elle s'apprêtait à la passer avec ses dauphins. Quelques heures plus tard, son cadavre était emballé dans un sac et emporté à la morgue de Brest où l'on procéderait à son autopsie. C'était étrange, mais il arrivait que, dans une affaire d'homicide, ce soit un détail qui rende le crime plus tangible que l'annonce du décès lui-même. Dupin en faisait justement l'expérience. Au cours de la matinée, tout lui avait semblé abstrait, y compris, et peut-être surtout, quand il avait découvert le cadavre.

Dupin suivit l'hélicoptère des yeux. Il avait atteint l'île et passait en vrombissant à faible altitude au-dessus du port. Le bruit était assourdissant. Le pilote allait se poser sur l'herbe rase à côté du cimetière.

Pendant quelques instants, Dupin se perdit dans des pensées que la sonnerie du téléphone interrompit.

— Oui ?

— C'est vous, commissaire ? demanda Labat.

Qui d'autre cela pouvait-il donc être ? Ce tic qu'avait Labat était assommant.

— Le pêcheur a inspecté le bateau de Céline Kerkrom.

Sans raison, Labat s'interrompit.

— Et ? s'enquit Dupin.

— Il s'appelle *Morwreg*, la sirène. Neuf mètres trente de long. Elle pêchait avec des lignes de traîne et des filets calés, dit-il à Dupin qui savait déjà tout ça. Bars, rougets, turbots, barbues, merlans, colins. Ses filins mesurent moins de soixante-dix mètres.

Encore une pause inutile.

— Rien de particulier ne lui a sauté aux yeux. Le bateau est vieux mais en excellent état. Un de ces bons vieux bateaux en bois. Elle a fait installer récemment un nouveau treuil. Pour relever les filets. Il a précisé que le treuil peut soulever de sacrés poids.

— Autre chose ?

— J'ai eu l'ex-mari de Kerkrom au téléphone. Il a quatre enfants et vit en Guadeloupe ; il paraît être un homme heureux. Cela fait huit ans qu'il n'a plus de contacts avec elle.

Ce n'était pas dans le passé de Céline Kerkrom qu'il fallait chercher une piste.

— Vous avez interrogé madame Gochat, commissaire ?

— Je veux la voir en tête à tête.

— Ne pensez-vous pas qu'il serait opportun d'obtenir quelque indice dans les plus brefs délais ?

Labat était insupportable quand il se mettait à parler de cette façon alambiquée.

— A plus tard, Labat.

Dupin raccrocha et resta un moment à réfléchir. Il était clair qu'il devait s'entretenir rapidement avec la patronne de la criée. Le Ber prendrait son relais sur l'île en conduisant lui-même tous les entretiens nécessaires, y compris l'interrogatoire du pêcheur avec qui, semblait-il, Kerkrom avait un lien.

Dupin, qui avait encore son téléphone en main, héla son lieutenant :

— Le Ber, réunion !

Dupin avait repéré un restaurant tout au bout du quai où ils seraient tranquilles.

— Nous nous retrouvons au… Tatoon, finit-il par dire après avoir réussi à lire le nom de loin, tout en se disant qu'il lui rappelait quelque chose. Il est au bout du quai Sud. Et dites à Goulch que nous aurons bientôt besoin de son bateau. Je souhaite me rendre sur l'île Tristan et parler avec le directeur scientifique du parc. Vous savez quoi ? Amenez Goulch ici, décida-t-il après un instant de réflexion.

Il avait une confiance absolue dans le jeune gendarme maritime.

— Goulch a inspecté le bateau de Laetitia Darot. Il a été très impressionné. Le bateau est équipé d'un sonar très performant et hors de prix, rapporta Le Ber qui ne paraissait pas moins impressionné. Il y a aussi tout un tas d'instruments de haute précision. Un traceur muni d'un logiciel qui permet de repérer et de surveiller en permanence les poissons et les mammifères marins. C'est comme ça…

— Quelque chose de suspect ?

— Non, mais…

— Nous nous retrouvons au Tatoon, Le Ber.

— Une chose encore : la légiste a confirmé l'estimation de Manet sur l'heure du décès.

— Je n'avais aucun doute.

Dupin quitta la terrasse de Chez Bruno et passa devant un autre bistrot qui avait lui aussi belle allure. Il y en avait plusieurs le long du quai. Ces établissements faisaient bar et restaurant. Ils étaient accueillants et invitaient à la détente.

Ils participaient à l'atmosphère que dégageait Sein, cet univers différent dans lequel on pénétrait dès le premier pas : le rythme était plus lent. Tout se déroulait dans un calme contemplatif – du moins pour ceux qui venaient de l'extérieur. Cela participait de l'âme même de l'île. Les choses suivaient leur cours autrement. Dupin s'en accommodait fort bien alors que le calme le rendait nerveux d'ordinaire. Une rumeur circulait à ce sujet : un jour, Dupin aurait été à deux doigts de dégainer son arme quand, sur ordre de la préfecture, on avait voulu l'inscrire à un séminaire de relaxation. Une rumeur qui recelait un fond de vérité.

Le Tatoon était réputé. C'était une vieille maison de pierres blanches aux volets vert clair que coiffait un toit pointu typiquement breton. Une jolie terrasse flanquée de gros pots en céramique avec des oliviers, des tables et des chaises en bois naturel que le temps avait patinés. Les tables étaient un peu plus nombreuses que Chez Bruno, mais sans être serrées. A droite et à gauche de l'entrée, des ardoises affichaient la pêche du jour.

Dupin avait choisi la table la plus éloignée du premier rang. Il posa sa veste sur une chaise. Il était presque midi et la température avait grimpé, atteignant bien vingt-huit degrés. Il soufflait une légère brise. Comme prévu, l'aube fraîche avait laissé la place à une vraie journée d'été.

Avant de prendre place, Dupin était entré en coup de vent pour commander un café.

Le Ber et un jeune policier dégingandé s'avançaient le long du quai.

— Goulch !

Dupin se réjouissait de retrouver le gendarme maritime. Ils se voyaient seulement deux ou trois fois par an, lors d'une fête organisée par les policiers, du festival des Filets Bleus ou d'un fest-noz.

— Commissaire !

Ils échangèrent une franche poignée de main. Amicale.

— Terrible histoire.

— Vraiment affreuse.

— J'aimerais bien avoir sur mon bateau un équipement comme celui de la delphinologue, dit Goulch avec un sourire. A priori, nous n'avons aucun indice qui nous indiquerait que quelqu'un d'autre est monté à bord. L'assassin aurait pris d'énormes risques. Le bateau est amarré au bout du quai Nord, juste devant les cabanons. Et il y a de l'activité dès l'aube.

Le Ber et Goulch prirent place.

— Connaissez-vous l'histoire de ce restaurant ?

Le Ber avait posé cette question mine de rien. Mais il allait de soi que le Tatoon avait une histoire, comme absolument tout en Bretagne. Et il allait également de soi que Le Ber la connaissait.

— Le cuisinier possédait un restaurant deux étoiles à Monaco. Un jour, il est allé à Brest rendre visite à un ami. Ensemble ils ont fait une excursion à Sein. Le cuisinier est tombé amoureux du quai Sud, il a remarqué cette maison qui était à vendre. En un mois, il s'est défait de tout ce qu'il possédait à Monaco. Il est venu ici et a ouvert le Tatoon. Désormais il mitonne les plus succulents des plats. Il travaille avec les… deux pêcheurs de l'île. Et avec Céline Kerkrom jusqu'à hier.

La serveuse, une blonde au visage sympathique et au chignon compliqué, apporta une tasse de café qu'elle déposa devant Dupin. Celui-ci réagit sur-le-champ :

— Je pense que mes collègues voudront la même chose.

Il laissa glisser son regard sur Le Ber et Goulch qui hochèrent la tête de concert.

Il avala le savoureux café en deux gorgées.

— *Netra ne blij din-me, 'vel ur banne kafe !*

Cela faisait des semaines que Dupin voulait prononcer cette phrase devant Le Ber. Pour le surprendre. Objectif atteint puisque le lieutenant le regardait bouche bée. Philippe Basset, le chef cuisinier de l'Amiral, avait offert à Dupin un livre sur la Bretagne et le café, dans lequel Dupin avait déniché de formidables textes de chansons. L'un d'eux surtout avait retenu son attention : « Rien ne me fait plus plaisir qu'une gorgée de café. »

Goulch gloussa, Le Ber eut besoin de quelques secondes avant de reprendre contenance – les citations et digressions étaient d'ordinaire son domaine réservé. Comme pour changer de sujet, il posa son calepin sur la table et l'ouvrit sur une double page à l'ordre impeccable. Il se mit à lire sur un ton monocorde :

— Voilà tous les bateaux que nous avons pu dénombrer. Tous ceux qui ont accosté ou appareillé entre hier soir et ce matin. Comme on le sait, on peut aussi arriver et partir de la jetée à la sortie du village. De plus, on peut débarquer n'importe où sur l'île en utilisant une annexe.

Ils n'iraient pas très loin avec ça.

— Ah oui, les gendarmes ont immédiatement fouillé le bateau de Royou. Ils n'ont rien trouvé. Pourtant ils ont été très méticuleux.

— Dommage, grommela Dupin.

— Nous avons également parlé avec les techniciens en charge du phare et des installations d'approvisionnement. Ils n'ont vu aucun bateau suspect, rien remarqué d'inhabituel.

La serveuse apporta les cafés de Le Ber et Goulch, ainsi qu'une petite ardoise avec la suggestion du jour : *Fricassée de praires au piment d'Espelette, filet de lieu jaune et purée de pommes de terre maison.* Le poisson et sa purée maison étaient la spécialité sensationnelle qu'avait vantée la responsable des musées. Et, en dessert, une soupe de fraises à la menthe.

Dupin n'avait pas pensé au déjeuner quand il avait proposé que la réunion se tienne au Tatoon, même si cela faisait sept heures qu'il était debout.

— Un autre café, s'il vous plaît.

Dupin se pencha sur la liste des bateaux, qui était plus longue qu'il ne l'avait imaginé.

Le Ber fit des commentaires :

— La plupart des propriétaires sont des particuliers, dont neuf insulaires. Nous procédons aux vérifications. Nous avons des données divergentes sur le nombre d'embarcations qui ont amarré au port pendant la nuit et ont levé l'ancre ce matin. Entre trois et huit bateaux sont concernés. La saison de la voile bat son plein. Ces cas seront les plus difficiles car personne ne sait d'où viennent les voiliers et où ils se rendent.

— Nous devons quand même essayer de l'apprendre.

— Nous avons parlé avec le capitaine de la navette de ravitaillement, poursuivit Le Ber. Son équipage se compose de trois hommes.

Dupin l'avait complètement oublié.

— Toute la journée d'hier, ils se sont procuré les commandes destinées aux îles, notamment chez Metro. Ils ont travaillé jusque tard dans la nuit, vers vingt-trois heures trente, avec l'aide de quelques dockers. Deux d'entre eux nous ont livré leur témoignage. Le bateau a quitté Camaret ce matin à sept heures, ce qui est confirmé par le responsable des affaires portuaires. Ils ne peuvent pas avoir atteint l'île avant huit heures.

La navette était donc hors jeu.

— Ils avaient un demi-bœuf charolais pour le Tatoon.

Dupin ne réagit pas. Il avait repris la liste. Il s'arrêta à un nom.

— Vaillant ? Capitaine Vaillant ? C'est le pirate, non ?

Dupin se souvenait que madame Coquil en avait parlé. Goulch gloussa.

— Il est encore plus célèbre que je ne le pensais. C'est à la fois un ruffian et un anarchiste. Un fêtard. Il a dîné hier soir ici en compagnie de son équipage.

Dupin ne pouvait rien en faire. Ce personnage semblait sortir tout droit des romans d'aventures et des vieilles histoires de marins. Il avait l'impression qu'on lui parlait d'un cousin du capitaine Haddock.

— Quand sont-ils arrivés ?

— Tard. Il était onze heures passées.

— D'où ?

— De Douarnenez.

— Combien de temps dure le trajet en bateau ?

— Soixante-dix ou quatre-vingts minutes peut-être.

Pour le meurtre de Céline Kerkrom, c'était un peu juste. Mais pas impossible.

— L'équipage était au complet ?

— Il manquait un homme. Nous avons mis un agent sur l'affaire.

L'aimable serveuse apporta à Dupin son deuxième café.

— Bien. Où habite-t-il, ce Vaillant ?

Dupin avala son café d'un seul trait.

— Sur l'île d'Ouessant, où ils vivent tous. Ces pirates possèdent trois maisons au Stiff, un coin à l'extrémité orientale de l'île, pas loin du phare et du grand môle.

— On dirait que les affaires de piraterie sont florissantes.

Sitôt que l'oreille de la serveuse fut hors de portée, Le Ber y alla de son commentaire :

— Le menu est à vingt euros. Ça me semble parfait.

Le restaurant offrait en effet tout ce que Dupin aimait : il était authentique, confortable, aucunement snob.

Ignorant la réflexion de Le Ber, Dupin s'adressa à Goulch :

— Et concernant la contrebande ? Vous croyez qu'il y a quelque chose de vrai ?

— J'ai déjà eu affaire à Vaillant, on le voit partout sur le littoral. Il y a quelques années, avec les douanes, nous avons fouillé son bateau quand il est entré dans les eaux françaises. Nous n'avons pas trouvé de cigarettes, mais de l'alcool. Diverses eaux-de-vie dans des bidons. Les quantités dépassaient certes la limite autorisée mais pas exagérément. Cela dit, nous avons trouvé également plusieurs bidons vides. Nous supposons qu'il les a vidés avant que nous montions à bord. Je pense qu'il fait du trafic. Mais dans des proportions raisonnables.

— Qui patrouille dans le parc ? Quelles autorités ?

— Les vedettes des Affaires maritimes, les douanes, nous, la gendarmerie maritime, et les bateaux du parc d'Iroise.

— Vaillant a-t-il déjà été poursuivi en justice ?

— Pour quelques petites infractions seulement.

— Il pêche aussi, non ? En vrai, je veux dire.

— Oui, mais pas tous les jours. Il utilise de longues lignes de traîne. Les poissons nobles comme le bar, le lieu jaune. Comme beaucoup de ceux qui pêchent dans le parc.

— Sont-ils retournés à Ouessant après le dîner ?

— Ils étaient au port cette nuit. Un des patrons de bistrot du quai Nord les a vus lever l'ancre vers sept heures.

Cela correspondrait assez bien aux horaires. Goulch saisit aussitôt.

— Ils affirment ne pas avoir bougé ce matin et être restés à bord. Pour l'instant, nous n'avons pas de témoin qui affirme le contraire. Ce qui pour autant ne veut rien dire.

— Quelle sacrée coïncidence ! murmura Dupin qui pensait à haute voix. Ça m'étonnerait qu'ils dînent souvent à l'île de Sein.

— Les patrons des cafés du port assurent qu'ils sont là environ une fois par mois. Ce n'est pas si rare que ça, précisa Goulch sèchement.

— D'accord. Continuons.

Dupin allait devoir le rencontrer, lui aussi. La liste s'allongeait. Il se pencha sur les notes de Le Ber qui poursuivit :

— Hier, deux bateaux du parc sont arrivés, un le matin et un le soir, vers dix-neuf heures. Routine.

— Que font-ils exactement ?

— Ils patrouillent à intervalles réguliers, surtout pour surveiller que les réglementations sur la pêche et la pollution sont bien respectées. Ils prélèvent des échantillons et regardent si quelque chose leur paraît suspect. Ils contrôlent les bateaux, les filets et les prises.

— Nous nous sommes déjà entretenus avec les capitaines des deux navires, ajouta Goulch. Hier, ils n'ont rien vu d'inhabituel. Ils ont posé la question à leurs confrères, sans résultat. Même chose en ce qui concerne les embarcations des autres administrations. Nulle part on n'a vu quoi que ce soit qui pourrait avoir un lien avec les homicides.

— Vous avez choisi ?

La serveuse avait surgi devant eux.

— Ce midi, hélas, nous ne déjeunons pas.

Dupin voulait partir sans tarder. Il commençait à avoir des fourmis dans les jambes.

— Grave erreur, dit-elle dans un sourire avant de s'en aller.

Le Ber la suivit du regard, la mine morose.

— Quelqu'un des patrouilles du parc était-il en relation avec Laetitia Darot ?

— Personne. Le département scientifique du parc travaille de son côté et n'a rien à voir avec la surveillance. Son chef est Pierre Leblanc.

Celui que Manet considérait comme un homme extrêmement compétent et qui figurait sur la liste des gens avec qui le commissaire espérait bientôt s'entretenir. Peut-être n'aurait-il pas dû dire non si vite à la sympathique serveuse. S'il partait à l'instant, Dupin n'aurait plus aucune occasion de se sustenter avant des heures.

— Quelles relations Laetitia Darot entretenait-elle avec ses collègues ?

— En tout, il y a six scientifiques. Mais Leblanc vous en dira plus à ce sujet.

Dupin hocha la tête. Les équipes avaient fait du bon boulot. Les informations factuelles s'amoncelaient même si elles n'avaient jusqu'ici rien apporté de concret. Mais qui sait ? Peut-être qu'une pépite d'or était retenue dans le tamis, encore recouverte de sable et de boue, et qu'ils ne la découvriraient que plus tard.

— Goulch, avez-vous entendu parler à la gendarmerie maritime d'une pollution récente dans le parc ?

— Non.

— Le Ber, avez-vous eu l'occasion de parler avec les deux pêcheurs de Sein ?

141

Leurs noms se trouvaient sur la liste.

— Je me suis entretenu avec les deux, mais rapidement. Ils sont en mer. Ils n'ont rien remarqué de particulier, ni hier, ni ce matin.

— Où étaient-ils tous les deux hier soir et ce matin de bonne heure ?

— Marteau, le pêcheur le plus âgé, était à une petite fête d'anniversaire, ici, sur l'île. Il y est resté jusqu'à minuit. Il y a des témoins. Ce matin, il avait un rendez-vous à six heures au chantier naval de Douarnenez. Cela a été également confirmé.

Il était lui aussi hors jeu.

— Jumeau dit qu'il est rentré au port hier à dix-sept heures trente. Il a apporté au Tatoon six gros bars, bu une bière et mangé un morceau. Il y a des témoins. Puis il serait rentré chez lui à vingt et une heures et se serait mis au lit immédiatement car il sort ces jours-ci encore plus tôt que d'habitude. Aujourd'hui, à quatre heures et demie. Il vit seul. Célibataire.

— Il peut donc avoir commis n'importe quel délit la nuit dernière, dit Dupin. Et ce matin, pareil. Le garçon qui a découvert le corps de Laetitia Darot l'a aperçu au nord de l'île, bien en vue. Il aurait pu se trouver à terre pendant une demi-heure à tout moment.

— Exact, confirma Le Ber.

— Le pirate et le pêcheur, marmonna Dupin en croisant les mains derrière la nuque, étaient tous les deux hier soir ici, dans ce restaurant.

Il se parlait plutôt à lui-même. Sans élever la voix.

— Peut-être, ajouta Dupin avec une hésitation dans la voix, devrions-nous quand même manger un morceau.

Sur le visage de Le Ber se lisait un profond soulagement. Goulch affichait un air tout aussi satisfait.

— Très raisonnable, approuva Le Ber avec énergie. C'est notre seule chance d'ici ce soir. De plus, il faut que vous goûtiez les huîtres, patron. Ne serait-ce que pour faire du bien à votre estomac, ajouta-t-il avec un regard malicieux. Le docteur Bernez Pelliet sera très content de vous.

C'était une manœuvre maligne à bien des égards. Lors de sa précédente enquête, Dupin avait eu fort à faire avec les huîtres qu'il avait jusque-là dédaignées. Cependant, sur prescription médicale et en raison de circonstances particulières, il avait commencé à en manger. Bien que sceptique au début, il avait dû reconnaître que les huîtres avaient un effet thérapeutique bénéfique sur son estomac délicat. Qui plus est, il avait ajouté un délice à ses menus quotidiens. Depuis lors, il respectait l'ordre du docteur et dégustait trois huîtres tous les soirs. Son estomac allait beaucoup mieux à présent. Il s'était débarrassé de sa gastrite de type C avec un avantage supplémentaire : il pouvait de nouveau boire autant de café qu'il voulait. Il pouvait enfin être lui-même.

— Les huîtres de l'île ! Récemment, un jeune couple a développé sa production d'huîtres, les Coquillages de l'île de Sein, tout un poème. Le phytoplancton autour de l'île recèle des parfums extraordinaires, déclara Le Ber dont le visage s'était éclairé. Des arômes forts, râpeux, sauvages. Merveilleux. Et sans que l'iode n'écrase tout !

C'était vrai, comme Dupin l'avait appris : en dégustant une huître, c'était purement et simplement la mer qu'on avalait.

Dupin fit signe à la serveuse. Ils allaient manger quelque chose. Et soutenir le jeune couple.

Le Ber et Goulch étaient aux anges.

— Savez-vous qui d'autre est venu ici ? Et qui a bu une bouteille de vin à lui tout seul ?

Le Ber semblait vouloir démontrer que le travail se poursuivait même à table.

— Frédéric Carrière. Le bolincheur qui pêche pour Morin.

Dupin ouvrit grand les oreilles.

— Ici, au Tatoon ?

— Ici, au Tatoon. Tard, vers minuit.

Encore un hasard. Il est vrai que la maison de sa mère était sur l'île. Il connaissait certainement des gens. Le monde sénan était tout petit.

— Il était accompagné ?

— Non.

— Vous avez changé d'avis ? déclara la serveuse sans cacher sa satisfaction.

— Le menu du jour, s'il vous plaît. Et quelques huîtres en amuse-gueules. Une douzaine et demie.

Le Ber et Goulch opinèrent de la tête.

— Trois menus du jour, les huîtres servies avant, confirma la serveuse. Une bouteille de muscadet pour aller avec, monsieur ?

La tentation était grande. Le soleil, le lieu jaune à la chair si délicate…

— Non, merci, marmonna Dupin.

Il se ressaisit, se tourna vers Goulch et Le Ber.

— Ce Carrière nous a-t-il communiqué son alibi ? Que venait-il faire hier sur l'île ?

— Nous ne lui avons pas encore parlé.

— Faites-le. Où son bateau est-il amarré ? Quel est son port d'attache ?

— Douarnenez. C'est là qu'il habite. Nous nous occupons de lui.

— Bien.

— C'est tout ce que nous pouvons dire jusqu'à présent sur les noms de la liste, patron.

L'ennui était qu'ils pouvaient jouer longtemps au petit jeu de savoir qui avait quitté ou abordé l'île, et quand. Se contenter de cela n'était sans doute pas une bonne idée. Ils devaient dénicher l'histoire qui se cachait derrière chacun et tirer le fil à partir de chaque pièce du puzzle.

Les huîtres, les praires au piment, le lieu jaune étaient apparus sur la table en un rien de temps. Aucun des éloges sur le restaurant n'était usurpé ; tout était purement et simplement sensationnel. Une adresse en tout point parfaite.

Entre-temps, les couleurs avaient atteint une intensité surréaliste : le bleu opalin du ciel, le bleu sombre de la mer, le vert cru du goémon et des algues sur le rivage de la baie qui baignait le port, le blanc aveuglant du banc de sable qui y faisait face, l'orange et le rouge des bateaux qui se balançaient doucement ; toutes les couleurs étaient éclatantes, aucune n'était faiblarde ou terne.

En attendant les plats, Le Ber, Goulch et le commissaire échangèrent quelques propos badins qui ne concernaient pas l'enquête. Tous trois tournaient régulièrement la tête vers la porte du restaurant. Dupin avait l'estomac dans les talons.

La première huître provoqua un silence aussi dense que ravi.

Depuis qu'ils étaient attablés, la chaleur avait encore augmenté et la légère brise était tombée. Le soleil tapait très fort. La sueur perlait sur le front de Dupin, il aurait eu besoin d'une casquette alors qu'il n'en portait jamais, bien entendu.

Du regard, Dupin effleurait le joli quai et la baie, l'esprit occupé par mille pensées.

— Vous avez fait un excellent choix. Je suis sûr que vous n'avez jamais dégusté de toute votre vie un poisson aussi délicieux. N'ai-je pas raison ?

Antoine Manet venait d'apparaître sur la terrasse, Joséphine Coquil sur ses talons. Ils avaient certainement pris le chemin du littoral.

— Vous en savez plus maintenant ? C'est quelqu'un de chez nous ?

La directrice du musée piaffait d'impatience ; à la voix, elle paraissait plus curieuse que préoccupée.

Dupin ne put réfréner un sourire. Il enfourna le dernier morceau de pain avec lequel il avait recueilli dans son assiette les dernières traces de la succulente purée de pommes de terre si crémeuse.

— Pour l'instant, cela pourrait être tout le monde. Presque tous les habitants de cette île et n'importe qui de n'importe quel endroit du globe.

Antoine attrapa deux chaises voisines pour Joséphine Coquil et lui. Ils s'assirent.

— Nous avons du nouveau, dit Manet d'un air sombre. Il semblerait que la delphinologue et Luc Jumeau, le jeune pêcheur, se fréquentaient. Il y a deux semaines, on les a vus se promener ensemble vers les dolmens aux alentours de vingt et une heures. Et ce n'était pas la première fois.

Il allait de soi que les insulaires discutaient entre eux des meurtres. Un détail pouvait leur revenir à la mémoire. Les on-dit étaient certainement ce qu'il restait de tout ce qui avait été rapporté au médecin lors de ses visites et des rencontres qu'il avait faites ce matin.

— Vous voulez dire qu'ils avaient une relation ?

— C'est possible.

— Selon l'architecte paysagiste, cela ne fait aucun doute, intervint madame Coquil avec assurance.

— L'architecte paysagiste ?

Manet expliqua :

— Depuis peu, la région a embauché un architecte paysagiste pour chacune des îles. Le nôtre est là depuis deux ans. Un homme fabuleux. Grâce à lui l'armérie maritime pousse de nouveau. Vous les avez certainement remarquées, ce sont les petites fleurs roses. Il a une épouse merveilleuse.

— A quelle heure ce Jumeau rentre-t-il d'habitude ?

— Vers dix-sept heures.

— C'est trop tard. Appelez-le. Nous devons lui parler.

Ils auraient dû le faire depuis longtemps. Ce n'en était maintenant que plus urgent. Il pouvait s'agir d'une histoire d'amour fatale. L'une d'elles avait bien fait la renommée de la région. Elle était même célèbre dans le monde entier.

Le Ber regarda le commissaire pour évaluer le degré d'urgence. Puis il se leva, le portable déjà en main.

— Le mari de Nathalie… commença Joséphine Coquil, qui elle aussi avait quelque chose à raconter. Lui et sa femme possèdent le restaurant du quai Nord, juste devant la jetée. Il y a deux semaines, il a vu Laetitia Darot étaler un filet bizarre dans son jardinet, qui jouxte leur maison.

— En quoi était-il bizarre ?

— Il était muni sur ses bords de petits appareils. Il y en avait plusieurs, a-t-il dit.

— Qu'est-ce que ça signifie ?

— Justement, il n'en savait rien lui-même, rétorqua-t-elle avec un regard de reproche.

— Qu'est-ce que cela pouvait être ? demanda Dupin à Goulch, qui haussa les épaules.

— Il faut s'informer auprès d'un spécialiste.

— Je poserai la question au directeur du parc dès que je le verrai. La scientifique a-t-elle mentionné un filet de ce type ?

— Non. On n'a trouvé aucun matériel de ce genre dans la maison de Laetitia Darot. Il semblerait qu'elle ait tout entreposé dans son cabanon. Je n'ai aucune idée de la raison pour laquelle elle aurait eu besoin d'un filet de pêche. En tout état de cause, il n'y en avait pas dans son bateau.

Le Ber s'approcha de la table.

— Je n'ai pas réussi à joindre Jumeau mais j'ai demandé qu'on le contacte par radio.

— Bien. D'autres nouvelles ?

Dupin regarda les deux insulaires avec espoir.

La colère envahit le visage de Joséphine Coquil.

— La princesse Dahut aurait été vue il y a seulement trois jours. C'est toujours un mauvais présage. C'est Annie, notre doyenne, qui en a été le témoin. Là où on la voit à chaque fois. Non loin du tumulus éboulé.

Manet se sentit obligé de livrer une explication :

— Il s'agit de la fille du roi Gradlon, qui a été transformée en sirène.

Il ne fit aucun commentaire sur l'apparition, comme si madame Coquil avait annoncé qu'on avait aperçu un dauphin ou une orque.

— On la voit de temps en temps. A chaque fois, il se passe toujours quelque chose de terrible, expliqua Joséphine Coquil en lançant à Dupin un regard indéchiffrable. De nombreux événements en attestent. Ne croyez pas que nous sommes des illuminés. En 1892, alors qu'il se rendait sur l'île pour y célébrer une messe, un curé l'a vue. Au milieu des flots, tout près du rivage, il a découvert une femme sublime, à la longue chevelure et avec une queue de poisson. Elle tentait d'attirer son regard. Heureusement, il n'a pas croisé le sien, sinon il aurait signé sa mort. Dahut nage en rond sans répit, elle veut tout retrouver, les fêtes et bals somptueux, le libertinage, les vêtements luxueux.

Même avec la meilleure volonté, Dupin ne voyait pas ce qu'il pouvait répondre à ça.

— Et ce n'est pas tout, continua madame Coquil en fronçant les sourcils, la mine soucieuse. On a vu le *Bag Noz* ! La barque de nuit. A l'ouest de l'île, non loin de la chapelle.

Manet vint de nouveau à la rescousse du commissaire.

— C'est l'équivalent maritime du *Garrig an Ankou*, le chariot des morts.

Dupin connaissait l'histoire de l'Ankou qui collecte les âmes des défunts sur sa charrette.

— La barque de nuit apparaît, poursuivit madame Coquil, quand de sombres événements ont lieu. On ne peut pas vraiment la voir, l'apparition reste floue et elle s'éloigne quand on s'en approche. On entend parfois des cris déchirants s'élever de la barque. L'âme du premier noyé de l'année est alors condamnée à barrer l'embarcation.

Un long silence s'ensuivit. Le Ber s'agitait sur sa chaise.

— Y aurait-il d'autres… nouvelles ?

— Quelques-unes, en effet, répondit Manet en lançant un regard entendu à Dupin. Mais je vous ai donné les plus importantes. Au fait, j'ai laissé les deux journalistes, une femme et un homme, dans un des cafés du quai Nord, aussi loin que possible du théâtre des événements. Je leur ai dit que vous passeriez certainement par là.

— Je vais donc me rendre séance tenante sur le continent.

Le téléphone de Dupin sonna : un numéro masqué.

— Oui ? annonça Dupin d'une voix étouffée en reculant sa chaise.

— Charles Morin à l'appareil. Commissaire Dupin ?

Le ton était on ne peut plus courtois. Dupin ne pouvait dire pourquoi, mais l'appel ne le surprenait aucunement.

— Votre assistante m'a contacté. Vous voulez me parler ?

— En effet.

— Seize heures est un horaire qui me convient parfaitement. Je suis, comment dire…, extrêmement curieux de savoir où en sont vos investigations.

Malgré son ton accommodant, Morin n'était en rien obséquieux ou ironique. Dupin s'était attendu à autre chose de sa part. Il avait imaginé un caractère fort différent. Une sorte de Royou d'un autre calibre.

— Il est exact que nous nous intéressons à Laetitia Darot, votre fille, déclara Dupin tout à trac.

La réponse qui s'ensuivit ne recelait pas une once d'agressivité, elle était posée et dénuée de toute provocation.

— Ne nous occupons pas de ce genre de choses, commissaire. Je me sens responsable. Je vis et travaille ici depuis des décennies. La mer, le parc, les gens sont ma maison.

— Votre royaume, voulez-vous dire ?

Dupin s'exprimait lui aussi sans acrimonie.

— D'une certaine façon, oui. Vous comprenez certainement que cela m'intéresse, dit-il en pesant chaque mot, puisque deux jeunes femmes ont été assassinées et que rien ne nous conduit à penser que les meurtres ont été commis par un étranger. Je suis inquiet. Très inquiet.

— Seize heures, monsieur Morin.

— Votre assistante m'a dit que vous veniez à Douarnenez.

— Avec plaisir.

Nolwenn avait omis de lui communiquer ce détail, mais c'était très bien comme ça.

— Je me réjouis de vous rencontrer.

Il raccrocha. Charles Morin ne donnait pas prise à interprétation. Une personnalité remarquable. Dupin se leva.

— Allons-y.

— Bonne chance ! lança Manet.

— Nous sommes là si nécessaire, commissaire. Ce qui ne manquera pas, dit Joséphine Coquil avec un sourire, suggérant plus un avertissement qu'une offre de service.

— C'est vrai, madame Coquil, nous avons besoin de vous. Sans aucun doute possible.

— N'oubliez pas l'inscription qui figure sur le monument près du cimetière des cholériques : « Le soldat qui ne se reconnaît pas vaincu a toujours raison. »

Goulch et Le Ber se levèrent également. Dupin entra dans le restaurant pour régler l'addition. Quelques instants plus tard, il était de retour sur la terrasse. Il prit congé d'Antoine Manet et de Joséphine Coquil. Le Ber et Goulch l'attendaient sur le quai.

— Le Ber, gardez votre position sur l'île. Labat reste à Douarnenez. Informez-vous régulièrement, dès que vous avez du nouveau. (Le Ber hocha la tête mécaniquement.) Et téléphonez à Nolwenn. Je veux savoir ce qu'il en est de la présumée paternité de Morin. Qu'elle essaye par tous les moyens d'en savoir plus.

— Ce sera fait, patron.

Le Ber se mit en mouvement et pénétra dans le lacis de ruelles. On aurait dit qu'il connaissait les lieux comme sa poche. Dupin s'avança d'un pas.

— Une chose encore, Le Ber. Ce boucher du Conquet, demanda-t-il en baissant la voix involontairement, celui qui a vu les sept tombes, je veux dire les cinq de la première rangée au lieu de quatre, que lui est-il arrivé ?

Le Ber le regarda un instant, la mine soucieuse. Dupin regrettait déjà sa question.

— Il est passé par-dessus bord alors que le temps était au beau fixe et que la mer était on ne peut plus calme. Il était allé pêcher. Mort. Le cœur a lâché, bien qu'il n'y ait eu aucun signe avant-coureur, aucun anté-cédent. Mort, tout simplement.

Dupin ouvrait grand les yeux malgré ses efforts pour contrôler ses réactions.

Il se secoua. C'était absurde ! Voilà qu'il se laissait impressionner par des contes macabres. Des fables fantastiques tout droit sorties de la plus barbare des superstitions.

— Vous… je veux dire… bredouilla Le Ber, vous devriez faire attention à vous, patron. Je veux dire… vous devriez vraiment faire très attention à vous, plutôt deux ou trois fois qu'une, si vous vous rendez sur l'île Tristan.

Dupin le dévisagea.

— Vous venez de l'entendre : Dahut, la fille du roi Gradlon, erre encore de nos jours sous l'apparence d'une sirène dans la baie de Douarnenez. Si vous croyez voir quelque chose d'étrange dans ou sur les flots, une apparition bizarre dans l'écume, ne regardez surtout pas plus longtemps. Son regard vous obligerait à la suivre dans les abysses.

Avant que Dupin ne puisse répliquer, Le Ber s'était faufilé dans le labyrinthe.

— Le bateau est amarré au quai Nord, juste devant.

Goulch le précédait d'un pas énergique. Ils avançaient entre les deux quais, se dirigeant vers la zone portuaire, là où se trouvaient les cabanons de Céline Kerkrom et Laetitia Darot.

— Savez-vous…

Ils furent interrompus par un nouvel appel, un numéro de Rennes.

— Oui ?

— Xavier Controc. Affaires maritimes. Chef du service de la pêche. Commissaire Dupin ?

— De quoi s'agit-il ?

— J'aimerais vous mettre au courant d'une affaire hautement confidentielle. Il me semble que c'est opportun, même si cela est contraire à nos habitudes.

Sans s'en rendre compte, Dupin s'immobilisa.

— D'abord j'aimerais m'assurer de votre discrétion. Est-ce possible ?

— Allez-y, racontez-moi.

— Cet après-midi, nous allons lancer une opération simultanée de grande envergure dans le parc d'Iroise. Contrôles en mer. Outre une unité de la gendarmerie maritime, seront impliqués le parc d'Iroise, l'Institut français de recherche pour l'exploitation de la mer, l'Ifremer, et nous-mêmes. Nous soupçonnons des violations de l'interdiction de pêcher la langouste rouge. Ce sujet vous dit-il quelque chose ?

Tout au long de la journée, Dupin avait entendu parler d'un nombre considérable de sujets relatifs à la pêche, mais pas de celui-là.

— C'est une espèce locale que l'on trouve notamment dans la chaussée de Sein et qui en 2006 avait quasiment disparu à cause de la surpêche. Il a alors été décidé d'en interdire totalement la pêche. Les stocks se sont un peu renouvelés depuis. Mais l'interdiction n'a pas été levée. Cependant, certains pensent pouvoir y passer outre.

— Vous visez quelqu'un en particulier ?

— Il existe des personnes dont on pense qu'elles ne respectent pas l'interdiction. Au cours de contrôles sporadiques en mer qui ont eu lieu ces dernières semaines, certains bateaux ont refusé l'accès aux inspecteurs.

— Des bateaux de Morin ?

Il hésita.

— Il s'agit de quelques-uns de ses bateaux, en effet.

Ils avaient l'air de prendre l'affaire au sérieux. Le chef de police de Douarnenez, avec qui Nolwenn avait parlé, ne semblait pas être au courant, du moins ne lui en avait-il rien dit.

Dupin n'avait toujours pas bougé d'un pouce.

— Qui est au courant de cette opération ?

— Seulement quelques collaborateurs de chacune des administrations impliquées. Plus, depuis hier après-midi et par la force des choses, les navires de contrôle et leur équipage.

— Que se passera-t-il si on constate une infraction contre cette interdiction ? Je veux dire, qu'est-ce qu'il y a en jeu ?

— Ils sont plusieurs à avoir été épinglés l'année dernière. En cas de récidive, les amendes peuvent atteindre quinze mille euros, voire pour les plus graves une peine de prison. Jusqu'à six mois. Là, ça commence à être sérieux.

— En ce qui concerne l'opération d'aujourd'hui, les bateaux sont-ils autorisés à effectuer les contrôles contre la volonté du commandant ?

— Tout à fait. Nous avons obtenu une ordonnance.

Si Dupin saisissait bien l'enjeu, l'opération pourrait porter un sacré coup à Morin.

— Laetitia Darot aurait pu être au courant ?

— La delphinologue qu'on a retrouvée morte ?

— La delphinologue assassinée, oui.

— En principe, non, impossible. Cela n'a rien à voir avec le département scientifique du parc.

L'expression « en principe » renfermait toutes les options possibles. Ainsi allait la vie, ainsi étaient les hommes.

— Pierre Leblanc, le chef de Darot ? Il est dans la confidence ?

— Il fait partie des initiés.

Non que Dupin fût traversé par des pensées particulières, une idée précise, mais il allait de soi que l'ensemble était fort intéressant.

— Quoi qu'il en soit, puisque vous enquêtez sur le parc, je trouvais pertinent de vous informer.

— Je vous en suis très reconnaissant, monsieur...

Bien sûr, il ne se rappelait plus le nom.

— Controc. Au stade actuel de votre enquête, vous voyez un rapport entre cette opération et les meurtres ?

— Je ne peux pas vous le dire, répondit sincèrement Dupin.

— Ici, tout le monde est quelque peu troublé.

— Ici aussi, monsieur Controc. Je propose que nous nous tenions informés l'un l'autre s'il y a de nouveaux développements.

— D'accord.

Dupin raccrocha.

Goulch attendait quelques mètres plus loin. Dupin s'approcha de lui et le mit dans la confidence.

— Ils doivent avoir de gros soupçons. Je ne me souviens d'aucune action de cette envergure ces dernières années.

Goulch et Dupin longèrent le dernier tronçon du quai. A intervalles réguliers s'élevaient des montagnes de filets de pêche multicolores dans de grands caissons en bois.

A droite, une large rampe en béton descendait jusqu'au rivage. En face, l'entrée de la zone portuaire où se dressaient quelques constructions tout en longueur et au toit plat : les cabanons.

— Dans le bateau de Darot, vous n'avez pas vu, n'est-ce pas, de filet de pêche muni de petits appareils ?

Ce point préoccupait Dupin.

— Non, j'en suis sûr.

Les cabanons étaient marqués par les intempéries et la mer. Si certains étaient badigeonnés de blanc, la plupart avaient été laissés en béton nu qui, au fil des ans, avait jauni ou pris une couleur verdâtre. Partout des taches de lichen orangé. Des portes étroites, de petites fenêtres dont les huisseries étaient peintes de couleurs vives : turquoise, bleu ciel, vert pétrole, jaune soleil. Entre les appentis s'amoncelaient bouées et chaînes d'ancre, tout un bric-à-brac rouillé.

Deux gendarmes maritimes se tenaient devant l'un d'eux. C'étaient certainement là les remises de Darot et de Kerkrom.

Dupin ralentit le pas.

— Je veux jeter un coup d'œil en vitesse pour vérifier si on ne trouve pas ce filet.

Pour une raison ou une autre, cette histoire le turlupinait.

Sans attendre une réaction de la part de Goulch, il
s'avança vers les gendarmes.

— Lequel de ces cabanons est celui de Laetitia
Darot ?

— Celui-ci, commissaire.

Une porte peinte avec soin dans les tons ocre orangé,
les fenêtres étroites bleu foncé ; devant, un petit banc
sur lequel étaient posées deux caisses en plastique ;
deux vieux pots de fleurs dans lesquels poussaient vaillamment de petites plantes tordues par les éléments.

— Et ici, compléta le policier en montrant une
porte quelques mètres plus loin, c'est celui de Céline
Kerkrom. La scientifique a déjà tout passé au peigne fin.

— Et c'est par hasard que Céline Kerkrom et Laetitia
Darot avaient leurs remises à côté l'une de l'autre ?

— Il faut croire que oui.

Que pouvait dire d'autre le pauvre gendarme ?

Goulch avait emboîté le pas de Dupin.

— Je vais revenir à la charge auprès des gendarmes
qui ont inspecté les maisons. A propos du filet, par
précaution.

— Bien.

Dupin se dirigea vers la porte de couleur ocre, qui
était entrebâillée.

Il la poussa et entra.

Les fenêtres poussiéreuses laissaient filtrer peu de
lumière, l'ampoule qui pendait du plafond n'en donnait
guère plus. Les yeux de Dupin mirent quelque temps à

s'adapter. Il flottait une odeur de moisi pas désagréable. Dans le coin à droite – le local faisait environ cinq mètres de long sur deux mètres et demi de large – s'entassaient des bouées de toutes les formes. Surtout des bouées orange de forme allongée qui, pour Dupin, étaient des bouées de plongée ; il y en avait bien une douzaine.

Sur des étagères métalliques à mi-hauteur était entreposé surtout du matériel de plongée : plusieurs bouteilles de diverses tailles, des masques et des tubas, des combinaisons en néoprène. Plusieurs couteaux.

Une grande table occupait la partie arrière du cabanon. Elle était encombrée d'un capharnaüm original : morceaux de bois flotté, pièces de métal rouillé, une grosse hélice, des objets que Laetitia Darot avait certainement rapportés des fonds marins ; de gros et beaux coquillages de toutes les formes, des algues séchées, des cailloux aux formes originales.

Pas de filet. Pas un seul.

Dupin sortit de l'appentis.

Goulch était encore au téléphone.

Il jetterait un œil rapide au deuxième cabanon. Peut-être ce filet appartenait-il à Kerkrom ? Et celle-ci l'aurait déposé, pour une raison quelconque, chez Darot ?

De toute manière, puisqu'il était là…

Le local avait les mêmes dimensions. Mais il dégageait une tout autre impression. On n'aurait su dire si c'était un fourre-tout hétéroclite et aléatoire ou le fruit d'un entassement systématique qui durait depuis des années. Ce qui revenait au même pour un regard extérieur.

A droite de la porte, un vieux réfrigérateur rouillé ; à côté et entassés contre le mur, des paniers à homards, des caissons pour poissons de toutes tailles et couleurs, des pagaies. Et des bouées bien plus grosses que celles qui se trouvaient chez Darot, rouges pour la plupart, et d'un coin à l'autre des montagnes de filets. Dupin se fraya un chemin. Il y en avait des dizaines, avec des mailles de diverses tailles et couleurs. Dupin fouilla dans le tas, mais il lui sembla que ces filets n'étaient plus utilisés. Parmi eux se trouvaient aussi de nombreuses lignes de traîne enroulées autour d'axes en bois. Un seau rempli de gros hameçons ; un autre, de plombs.

Mais nulle trace d'un filet muni de petits appareils.

Tout ce qu'il voyait semblait parfaitement à sa place et ne suscitait aucun soupçon.

Dupin tourna les talons et sortit de l'appentis.

Il dut se protéger les yeux tant la lumière était aveuglante.

— Nous avons avancé, dit Goulch qui se tenait juste devant lui. La police scientifique a fouillé la maison de la delphinologue de fond en comble. Les techniciens sont maintenant chez la femme pêcheur. Chez Darot, ils n'ont pas trouvé de filet de pêche, ils sont catégoriques. Chez Kerkrom, ils en ont trouvé quelques-uns, mais aucun qui serait muni d'un quelconque appareil. Et, au fait, ils n'ont pas trouvé de portable dans le bateau de Darot. Aucun ordinateur nulle part, ni tablette. Ils ont seulement trouvé un chargeur. Chez Kerkrom, même chose : aucune trace d'un ordinateur portable, un appareil de quinze pouces dont nous avons entre-temps appris l'existence.

Cela signifiait que l'assassin avait très probablement pénétré dans les maisons. Peut-être savait-il que des indices se trouvaient dans les ordinateurs, ou tout au moins le craignait-il. Il était donc possible qu'il ait subtilisé autre chose.

— Il faut que l'on s'occupe immédiatement des comptes de messagerie.

— Comme vous le savez, ce n'est pas simple. Mais nous sommes dessus.

— Bien. On y va, alors.

Dupin s'était mis en marche ; son ton avait été brusque. Il était mécontent et nerveux.

D'ici peu commencerait l'opération coordonnée. Elle n'allait pas manquer de susciter des remous. Et qui sait ? Peut-être allait-elle heurter, accélérer, aggraver quelque chose en lien avec l'enquête.

Le trajet en bateau était une torture. Rien n'y faisait : ni la mer calme, ni le temps splendide, ni la confiance que Dupin avait en Goulch et son équipage. Mais il avait fait le bon calcul car la traversée était quand même moins horrible que celle du matin.

Ils venaient de passer le cap en face de Quillouarn dans la baie de Douarnenez quand, soudain, elle apparut, illuminée par le soleil resplendissant : l'île Tristan. Une apparition. Une île mystérieuse aux mille aventures, une île de pirates, comme dans un album pour enfants. Un mythe.

Cinq cents mètres de long, moitié moins de large, l'île avait une forme oblongue, presque ovale. A l'ouest pointaient des rochers abrupts, les couleurs passaient d'un noir d'encre en contrebas au vert foncé et jusqu'au bleu du ciel. Une végétation luxuriante et débordante comme si l'île était trop petite pour la contenir tout entière. Des arbres de belle hauteur dans toutes les nuances de vert. Au siècle dernier, un aristocrate y avait importé des plantes rares, certaines exotiques, et avait aménagé un jardin botanique rendu à l'état sauvage. Il y avait aussi plusieurs variétés de bambous, des araucarias, des myrtes, ainsi que des arbres fruitiers – cognassiers, pruniers, pommiers, poiriers, néfliers.

Des murets de pierre très anciens entouraient les prés et la lande, les ruines d'une fière forteresse conservaient un cachet poétique. Une maison délabrée près d'une jetée également délabrée. Un petit phare érodé par les intempéries. D'innombrables histoires incroyables avaient cette île pour décor, et Nolwenn racontait volontiers celle d'un terrible pirate du diable. Même selon les normes bretonnes, la densité de contes et légendes était ici incomparable.

— Nous contournons l'île pour nous amarrer devant l'ancienne conserverie de poissons, qui abrite dorénavant le département scientifique du parc d'Iroise. Nous y serons dans deux minutes. Leblanc est prévenu, il vous attend dans son bureau.

L'information précise que Goulch livrait de son ton rationnel ramena Dupin à la réalité.

Le commissaire avait passé plusieurs appels téléphoniques depuis le bateau : Le Ber, Labat, puis Nolwenn.

On avait réussi à joindre Jumeau, le jeune pêcheur, qui avait accepté en ronchonnant mais sans trop se faire prier d'interrompre sa pêche et de rentrer à l'île de Sein. Comme d'habitude, Dupin avait exigé tous les détails. En fait, il aurait préféré le rencontrer personnellement. C'était d'ailleurs ce qu'il allait faire. Jumeau était un jeune homme, pas antipathique mais peu bavard. Le Ber n'avait pas réussi à en tirer grand-chose. Il aurait bu un verre à l'occasion avec Céline Kerkrom – « une fois par mois environ », avait-il précisé – et parlé avec elle de tout et de rien. Bien sûr, ils se croisaient régulièrement sur le port et échangeaient quelques mots, leurs bateaux étant amarrés non loin l'un de l'autre. Il aurait rencontré Laetitia Darot quelquefois et par hasard, la plupart du temps là aussi sur le port. Il aurait fait quelques pas en sa compagnie alors qu'elle se rendait chez elle (Le Ber l'avait bien sûr interrogé sur ses « promenades »). Ils auraient parlé « de la pluie et du beau temps ». Il n'avait pas la moindre idée de ce qui avait pu provoquer l'assassinat des deux jeunes femmes, il ne soupçonnait personne. Dupin avait la certitude que Le Ber avait tout fait pour lui tirer les vers du nez. Le lieutenant s'était également entretenu avec Frédéric Carrière : le bolincheur passait souvent ses nuits sur l'île quand il pêchait dans la partie occidentale du parc. Il affirmait avoir été présent sur l'île aux alentours de vingt et une heures, mais jusqu'ici on n'avait pas de témoin. Il avait dîné chez sa mère. C'était seulement au Tatoon que des témoins l'avaient vu. Selon ses déclarations, il se trouvait en mer dès cinq heures ce matin. A dix heures, il avait dû se rendre à Douarnenez pour un bref rendez-vous. En ce moment, il naviguait à l'ouest du phare des Pierres noires. Le Ber l'avait interrogé sur son altercation avec Céline Kerkrom. Carrière lui avait parlé franchement de son énervement, il ne s'en était pas caché. La querelle avait eu lieu en janvier, dans la criée. Kerkrom lui reprochait, ainsi qu'à d'autres bolincheurs, de ruiner les pêcheurs côtiers avec leurs méthodes. Il s'agissait du conflit dont avait parlé Manet.

Au début et à la fin de la conversation, Le Ber avait demandé sur un ton préoccupé à Dupin comment il se sentait, si la traversée s'était passée sans anicroche. Dupin s'était contenté de répondre d'un ton bourru que tout était en ordre.

Dupin avait revu avec Nolwenn le programme de l'après-midi et le déroulement des entretiens. Nolwenn avait remué ciel et terre pour débusquer une information sur Morin et la rumeur de paternité. Elle avait lancé une véritable machine de guerre : parents, amies, mari, tous avaient pour mission d'ouvrir grand leurs oreilles en se concentrant sur la baie de Douarnenez et sur la pointe du Finistère. On ne pouvait pas faire plus, et la méthode avait toujours été couronnée de succès. Nolwenn avait bien sûr réussi à dénicher le nom du bolincheur surpris avec ses deux tonnes de dorades roses : un bateau de la flotte de Morin, mais pas celui de Frédéric Carrière. Il aurait une lourde amende mais ça n'irait pas plus loin. Dupin n'avait pas posé de question sur l'issue des protestations à Lannion. Il valait mieux laisser reposer.

Il avait évidemment évoqué l'opération qui allait se dérouler en mer d'Iroise, ses trois collaborateurs devaient être au courant.

Le Ber avait confié à Labat le soin de s'occuper du coiffeur et de l'homme du bateau-citerne. Labat avait parlé avec l'ami du coiffeur, ils avaient passé la soirée de la veille ensemble. L'amusant dans l'histoire était que l'ami en question était le maire de Camaret, et on se demandait pourquoi le coiffeur ne l'avait pas mentionné immédiatement, cela aurait grandement renforcé la crédibilité de ses affirmations. Labat s'était renseigné : le maire jouissait d'une grande estime sur la presqu'île et à Quimper – cela éliminait de fait le coiffeur de la liste des suspects. Thomas Royou, quant à lui, avait une réputation exécrable. Labat avait eu vent d'histoires peu glorieuses. Ces dernières années, il avait été mêlé à plusieurs bagarres dont l'une avait abouti à une plainte qui, quelques jours plus tard, avait été étrangement retirée, sans motif particulier. Personne sur l'île ne semblait avoir vu le bateau avant sept heures cinq. Ce qui, cependant, ne voulait pas dire grand-chose, puisqu'il aurait pu se trouver plus tôt au nord de l'île sans que quiconque le remarque, et par exemple s'amarrer au ponton proche du cimetière des cholé-riques. De plus, il possédait une annexe. Mais deux insulaires avaient néanmoins vu tout l'équipage à bord, donc chef compris, entre les deux trajets du camion-citerne, ce que le chauffeur avait confirmé. C'est pourquoi le seul laps de temps avant leur arrivée au port pouvait être pris en compte – ce qui correspondait de toute façon à l'heure du crime, selon les estimations de Manet et du légiste. L'affirmation selon laquelle il était allé se coucher tôt restait invérifiable.

La côte de l'île tournée vers Douarnenez apparut. Tandis qu'ils avaient longé la côte la plus longue sur le même rythme, le bateau commençait à présent à ralentir.

On avait vue sur l'ancienne conserverie, un bâtiment tout en longueur badigeonné de blanc au toit d'ardoise pointu pourvu de lucarnes et de cheminées blanches. Derrière, de biais, il y avait une longère en pierre ; un peu plus loin, partiellement cachée par des arbres et des buissons, se dressait une maison de maître, quelque peu délabrée mais très imposante. Toutes les constructions étaient à un jet de pierre du rivage ; un quai de béton longeait tout le littoral ouest et se terminait à chaque bout par une jetée qui avançait vers le continent dont l'île était séparée de quelque deux à trois cents mètres. Des mouettes fatiguées somnolaient. Sinuant entre les maisons, des sentiers menaient vers une forêt dense. Partout, de hauts pins jetaient des ombres accueillantes. Un petit paradis.

Par beau temps, l'île possédait une atmosphère lumineuse, magnifique et incroyablement contemplative, elle irradiait une force pure ; rien ne laissait entrevoir les sombres pouvoirs que les légendes évoquaient. Ce jour-là, aucune force maléfique n'était perceptible, au contraire. Dupin en était soulagé.

Le bateau se dirigea vers la première jetée.

— Goulch, j'aimerais que vous suiviez de près l'opération dans le parc. Prenez contact avec le responsable opérationnel. Bien sûr en toute discrétion. Demandez-lui de vous tenir informé en permanence.

— Comptez sur moi. Nous vous attendrons ici. Il est trop tard pour revenir à pied à Douarnenez. La marée est montante.

Dupin n'y avait pas pensé.

Un des jeunes membres de l'équipage de Goulch – aucun n'avait plus de trente ans – se tenait à la proue et à l'aide d'une gaffe dirigeait habilement le bateau jusqu'à ce qu'il soit parallèle au quai.

166

Un instant plus tard, Dupin était sur la terre ferme. Il devait cependant admettre avoir fait très attention en sautant du bateau. Il avait involontairement pensé à l'histoire idiote du boucher.

Il traversa la pelouse mal entretenue et se retrouva devant l'entrée qui de toute évidence avait été ajoutée récemment au côté du bâtiment. Une plaque blanche annonçait : P. I. – Antenne sud du Parc naturel marin d'Iroise.

Dupin poussa la porte.

— Vous devez être le commissaire, fit d'une voix joyeuse une jeune femme très jolie aux longs cheveux châtains et aux traits fins.

Elle portait un jean et un tee-shirt bleu foncé. Elle semblait l'attendre.

— Je suis l'assistante de Pierre Leblanc. Nous vous avons vu accoster. Venez.

Le hall d'origine, typique de l'architecture industrielle, avait été aménagé en un espace purement fonctionnel dans le but d'y mettre autant de bureaux que possible.

La jeune femme s'engagea dans l'escalier en colimaçon menant aux étages ; elle avait l'air de voler dans les airs.

Au troisième, ils pénétrèrent aussitôt dans une pièce où d'un côté s'alignait une rangée de bureaux surmontés de grands écrans et de l'autre s'étalait au mur une carte maritime du parc d'Iroise.

— Entrez ! Il est urgent que nous parlions.

Le ton, grave et dynamique, était presque amical.

L'homme qui s'avançait la main tendue avait la peau bronzée et était âgé d'une quarantaine d'années, estima Dupin. Il avait des cheveux courts et en bataille, presque noirs, un simple tee-shirt noir au col en V, un jean délavé : il avait tout du surfeur. Mais le plus marquant était son regard d'un bleu clair lumineux. Sa poignée de mains était ferme.

— Laetitia était notre meilleure scientifique. Malgré son jeune âge, elle faisait autorité. Personne n'était aussi proche des dauphins. Elle était l'une des leurs, disaient même certains.

Son timbre était à la fois lourd d'une authentique tristesse et vibrant d'enthousiasme.

— Une chose est sûre : elle faisait moins partie de l'espèce humaine que de celle des dauphins. Personne parmi nous ne peut y croire, ajouta-t-il après un silence. C'est horrible.

Ils se rendirent dans la pièce adjacente où régnait un impressionnant capharnaüm et qui sentait le renfermé. Moquette grise, murs blancs sur lesquels étaient exposés pêle-mêle des graphiques, des cartes et des photos. Dans le coin éloigné, un bureau supportait un ordinateur et un écran géant ; une petite table jonchée de papiers entourée de quatre chaises se dressait contre le mur face à la porte. Mais la particularité de cette pièce résidait dans le panorama époustouflant qu'on embrassait de la fenêtre en saillie.

— Quel était l'objet du travail de Laetitia Darot, monsieur Leblanc ?

— Elle en avait plusieurs. Contrairement à ce qu'on croit communément, la recherche sur les dauphins en est encore à ses balbutiements. Laetitia s'intéressait surtout à leurs facultés cognitives et sociales exceptionnelles. Le grand dauphin surtout, *Tursiops truncatus*, qui vit dans le parc, mais pas seulement. Par exemple, ces dauphins sont capables d'apprendre des rudiments d'un langage par symboles. Laetitia a noué des contacts très étroits avec certains dauphins qui appartiennent aux deux populations qu'on trouve dans le parc. Ils lui ont même donné un nom. Ils se reconnaissent grâce à leur sifflement personnel. Figurez-vous que vingt ou trente ans plus tard, ils s'en souviennent.

Dupin les enviait : sa mémoire des noms ne dépassait pas deux minutes.

— Laetitia l'a démontré et elle a rassemblé une importante documentation à ce sujet.

— Et ce dossier se trouve dans l'ordinateur et sur les serveurs ?

— Bien sûr.

Leblanc lança à Dupin un regard interrogateur.

— Je suppose qu'elle possédait son propre ordinateur, un portable peut-être ?

— Cela va de soi. Nous équipons tous nos chercheurs d'une tablette.

— Ceux-ci possèdent leur propre disque dur ?

— Oui. On y a installé des logiciels qui permettent d'enregistrer automatiquement les données et de les synchroniser avec notre cloud. Y compris les observations de son projet.

Dupin avait commencé à prendre des notes dans son calepin.

— Mais des données auxquelles elle seule avait accès pouvaient se trouver sur son ordinateur portable ? demanda-t-il. Par exemple des fichiers texte ?

— Tout à fait. La plupart des chercheurs utilisent aussi leur portable à des fins personnelles. C'est autorisé.

— Et concernant les e-mails ?

— Ils passent par notre serveur. Cela dit, l'utilisation est strictement réservée aux échanges professionnels. Les communications personnelles doivent passer par un autre compte de messagerie.

— Savez-vous si elle avait un compte personnel ?

— Je n'en sais rien, désolé.

— Nous n'avons pas trouvé d'ordinateur, ni chez elle ni sur son bateau. Pourrait-il être quelque part ici ?

— Non, impossible. La tablette est son outil de travail quotidien.

— Avait-elle un bureau ici ?

— Elle n'en voulait pas. Elle n'en avait pas non plus besoin.

L'assassin avait donc subtilisé son ordinateur portable. Ou l'avait fait disparaître.

— Racontez-moi plus précisément en quoi consistaient les recherches de Laetitia Darot.

Même si c'était un domaine pointu, Dupin voulait en savoir davantage. On ne savait pas ce qui pouvait en sortir. Il avait déjà levé des lièvres en abordant des sujets très éloignés de l'enquête.

— Elle cherchait à démontrer que chaque dauphin possède une personnalité propre et des qualités mentales et émotionnelles particulières. Lesquelles sont plus importantes qu'on ne croit et se rapprochent davantage des compétences humaines que ne le sont celles des chimpanzés. Les dauphins sont, avec les humains, les êtres les plus intelligents de la planète. C'est prouvé par la neuroscience : rien que sur le plan anatomique et physiologique, le cerveau des dauphins est, parmi tous les animaux, celui qui se rapproche le plus du cerveau humain, même si son évolution a été complètement différente. Laetitia n'a pas abordé son sujet par l'angle neurologique mais en étudiant minutieusement le comportement de chaque individu. Les dauphins possèdent une personnalité développée et complexe, une conscience de soi élaborée : ils ont même conscience de l'avenir, ce qui leur permet de se projeter dans leurs actions. Ils possèdent aussi des émotions nuancées et peuvent par conséquent se comporter en groupe de façon semblable aux humains. Outre la question de la personnalité, la vie sociale des dauphins était son deuxième thème de recherche. Elle étudiait les structures très complexes qui la réglementent. Ils sont capables d'apprendre et de se transmettre leurs connaissances les uns aux autres, en un mot d'enseigner ; elle étudiait également cette question. Les individus qui ont été relâchés dans les océans, par exemple, ont appris à leurs congénères sauvages les acrobaties qu'on leur a inculquées dans les horribles delphinariums. Dans un coin reculé de la mer des Caraïbes, des populations entières ont commencé à se déplacer en se dressant sur leurs nageoires caudales. D'autres dauphins utilisent des éponges marines comme outils pour chercher de la nourriture sur les fonds sableux, un comportement acquis que les mères transmettent à leurs petits.

Dupin était très impressionné. Mais il était là pour la delphinologue, pas pour les dauphins.

— Comment s'organisait concrètement une journée de travail type de Laetitia Darot ?

Leblanc s'approcha de la fenêtre, suivi par Dupin.

— Elle était soit sur son bateau, soit dans l'eau, de toute façon parmi les dauphins. C'était ça, son travail quotidien. Comme je vous l'ai dit, les humains n'étaient pas sa tasse de thé. Tous les quinze jours, nous faisions le point ensemble et nous discutions des derniers résultats de ses recherches.

— Etait-elle la seule delphinologue du parc d'Iroise ?

— Oui.

— Et vous ? Quel est votre domaine de recherche, monsieur Leblanc ?

Leblanc parut se réjouir de la question.

— L'écologie marine. Je fais surtout des études dans deux domaines : surengraissage et acidification. Comme toutes les mers, le parc d'Iroise souffre d'eutrophisation due aux phosphates et aux nitrates utilisés par l'agriculture intensive et qui se retrouvent dans la mer, produisant du phytoplancton toxique et entraînant la prolifération des algues vertes. Je vous donne un exemple des conséquences, continua-t-il, la mine sombre. L'année dernière, pendant cent cinquante jours, on n'a pas pu pêcher certains coquillages dans la baie de Douarnenez à cause de la concentration trop élevée de plancton toxique. Vous avez certainement entendu parler des algues vertes.

Le commissaire opina.

— A cause de l'émission excessive de CO_2 due à l'activité humaine, les océans s'acidifient, et cela a déjà des conséquences néfastes : un tiers de la vie marine est en danger de mort imminent, d'innombrables espèces ont déjà disparu. Ce n'est pas un scénario catastrophe pour un avenir lointain, c'est depuis longtemps la réalité. Tout comme les conséquences du réchauffement significatif de l'Atlantique. Prenez le cabillaud, ce poisson si apprécié : la température a tellement augmenté que les poissons doivent se déplacer toujours plus loin vers le nord pour y déposer leurs œufs car ils pondent dans les eaux froides. Mais ils n'y trouvent pas assez de nourriture, si bien qu'ils meurent aussitôt après l'éclosion.

Leblanc fit une pause.

— Excusez-moi, reprit-il d'une voix calme et grave. Nous avons eu hier une réunion avec des élus et je suis encore en colère. L'actuelle réforme que propose l'Union européenne en matière de pêche ne va déjà pas assez loin, mais on y ajoute maintenant ces quotas fatals. En fait, on devrait réduire drastiquement les capacités de captures et soutenir la petite pêche côtière, comme nous le faisons dans le parc ; c'est un point central de notre projet. Cependant, les quotas sont répartis selon un modèle bien connu : les barons de la pêche, leurs flottes et leur pêche au chalut destructrice obtiennent la part du lion tandis que les petits bateaux et les pêcheurs indépendants sont massivement désavantagés et acculés à la ruine. Prenez les quotas concernant la pêche des soles par les chaluts de fond. Nous élevons de vives critiques contre cette pratique qui a lieu dans la mer Celtique, elle commence au nord-est d'Ouessant et englobe toute la Bretagne nord ; elle entraîne non seulement une surpêche désastreuse mais aussi une capture accessoire excessive.

— Laetitia a participé à cette réunion ?

— Non, elle ne venait jamais ; elle détestait ce genre de trucs.

— Pensez-vous...

Dupin fut interrompu par le pépiement monotone de son téléphone.

Un numéro parisien.

Sa mère. Ce n'était pas possible ! Inutile de prendre l'appel. Que pourrait-il bien lui dire ? A part qu'il était de plus en plus improbable qu'il puisse venir ?

— Pensez-vous, reprit Dupin en laissant sonner son téléphone, que le meurtre de la delphinologue puisse avoir un lien, direct ou indirect, avec son travail ?

— Que voulez-vous dire ?

— On a retrouvé plusieurs dauphins échoués ces dernières semaines.

— Heureusement, aucun ne faisait partie de nos populations, mais Laetitia était quand même hors d'elle. De rage et d'impuissance. La cause en revenait probablement à un pêcheur de soles au nord du parc. Les dauphins n'étaient pas morts depuis plus d'un jour, selon l'enquête. Ça s'est donc passé dans le coin.

— Laetitia Darot a participé aux investigations ?

— Non. Elles ont été effectuées par un vétérinaire de la gendarmerie maritime.

— Et maintenant, que se passe-t-il ?

— Rien.

— Aurait-elle pu, d'une manière ou d'une autre, tomber sur les coupables ?

C'était pure spéculation, et pourtant…

— C'est peu probable. Et même ? Les coupables n'ont rien à craindre. Ne serait-ce que cette année, près de trois mille dauphins ont été massacrés et rejetés sur les côtes françaises. Dans l'Atlantique nord, de notre côté, les dauphins sont menacés de disparition.

— Quels sont les filets de pêche dont l'utilisation est interdite dans le parc ?

— Six types de pêche sont pratiqués. Le trémail est interdit, le chalut et le filet fixe sont autorisés jusqu'à une certaine taille. De plus, la pêche est réglementée par des quotas stricts selon les espèces. L'administration du parc se contente de formuler des recommandations. Pour avoir force de loi, les directives doivent être entérinées par les élus et promulguées par la préfecture. Depuis des années et grâce à un programme spécial, nous essayons de réduire la pêche au chalut et aux filets droits. Avec de premiers succès.

— Même si cela n'a pas de conséquence pénale, la preuve que les dauphins morts ont été victimes des pratiques d'un grand patron de pêche de la région pourrait nuire à sa réputation, non ? Voire nuire à ses affaires.

— Vous parlez de Morin, du roi des pêcheurs ?

Leblanc poursuivit sans attendre la réponse.

— Oui, je pense. Mais Laetitia n'allait jamais aussi loin. De plus, elle aurait dû le filmer ou l'enregistrer et aurait dû pour cela s'approcher de très près.

— Peut-être n'était-ce pas Laetitia Darot mais un des pêcheurs qui l'aurait remarqué ? Qui le lui aurait ensuite rapporté. Céline Kerkrom ? Les deux femmes étaient liées.

— Ça aussi, c'est hautement improbable.

Toutefois possible. Même si ce n'était que pure spéculation.

— Ou bien, continua Dupin qui réfléchissait à voix haute, quelqu'un a posé ses filets trémails interdits dans les limites du parc, au nord d'Ouessant. Et pas seulement une fois. Ou encore ce quelqu'un n'aurait pas respecté les quotas et pêché des espèces protégées...

peut-être l'a-t-on suivi et a-t-on tout consigné semaine après semaine pendant des mois ?

— Vous pensez que les deux femmes ont espionné Morin ?

Dupin ne répondit pas. Une idée lui traversa l'esprit :

— On a vu chez Laetitia Darot un filet auquel sont fixés de petits appareils. Qu'est-ce que ça peut être ?

La réponse ne se fit pas attendre.

— C'était un de ses projets en cours. Les petits appareils sont des sondes qui émettent des ultrasons pour avertir les dauphins et d'autres mammifères. C'est pour les empêcher de se retrouver pris dans les filets. Le parc a été chargé d'évaluer scientifiquement l'efficacité de ce dispositif. Dans certaines régions du monde, où il se passe des choses encore pires sur les mers, les résultats de telles expériences ont été concluants.

Voilà donc résolu le mystère des « petits appareils ». Mais pas celui du lieu où se trouvait le filet et ce qu'il pouvait signifier par ailleurs.

— Ce filet expérimental est en ce moment dans le parc ?

— Je pense que oui. Je peux me renseigner. C'est important ?

— J'aimerais bien pouvoir vous répondre.

— Le parc a travaillé avec plusieurs pêcheurs. Je ne sais pas si Kerkrom en faisait partie, dit-il en donnant l'impression de se reprocher de ne pas y avoir songé lui-même. Je vais me renseigner sur-le-champ.

Il se dirigea vers le téléphone, un vieux modèle administratif identique à ceux du commissariat, du même gris affreux, et appuya sur une touche.

— Matthieu, dis-moi. Pour le projet de Laetitia, celui avec les sondes fixées au filet, Céline Kerkrom, cette jeune femme pêcheur de l'île de Sein, en faisait-elle partie ?

Il écouta un moment et opina du menton.

— Oui, c'est terrible. (Une pause.) Ah, bien. Merci, Matthieu. Sais-tu quelque chose sur cette collaboration ? Laetitia en a parlé ?

Encore une réponse brève.

— Merci ! C'est toi qui as le filet ?... Bien. Et envoie-moi la liste de toutes les personnes concernées.

Il raccrocha.

— Matthieu est l'assistant technique du département scientifique. Bon, Céline Kerkrom faisait bien partie du programme. Avec trois autres pêcheurs. Originaires du nord du parc, là où vit la plus grosse population de dauphins. Près de Molène et Ouessant. On va vous donner la liste.

— Merci.

Il y avait donc quelque chose. Un lien réel et factuel au-delà de l'amitié qui unissait les deux jeunes femmes.

— Les filets expérimentaux sont chez nous. Tous les quatre. Mon collègue ne savait rien de précis sur le projet lui-même. Il commence tout juste à travailler chez nous.

— Croyez-vous que ce type de filet trouve un écho favorable auprès des pêcheurs ?

— Cela dépend. Comme toujours. La plupart des pêcheurs travaillent avec nous en très bonne intelligence, quelques petites escarmouches mises à part. Ils savent parfaitement que c'est dans leur intérêt que la mer reste intacte. Mais pas tous, justement.

— Y a-t-il eu des altercations à cause des filets ?

— Non.

Dupin regarda par la fenêtre.

Le panorama était magnifique : la mer miroitait, et, sur la droite, Douarnenez avait une allure vraiment pittoresque sous cette lumière. L'air était si limpide qu'il apercevait la belle plage de Quillien au fond de la baie. Elle semblait proche, comme s'il était possible de la rejoindre à la nage. Il voyait la jetée, le bateau de Goulch, les mouettes qui somnolaient. Il se tourna vers Leblanc.

— Si j'ai bien compris, vous êtes le seul parmi tous ses collègues avec qui Laetitia Darot était en contact régulier ?

Après avoir contourné son bureau, Leblanc s'assit devant son ordinateur et mit l'imprimante en marche.

— Je pense que oui. Non que Laetitia fût désagréable, au contraire, c'était une femme sympathique et chaleureuse. Tout simplement, elle ne cherchait pas les contacts. La compagnie des humains n'était pas son truc. Je ne sais pour ainsi dire rien de sa vie privée. Notre relation était purement professionnelle, elle est toujours restée très discrète.

Leblanc saisit la feuille sortie de l'imprimante et la tendit à Dupin.

— La liste des quatre pêcheurs.

Dupin l'empocha.

— Avez-vous entendu la rumeur selon laquelle Charles Morin serait son père biologique ?

— J'en ai eu vent. Mais je n'ai cure des ragots. Ils ne m'intéressent pas. Ils disent seulement quelque chose sur les hommes qui les font circuler.

Dupin était du même avis.

— Mais elle n'a jamais rien dit à ce sujet ?

— Non, jamais.

— Vous ne savez rien non plus sur sa famille ?

— Non. J'ai déjà demandé qu'on consulte son dossier. Date et lieu de naissance, formation : c'est là tous les renseignements que nous possédons. Les seuls documents que nous avons concernent ses études et ses postes scientifiques. Elle a étudié la biologie marine à Vancouver, à l'Université de la Colombie-Britannique. Elle a obtenu les mentions les plus élevées et avait d'excellentes références scientifiques. Elle y a ensuite travaillé deux années puis trois ans à Halifax, au célèbre Institut océanographique de Bedford. Elle était chez nous depuis trois ans, elle a commencé alors qu'elle habitait encore à Brest. Elle n'a certainement pas consacré beaucoup de temps à sa vie privée. A cette époque, elle préférait déjà la seule compagnie de ses dauphins. C'est tout ce que nous savons. Mais je peux vous envoyer une copie de tous les documents.

— Ce serait bien. Savez-vous pourquoi elle a quitté Brest et emménagé dans l'île de Sein ?

— Une façon de se rapprocher de ses dauphins. Une population entière de grands dauphins vit au large de Sein. Quand elle avait de la chance, elle pouvait les voir de sa fenêtre dès le matin. Et puis… les insulaires sont peu nombreux. Je suppose que cela aussi a joué un rôle.

— Pourquoi est-elle revenue en Bretagne ?

— Son contrat à Halifax venait à expiration. Ici, elle pouvait mener ses recherches à sa guise. Peut-être avait-elle aussi le mal du pays ? Franchement, je ne sais pas.

Pour la première fois, la conversation fit une pause.

— Vous êtes au courant, n'est-ce pas, de la grande opération qui a lieu aujourd'hui dans le parc ?

Leblanc hocha la tête.

— Nous espérons beaucoup que l'un ou l'autre des contrevenants soit cette fois pris sur le fait. Les patrouilles et contrôles réguliers ne suffisent pas. Il est facile de constater que les quantités qui se trouvent sur le marché sont plus importantes que les quotas autorisés.

— Soupçonnez-vous quelqu'un en particulier qui pourrait ne pas respecter les quotas ?

— Ce n'est un secret pour personne. Nous parlons bien entendu de la flotte de Morin. Mais il n'est pas le seul. Nous soupçonnons aussi deux pêcheurs moins importants que lui.

— Il se pourrait que ce soit un gros coup de filet, non ?

— J'espère bien.

Dupin lança un regard sur la pendule.

— Vous m'avez donné de très précieuses informations, monsieur Leblanc.

— Dites-moi si je peux encore vous aider. J'espère, ajouta-t-il après une hésitation, que le meurtre de Laetitia n'a rien à voir avec son travail. Je veux parler de la collaboration entre les deux femmes autour du projet de filet.

Il se tut.

— Auriez-vous en tête un scénario possible qui expliquerait cette affaire ? demanda Dupin. Qu'est-ce que vous imaginez ?

La question était de connaître l'événement cardinal qui avait mené à un meurtre – à deux meurtres.

— Je suis un scientifique, répondit-il, un sourire triste aux lèvres. Il me faut des faits, des résultats. Mon imagination n'est pas très fertile.

— Contactez-moi si quelque chose vous revient à l'esprit.

— Je n'hésiterai pas. Vous pouvez compter sur moi.

— Merci.

Dupin tourna les talons, quitta le bureau de Leblanc et traversa le vestibule à grandes enjambées. L'assistante avait quitté son poste de travail.

Il trouva le chemin tout seul.

Une minute plus tard, Dupin était sorti du bâtiment, content d'être de nouveau à l'air libre.

Il se dirigea vers la jetée. Goulch lui fit un signe.

Brusquement, Dupin s'arrêta et se retourna. Il laissa son regard vagabonder au-dessus de cette île légendaire. On avait l'impression étrange que, malgré sa lumière et sa beauté, elle appartenait à un autre monde, à un monde plus ténébreux.

Un léger malaise s'empara de lui, il ne savait pourquoi.

La traversée fut brève. Sans incident. Dupin s'était cramponné à la proue et avait regardé s'approcher Douarnenez et le port.

Il s'était alors souvenu du petit bac du passage à Concarneau, qui assure la traversée entre la Ville close, la vieille ville médiévale bâtie sur un îlot fortifié à l'estuaire du Moros, et la partie orientale de la ville, un saut de puce plus loin, peut-être cent mètres. C'était une promenade tranquille sur un petit bateau vert qui traversait le port abrité et n'avait strictement rien de commun avec un trajet en mer. De temps en temps, lorsqu'il devait réfléchir, le commissaire se promenait sur les remparts de la vieille ville jusqu'au jardin sauvage qui s'étendait au sommet de la colline et autour de l'église, prenait le bac et faisait la traversée. Il ne débarquait pas et restait à bord en attendant le trajet retour. La vue si pittoresque sur les remparts, le port, la ville… comme prendre le bus, comme jadis lorsque les autobus découverts existaient encore. C'était l'un des plus grands plaisirs du commissaire dont la vie et le travail tout entiers, si l'on était honnête, comprenaient un éventail extrêmement varié de rituels en tous genres. D'aucuns auraient même classé certains d'entre eux dans la rubrique tics et marottes.

Dupin avait rapporté à Goulch sa conversation avec Leblanc. Lentement, bien que les informations fussent maigres, se dessinait le portrait de Laetitia Darot. Dupin commençait à entrevoir sa personnalité et la femme que cette merveilleuse delphinologue avait été.

Le *Bir*, la vedette de Goulch, était amarré devant la criée, entre deux bateaux plus gros qui battaient pavillon espagnol. Dupin et Goulch – lequel venait de sortir de la cabine de pilotage – se tenaient à bâbord, d'où Dupin sauterait à terre.

— Vous avez ici la liste des autres pêcheurs qui participent au projet du filet. Allez leur parler ! Tout m'intéresse. Particularités du projet, incidents de quelque ordre que ce soit. Demandez-leur aussi ce qu'ils savent sur Kerkrom et Darot. Les sujets qu'ils ont abordés avec elles.

Goulch s'empara de la liste et y jeta un coup d'œil.

— Pensez-vous qu'il pourrait y avoir un lien avec les meurtres ?

Dupin n'en avait pas la moindre idée, mais il se rendait compte que la question le hantait. D'autant qu'à ce stade de l'enquête ils devaient sonder dans toutes les directions. Y compris en agissant au petit bonheur la chance.

— Nous devons suivre toutes les pistes, Goulch. Il ne faut pas oublier Céline Kerkrom.

C'était surtout pour lui-même que Dupin avait prononcé cette dernière phrase.

— Un message radio vient de nous parvenir. L'opération « langouste rouge » se déroule comme prévu. Ordre a été donné à tous les bateaux de pêche croisant dans le parc de rester là où ils sont. J'ai échangé quelques mots avec le responsable.

— Bien. Nous verrons. Des nouvelles de Labat, Le Ber ou Nolwenn ? Du neuf en provenance de l'île ?

— Pas pour l'instant.

— A plus tard, alors. Je reste sur le continent jusqu'à nouvel ordre.

Dupin sauta d'un pas léger sur le quai.

Goulch retourna dans la cabine.

Dupin regarda autour de lui. Il se tenait devant l'entrée de la criée, là où il se trouvait le matin même aux premières heures. L'activité battait son plein. Il voyait le silo à glace et un bâtiment administratif fonctionnel qui devait abriter le bureau de madame Gochat. Le soleil brillait de tous ses feux sans un souffle de vent. Un puissant parfum de poisson, de goémon, de sel, de fuel et de rouille saturait l'air : l'odeur du port.

Dupin s'apprêtait à se rendre dans le bâtiment administratif lorsqu'il aperçut du coin de l'œil une femme sortant de la criée d'un pas énergique et venant dans sa direction. Madame Gochat.

Il s'arrêta.

Elle marchait tête baissée.

Il attendit.

Elle se dirigeait droit sur lui.

— Madame Gochat !

La patronne de la criée sursauta avant de se ressaisir en un rien de temps.

— Ah, commissaire.

Leurs regards se croisèrent.

— J'allais justement vous voir, madame.

— Je suis désolée, mais ce n'est pas le moment. Nous…

— Vous avez demandé à un pêcheur de suivre Céline Kerkrom. De voir à quels endroits elle pêchait. Ce qui à nos yeux vous rend suspecte, bien entendu, comme vous pouvez l'imaginer. Suspecte à nulle autre pareille, d'ailleurs. C'est certainement la raison pour laquelle vous avez omis d'en parler lors de notre entretien de ce matin.

Elle réagit vivement sans montrer une once d'agacement.

— J'avais mes raisons.

— J'aimerais les connaître, madame.

— J'aime vérifier que tout va bien, répondit-elle après une légère hésitation. Partout. Je suis comme ça. Et c'est mon travail.

— Vous allez devoir m'expliquer ça.

184

Elle parut réfléchir.

— Céline Kerkrom pêchait le bar et le lieu jaune à l'aide de petits filets calés et surtout avec des lignes de traîne. Cela signifie qu'elle naviguait principalement dans trois zones : du côté de la fosse d'Ouessant, des Pierres noires à l'ouest de l'archipel de Molène et dans la chaussée de Sein. Jamais dans la baie de Douarnenez où travaillent des pêcheurs utilisant d'autres filets et bateaux. Mais c'est justement dans la baie que je l'ai vue ces derniers temps, une fois il y a quatre semaines, une autre il y a trois semaines. J'étais curieuse d'en connaître la raison, dit-elle d'un ton pincé. J'ai donc demandé à un des pêcheurs de la baie de garder un œil sur elle. C'est totalement anecdotique.

— Aviez-vous quelque soupçon ?

— Non, rien de particulier.

Madame Gochat n'en dirait pas plus.

— Mais quelle pouvait en être la raison, en théorie ?

— Je ne peux pas vous le dire.

Ou elle ne le voulait pas.

— Comment se fait-il que vous y ayez vu Céline Kerkrom ?

— Mon mari possède un bateau. Il nous arrive de faire une sortie. Le vendredi après-midi, surtout. Je ne travaille pas.

— Quelle est la taille de ce bateau ?

— Huit mètres quatre-vingt-dix.

— On peut aller partout avec ça.

Dans chaque recoin du parc. Y compris jusqu'à l'île de Sein.

La patronne de la criée posa sur Dupin un regard tranchant.

— Avez-vous entendu parler du projet expérimental du parc, l'introduction d'un nouveau type de filets ? reprit le commissaire. Des filets munis de sondes qui alertent les dauphins et les autres animaux marins ?

— Oui, j'en ai entendu parler. Mais comme ça, en passant. Cela concerne le parc. Moi, je soutiens toutes les initiatives qui réunissent les impératifs de la pêche professionnelle et ceux de la protection de l'environnement et de la faune, déclara-t-elle de ce ton qui se voulait neutre et que Dupin avait déjà entendu le matin.

— Mais, en fait, madame, s'étonna Dupin, le parc est bien votre ennemi, non ? Il ne fait qu'aggraver une situation économique déjà dramatiquement difficile, en vous accablant de nouvelles réglementations, lois et restrictions.

— Vous vous trompez, commissaire. (Elle était maligne.) Le chemin que nous montre le parc est à long terme le seul qui vaille si nous voulons survivre. Pas seulement nous ici, mais le secteur de la pêche dans son entier.

Même avec la meilleure volonté du monde, Dupin était incapable de dire si elle bluffait. Elle paraissait totalement convaincue. Mais ce pouvait être de la comédie pure.

— Vous soutenez alors les contrôles plus importants diligentés par différentes autorités ?

— Nous soutenons toutes les autorités, quelles qu'elles soient.

Le mot « contrôle » n'avait déclenché aucune réaction. Mais cela ne voulait rien dire. Elle était peut-être au courant de la grande opération. Dupin la croyait capable de garder son sang-froid en toutes circonstances.

Ils n'avaient pas bougé d'un pouce. La tension était palpable.

— Je dois me rendre à mon bureau, commissaire. On m'attend.

— Une affaire particulière ?

Elle secoua la tête. Dupin avait d'autres questions :

— La criée peut-elle être tenue pour responsable si on y vend du poisson pêché par des pratiques illégales ? Ou si les quotas n'ont pas été respectés ?

— Non. Nous n'avons aucun moyen de vérifier la provenance des poissons. Ce sont les pêcheurs qui étiquettent. Eux seuls sont responsables des informations qu'ils fournissent. De plus, d'autres réglementations sont en vigueur en dehors du parc ; les poissons peuvent venir d'ailleurs. En outre, une grande partie de la pêche ne passe plus par les enchères ; nous en avons déjà parlé. Ou alors les bateaux se rendent dans d'autres ports situés en dehors du parc. Si vous voulez enrayer les pratiques illégales, vous devez prendre les pêcheurs en flagrant délit. Ce n'est pas aux ports de le faire.

Une position confortable. Il en avait toujours été ainsi dans ces domaines. Mais Dupin n'avait pas à s'immiscer dans ce genre de débat.

— Que faisiez-vous à l'instant dans la criée, madame ?

— Je voulais m'assurer que tout était rentré dans l'ordre après le remue-ménage de ce matin.

— Je…

Téléphone.

— Un instant, s'il vous plaît.

Dupin s'écarta ostensiblement de quelques pas. Le mécontentement se lisait sur le visage de madame Gochat.

— Vous n'allez pas le croire, s'emporta Kireg Goulch, d'ordinaire flegmatique. Les premiers bateaux contrôlés sont ceux de Morin. Ils n'ont rien déniché, absolument rien. Pas une seule langouste rouge, même pas une qui aurait été capturée accidentellement. Tous les navires étaient propres, ce qui est en fait impossible. A l'inverse, ils en ont trouvé une grosse quantité chez deux autres pêcheurs. Les prises ont été confisquées.

— Morin a été prévenu. On lui a glissé l'info.

— Pour le chef de l'opération, c'est exclu.

— Foutaises !

— Faut-il interroger ces deux pêcheurs ?

— Obtenez leurs noms. Cela suffira pour l'instant. Mais parlez avec le gars des Affaires maritimes, celui qui m'a appelé. Dites-lui qu'il y a eu une fuite.

Même si la réputation mafieuse de Morin n'était qu'à moitié méritée, cela ne serait pas surprenant. Au contraire.

— Il niera.

— Autre chose, Goulch ?

— Pour l'instant, non. L'opération se poursuit, mais les bateaux de Morin sont passés entre les mailles du filet.

Dupin raccrocha et retourna auprès de madame Gochat qui n'avait pas bougé d'un pouce.

Il avait perdu le fil. Tant pis.

— Hélas, je vais devoir… commença-t-elle.

Dupin lui coupa la parole.

— Ce matin, vous avez passé sous silence quelques détails non négligeables, madame.

Elle le regarda comme si elle ne voyait pas du tout de quoi il parlait.

— Prenons par exemple les plaintes qui ont été réellement déposées contre Charles Morin pour les rejets sélectifs dont la pratique est interdite. Ou bien pour avoir dépassé les volumes autorisés d'ormeaux.

— Je répète ce que j'ai dit ce matin : jusqu'à présent, monsieur Morin n'a pas été condamné. Je ne m'occupe pas des innombrables accusations.

— Un de ses bolincheurs va écoper d'une amende substantielle. On l'a épinglé pour avoir récemment capturé des dorades roses.

— Cela arrive de temps en temps, malheureusement. Les autorités doivent lutter contre ce genre d'agissements avec la plus grande sévérité. Il n'y a pas à tortiller. Reste à savoir si Morin en est responsable.

Décidément, la dame avait réponse à tout.

— Et la dispute entre Frédéric Carrière et Kerkrom ? Ça non plus ne vous a pas paru digne d'être mentionné ?

— Savez-vous combien de temps cela demanderait si nous devions évoquer tous les différends que Céline Kerkrom a eus avec les uns et les autres ? Je pensais que votre question portait sur des incidents d'une nature un peu plus substantielle.

On ne pouvait pas être plus coriace. Tout glissait sur elle comme sur les plumes d'un canard.

— Ce sera tout, pour le moment, madame.

Poursuivre une telle conversation serait fastidieux. Dupin perdait patience.

— Nous vous recontacterons. Dans très peu de temps.

Que Dupin mette ainsi un terme brutal à l'entretien ne la fit pas plus réagir. Avec un simulacre de sourire, elle se mit en marche en même temps que Dupin. Elle fila vers le bâtiment administratif.

Dupin prit la direction opposée. Il devait remonter la rue du Port, où il avait garé sa vieille Citroën.

Il avait le temps. Il irait à Tréboul où il flânerait un peu pour réfléchir en paix. Les événements s'étaient précipités.

Il sortit son portable et appela Nolwenn.

— Nolwenn, je vais…

— J'allais justement vous appeler. C'est complètement dingue mais je n'ai strictement rien trouvé au sujet de l'éventuelle paternité de Morin. (A sa voix, on comprenait que son honneur avait été égratigné.) J'ai quand même obtenu un scan de l'acte de naissance de Laetitia Darot, établi à l'hôpital de Douarnenez. Les parents y figurent, c'est-à-dire le nom de la mère et du père désignés en tant que parents biologiques. Francine et Lucien Darot.

— Très bien.

— Cela dit, ce ne serait pas la première fois qu'un acte de naissance serait falsifié. Une pratique d'un autre temps, mais pas si reculé que ça. Morin a très bien pu avoir une liaison avec Francine Darot, avec les conséquences que l'on sait. D'après l'acte de naissance, le père de Laetitia avait quarante-sept ans et sa mère trente-sept quand leur fille est née. Ils habitaient à Douarnenez, dans un quartier excentré. La mère est morte il y a deux ans, le père il y a douze ans. Tous deux à Douarnenez. Je vais tenter d'en savoir plus sur eux. Pas de frère ou sœur au moment de la naissance de Laetitia. Sans doute est-elle restée fille unique.

Malgré son découragement au début de son appel, Nolwenn était au meilleur de sa forme. Dupin avait essayé d'obtenir ces informations par d'autres canaux, mais il avait échoué.

Le commissaire était arrivé à sa voiture, garée non loin de la fameuse conserverie Connétable.

Il avait quelque chose à demander à Nolwenn. C'est pourquoi il avait sorti son téléphone. Or, il ne se souvenait plus quoi. Ces trous de mémoire devenaient fréquents. Il avait failli en parler au docteur Bernez Pelliet. S'il n'avait pas aussi peur de ses recommandations médicales strictes...

— Vous êtes encore à Lannion ?

Peut-être cela allait-il lui revenir ? Parfois, parler d'autre chose permettait de retrouver le fil.

— Nous sommes chez ma tante. Son salon ressemble à une centrale de télécommunication à la pointe de la technique. Une bande passante haut débit, une connexion ultrarapide, deux ordinateurs, un scanner et une imprimante hyperperformants. Tout ce dont on a besoin pour ce genre d'action.

— Je comprends. Je... (Dupin ne voulait pas en savoir plus.) Je me rends maintenant chez Charles Morin.

— Vous avez parlé avec madame Gochat ?

— Oui, à l'instant.

— Elle a l'air de mener la criée à la baguette. Une vraie Douarneniste ! Les femmes de Douarnenez ont la réputation d'être de fortes femmes qui savent s'imposer. C'est vrai de toutes les Bretonnes, mais les Douarnenistes le sont à un degré supérieur. Là règne le matriarcat, énonça-t-elle comme un constat.

Cela remonte au XIXe siècle lorsque les femmes de pêcheurs travaillaient dans les conserveries. Les « filles de friture ». Leurs maris étaient en mer pendant des semaines ou des mois et, généralement, leurs salaires ne suffisaient pas à nourrir leurs familles. Les femmes gagnaient leur vie, effectuaient les tâches ménagères, élevaient les enfants, s'occupaient des affaires de la commune et de la paroisse. Tout, elles faisaient tout. Vous connaissez la fière devise des Douarnenistes ? « Rien ne se fait sans elle, tout se fait par elle. » Une devise pour toutes les femmes, en fait !

Nolwenn n'avait clairement rien à envier à ces femmes. Tout aussi clairement et vu sous cet angle, le matriarcat régnait aussi au commissariat.

— Vous allez arriver un peu en avance à Tréboul. Je vous conseille de prendre votre café à Ty Mad, à deux pas du domicile de Morin. C'est un hôtel-restaurant datant de la fin du XIXe siècle et d'une beauté originale, sa terrasse est paradisiaque. Vous n'y serez pas dérangé. Max Jacob, Picasso, Dior s'y rendaient dans les années 1930 ; cet endroit possède une âme extraordinaire. Ty Mad est lui aussi dirigé par une femme !

Pour Dupin, avaler un café en vitesse correspondait au concept de « réflexion tranquille ». Nolwenn le connaissait bien, il en était conscient. Il n'en restait pas moins qu'il se sentait pris sur le fait.

— A bientôt, Nolwenn.

Grâce à son GPS – un minuscule appareil extraordinaire qui créait parfois plus de confusion qu'il n'aidait à son orientation –, Dupin était arrivé jusqu'à la chapelle Saint-Jean où il avait garé son véhicule.

Partant de la chapelle, un étroit sentier menait à une crique au sable d'un blanc immaculé baignée par une mer bleu clair scintillant dans l'air cristallin et bordée des deux côtés par des rochers déchirés. La chapelle, les ruelles étroites, les vieilles maisons semblaient surgir d'un autre temps ; végétation luxuriante, arbres élégants, buissons touffus offrant une ombre salutaire, palmiers aux têtes échevelées. Un charme désuet. Datant de la fin du XIXᵉ siècle, cette petite station balnéaire était jolie sans être trop pomponnée. Jadis, ses pêcheurs allaient jusqu'en Andalousie, au Maroc et en Mauritanie pour pêcher la langouste. Cela avait valu son nom à leur quartier : Petit-Maroc.

D'après la carte, la maison de Morin devait se trouver derrière la chapelle. En surplomb de la petite plage, un magnifique chemin serpentait le long des rochers et d'un grand cimetière, en direction de la vieille ville de Douarnenez. De là également, on pouvait apercevoir la côte occidentale de l'île Tristan, à moins de cinq cents mètres. La marée était haute et avait recouvert les rochers.

Dupin décida de prendre son café avant de marcher un peu. Il revint sur ses pas jusqu'à Ty Mad.

La cour intérieure était tapissée de gros gravillons blancs qui évoquaient l'agréable atmosphère d'un jardin. A gauche s'élevait la vieille bâtisse de pierre, couverte de vigne vierge, percée de fenêtres aux volets gris anthracite ; avec ses trois étages et son grenier aménagé, elle était plus haute que les maisons de la région ne l'étaient généralement.

Sur la terrasse s'épanouissait un océan de fleurs aux multiples parfums enivrants qui se mêlaient : de petits rangs de bambous d'un vert tendre, de hautes herbes très fines, d'imposants massifs de rhododendrons d'un blanc éclatant, de petits oliviers dans des pots vert foncé. Au milieu de tout ce vert, des tables, des chaises et des transats confortables étaient éparpillés dans tout le jardin.

Un endroit envoûtant.

Une oasis.

Des couples d'amoureux qui n'avaient d'yeux que pour eux-mêmes étaient installés à deux petites tables à moitié dissimulées.

Dupin choisit une place devant un haut bambou.

Il n'était pas encore assis qu'une femme gracile sortit de la maison et descendit les marches de pierre avant de se diriger vers lui. C'était une femme dans la cinquantaine d'une beauté singulière. Ses cheveux aux boucles sauvages et brunes étaient noués en un chignon d'où s'échappaient quelques mèches. Elle avait des yeux noirs où brillaient douceur et intelligence, un teint étonnant. Elle portait un chemisier en lin rose clair, une jupe rouge foncé, une longue chaîne de perles de verre de différentes tailles.

Elle lui fit un léger sourire qui venait du cœur.

— Nolwenn m'a annoncé votre venue.

Nolwenn ne lui avait pas dit qu'elle connaissait la propriétaire. Il remarqua alors qu'elle tenait à la main une petite tasse de café ; elle la posa devant lui comme si de rien n'était.

— Merci.

Dupin était un peu confus mais surtout absolument ravi.

— Je connaissais Céline Kerkrom. Un peu, dit-elle d'une voix suave et forte à la fois. Elle nous apportait de temps en temps des bars. Pêchés à la ligne. Des poissons incroyables. Mon chef cuisinier dit que ce sont les meilleurs. C'était une femme exceptionnelle.

— Quand est-elle venue ici pour la dernière fois ?

— Il y a deux semaines. Elle est venue nous livrer des poissons car nous avions organisé une grande fête d'anniversaire. Avec menu spécial.

— Connaissez-vous monsieur Morin ? Personnellement ?

Ils étaient voisins, après tout.

La propriétaire de Ty Mad prit une chaise et s'assit, sans se presser.

— Il y a des gens qui n'apportent rien de bon au monde, qu'ils abîment et empoisonnent, déclara-t-elle d'un ton posé. C'est sciemment que je n'ai jamais voulu avoir affaire à lui. Je l'ai toujours évité.

Dupin but son café à petites gorgées. Il était fort et possédait un arôme incomparable.

— La famille Morin tyrannise la baie depuis des générations. La région tout entière. Ce sont des gens de pouvoir depuis toujours. Le père de Morin était juge, célèbre pour sa sévérité. L'île Tristan lui a appartenu, vers la moitié du XXe siècle. Avant qu'elle ne soit achetée par le poète Jean Richepin puis cédée à l'Etat. Vous connaissez l'île ?

— Seulement la partie où se trouvent la jetée et les bâtiments du parc d'Iroise.

— Elle a deux visages. Lorsque vous la voyez comme aujourd'hui par temps splendide, vous ne percevez que son côté lumineux. C'est l'aura que transmettent les amants réunis dans la tombe, raconta-t-elle d'un ton dépourvu d'accent dramatique. Mais il existe un autre aspect. Au XVIᵉ siècle, l'île était le bastion d'un pirate et chef de guerre sanguinaire. (Sans doute parlait-elle de ce forban mentionné par Nolwenn.) Guy Eder de la Fontenelle, surnommé le Loup. Le Loup a transformé une petite bande de voleurs et de canailles en une armée d'un millier d'hommes qui, sous couvert de guerre de religion, a semé la terreur dans la région. Ils ont massacré des centaines de personnes, des paysans paisibles, des pêcheurs, de simples villageois et citadins, y compris des femmes et des enfants ; ils ont anéanti des régions entières. Des hordes dévastatrices. A Douarnenez, le Loup a contraint les habitants à détruire eux-mêmes leurs maisons et à apporter les pierres à l'île Tristan pour y construire une forteresse. Puis il les a fait exécuter, dit-elle en repoussant une mèche de ses cheveux. Il a rapporté de ses razzias d'immenses butins, beaucoup d'or. Il l'amassait dans des anfractuosités cachées de l'île, où il se trouve aujourd'hui encore. Quelque part dans les rochers à l'ouest de l'île, vers le ponton à moitié écroulé, dans les grottes : là se trouve l'entrée. Il a amassé tant d'or qu'il a dû le dissimuler dans de nombreuses cavités le long de la baie. (Elle lança à Dupin un regard difficile à déchiffrer.) Les gens d'ici se rappellent tout. Le passé est encore présent.

Dupin connaissait ce sentiment. C'était un trait caractéristique de toute la Bretagne et de ses habitants. C'était ainsi. Il fallait le savoir.

Il chassa quelques perles de sueur de son front. La chaleur était devenue infernale.

— Derrière Tréboul, il y a un hameau (il était impossible de ne pas être pendu aux lèvres de la conteuse) dont les habitants racontent aujourd'hui encore le débarquement de plusieurs drakkars. Ils affirment pouvoir désigner le lieu précis où les Vikings ont installé leur thing, le siège de leur gouvernement, comme si cela s'était déroulé la semaine dernière. Il y a quelques années, une équipe d'archéologues a entrepris quelques fouilles. Ils ont en effet trouvé les traces d'un thing. De nombreuses traces. A l'endroit exact qui avait été transmis d'une génération à l'autre. Un millénaire, qu'est-ce que c'est ? Seulement une chaîne de trente à quarante vies humaines. Il en est de même pour le Loup. Il y a des insulaires qui pourront vous en parler, vous dire quels chemins il empruntait, quelles étaient ses liaisons amoureuses. Tout.

Dupin la croyait sur parole. Une question lui brûlait les lèvres depuis un moment, même si cela le gênait un peu de la poser :

— Et ces trésors, les gens les ont recherchés ?

— Oui, de tout temps, répondit-elle d'un ton méprisant. Pour trouver fortune, nombreux sont ceux prêts à tout mettre en œuvre. Ils seraient capables de commettre des crimes.

C'était une vérité bien triste.

— De temps à autre, c'est cette mauvaise énergie de l'île qui domine et donne l'impression qu'elle est hantée. Mais, croyez-moi, elle ne représente pas toute l'île, conclut-elle avec un sourire lumineux.

La phrase à peine terminée, le téléphone de Dupin se mit à sonner.

— Excusez-moi, madame, je dois prendre l'appel.

— Je vous en prie.

Un numéro inconnu.

— Qui est à l'appareil ?

— Antoine Manet. Jumeau sort de chez moi. Il m'a avoué qu'il avait une liaison. Avec les deux femmes. Même si la relation s'était, selon ses propres mots, quelque peu relâchée. L'une après l'autre, quoique peut-être pas complètement. Je ne peux pas vous le dire avec certitude.

Dupin avait dressé l'oreille dès la première phrase. Il devait se contenir pour ne pas s'exprimer d'une voix trop forte.

— Avec les deux ? Combien de temps cela a-t-il duré ?

— Si j'ai bien compris, c'était terminé avec Céline Kerkrom, mais ils se sont revus une fois en mars, alors que la liaison avec Laetitia Darot avait commencé. Mais de façon plutôt distendue. Tout au plus trois rendez-vous, selon lui.

Les conséquences de cette nouvelle étaient considérables.

— Cela fait de Jumeau notre suspect principal.

— Je sais, dit Manet d'une voix résignée. Je l'ai prévenu que j'allais vous transmettre l'information. Et que vous voudriez certainement l'interroger. Il l'a accepté d'un haussement d'épaules.

— Pourquoi ne l'a-t-il pas confié à mon lieutenant ?

— Il avait besoin de temps pour réfléchir. Il n'était pas sûr de vouloir l'avouer.

Le ton de Manet indiquait clairement que la réponse lui paraissait crédible.

— A-t-il évoqué une dispute ou des dissensions ? De la jalousie ?

— La liaison avec Céline se serait terminée sans drame. Ils sont même restés amis, retrouvant la relation amicale qu'ils avaient auparavant. Darot était au courant de tout. Même de la fois où ils ont remis ça, un peu plus tard. Cela n'a jamais créé un seul incident. Pour personne. D'après lui.

Une sorte de ménage à trois, donc. Ce serait bien la première fois qu'une telle configuration ne créerait pas des complications.

— A-t-il montré quelques signes de nervosité pendant votre conversation ?

— Jumeau n'est jamais nerveux.

— Dites-lui qu'une vedette de la police va venir le chercher.

— Comptez sur moi.

— Qu'il attende chez lui. Je vais prévenir mon adjoint.

— Bien.

Antoine Manet avait raccroché plus vite que Dupin.

Tout au long de l'échange, la patronne de l'hôtel était restée assise, décontractée. Rien ne laissait soupçonner qu'elle eût écouté la conversation.

Elle pencha légèrement la tête sur le côté, fixa Dupin dans les yeux.

— Je vous retiens. Vous devez partir. Moi aussi. Il faut que j'aille chercher mes filles à l'aéroport ; elles passent les deux mois d'été ici.

Elle rayonnait, les histoires macabres qu'elle venait de raconter semblaient désormais très loin.

— La saison commence, et mes filles m'apportent leur aide. Ainsi que ma meilleure amie. Revenez pour dîner un jour prochain. Cela vous plaira.

Dupin venait de découvrir la salle à manger – une structure en fer forgé dans le style Art déco, peinte en vert foncé. Ce serait formidable d'être assis là, d'apercevoir l'océan scintiller à travers les feuillages du jardin. Cela plairait à Claire.

— Je n'y manquerai pas.

La patronne de Ty Mad se leva et tourna les talons. Elle disparut en un rien de temps. Dupin n'entendit même pas ses pas légers fouler le gravier.

Il resta un moment tranquillement assis.

Puis, alors qu'il avait le portable encore à la main, il sélectionna le numéro de Le Ber.

— Patron ?

— Embarquez Jumeau sur l'une de nos vedettes.

Dupin rapporta la conversation qu'il avait eue avec Manet.

— Je veux le voir. Le mieux serait de l'amener à Ty Mad, à Tréboul, précisa Dupin après un bref instant de réflexion. (Pourquoi pas ? Il serait difficile de trouver un endroit plus tranquille.) Il y a un petit quai, non loin de la chapelle Saint-Jean. On peut y amarrer le bateau.

En outre, il ne perdrait pas de temps en se rendant ici ou là.

— Vous êtes à Ty Mad, patron ?

— Je me rends chez Morin.

— Ah. Et sinon… bredouilla-t-il. Sinon, tout va bien ?

Dupin mit un moment à comprendre l'allusion.

— Je vais très bien. Merveilleusement bien. Je pense d'ailleurs qu'au premier regard j'ai vu probablement quatre tombes. J'étais un peu fatigué, c'est tout. Aucune raison de se faire du mouron.

Il fallait balayer le sujet une bonne fois pour toutes.

— Si vous le dites, patron.

Le Ber était très loin d'être convaincu.

L'annonce spectaculaire que Jumeau entretenait deux relations amoureuses avait poursuivi Dupin pendant qu'il se rendait chez Morin. Non seulement la nouvelle en soi, mais surtout la cascade d'événements, les interrogations qui en découlaient. Dupin ne se faisait pas d'illusions. Il se trouvait au cœur d'un tourbillon. Ses pensées sautaient d'un sujet à l'autre. Il avait grand besoin de prendre du recul. Mais, évidemment, le trajet était bien trop court pour qu'il puisse en tirer profit. Il était déjà arrivé devant le domicile de Morin.

C'était une villa qui se voyait de loin. Edifiée à l'époque flamboyante de l'aristocratie, par une noblesse plus soucieuse de discrétion que de m'as-tu-vu, la maison était en pierres ocre jointées avec délicatesse. Elégante et tout en hauteur, elle formait un L et avait un toit d'ardoise, obligatoirement pointu et s'incurvant doucement. Une bande de briques peintes en marron foncé entourait les nombreuses fenêtres, un balcon ouvragé courait tout le long du premier étage d'où on devait avoir une vue imprenable sur la baie. Mais le plus impressionnant était le jardin d'hiver, une construction sophistiquée en bois d'un rose fané. Un unique palmier s'élevait devant le balcon. Sinon, quelques pins tordus et vieux comme le monde poussaient çà et là sur la pelouse d'un vert sombre. Tout semblait bien entretenu, sans exagération.

Dupin dut contourner la propriété ceinte d'un mur. Le portail en fer forgé était situé à l'arrière. Une Volvo tout-terrain était garée devant l'entrée. Aucun nom n'apparaissait sous la sonnette, un bouton noir désuet sur une ferrure bombée en laiton luisant.

Dupin appuya sur la sonnette. Une fois. Une deuxième fois. Deux petits coups rapides.

Le portail ne tarda pas à s'ouvrir ; un homme apparut immédiatement dans l'encadrement de la lourde porte en bois.

Morin ne le faisait pas attendre.

— Comment se déroule l'enquête, commissaire ? Avez-vous déjà quelques pistes ?

Le même ton paternel et soucieux que Dupin connaissait depuis son appel. Insistant aussi. Morin ne s'embarrassa pas de formules de politesse et entra dans le vif du sujet.

— Dites-moi comment je peux vous aider. Vous savez que c'est mon désir le plus cher.

— Vous me seriez d'une grande aide si vous me disiez la vérité.

Une silhouette trapue, un cou de taureau qui dépassait d'une chemise blanche à rayures beiges, un pantalon de toile noir avec des bretelles noires. Des cheveux bruns, des sourcils broussailleux qui se rejoignaient en formant une barre, une paire de lunettes aux verres foncés relevée sur le front, qui, comme tout ce qu'il portait, avait l'air de n'avoir coûté que quelques euros. Contrastant avec son corps taillé à la serpe, les traits de son visage étaient fins.

— Vous saurez vite que j'ai de très nombreuses relations qui sont loin d'être négligeables. Je sais quand et sur quel levier appuyer pour apprendre quelque chose. Ou pour obtenir quelque chose. Je connais les moyens et la manière. Nous devrions faire cause commune, commissaire.

Etant donné sa façon de s'exprimer, sa déclaration était moins une menace qu'une offre de collaboration.

— Quelqu'un vous a prévenu de l'opération de contrôle qui a eu lieu aujourd'hui, monsieur. Vos équipages étaient au courant.

Dupin s'était exprimé simplement, sans émotion apparente, et même d'un ton pondéré.

Morin n'eut aucune réaction. Il se contenta de lui tenir la porte puis de l'accompagner, le conduisant par un vestibule tout en longueur jusqu'à un salon lumineux de belles proportions. Les meubles, dans le même style que la villa, étaient élégants : une table au vernis marron foncé très brillant soutenue par des pieds galbés, des chaises au haut dossier délicatement ouvragé. Dans l'air flottait une odeur de cire, de poussière et de naphtaline, un mélange particulier que Dupin reconnaissait : c'était l'odeur qui flottait dans la majestueuse demeure de ses grands-parents parisiens. Morin ne devait pas pénétrer souvent dans cette pièce. D'ailleurs il semblait à Dupin que personne d'autre n'était présent dans la maison.

Morin se dirigea vers deux fauteuils profonds qui faisaient face à une fenêtre offrant une vue époustouflante. Le bleu profond de la mer miroitait et ondoyait.

Morin s'assit et attendit que Dupin prenne également place.

— C'est ridicule. Pensez aux efforts et aux frais que cela demanderait. Enfantillages que tout cela !

Sa réponse n'était en rien venimeuse mais sonnait comme un aveu. Bien sûr, il avait entendu parler de l'opération. Cela ne lui faisait ni chaud ni froid.

— Je veux savoir qui a tué Laetitia Darot.

Pour la première fois, l'expression de Morin laissa transparaître une certaine dureté.

— Elle peut avoir été témoin d'une de vos nombreuses activités illicites, vous obligeant à vous débarrasser d'elle. Peut-être avait-elle commencé à vous surveiller, vous et vos navires, peut-être avec Céline Kerkrom.

— Je ne ferai aucun commentaire, commissaire.

— Nous finirons par tout découvrir, monsieur Morin. Rien ne restera dans l'ombre. Je vous le garantis, asséna Dupin en s'enfonçant dans le fauteuil d'une manière désinvolte sans quitter des yeux Morin qui affichait un air souverain.

— Nous savons… continua Dupin, marquant une pause. Nous savons qu'elle était votre fille.

Dupin ne voulait pas lâcher le morceau mais, une fois encore, Morin ne manifesta pas la moindre réaction.

— J'ai entendu dire que les deux femmes étaient amies et qu'elles travaillaient de concert à un projet de recherche auquel d'autres pêcheurs participaient également. Je les connais.

Morin avait des relations. Cela tombait sous le sens. Rien d'étonnant à cela. Dupin n'allait pas jouer son jeu.

— Des centaines, des milliers d'animaux marins agonisent dans vos chaluts et trémails. Des animaux auxquels votre fille a consacré sa vie, pour la sauvegarde desquels elle s'est battue.

Le regard de Morin s'était déporté vers la fenêtre.

Il ne pipa mot.

— Nous savons que vous pêchez des dorades alors que c'est strictement interdit, nous sommes au courant des rejets massifs, de la pêche d'ormeaux. Nous savons aussi que vous capturez des langoustes rouges, même si vous n'avez pas été pris sur le fait aujourd'hui. Nous savons que vous utilisez des filets interdits et pratiquez des méthodes de pêche prohibées. Nous sommes au courant de tout.

L'énumération n'avait aucun sens. Surtout que cela ne constituait qu'une infime partie de ses forfaits. Mais Dupin avait éprouvé le besoin de le faire.

— Je me répète : c'est ridicule. Mais ce n'est pas de ça qu'il s'agit maintenant, commissaire. J'ai entendu dire que vous étiez un homme raisonnable. Un homme intelligent. Je l'espère. Je l'espère vraiment.

Il continuait de fixer l'horizon.

— Où étiez-vous hier soir, monsieur Morin ? Hier soir et ce matin ?

— Est-ce vraiment nécessaire ?

— Oui.

Morin poussa un gémissement.

— Vers dix-neuf heures trente, j'étais chez moi. A Morgat. Ma femme et moi avons dîné, bavardé et regardé la télévision. Nous sommes allés nous coucher vers vingt-deux heures trente. J'avais rendez-vous ce matin à dix heures avec un de mes pêcheurs.

Dupin sortit son calepin rouge sans se presser. Il l'ouvrit à la page où se trouvait une liste de noms.

— Avec Frédéric Carrière, je suppose. Où avait lieu le rendez-vous ?

Morin ne se laissa pas démonter.

— Ici, à Douarnenez. Au port.

Morin aurait pu facilement se trouver la veille à la criée et le matin sur l'île de Sein. Rien d'extraordinaire. D'ailleurs, plus l'affaire était complexe et inextricable, plus il était important de connaître les faits les plus simples, les plus banals.

— Cela signifie que vous n'avez pas d'alibi, monsieur Morin.

— Arrêtons de parler de moi, concentrons-nous sur la question des liens qui unissaient les deux victimes. Vous n'êtes pas d'accord ? répliqua Morin, le front plissé. On les a vues ensemble à l'entrée de la baie de Douarnenez sur le bateau de Laetitia Darot. Et sur celui de Céline Kerkrom.

— Nous sommes au courant.

La réponse de Dupin avait fusé, même s'il mentait. Ils ne le savaient pas. C'était une information intéressante. Mais qui pouvait peut-être s'expliquer par le projet des filets équipés.

— Pourquoi se trouvaient-elles sur le même bateau ? Qu'y faisaient-elles ? marmonna Morin sans vraiment s'adresser au commissaire.

— Elles faisaient des essais avec les filets munis de signaux. Par exemple. J'imagine que ces filets n'arrangent pas vos affaires. Ils entraîneraient de sacrées pertes financières pour vous.

— J'ai mené mon enquête auprès de tous les pêcheurs qui participaient encore à ce projet. Il n'y a rien là-dessous. Vous pouvez vous épargner cette peine, commissaire.

En les devançant, Morin les ridiculisait. Il ne le faisait même pas exprès ; seulement, il menait sa barque en solo.

— Madame Gochat, reprit-il tranquillement, a fait surveiller Céline Kerkrom. Nous devons là aussi nous demander pourquoi. Et le bateau de ce pirate de pacotille, ce Vaillant, ajouta Morin en pinçant les lèvres. Il m'est venu aux oreilles que lui aussi avait été vu non loin du bateau de Laetitia Darot. Le diable sait ce qu'il pouvait bien faire dans la baie de Douarnenez.

C'était impressionnant. Et déprimant. Dupin aurait bien aimé savoir d'où Morin tenait toutes ces informations. Et ce qu'il savait d'autre. Mais il ne posa pas la question.

— Et voilà qu'il était hier soir sur l'île de Sein, déclara Morin, le regard sombre.

Dupin ne fit aucun commentaire. Même si cela lui était difficile.

— Jusqu'ici, vous vous en êtes toujours tiré. Mais personne ne bénéficie aussi longtemps d'une chance pareille.

Un sourire étrangement doux flotta sur les lèvres de Morin. Il chercha le regard de Dupin. Puis il s'adossa lentement à son fauteuil. Décontracté. Maître de la situation.

— Les jeunes gens ne comprennent pas encore comment marche le monde. Ils sont nécessairement naïfs.

Je l'étais moi aussi. Le monde est compliqué. La vie est compliquée. Mais eux croient que tout est simple.

— Le fait que tout soit compliqué est une des excuses les plus répandues, surtout envers soi-même, rétorqua Dupin, guère impressionné.

— Vous devriez accepter ma collaboration, commissaire. Nous devrions partager nos informations et travailler ensemble.

— Vous faites partie des suspects, monsieur Morin. Vous êtes même tout en haut de la liste.

La voix de Dupin était ferme. Mais Morin produisit de nouveau son doux sourire.

— Commissaire, notre monde est régi par ses propres règles. Il semblerait que certains ne les respectent pas, dit-il en se dressant lentement. Mais je vais m'en occuper. Je vous le promets. Et si ce n'est pas avec vous, ce sera seul.

Il était debout.

La conversation était terminée.

Dupin se leva également. Sans hâte.

— Au revoir, monsieur Morin.

Dupin s'en alla et se retrouva bientôt sur le chemin côtier.

Le scintillement argenté qu'on voyait par la fenêtre de la villa n'était qu'une pâle copie de l'infini miroitement que l'on admirait une fois dehors.

— Jumeau a insisté pour venir avec son propre bateau. Deux gendarmes l'accompagnent.

C'était une entorse à la procédure, mais pourquoi pas ? Dupin était le spécialiste des entorses à la procédure. Il était mal placé pour critiquer la décision de Le Ber.

— Il sera là d'une minute à l'autre.

— Bien.

Dupin allait arriver ; la chapelle était déjà en vue. Mais il hésitait.

— Faisons autrement, Le Ber. Je vais rencontrer Jumeau sur son bateau et non au Ty Mad. Je vous rejoins sur le quai.

— Je... D'accord, patron. Je vais les prévenir. Au fait, on peut rayer de notre liste Thomas Royou, le capitaine du bateau-citerne. Deux pêcheurs l'ont vu à six heures passées de quelques minutes au moment où il sortait du long boyau qui forme le port d'Audierne. Il longe toujours la criée, son petit dépôt de fuel est un peu plus loin.

— Je comprends.

C'était presque dommage. On aurait pu quand même le laisser mariner un peu plus longtemps, pensa Dupin.

— Encore une chose, Le Ber. Demandez à Nolwenn de fixer un rendez-vous à Vaillant. En soirée. Ici, n'importe où sur le continent, s'empressa-t-il d'ajouter préventivement.

— Ce sera fait.

Dupin avait atteint la chapelle avec, sur la gauche, la petite plage et son aspect méditerranéen.

Un point important venait de lui traverser l'esprit. Il chercha le numéro que Nolwenn lui avait envoyé.

— Allô, monsieur Leblanc ? Commissaire Dupin à l'appareil.

Peut-être le chercheur y comprendrait-il quelque chose.

— Un instant.

On entendait des bruits sourds en arrière-fond.

— J'étais justement chez les techniciens. Je suis à vous.

— Laetitia Darot et Céline Kerkrom se sont retrouvées sur le bateau de Darot à l'entrée de la baie de Douarnenez. Est-ce l'un des territoires de Darot ? Que pouvait-elle bien y faire ?

Dupin était conscient qu'il y avait deux questions : pourquoi les deux femmes étaient-elles ensemble sur le bateau ? Et pourquoi se trouvaient-elles justement là, à cet endroit précis ? Qu'avaient-elles à faire dans ce périmètre ? S'il avait bien compris, ça ne faisait pas partie de leurs zones habituelles.

— Dans la baie proprement dite ?

— Dans l'entrée de la baie, oui. Vous m'avez dit que les dauphins de Darot nageaient dans les eaux de Sein, Ouessant et Molène. N'est-ce pas ?

— Cela s'est passé récemment ?

— Ces dernières semaines.

— Je pense naturellement aux dauphins de Risso. Ils suivent les céphalopodes et les mollusques, les seiches, les calamars et les crabes qui sont leur nourriture préférée. En été, on les trouve le long de la côte rocheuse, les dauphins les suivent. Je sais que l'été dernier Darot les a observés. Cette année, elle n'en avait pas encore fait mention. Mais cela ne veut rien dire.

Dupin pensait se souvenir que Le Ber avait parlé brièvement de ces dauphins de Risso, le matin même.

— S'agit-il d'une espèce rare ?

— Ils ne viennent dans nos régions qu'en été. Les dauphins de Risso mesurent jusqu'à quatre mètres.

Certains individus peuvent peser six cent cinquante kilos. Le dauphin de Risso possède un front imposant qui se développe quasiment à la verticale, un nez court et épais. Sa nageoire dorsale est en forme de faucille et...

— Y a-t-il une controverse quelconque autour de ces dauphins ? l'interrompit Dupin.

— Je l'ignore. Je sais seulement que Laetitia les a observés pendant quelques semaines, l'année dernière. C'est toujours un événement quand ils arrivent ici.

— Je vous remercie, monsieur Leblanc.

Quelques pins de haute taille bordaient le sentier qui serpentait le long du littoral. A droite, le cimetière derrière son vieux mur ; à gauche, l'île Tristan. On avait l'impression qu'il suffisait d'enjamber la mer pour l'atteindre.

Dupin apercevait déjà la jetée avec, au bout, un bateau en train d'amarrer.

D'un blanc immaculé, la proue bleu clair et arrondie. Une ligne rouge écarlate qui faisait le tour du bateau. Une timonerie vitrée à mi-hauteur, aux bords peints de jaune-orangé et dont le toit était hérissé d'antennes et d'émetteurs. Dupin estima que le bateau faisait huit à neuf mètres de long. A la proue on voyait une grosse caisse rouge, deux bouées de couleur rose, une pile de caissons en plastique.

Dupin atteignit la jetée. Bien que la marée fût encore haute, il y avait deux bons mètres jusqu'à la ligne d'eau.

Deux gendarmes étaient à bord en compagnie d'un jeune homme dégingandé, les cheveux jusqu'aux épaules. Il portait un tee-shirt noir sous sa salopette en ciré jaune. Certainement Jumeau.

Dupin se dirigea vers l'extrémité de la jetée et l'étroite échelle rouillée : c'était partout les mêmes tout au long de la côte. Les gendarmes saluèrent le commissaire. Jumeau se contenta de lui jeter un bref regard.

La descente par l'échelle n'était pas une opération aisée pour Dupin. Aussi l'entreprit-il en soupirant.

— Les procédures ont été respectées ?

Dupin se dirigea vers les gendarmes en sinuant entre les caissons et les bouées. Jumeau ne vit pas l'intérêt de les rejoindre à la proue.

— Affirmatif.

Pendant que Dupin faisait le tour de la cabine, Jumeau poussa deux caissons sur le côté comme s'il était encore au travail. Puis il s'accouda au bastingage, dos à la mer. Une posture décontractée.

— L'une des deux est devenue jalouse. Les deux même certainement, déclara Dupin sans préambule.

Le pêcheur posa sur lui un regard intéressé.

— C'était des histoires sans importance. Rien de plus.

Il n'avait pas haussé les épaules, mais c'était tout comme. Cependant, on voyait bien qu'il n'y mettait aucun mépris.

— Nous avons passé quelques nuits ensemble. La plupart du temps, les nuits n'étaient même pas complètes. Seulement quelques heures.

Dupin le dévisageait.

— Je les aimais beaucoup. Toutes les deux.

Ses yeux cherchaient la mer.

C'était à n'en pas douter un beau garçon. Il avait un visage avenant, bien qu'un peu maigre, des traits harmonieux ; il semblait doux, tendre, juvénile. Il avait des yeux vert foncé mélancoliques, des mains et des doigts fins et nerveux.

— Des disputes ? Entre vous et les deux femmes ? Entre Kerkrom et Darot ?

— Aucune.

Difficile à croire.

— Tout s'est passé simplement. Comme ça...

— Le leur avez-vous dit ? Que vous couchiez aussi avec une autre ?

— Elles le savaient toutes les deux. La relation avec Céline n'a pas duré longtemps. En mars, c'était déjà terminé, en fait.

— Vous aviez une préférence ? Pour Laetitia ?

Il ne répondit pas tout de suite.

— Peut-être, oui.

Une profonde tristesse parut l'envahir.

— Vous savez que ces petites histoires vous rendent on ne peut plus suspect ?

Il haussa légèrement les sourcils.

— Quand la relation avec Laetitia Darot a-t-elle commencé ?

Jumeau cilla et pour la première fois regarda le commissaire dans les yeux.

— En mars. Puis nous nous sommes rencontrés il y a quelques semaines. Et hier soir.

Dupin dressa les oreilles. Incroyable. Manet ne lui en avait rien dit.

— Cette nuit ? Vous étiez cette nuit avec Laetitia Darot ?

— Oui.

— La nuit qui a précédé son assassinat ?

Un signe de tête à peine perceptible.

— Quand ça ?

— De onze heures du soir à deux heures du matin, environ.

— Quelques heures à peine avant sa mort.

Jumeau ne répondit pas.

— Où vous êtes-vous rencontrés ? Chez vous ?

— Chez elle.

— Et après ? Où êtes-vous allé ?

— Chez moi. Pour dormir.

— Est-ce que par hasard quelqu'un vous aurait vu sur le chemin du retour ?

— Je ne crois pas.

Dupin se mit à réfléchir.

— Vous aurait-elle parlé d'un rendez-vous le lendemain matin ? Aurait-elle fait une quelconque allusion ?

— Non, rien.

— Vous a-t-elle paru différente cette nuit ? D'une façon ou d'une autre ? Quelque chose vous a frappé ?

— Elle était comme d'habitude.

C'était laborieux. Il fallait lui arracher chaque mot de la bouche.

Dupin se plaça à côté de Jumeau. Il regarda la mer, la baie, suivit du regard un beau et grand voilier qui voguait du côté de l'île Tristan.

— Hier soir, avant onze heures, que faisiez-vous ?

— J'étais chez moi. Seul.

— Et avant, vous avez dîné au Tatoon.

— Oui.

Objectivement, Jumeau ne possédait pas le plus petit alibi. Il aurait pu se rendre à Douarnenez dans la soirée sans aucun problème.

— Je suis sorti à un certain moment, commença le jeune homme, qui prenait pour la première fois la parole de lui-même. Je ne trouvais pas le sommeil. J'ai rencontré Laetitia par hasard. Devant son cabanon. Nous ne nous étions pas donné rendez-vous.

— Que faisait-elle là ?

— Je ne sais pas. Elle se tenait devant la porte.

— Elle avait quelque chose avec elle ?

— Non.

— Lorsque vous étiez chez elle, avez-vous remarqué un ordinateur portable ? demanda-t-il soudain, ce sujet venant de se rappeler à son souvenir.

— Non.

— Mais vous en avez déjà vu un chez elle, non ?

Jumeau réfléchit intensément.

— Sur la table, dans le salon.

Dupin poussa un soupir.

— Parlait-elle de son travail ? De ses projets ?

— Des dauphins, beaucoup.

— Y compris des dauphins qu'on a trouvés morts récemment ?

— Elle était tellement en colère. Mais elle n'a pas dit grand-chose de plus. Elle ne voulait pas en parler.

— Avait-elle une théorie sur les causes de ces morts ? Sur le responsable ?

— Elle haïssait la pêche industrielle dans son ensemble.

— Elle vous l'a dit ?

— Oui.

— Faisait-elle un lien entre Charles Morin et les dauphins échoués ?

— Non, elle n'a pas cité Morin. Mais il va de soi qu'il a d'innombrables morts de dauphins sur la conscience.

Dupin se dirigea vers le bastingage opposé. De là, on voyait le port de plaisance. Jumeau ne réagit pas.

— Qu'en pensez-vous ? Morin était-il son père ?

— Il ne suffit pas de faire un enfant pour être un père.

Jumeau était submergé par l'émotion, c'était évident.

— C'était son père ?

— Je ne sais pas.

Cela n'avait pas de sens.

— Quelque chose la préoccupait-elle ? Semblait-elle excitée ? Son comportement était-il différent ?

— Non. Elle était comme d'habitude.

Certes, il avait les yeux posés sur Dupin mais on aurait dit que son regard traversait le commissaire.

— De quoi avez-vous parlé hier ?

— Elle m'a parlé des dauphins qui s'étaient soûlés.

— Soûlés ?

— Un groupe de jeunes dauphins s'est enivré en avalant le poison d'un poisson-lune. Ils se le passaient comme si c'était un joint. Tour à tour, ils le prenaient dans leur gueule et appuyaient doucement dessus. Le poisson distillait son poison à petites doses. Ça les enivre. Ils font alors les trucs les plus insensés. Des sauts périlleux, des choses comme ça.

L'anecdote était des plus étranges.

— Elle a dit quelque chose à propos du projet des filets munis d'alarmes ?

— J'ai vu ce filet un jour, au port. Elle m'en a parlé quand nous nous sommes vus il y a trois semaines.

Pour elle, on devait immédiatement équiper tous les bateaux de pêche du monde avec ce dispositif. Mais que les petits pêcheurs ne pourraient pas se le payer et que les gros n'en avaient rien à fiche.

— Rien d'autre ?

— Non.

— Rien non plus sur…

Dupin fut interrompu par la sonnerie stridente de son téléphone.

— Le Ber, je rappelle, je…

— Patron ! s'écria le lieutenant qui était difficile à comprendre tant sa voix semblait lointaine. Nous avons… nous avons un nouvel homicide. Encore une victime qui s'est fait trancher la gorge.

Dupin se figea.

— Sur la presqu'île de Crozon. Sur la plage de Lostmarc'h. Au sud, sur le cap escarpé qui s'avance dans la baie de Douarnenez. De l'autre côté de Morgat, un endroit complètement isolé.

Le Ber s'était ressaisi.

— Qui est-ce ?

Dupin se faufila le long de la petite cabine vers le coin le plus éloigné de la proue.

Les deux gendarmes lui jetèrent un regard alarmé. Dupin parlait fort.

— Un professeur en retraite de soixante-quinze ans, célibataire. Il…

— Un vieux professeur ?

— Un Parisien, comme vous. Lui aussi est en Bretagne depuis cinq ans environ. Il possède une maison en surplomb de la plage. C'est une voisine qui l'a trouvé en promenant son chien. Dans le creux d'une

dune. Elle le connaissait. C'était un homme extrêmement cultivé, nous a-t-elle dit. Il…

— La gorge tranchée ?

— C'est ce qu'on m'a rapporté.

— Qui est sur place ?

— Quatre gendarmes de Crozon. J'en connais deux.
Des types bien.

C'était effrayant. Dingue.

— J'arrive tout de suite. Nous nous retrouvons
là-bas. Labat et vous. Je…

Dupin se tut avant de poursuivre.

— Non. Vous, Le Ber, vous restez sur l'île de Sein.
Labat doit tout laisser tomber. J'appelle Nolwenn.

L'affaire prenait des proportions énormes. Leur
enquête n'enrayait rien. On en était à trois victimes.
Trois homicides en l'espace de vingt-quatre heures à
peine. Cela allait faire de très grosses vagues.

— Patron, vous pensez qu'on a affaire à un tueur
en série ?

— Non, je ne crois pas.

— Je sais qu'ils ne représentent qu'une population
infime selon les statistiques. Mais il y en a quand
même. Rappelez-vous celui qui a sévi l'année dernière
en Normandie. Personne n'y croyait non plus.

— Le Ber, la probabilité reste cependant on ne peut
plus faible.

Une réplique assénée sur un ton peu convaincant.
Dupin s'en rendit compte lui-même.

— Toute la journée, on est passé d'une victime à
une autre que l'assassin a laissées dans son sillage.

C'était une conversation absurde.

— Quelle était la discipline de ce professeur ?

— Virologie. Professeur Philippe Lapointe.

— Un médecin ?

— La virologie est une discipline à la croisée de la médecine et de la biologie.

— Nous devons connaître l'heure de la mort le plus vite possible.

Le Ber avait raison, l'assassin semait ses victimes comme autant de cailloux. Douarnenez la veille, l'île de Sein aux premières heures de la journée et – probablement – la presqu'île de Crozon dans la foulée. Autre chose : l'éclectisme des victimes avait atteint un degré de plus avec ce dernier meurtre, du moins à première vue. Une jeune femme pêcheur, une delphinologue – il y avait là quelques points communs – et maintenant un docteur en virologie de Paris à la retraite. Quel lien les unissait ?

— La légiste est en route. La même que ce matin sur l'île de Sein.

— Avons-nous appris quelque chose sur les relations du professeur ?

— Pour l'instant, on a eu seulement l'appel de la voisine à la gendarmerie. Ainsi que les quelques renseignements que je vous ai communiqués.

— A plus tard, Le Ber.

Dupin glissa son portable dans la poche de son pantalon.

Les deux agents n'avaient pas détourné les yeux et le fixaient toujours.

— Dites à Luc Jumeau que je reprendrai contact avec lui plus tard.

Dupin avait déjà un pied sur l'échelle rouillée.

Le commissaire passa trois coups de fil à Nolwenn pendant la traversée de la baie, laquelle dura presque une heure malgré leur allure rapide.

Nolwenn n'avait jamais entendu parler de la victime. Toutefois, elle entama des recherches en même temps qu'ils parlaient et trouva quelques renseignements. Le professeur Philippe Lapointe était virologue et immunologue, il jouissait manifestement d'une renommée nationale et internationale considérable. Il avait terminé sa carrière à l'institut de virologie moléculaire de l'université Paris-Descartes. Il n'avait pas publié depuis des années et avait clairement pris sa retraite. La liste de ses publications faisait plusieurs pages. En revanche, on ne trouvait aucune information sur sa vie privée. On savait seulement qu'il avait eu soixante-quinze ans en mars. Les données ne concernaient que son travail scientifique. Nolwenn, qui, apparemment, était encore chez sa tante, dénicha lors du troisième appel l'assistante de l'institut où il avait travaillé. Elle allait tenter d'en savoir plus.

Nolwenn joignit le préfet entre son deuxième et son troisième appel. Il faisait dire à son commissaire que ces jours-ci ils étaient appelés tous deux à d'importantes missions. Qu'il suivait bien sûr l'enquête, même de loin, et qu'il avait entière confiance dans cette « collaboration tout à fait fructueuse ».

Nolwenn continua à chercher des voisins, amis et relations de la mère de Laetitia Darot. En vain. Mais ce point restait sensible.

Goulch avait essayé de joindre Dupin et avait atterri chez Nolwenn. Il avait interrogé les pêcheurs qui participaient au projet du filet équipé. Tous avaient utilisé ce filet seulement à quelques reprises. Ils étaient en relation avec la direction technique du parc, non avec Laetitia Darot. Rien ne disait qu'ils avaient eu des contacts ; on ne trouva aucun indice susceptible d'attirer le soupçon sur l'un d'entre eux : Goulch était arrivé à la même conclusion que Morin.

Suivant à la lettre les indications de son GPS, Dupin roulait sur de petites routes cahoteuses en direction du promontoire isolé. Le dernier tronçon était un chemin poussiéreux où se succédaient nids-de-poule, rochers pointus et profondes ornières de sable. Les secousses de la voiture lui rappelèrent la traversée matinale. Le chemin s'arrêta abruptement devant des broussailles d'un mètre de haut. Cela tenait plus de l'impasse que du parking. On apercevait la baie par intermittence. La plage ne devait pas être loin. Nulle part Dupin n'avait vu de voiture. Il existait donc certainement un autre chemin, probablement en venant du village au nord.

Dupin descendit de voiture. Il suivit un sentier sablonneux et très pentu qui serpentait entre les haies de gros mûriers. Soudain, celles-ci s'ouvrirent sur une vue époustouflante.

A Tréboul, il s'était trouvé devant une baie tranquille au cachet méditerranéen avec ses rochers décoratifs et son eau turquoise qui clapotait gentiment. A présent, il se tenait en surplomb d'une immense plage sauvage bordée de falaises abruptes, qui rappelait les paysages du nord-ouest de l'Ecosse ou de l'Irlande. De chaque côté de la baie, ce paysage côtier s'étendait à l'infini jusqu'aux monts d'un vert profond et lumineux.

Magnifique. On le voyait, on l'entendait, on l'éprouvait, on le humait : l'Atlantique. Qui se fracassait contre la plage depuis des millions d'années. C'est ici, sur cette terre et après des milliers de kilomètres, que se rencontraient les masses d'eau et les vents tumultueux et rugissants. Sur le vieux continent. L'Atlantique et toute sa puissance, sa violence, sa démesure. C'était là qu'on ressentait les forces primitives de la Bretagne. Dupin avait toujours pensé que c'était en arrivant dans un de ces endroits que les Romains avaient compris qu'ici finissait le monde.

Pas la plus infime brise à Douarnenez, ici un vent fort soufflait sans interruption, charriant l'écume avec lui. Nulle part ailleurs que dans ce vent marin, estimait Dupin, l'Atlantique ne possédait une meilleure odeur, n'était plus immense, plus libre. L'écume se posait sur le visage et on la goûtait.

Et les vagues ! De vraies vagues qui étaient toujours là, même aux jours les plus beaux et les plus calmes. Elles venaient du large, de très loin. De longues vagues, souples et pleines, hautes de plusieurs mètres.

Le soleil et le ciel étaient différents : plus primitifs, comme à l'aube du monde. On avait l'impression d'avoir fait un long voyage tellement ce paysage paraissait lointain en comparaison de Tréboul.

Au bout de la plage, se tenait un groupe de personnes qui paraissaient toutes petites, comme perdues. Là-bas, la plage continuait en longues dunes recouvertes de broussailles s'avançant à l'intérieur des terres.

Foulant le sable lourd, Dupin descendit rapidement jusqu'à la plage qui apparaissait plus grande encore quand on l'avait rejointe.

Labat, qui s'était certainement mieux garé que lui (mais qui n'avait pas pu rouler plus vite), l'aperçut et se dirigea vers lui.

— Brutal. La même entaille. Un meurtre de sang-froid.

Labat aimait les répliques lapidaires qui pouvaient sortir d'un scénario dramatique.

— La légiste est arrivée ?

Dupin compta huit personnes.

— Oui.

— A-t-elle dit quelque chose sur l'heure du décès ?

— Elle est arrivée juste avant moi. Au fait, vous auriez mieux fait de vous garer à l'extrémité nord de la baie, là…

— Et la femme qui l'a trouvé ?

— Elle est en haut, chez elle.

— C'est une voisine ?

— Exactement.

Dupin se demanda brièvement s'il devait la faire venir. Mais il allait bientôt devoir se rendre au village. Visiter la maison du professeur.

— Le village fait quelle taille ?

— Dix, quinze maisons, pas plus.

— Nous avons tout passé au peigne fin, déclara Labat comme s'il avait tout fait tout seul, alors que c'étaient certainement les gendarmes de Morgat ou de Crozon qui s'en étaient chargés. Nous n'avons rien trouvé. La scientifique non plus. Rien autour du cadavre, dans les dunes ou sur la plage. Rien sur le sentier qui descend. Cela a dû se passer dans les dunes, là où le sable est instable. On ne voit que quelques traces de pas mais elles ne sont pas nettes, plutôt de petits affaissements. Deux personnes, très certainement.

Ils avaient presque rejoint le groupe. Dupin les salua à la ronde.

— Labat, faites le tour des maisons là-haut avec quelques hommes. Je veux tout savoir sur le professeur. Avec qui il était en contact. Comment il passait ses journées ici. Tout.

— Ne dois-je pas attendre que…

— Immédiatement. Vous commencez sur-le-champ le porte-à-porte. Je vous rejoins là-haut dès que possible.

Ainsi serait-il débarrassé de cet attroupement inutile sur la scène de crime.

Labat tourna les talons, la mine renfrognée comme un enfant. Il appela les gendarmes d'un geste impérieux. Ensemble, ils montèrent la dune d'un pas lourd. Un seul resta en arrière.

— Nous irons dans la maison du professeur ensemble, cria Dupin de façon à être entendu par Labat et ses hommes. Personne n'y met un pied tant que je ne suis pas là.

Dupin s'approcha du cadavre.

Une vision effroyable.

Philippe Lapointe était sur le dos. Une grande quantité de sang maculait le corps, contrairement à ce qu'il avait pu observer pour Laetitia Darot. Le pull bleu clair était imbibé ainsi que les sous-vêtements et le jean. La tête était renversée en arrière et enfoncée dans le sable. Sans doute, alors qu'elle agonisait, la victime avait-elle rassemblé ses dernières forces pour inspirer un peu d'air. On voyait nettement combien cette mort avait été cruelle. Les yeux grands ouverts fixaient le ciel d'un regard vide. Les bras étaient étrangement serrés contre le corps, contrairement aux jambes qui formaient un angle anormal.

Le virologue était de taille moyenne, ni gros ni mince. Il avait un visage distingué, bien que terriblement déformé, des lèvres minces, d'épais cheveux blancs coupés court, un front haut et proéminent.

Dupin se tenait juste devant le cadavre, à quelques centimètres des chaussures de sport noires que la victime portait.

— La température du corps est de vingt-huit degrés, fit une voix agréable.

Dupin se retourna. Une jeune femme – fin de la trentaine, pas plus – se tenait à côté de lui. Elle avait des cheveux blonds coiffés en queue de cheval et n'était pas maquillée. Il l'avait aperçue du coin de l'œil : le dos tourné, elle fourrageait dans sa valise en aluminium.

— Comme le temps est doux, la température du corps baisse d'environ un degré par heure. Ça nous donne dix heures, plus ou moins une heure.

Elle parlait d'une voix expérimentée, en accord avec la gravité de la situation.

— Le test des pupilles le confirme. Elles n'ont pas réagi aux gouttes de façon très probante. Cela nous donne une estimation à huit heures. Mon intuition me livre le même résultat.

La légiste donnait l'impression d'être chevronnée, comme si elle avait déjà eu affaire à un nombre incalculable de cadavres durant sa carrière.

— Bien. Cela nous aide beaucoup et s'imbrique parfaitement à notre scénario, déclara Dupin, conquis.

Cette affirmation pouvait sembler étrange. Jusqu'ici, on aurait dit que l'assassin était arrivé directement de l'île de Sein. Soit il était venu en bateau jusqu'à la terre ferme puis en voiture jusqu'ici, soit il avait fait tout le trajet par la mer.

— Nous sommes face à un assassin très travailleur, dit-elle avec un sourire triste.

— Pensez-vous qu'il s'agit d'une seule et même personne ?

— Etant donné l'entaille, je dirais oui à première vue. Mais je dois le vérifier au labo. Comparer les entailles. Au fait, on n'a rien trouvé de plus chez la delphinologue.

— Avez-vous remarqué une particularité dans le cas présent ?

— Le poignet droit porte un hématome. Peut-être l'assassin l'a-t-il attaqué et agrippé. Mais la victime n'a certainement pas pu se défendre.

— Pensez-vous que cela se soit passé ici même ?

— Il s'est effondré ici, oui.

Cela aussi collait au scénario. L'assassin avait rencontré ses victimes dans des endroits isolés, les avait tuées sur-le-champ et laissées sur place sans hésiter. Rien n'avait été laissé au hasard. Il avait suivi un plan précis. En ce qui concernait Darot et le professeur, il avait dû leur donner rendez-vous. Il ne les avait certainement pas surveillés, cela aurait été trop aléatoire. La même chose avait dû se passer pour Céline Kerkrom : elle devait avoir une raison pour se rendre dans le local à poubelles. L'assassin avait choisi des lieux qu'il connaissait. Très bien, même.

— Il y a quelque chose dans les poches de son pantalon ? Un téléphone portable ?

— Rien. Nous embarquons le corps maintenant. Je fais venir l'ambulance qui va mettre un peu de temps, elle ne peut atteindre la plage que par l'autre bout de la baie.

— Je... merci.

Dupin esquissa un sourire que la légiste lui rendit en l'accompagnant d'un regard doux et professionnel.

— Appelez-moi dès que vous trouverez du nouveau.

— Je n'y manquerai pas.

Elle sortit un téléphone de sa poche et s'éloigna.

Dupin fit un signe au gendarme qui était resté avec lui. C'était un homme corpulent, avec une tête ronde. Il avait suivi la conversation avec curiosité.

— Restez ici et tracez les contours de l'endroit où se trouvait le corps, lui demanda Dupin. Minutieusement.

Peut-être en auraient-ils encore besoin. Même si le vent et le sable allaient effacer rapidement les traces déjà floues.

— Ce sera fait.

Dupin regarda autour de lui. D'un côté, le terrain montait en pente douce vers l'intérieur des terres ; de l'autre, de gros rochers s'amoncelaient le long de la plage, formant de dangereux à-pics. Le regard de Dupin y resta accroché.

Le gendarme s'en rendit compte.

— Là-haut, il y a un système de défense celtique. Les Gaulois s'y sont réfugiés pour fuir les Romains.

Dupin poussa un léger soupir.

Pas une parcelle de terre sans légende ou sans souvenir historique. Pas une parcelle de terre où rien de particulier ne se serait déroulé. Telle était la Bretagne.

Il se mit en mouvement. Il avait repéré un sentier dans les dunes.

Le gendarme avait suivi son regard.

— C'est le meilleur chemin pour rejoindre le village, commissaire.

Rien n'échapperait à cet homme. C'était une excellente recrue pour surveiller la scène de crime.

Dupin s'en alla.

— Madame Lapointe ? Oui, je lui ai téléphoné. Elle vit à Paris, dans le Marais. Ils se sont séparés il y a quinze ans et ont divorcé il y a douze ans.

Nolwenn avait fait du bon travail. Penser à appeler l'institut, l'assistante, avait été une excellente idée. C'est ainsi qu'elle était tombée sur l'ex-femme de Philippe Lapointe.

— Ils se sont séparés en bonne intelligence. Sans anicroches. Ils se voyaient de temps à autre. Ils allaient dîner. Mais pas depuis un an. La nouvelle l'a bouleversée.

— Travaillait-il encore dans son domaine de compétence ? D'une façon ou d'une autre ?

Le sentier qui menait au village était plus long qu'il ne l'avait estimé. Les premières maisons apparurent, le chemin devint goudronné. Quatre véhicules des forces de l'ordre étaient garés sur le bas-côté ; il reconnut la voiture de Labat.

L'Atlantique âpre et sauvage s'étendait jusque là-haut : il ne poussait que de maigres buissons, des épineux, de l'herbe, de la mousse et de la bruyère. Rien n'était doux. Les jours de tempête, l'écume virevoltait dans Lostmarc'h comme si le village se trouvait à quelques mètres de la mer.

— Elle n'a pas su me répondre. Elle ne sait pas ce qu'il fabriquait dans son exil, comme elle l'a appelé, ni s'il travaillait encore à des sujets en lien avec ses recherches. Il n'avait plus de laboratoire. D'après elle, il lisait beaucoup ; il a emporté toute sa bibliothèque en Bretagne : des classiques de la littérature et de la philosophie. C'était son dada.

Pour le moment, cette information intéressait peu Dupin. Ils devaient trouver à quoi Lapointe s'occupait ces derniers temps. Dupin avait déjà réfléchi à la question pendant son trajet. Le virologue avait-il remarqué quelque chose de particulier dans les limites du parc ? Ou quelque part le long du littoral ? Aurait-il eu vent d'un incident qui l'aurait mis en danger ? Que lui seul avait compris ? Tout cela n'était que vagues spéculations. Cependant, il devait bien exister un lien – fatal – entre lui et les deux femmes. Quel était le scénario dans lequel ces trois victimes avaient joué un rôle ? Chacune de son côté ou ensemble ? En étaient-elles conscientes ou était-ce à leur insu ? Jusqu'ici, ils n'avaient que quelques pistes éparpillées, voire moins que ça : quelques sujets autour desquels l'histoire pourrait tourner. La pêche, d'éventuelles infractions et des pratiques illégales, les dauphins morts, la pollution de l'eau, la contrebande, un triangle amoureux, des liens de famille complexes, peut-être une paternité compromettante. Mais aucun de ces sujets n'était assez brûlant. Ils pouvaient aussi bien être sans rapport ou pointer dans de mauvaises directions. Tonnerre de Brest ! Une chose, cependant, n'avait pas encore fait surface : l'intuition de Dupin. A laquelle il pouvait toujours se fier dans des situations inextricables. Normalement.

— Il entretenait une relation avec une autre femme ?

— Elle n'en a aucune idée. Elle-même s'est remariée, dit Nolwenn sur un ton qui sous-entendait : Et elle a eu raison.

— Sait-elle s'il avait des amis ici ?

— Son meilleur ami est mort il y a deux ans. Ils en ont parlé lors de leur dernière rencontre. Il n'a pas mentionné de nouveaux amis. Elle a dit aussi qu'elle l'avait trouvé en pleine forme, qu'il faisait de nombreuses balades. Il marchait et courait. Mais cela ne l'a pas aidé.

Dupin poursuivait sa route sans croiser personne.

— Je dois vous avertir : les médias ont déjà eu vent du dernier meurtre. Je vous épargne les premiers gros titres. (Son ton montrait qu'ils ne perturbaient pas Nolwenn.) Il va de soi que le spectre du tueur en série est en train d'apparaître. Du pain bénit.

Evidemment, Le Ber n'était pas le seul à avoir une imagination débordante.

— C'est tout pour le moment, commissaire. Nous sommes en train de préparer la grande action de demain. Je vous appelle dès que j'ai du nouveau. A plus tard.

« La grande action. » L'affaire le rendait quelque peu nerveux. Dupin retourna vite à ses réflexions sur l'enquête et le professeur.

— Commissaire !

C'était la voix de Labat. Dupin regarda de tous côtés sans l'apercevoir.

— Ici !

Il se tenait devant la porte d'une vieille maison de pierre au toit de chaume, comme on en trouvait encore souvent dans les hameaux. Il avait dû crier car il appelait de loin.

Dupin allongea le pas.

— C'est la maison de madame Corsaire. La voisine. Et là, derrière, fit Labat avec un geste vague, il y a la maison de Lapointe.

Avant que Dupin n'arrive à la maison, une tête aux boucles grises apparut sur le seuil à côté de Labat, celle d'une femme menue portant une robe-tablier rose. Elle adressa un regard pétillant de curiosité à Dupin, qui s'approchait. Sur un petit espace entre la maison et la rue poussaient les mêmes broussailles que sur la falaise.

— Je vous présente madame Corsaire. Elle…

— Ces derniers temps, il était souvent en goguette. A Brest et à Rennes. Dans les bibliothèques. Il avait une prédilection pour les livres anciens, les vieilles cartes, les vieux documents. Ce genre de choses. Sa maison en est remplie. Une lubie, si vous voulez mon avis. Avez-vous une idée de la poussière que cela produit ?

Elle avait contourné Labat et faisait face au commissaire.

Dupin se réjouissait de ne pas avoir eu à endurer de long prologue.

— Quand vous l'avez trouvé en bas, sur la plage, vous avez vu quelqu'un ? Ou pendant votre promenade ?

— Il est toujours là-bas, le malheureux ? Ça souffle encore plus fort qu'ici, en hauteur, dit-elle en secouant la tête. Personne, non, pas âme qui vive.

— Auriez-vous remarqué quelque chose d'inhabituel ?

— Vous voulez dire encore plus inhabituel qu'un cadavre ?

— Donc vous n'avez rien vu de particulier ni sur la plage ni dans les dunes.

— Non. Et tout ça juste aujourd'hui, alors que mon mari est à Roscoff et que je suis toute seule !

— Une voiture sur le parking, que vous ne connaîtriez pas, par exemple ?

— Non, personne ne vient ici.

Sauf l'assassin.

— Savez-vous si monsieur Lapointe s'est intéressé récemment à un incident particulier ? Dans le parc d'Iroise ? En mer ? Ou sur le littoral ?

Le visage énergique afficha un profond scepticisme.

— Que voulez-vous dire ?

— N'importe quoi, quelque chose dont il aurait fait mention, qui le préoccupait ? Pollution ? Animaux blessés, morts ? Dauphins ? Entre autres.

— Il faisait quotidiennement de longues promenades. Toujours le long de la mer. Il adorait ça, c'est pour cette raison qu'il est venu vivre ici. Il longeait la mer ou prenait par la falaise. Parfois, il faisait des « excursions pédestres », comme il disait. Sur les chemins de randonnée de la pointe du Raz ou de la baie de Douarnenez. Il y allait en voiture.

— Vous le voyiez souvent ?

— Pas tous les jours, mais deux trois fois par semaine. Nous faisions toujours un brin de causette.

Dupin voulait faire une dernière tentative.

— Donc, le professeur Lapointe n'a jamais évoqué quelque chose qui le turlupinait ?

— Ces derniers temps, il était d'humeur joyeuse. En pleine forme.

— Rien de plus ?

— Je ne crois pas...

La sonnerie stridente interrompit madame Corsaire. Le commissaire sortit son téléphone d'un mouvement brusque.

Sa mère.

Il est vrai qu'il avait été étonné. Le dernier appel remontait à quelques heures. Habituellement, elle était plus opiniâtre.

Madame Corsaire lui lança un regard interrogateur.

— Vous disiez ? reprit Dupin en remisant son portable. Vous ne croyez pas...

Elle reprit immédiatement le fil de la conversation.

— Je voulais dire que je ne crois pas que quelque chose l'inquiétait, répondit-elle en secouant la tête avec énergie. Qu'il ait eu un problème quelconque.

— Savez-vous si la virologie faisait encore partie de ses occupations ?

— Il ne m'en a pas parlé.

— Avait-il des amis, des relations ? Recevait-il de la visite ?

— Pas beaucoup. Un vieux monsieur venait de temps en temps. Je ne le connais pas.

Dupin extirpa son calepin.

— Il arrivait dans une petite voiture. Le professeur ne m'a jamais dit qui il était. Il venait une fois par mois, peut-être. Ils allaient se promener ensemble puis restaient chez le professeur. Mais je ne sais pas ce qu'ils y faisaient.

— Avez-vous une idée de qui ça peut être ?

— Non. Une Citroën C2 blanche. Immatriculée dans le Finistère.

Dupin prit note.

Il se tourna vers Labat.

— Demandez aux gendarmes qui sont au village de se renseigner auprès des habitants. Peut-être quelqu'un connaît-il cet homme.

Puis, s'adressant de nouveau à madame Corsaire :

— D'autres visiteurs ?

— Marie, du comité d'action. Elle est venue plusieurs fois la semaine dernière.

— Et… ?

— Le comité d'action contre les produits chimiques.

Dupin attendit. En vain.

— Pouvez-vous m'en dire un peu plus, madame ?

— Dans le port de Camaret, on nettoie des bateaux que l'on traite contre la pourriture. Ils appartiennent à Charles Morin, le roi des pêcheurs.

— Nous en avons entendu parler.

Même s'il n'avait pas eu connaissance de ce comité. Mais c'était un lien possible – avec Morin.

— Tout va dans la mer. Une vraie saloperie. Les politiques ne s'en mêlent pas. C'est pourquoi quelques citoyens se sont mobilisés.

Morin, encore et toujours Morin.

— Vous m'avez dit que le professeur Lapointe n'était pas préoccupé. Mais on dirait que la pollution de l'eau l'inquiétait.

— Ce n'était pas nouveau. Ce truc avec les produits chimiques ne date pas d'hier.

— Mais il semblerait qu'un événement récent se soit produit, non ? Vous disiez qu'une femme du comité d'action est venue plusieurs fois.

— Vous devriez lui poser la question. C'est Marie, l'institutrice.

Une nouvelle pause. Puis, s'adressant à Labat, inhabituellement silencieux :

— Allez chez cette enseignante et parlez avec elle.

Ils devaient approfondir ce sujet.

— D'autres visiteurs ?

— Le médecin de Sein est venu deux fois, il…

— Antoine Manet ?

C'était inattendu.

— Vous le connaissez ?

Sur un ton qui sous-entendait : « Tiens, je n'aurais pas cru. »

— Que voulait-il à monsieur Lapointe ?

— Comment voulez-vous que je le sache ? s'offusqua-t-elle

Dupin restait perplexe.

— Quand cela a-t-il eu lieu ?

— Une fois en avril et une fois en mai, je crois. Je ne sais pas exactement.

Labat intervint :

— Je m'en occupe.

Son regard brillait.

— Je parlerai moi-même à Manet, Labat.

— Ça... commença Labat qui ravala sa phrase.

— Combien de temps Manet est-il resté ?

— Une heure peut-être. Pas plus.

— Et savez-vous par hasard comment ces deux hommes ont fait connaissance ?

— Je me répète : comment voulez-vous que je le sache ?

Il devait parler au médecin de toute urgence.

— Possédez-vous un double des clés de monsieur Lapointe ?

D'un geste triomphant, elle tendit une unique clé toute mince. Elle devait l'avoir gardée dans la main pendant tout ce temps.

— Je préviens les gars de la scientifique, ils attendent, annonça Labat en se saisissant de son portable.

— Le professeur fermait toujours sa porte à clé ?

— Oui. Sûrement une habitude qu'il avait rapportée de la capitale, répondit-elle sur un ton de profonde vexation.

Pourtant, fait étrange, on n'avait pas trouvé de clé dans les poches du virologue.

— Bien. Ce sera tout pour cette fois-ci, madame Corsaire. Nous vous remercions vivement.

Sur ces mots, Dupin se mit en mouvement.

— Vous me rapporterez la clé ?

— Je pense que la police va la garder pour le moment.

Dupin se dirigea vers l'étroit sentier de terre qui partait de la maison.

Il avait déjà son téléphone à la main et trouva sans tarder le numéro d'Antoine Manet.

— Allô ?

— Dupin à l'appareil.

— Oh, commissaire ! Je viens de l'apprendre. Je connaissais monsieur Lapointe. L'affaire se corse.

L'inquiétude perçait dans sa voix.

— Vous lui avez rendu visite deux fois ces derniers mois…

Dupin fit exprès de laisser la phrase en suspens. Manet n'en fut en rien contrarié.

— Oui. Nous sommes tous deux membres de l'association Patrimoine et héritage culturel de la Cornouaille, qui œuvre pour la sauvegarde des racines culturelles et historiques de la région.

Il y avait pléthore d'associations de ce genre dans toute la Bretagne. Dans chaque région, chaque village. Et les gens les plus divers s'y engageaient avec passion.

— Quel était l'objet de ces deux visites ?

— Je voulais qu'il soit le nouveau président. Il avait de grandes connaissances et beaucoup de temps.

— Et… ?

Dupin avait atteint le bout du chemin. A sa droite se dressait une maison simple avec un rez-de-chaussée surélevé dans le style rustique néo-breton en vogue dans les années 1960 : un toit d'ardoise étroit et pointu, des murs d'un blanc éclatant. La maison semblait repeinte à neuf.

— Il voulait se donner le temps de la réflexion. Mais je crois qu'il allait accepter. C'était un passionné, comme moi. Comme beaucoup ici. Il s'intéressait à l'histoire locale et régionale. Il connaissait chaque chemin de la presqu'île de Crozon, chaque arbre, chaque pierre, chaque construction. Où vivait tel lutin, telle fée et ce qu'ils faisaient. Nous nous entendions bien. Il m'a donné du matériel.

— Du matériel ?

— Je rassemble tout ce qui a trait à notre île. Je suis en train de constituer une importante documentation.

Dupin resta silencieux un moment. C'était étrange mais plausible. Surtout en Bretagne.

— Depuis quand vous connaissez-vous ?

— Cinq ans environ. Depuis qu'il vit sur la presqu'île.

— Et vous vous êtes vus seuls de temps en temps ? Je veux dire : en dehors des rencontres dans le cadre de l'association ?

— En plus des deux fois de ces derniers mois, nous nous sommes vus peut-être deux ou trois fois. Pas plus.

— Vous a-t-il paru changé lors de votre dernière entrevue ?

— Absolument pas. Non.

— Rien qui vous vienne à l'esprit aujourd'hui, après ce qui s'est passé ? Quelque chose qui aurait pu le préoccuper ?

— Non.

— Savez-vous s'il menait encore des recherches ? Tout seul dans son coin ?

— Je ne crois pas. Du moins n'a-t-il rien dit à ce propos. L'année dernière, je lui ai demandé conseil au sujet d'une patiente qui souffrait d'un virus persistant. C'était un vrai génie dans ce domaine.

— Oui, j'ai appris ça.

— J'ai l'impression qu'il avait tourné la page en s'installant en Bretagne. Il n'avait même pas d'ordinateur. Seulement un téléphone portable.

— Vous êtes sûr qu'il possédait un portable ?

Dupin avait omis de poser la question à la voisine.

— Je vous donne son numéro, si vous voulez.

— Volontiers.

— Pensez-vous qu'il ait été en relation avec les deux femmes ?

C'était *la* question. Celle que Dupin voulait poser au médecin.

— J'espérais que vous m'en diriez plus à ce sujet. Du moins si les trois se connaissaient.

— C'est peu probable, à mon avis. Mais je n'en sais rien. Je vais voir ce qu'en disent les gens d'ici. En ce moment, l'association a beaucoup d'argent. Nous avons obtenu une grosse subvention de la région. Le président a quelque influence sur la destination des fonds.

Dupin mit quelque temps à réagir.

— Vous pensez que ces subventions pourraient bénéficier à des projets culturels ou historiques ?

— Je n'ai pas d'idée précise.

— Y a-t-il eu des différends au sein de l'association ? Des avis divergents ? Des animosités ?

— En fait, non. Mais on ne peut pas s'introduire dans la tête des gens. En Bretagne encore moins qu'ailleurs.

Dupin ne savait que penser. C'était certes un point intéressant, mais quel était le lien avec Kerkrom et Darot ?

— Le sujet n'est pas clos, j'y reviendrai. Merci, monsieur Manet.

— Je vous appelle si j'apprends quelque chose qui relierait les trois victimes.

— Bien.

Dupin raccrocha.

Il se hâta. Labat allait bientôt arriver, accompagné des hommes de la scientifique.

Il grimpa les marches menant à la maison.

La clé était dans la serrure. Cela expliquait pourquoi on n'avait pas trouvé de clé sur le corps. L'assassin était donc venu chez Lapointe, tout comme il s'était rendu très probablement chez Kerkrom et Darot. Il fallait chercher des empreintes sur la clé, mais Dupin ne s'attendait pas à ce que le tueur leur ait fait un tel cadeau.

Dupin déambula à travers la maison et rien de particulier ne lui sauta aux yeux. Excepté la salle de bains et la cuisine, toutes les pièces étaient remplies de rayonnages, eux-mêmes pleins à craquer de bouquins. Il devait y en avoir des milliers. Les bibliothèques avaient été faites sur mesure, exploitant chaque centimètre. Il y en avait partout : dans la salle à manger, le salon adjacent, et dans les trois pièces de l'étage : une chambre à coucher, une pièce minuscule comprenant une chaise longue, et un bureau.

Dupin avait fini son tour d'horizon lorsque les hommes de la scientifique se présentèrent – Labat téléphonait devant la porte.

Il commença par leur parler de la clé.

— On s'y met tout de suite.

Le plus âgé des deux hommes posa sa valise. Une réponse séance tenante : voilà ce qui était du goût de Dupin.

— Je suis en haut, si vous avez besoin de moi.

Il voulait passer le bureau au peigne fin. En prenant son temps. Un bureau, d'une taille imposante, et une simple chaise étaient placés devant la fenêtre d'où on avait une vue magnifique sur la plage, l'éperon rocheux, la baie. De nombreux livres s'empilaient sur le bureau, ne laissant qu'un tout petit espace libre. Pas de cahier, ni de papiers. Ni de téléphone. Cette petite place vide était d'autant plus intrigante que c'était la seule de toute la pièce.

Les livres qui jonchaient le bureau étaient hétéroclites : des romans, des essais historiques en grand nombre, des biographies (*Charlemagne*, au-dessus de la pile), mais aucun livre de médecine ou de biologie, aucune revue scientifique.

Deux piles de magazines d'histoire, de philosophie et de culture générale. Plusieurs ouvrages épais sur la Bretagne, qu'on avait manifestement souvent compulsés. Une des piles était instable alors que toutes les autres étaient bien ordonnées. Dupin s'approcha – sans toucher à rien –, pencha la tête et lut quelques titres sur les dos : *Mythes celtiques et légendes du Finistère*, *Armorique antique* : *La Bretagne dans l'Antiquité*, *Flux migratoires en Bretagne*, *La Révolution en Bretagne*, *La Christianisation du Finistère*, *La Mer d'Iroise, une sphère culturelle*.

Le regard de Dupin glissa sur les rayonnages : Mallarmé, Flaubert, Maupassant, Baudelaire – le rayon du XIXe siècle français.

Il remarqua qu'un livre était posé de travers entre deux piles sur le bureau : *Les Mammifères marins en Bretagne*.

Intéressant. Dupin prit l'ouvrage avec précaution et le feuilleta. D'abord venaient les baleines et leurs nombreuses variétés, puis les orques et enfin les dauphins. Il tournait les pages lentement. A la recherche de n'importe quelle trace : des passages soulignés ou annotés, par exemple. Il y avait des photographies impressionnantes de dauphins. Il remit le livre à sa place. Ce n'était pas un ouvrage destiné aux professionnels mais au grand public.

Un de ces ouvrages ou de ces revues pouvait-il lui livrer un quelconque indice ? Il n'en avait pas la moindre idée. Pour cette enquête, ils devaient s'en remettre au hasard – et à l'inspiration. Ils avaient besoin de chance. Mais, bien entendu, l'assassin avait pris soin de ne pas laisser de trace qui pourrait le trahir au premier coup d'œil. Quelque chose d'évident, comme des notes. Mais peut-être pouvait-on trouver un indice caché ? L'assassin n'avait pas eu le temps de tout effacer. Il pouvait avoir négligé un détail.

— Commissaire ? Où êtes-vous ?

Labat montait les escaliers bruyamment.

— Madame Corsaire souhaite vous revoir, annonça-t-il en apparaissant dans le bureau. Je viens de parler avec l'institutrice, Marie Audou, du comité d'action. Le professeur était en quelque sorte leur consultant scientifique. Il les a aidés, entre autres, à prélever des échantillons d'eau dans la zone portuaire de Camaret pour les envoyer à un laboratoire à fins d'analyse.

— Et alors ?

— On a constaté des concentrations de certaines matières toxiques dans de nombreux relevés. Et dans de

242

fortes proportions. L'utilisation de produits polluants n'est donc pas en diminution.

— Et alors ?

— Le comité d'action va de nouveau présenter un dossier aux autorités. Il a le soutien du parc d'Iroise. Des membres du personnel ont prélevé leurs propres échantillons et sont arrivés aux mêmes résultats.

— La situation a-t-elle dégénéré ?

— Que voulez-vous dire ?

— Des altercations avec les gens de l'installation portuaire où les bateaux sont traités ? Avec leurs pro-priétaires ? Avec Charles Morin ?

— L'institutrice n'a rien dit à ce sujet. Seulement que des articles ont paru dans la presse locale.

— On savait que le professeur Lapointe aidait le comité d'action ?

— Oui, il était même cité dans le dernier article, où il déclarait combien ces produits étaient dangereux, quelque chose dans ce genre. J'ai aussi voulu savoir s'il y avait une quelconque relation entre le comité, Kerkrom et Darot. J'ai fait chou blanc. Marie Audou ne connaissait Céline Kerkrom que de nom et n'avait jamais entendu parler de la delphinologue.

— A-t-elle dit quelque chose à propos de Morin ?

— Seulement que certains bateaux lui appartenaient.

— Quelque chose de plus précis ?

— Non. Sa colère semble dirigée surtout contre les gérants de l'installation portuaire.

— Que me veut la voisine, madame Corsaire ?

— Je ne sais pas.

Il fallait qu'il se passe quelque chose de concret.

— Labat, je veux savoir où se trouvaient certaines personnes ce matin. Prenez les noms des témoins éventuels et vérifiez leurs déclarations en détail. Demandez l'aide de Le Ber. Et d'autres, si nécessaire.

L'ordre avait l'air important, comme s'il demandait de la fermeté – ce qui convenait fort bien à Labat.

— Qu'avez-vous à m'apprendre ?

— Madame Gochat prétend être restée toute la matinée dans son bureau, sauf quelques incursions dans la criée, puis elle aurait eu un rendez-vous ; Jumeau, le pêcheur de Sein, a déclaré avoir été en mer dès quatre heures et demie ; le garçon qui a trouvé le corps de la delphinologue a vu Jumeau à sept heures vingt-quatre non loin de Sein, c'est pour l'instant tout ce que nous savons avec certitude.

— Il aurait pu tuer Darot puis le professeur Lapointe.

— Exactement.

— Interrogez aussi Pierre Leblanc, le directeur technique du parc d'Iroise.

Dupin l'avait rencontré à deux heures, il aurait eu tout le temps nécessaire.

— Quant à moi, je vais de ce pas m'entretenir avec le pirate qui se trouvait hier soir à l'île de Sein. Le capitaine Vaillant.

Ordonnée ainsi, l'opération semblait quelque peu vague. Le commissaire en était bien conscient, mais il n'en avait cure.

Il avait déjà recueilli les déclarations de Morin. Celui-ci prétendait avoir eu rendez-vous à dix heures avec le capitaine du bolincheur, au port de Douarnenez. Ils n'en avaient pas encore eu confirmation.

— Ah, autre chose d'important : demandez à ce Carrière s'il a un témoin. Quelqu'un qui les aurait vus, lui et Morin, ce matin au port. Sinon, leur alibi tombe à l'eau. Et combien de temps ils prétendent être restés.

— Noté, répondit Labat sur un ton satisfait. Nous allons les mettre sur la sellette.

— Et trouvez l'homme qui rendait visite à Lapointe une fois par mois. Demandez à la scientifique de dresser la liste de tous les livres et de toutes les revues qui se trouvent sur le bureau et dans le reste de la pièce.

— Vous cherchez quelque chose en particulier, commissaire ?

Dupin ne releva pas.

— Le professeur Lapointe possédait un téléphone portable. Nous avons besoin de la liste de tous les appels, et tout de suite. Et voyez s'il envoyait des messages avec ce portable, et s'il avait un compte de messagerie.

— Noté, répéta Labat d'une voix moins enthousiaste.

— Et insistez pour avoir accès aux messageries de Kerkrom et Darot !

— D'accord.

— Madame Corsaire m'attend chez elle ?

— Elle est dehors, devant sa maison.

Dupin quitta la pièce sans un mot.

Il ne mit guère de temps à la rejoindre. Elle le regardait dans les yeux mais son visage conservait une expression indéchiffrable. Elle hésita avant de se décider.

— J'ai appelé mon mari, dit-elle, visiblement gênée. Il m'a dit que je devais vous informer. C'est quelque chose de privé. A propos du professeur.

— Racontez-moi tout, madame Corsaire.

— Depuis quelques mois, il recevait parfois en soirée la visite d'une jeune femme. D'une très jeune femme.

Son ton n'était empreint d'aucun reproche, d'aucun jugement ni d'indignation. Au contraire. Seule sa propre indiscrétion semblait la préoccuper.

— Connaissez-vous cette jeune femme ?

— Nous ne l'avions jamais vue auparavant.

— Pouvez-vous la décrire ?

— Cheveux longs. Et jeune. Je ne peux pas en dire plus. Qu'est-ce que vous croyez ! Nous ne l'avons quand même pas espionné. Et puis nos maisons ne sont pas si proches que ça. Mon mari pense cependant que vous devez le savoir. Peut-être cette jeune femme sait-elle quelque chose ?

— Vous nous aideriez beaucoup, madame, si vous pouviez nous donner plus de détails.

— Cheveux plutôt foncés, pas très grande. Jolie, je dirais. Je l'ai toujours vue brièvement. Elle portait des vestes longues, la plupart du temps avec une capuche.

Ces informations ne seraient pas d'une grande aide.

— A votre avis, elle faisait tout pour ne pas être vue ? J'y pense à cause de la capuche.

— Oui, elle donnait cette impression.

— Depuis quand venait-elle chez monsieur Lapointe ?

— Mon mari et moi nous sommes posé la question. Depuis fin avril, je pense. Mon mari, lui, penche pour mai.

— Combien de fois est-elle venue ?

— Cinq fois, à notre avis. Plus ou moins. On ne peut pas vous dire combien de temps elle restait chez lui. Mais ce n'étaient pas des visites éclair.

— Avez-vous remarqué sa voiture ?

— Non.

Dupin dressa l'oreille.

— Qu'est-ce que ça veut dire ?

— Elle ne venait pas en voiture. Une fois, je l'ai vue passer toute seule devant notre maison. Et une fois en compagnie du professeur.

— Dans ce cas, comment arrivait-elle jusqu'ici ?

— Peut-être la conduisait-on ? Ou elle prenait le car jusqu'à Saint-Hernot et continuait à pied ? Nous le faisons parfois, bien que mon mari conduise encore.

— Ou alors…

Dupin se tut.

Ou alors elle était venue en bateau.

Quelque chose lui traversa soudain l'esprit.

— Je dois vérifier un détail. Je reviens tout de suite.

Madame Corsaire le regarda d'un air perplexe.

Dupin s'éloigna sur le chemin envahi par les herbes et les terriers de lapins. Il prit son téléphone : Nolwenn allait résoudre le problème en un tournemain.

Et c'est ce qui se passa.

Il revint sur ses pas ; madame Corsaire avait suivi ses déambulations avec curiosité.

L'e-mail de Nolwenn venait d'apparaître sur son mobile avec en pièce jointe la photo que Dupin avait demandée.

— C'est elle ? demanda Dupin en tendant son portable à madame Corsaire. La jeune femme aux cheveux longs qui rendait visite au professeur ?

La photo avait été prise par les légistes de Brest. Les traits de Laetitia Darot n'étaient pas trop altérés. On la reconnaissait aisément.

Les yeux de madame Corsaire s'agrandirent.

— Oh, mon Dieu, oui, c'est elle.

— Vous en êtes certaine ?

— Oui.

Laetitia Darot connaissait Philippe Lapointe. Elle lui avait rendu plusieurs visites, à Lostmarc'h, chez lui. Seule, a priori. Le soir.

Voilà ce dont ils avaient besoin. Maintenant, ils avaient un lien direct entre une des deux femmes assassinées et le professeur Lapointe. Même s'ils ne connaissaient pas encore la nature de ce lien.

Mais qui le savait ? Qui était au courant de ces rencontres ? Et qui pourrait les éclairer sur le contexte ? Céline Kerkrom aurait été la mieux placée pour répondre à ces questions, mais elle était morte. Ils devaient tout mettre en branle pour le découvrir.

Après sa conversation avec la voisine, Dupin avait échangé quelques mots avec Labat. Il fallait dorénavant ajouter aux recherches les appels téléphoniques entre Lapointe et Darot. Etaient-ils en contact depuis longtemps ? Se téléphonaient-ils souvent ? Ces informations permettraient de cerner la nature de leur relation.

Au lieu de prendre à gauche la petite route qui partait de chez Lapointe, Dupin suivit le chemin qu'il avait emprunté pendant qu'il téléphonait. Direction la crique et la plage. De là, il tournerait à gauche pour rejoindre sa voiture.

Il avait tout de suite pensé à certaines personnes auprès de qui il pourrait obtenir quelques renseignements.

Il allait tenter sa chance.

— Monsieur Jumeau ? Commissaire Dupin à l'appareil.

La réponse tarda.

— Oui, finit-il par lâcher d'une voix extrêmement lasse.

— J'ai encore une question, entreprit Dupin en s'efforçant de formuler sa question de façon neutre pour ne pas l'influencer. Savez-vous si Laetitia Darot rendait parfois visite à un certain professeur Lapointe, à Lostmarc'h ?

Un long silence s'ensuivit.

— Notre relation n'était pas sérieuse. Elle était libre de ses mouvements.

— Je veux seulement savoir si vous étiez au courant, si elle vous a raconté quelque chose à ce sujet. Peut-être consultait-elle le professeur à propos d'une question particulière ?

— Consultait ?

— Vous ne saviez pas qu'elle était en contact avec lui ?

— Non.

— Avez-vous… ? commença Dupin avant de laisser tomber devant l'inutilité de la question. Merci. Mon collègue reprendra contact avec vous ultérieurement.

Le chemin s'arrêtait brusquement devant un buisson épineux qui arrivait à hauteur d'épaule et que Dupin allait devoir longer.

Il devait tenter de nouveau sa chance. Il porta le téléphone à son oreille. Son correspondant décrocha immédiatement.

— Pierre Leblanc à l'appareil.

— Commissaire Dupin. (Avec Leblanc, il n'avait pas besoin d'y aller par quatre chemins.) Avez-vous entendu parler d'une relation entre Laetitia Darot et un certain professeur Lapointe ? Philippe Lapointe, qui vit sur la presqu'île de Crozon, un virologue émérite d'une université parisienne.

— Le nom ne me dit rien du tout. C'est la troisième victime ? Je viens d'entendre l'info à la radio.

— En effet.

— Mais c'est épouvantable ! s'exclama-t-il d'une voix horrifiée. C'est affreux ! Je vais poser la question à mes collègues. Mais je doute que cela donne quelque chose.

— Ce serait bien, monsieur Leblanc.

— Je vous appelle si j'apprends quelque chose. Cette affaire devient tentaculaire.

— Comme vous dites. Laetitia Darot aurait-elle mentionné une maladie, une contamination qui se serait propagée parmi les dauphins ? Des animaux étaient-ils infectés ?

— Non. Elle me l'aurait dit. J'en suis certain.

— Encore une question, monsieur Leblanc : où étiez-vous ce matin entre cinq et onze heures ?

— A mon bureau, répondit-il calmement. J'y suis arrivé à neuf heures. Puis, vers neuf heures et demie, je suis allé à la pointe Saint-Mathieu où nous construisons une nouvelle station de mesure que nous voulons mettre en service à la fin de l'année. D'ailleurs Laetitia y tenait beaucoup car les dauphins baignent souvent dans ces eaux. Je suis rentré à midi.

— Et avant neuf heures ?

— A la maison. J'habite à Tréboul. Seul. Je sais que cela va vous être difficile de le vérifier, ajouta Leblanc d'un ton quasi scientifique. Je vais réfléchir. Peut-être quelqu'un m'a-t-il vu en chemin ?

— Vous avez fait la traversée en bateau tout seul ?

— Oui, personne n'était avec moi.

— Combien de temps a duré le trajet ?

— Une heure.

— Et là-bas non plus, personne ne vous a vu ?

— Non, je ne pense pas. La station est construite sur un éperon rocheux. Il est difficile d'accès quand on vient du continent.

— Et une fois que vous êtes rentré ? Vers midi ?

— Mon assistante. Elle m'attendait car j'avais une réunion.

— Votre assistante vous a vu également à neuf heures ?

— Non, elle n'était pas encore là. Mais le technicien, si, c'est sûr et certain, et peut-être quelqu'un d'autre. Je ne suis pas resté longtemps ici avant de prendre le bateau.

— Hier soir ? Entre vingt et une et vingt-trois heures ?

— Je suis resté longtemps à l'institut. Jusqu'à minuit, peut-être.

— Quelqu'un vous a-t-il vu et peut-il en témoigner ?

— Même si c'est regrettable, je ne pense pas que quelqu'un ait été là. Je suis généralement le dernier à partir.

Un fait énoncé sans émotion.

Les alibis de Leblanc étaient aussi peu solides que ceux des autres.

— Je vous remercie, monsieur Leblanc. Un de mes hommes reprendra contact avec vous ultérieurement. Il voudra certainement s'entretenir avec votre assistante.

Dupin avait atteint le dernier bosquet épineux. Un petit sentier de terre battue descendait vers la plage. Un autre sinuait parallèlement à la plage. Théoriquement, il devait rejoindre le chemin qui le mènerait à sa voiture.

En fait, Dupin avait espéré que ces deux personnes lui apporteraient des informations sur les rendez-vous entre Darot et le professeur.

Désormais, il ne restait plus que Manet.

— Allô ?

— Commissaire Dupin à l'appareil.

Avec Manet non plus, il n'avait pas besoin de tourner autour du pot. Aussi s'exprima-t-il sans ambages.

— Laetitia Darot était en contact avec le professeur Lapointe, elle lui a rendu visite chez lui, à Lostmarc'h, plusieurs fois au cours des derniers mois.

Dupin renonça à poser une question.

— Intéressant. Pour quel motif ?

— C'est exactement ce que j'aimerais savoir. Vous n'étiez pas au courant ?

— Non, sinon je vous l'aurais dit.

Il ne parut pas agacé que Dupin lui eût malgré tout posé la question.

— Auriez-vous une idée sur les raisons de leurs rencontres ? Ou sur le genre de relation qu'ils entretenaient ?

— Je n'en sais strictement rien.

— Connaissez-vous quelqu'un qui pourrait le savoir ?

— Céline. Sinon, personne.

C'était justement le problème.

— Deux choses encore, commissaire. Demain, la marée sera très haute. Coefficient 116. Généralement, la météo change. Il faut amarrer les bateaux dans la partie arrière du port. Y compris celui de Darot. Je tenais à vous prévenir. Par ailleurs, le courrier est arrivé ce matin par la navette, comme d'habitude. Il y a un recommandé pour Céline Kerkrom. La postière est passée me voir pour me demander ce qu'elle devait faire. Normalement, c'est le destinataire qui doit le retirer.

— Le lieutenant Le Ber ira le chercher. Je vais lui en parler. Merci.

Manet raccrocha.

Dupin avait fait le tour des personnes qui auraient pu l'aider. Il jura entre ses dents.

Son sens de l'orientation ne l'avait pas abandonné. Il avait retrouvé le chemin menant à sa voiture. Cela montait sec. Il s'en étonna car il ne l'avait pas remarqué jusqu'ici.

Il consulta sa montre.

Huit heures et quart. Le travail d'enquête lui faisait perdre la notion du temps. Il faudrait qu'il appelle Claire. Il en avait eu l'intention toute la journée. Et, bien sûr, appeler sa mère. Il ne pouvait y échapper.

Il se sentit épuisé. Sa nuit avait été interrompue avant que cinq heures ne sonnent. Depuis lors, la journée n'avait été qu'une course d'endurance mouvementée.

Et elle était loin d'être terminée. Il avait besoin d'un café de toute urgence.

— Voilà une nouvelle extraordinaire, patron ! s'exclama Le Ber.

Dupin pressait son téléphone contre son oreille pour appeler Claire quand il s'était mis à sonner. Le commissaire était sur le point d'arriver à sa voiture.

— Devinez qui coupe les cheveux du professeur ?

Le Ber fit une pause qui n'était que rhétorique puisqu'il ajouta d'une voix excitée :

— Yan Lapal.

Nouvelle pause.

— Le coiffeur en bateau – celui qui s'occupait aussi de Darot et de Kerkrom. Il a un salon à Camaret. C'est là que se rendait monsieur Lapointe. Lapal était le coiffeur des trois victimes !

— Et ?

Le coiffeur avait, selon Labat, un alibi en béton, du moins pour la veille au soir.

— C'est à un saut de puce du lieu du crime. Et de chez lui au port de Camaret, il ne met que cinq minutes en bateau. Je l'ai vérifié à l'aide de la carte. De là, il peut se rendre partout en moins d'une heure. Y compris dans les îles.

C'était bien vu. C'était une coïncidence bien étrange que les trois victimes se soient rendues chez lui. Mais ce ne pouvait être l'assassin si on supposait – et rien ne contredisait une telle hypothèse – que les trois crimes avaient été perpétrés par une seule et même personne, ce que le légiste tenait pour probable.

— Réfléchissez ! Un coiffeur qui peut se rendre avec son bateau dans les endroits les plus reculés et qui peut tuer sans qu'on le dérange. Personne ne le soupçonnerait !

On n'en venait donc pas seulement au coiffeur mais à un meurtrier en série.

— Autre chose, Le Ber ?

— J'ai parlé avec quelques insulaires qui aiment flâner sur les quais, s'asseoir dans les cafés, observer l'activité du port, regarder les bateaux amarrer ou appareiller, répondit Le Ber sur un ton plus normal.

— Et alors ?

— Ils disent que Kerkrom est sortie en mer plus souvent que d'habitude ces derniers temps. Qu'avant elle prenait un jour de congé dans la semaine. Dernièrement, ce n'était plus le cas.

Dupin se mit à réfléchir.

— Il faudrait se renseigner au port de Douarnenez. Peut-être pourront-ils…

— Je l'ai fait. Un collaborateur de madame Gochat va nous dresser la liste, à partir du mois de mars, des jours où Céline Kerkrom a apporté sa pêche à la criée. C'est enregistré. Et ça ne l'est pas si elle a mouillé au port de Douarnenez. Mais ce sera toujours ça de pris.

— Excellent, Le Ber !

Dupin aurait dû y penser lui-même, et dès le matin.

— De temps en temps, elle apportait sa pêche, bars et lieus jaunes, directement aux restaurants. Ces jours-là, elle n'apparaît pas dans les registres de la criée, évidemment.

Cela devenait compliqué.

— Le meilleur témoin est ce petit garçon que vous avez rencontré ce matin, au cimetière. Il traîne souvent au port. Il connaît très bien les pêcheurs. Lui aussi a déclaré que Kerkrom était « toujours » en mer dernièrement. Même chose pour Darot. Parfois, elles étaient ensemble sur un même bateau.

Dupin se tendit soudain.

— Qu'a-t-il dit exactement ?

— Qu'il ne les avait jamais vues ensemble, sauf ces temps derniers. Il n'a pas pu dire à partir de quand.

— Sur lequel des bateaux ?

— Sur celui de Kerkrom et celui de Darot.

— Souvent ?

— Il a dit « des fois ». Je n'ai rien pu tirer de plus précis.

— Pourquoi partaient-elles ensemble en mer ? A-t-il une idée ?

— Il pense qu'elles allaient pêcher à la ligne. Mais il n'en sait rien.

— C'est elles qui lui ont dit qu'elles allaient pêcher à la ligne ?

— Non. C'est lui qui le pense.

— A-t-il dit où elles se rendaient exactement ?

C'était une question déterminante.

— Non.

Dupin suivit un tournant en épingle à cheveux. Il ne se souvenait pas que le chemin fût si long.

— Autre chose ?

— Il est arrivé que Kerkrom lui donne un poisson ou un crabe. Même chose avec les autres pêcheurs. Il les aide à démêler leurs filets, à ranger leurs cabanons. Et lorsque les pêcheurs font une trouvaille au fond des mers, c'est lui qui l'apporte au musée. Il y a là une pièce qui contient tous les objets trouvés. Joséphine Coquil me l'a montrée : tout y est entreposé, y compris des objets très anciens, ajouta Le Ber, impressionné. Des boulets de canon, deux ancres énormes, des morceaux de bateaux, des pièces de monnaie romaines, des céramiques. Des choses étonnantes comme les débris de navires naufragés datant de six mille ans. Vous devriez...

— C'est tout, Le Ber ?

Dupin devait tuer toute digression dans l'œuf. Les affaires dont il était réellement question étaient bien trop importantes.

— Oui.

Le commissaire aurait aimé parler lui-même au jeune garçon. S'il n'y avait pas ce satané problème avec l'île...

— Bien, Le Ber, nous restons en contact.

— J'ai un message de la part de Goulch. Les autorités ont fait le bilan de l'« opération concertée ». Rien n'a changé : aucun bateau appartenant à la flotte de Morin n'a quelque chose à se reprocher. Comme vous savez, on a retrouvé des langoustes sur deux navires qui n'ont rien à voir avec Morin. Pour l'un des pêcheurs, il ne s'agirait que de capture accessoire. Contrairement à l'autre, qui aurait pêché en toute illégalité et qui sera poursuivi. Entre-temps, ils sont unanimes : quelqu'un a vendu la mèche à Morin. Ils en discutent. Xavier Controc, des Affaires maritimes, est hors de lui.

Dupin pensait à deux autres points. Il avait failli les oublier.

— Rendez-vous au bureau de poste et retirez un recommandé adressé à Céline Kerkrom. Je voudrais aussi que quelqu'un de chez nous soit présent quand le bateau de Darot sera déplacé dans le port. Antoine Manet a dit…

— Changement de temps demain.

— Comme je disais : quelqu'un doit surveiller l'opération.

— On s'en occupe, patron. Sinon, continua Le Ber en changeant étrangement de ton, vous allez bien, je veux dire, physiquement ?

Cette fois-ci, le commissaire comprit le message sur-le-champ.

— Je vais très bien, Le Ber. Et maintenant, basta !

Il était hors de question que quiconque remette ce sujet sur le tapis.

Dupin rangea son portable dans sa poche.

Une mouette passa au-dessus de sa tête. Elle l'avait fait plusieurs fois alors qu'il longeait les mûriers. Comme si elle lui en voulait et lui criait dessus. Peut-être avait-elle des petits dans un nid près d'ici ?

Enfin, Dupin vit sa voiture. Qui n'était pas seule.

Une autre voiture était garée quelques mètres derrière sa Citroën. Grande. Noire. Etincelante.

Charles Morin était adossé à la portière de la Citroën et regardait Dupin s'approcher. L'âme en paix. Comme s'il n'y avait rien de plus normal que de se retrouver là.

Il attendit que Dupin ne soit plus qu'à quelques pas.

— Le pirate d'opérette a poursuivi les deux femmes, nous le savons maintenant. Pendant des jours, Vaillant est resté dans leur sillage lorsqu'elles se trouvaient sur le bateau de Kerkrom. Il semblerait qu'elles ne l'aient pas remarqué. A l'entrée de la baie de Douarnenez, déclara-t-il sur ce même ton placide qu'il avait lors de leur conversation précédente.

— Comment saviez-vous où je me trouvais, monsieur Morin ?

— Je pense que vous devriez vous intéresser à Vaillant. Moi, en tout cas, c'est ce que je ferais.

— Comment êtes-vous arrivé jusqu'à moi ? répéta Dupin qui voulait vraiment le savoir.

— C'est sur mon chemin. Je rentrais chez moi. Ma femme m'attend pour dîner.

— Vous ne répondez pas à ma question.

Le plus bizarre n'était pas que Morin soit dans les parages de la scène de crime – les médias avaient déjà diffusé l'information – mais qu'il l'attende devant sa voiture, au milieu de nulle part. C'était une démonstration de son pouvoir.

— On dirait que le meurtrier était pressé, dit Morin posément. Il voulait éviter que les victimes ne se préviennent mutuellement.

C'était un des aspects de l'affaire. Sans aucun doute. Mais Dupin n'allait pas suivre les conclusions de Morin consécutives à son « enquête ».

— Le professeur Lapointe faisait partie d'une association de défense contre l'utilisation de produits chimiques dangereux qui servent à nettoyer vos bateaux. Vous aviez un motif pour entreprendre une action contre lui.

— Vous pensez que je pourrais tuer quelqu'un pour un motif aussi ridicule ? A cause de produits d'entretien ? répliqua Morin, qui semblait découragé. On ne sait encore rien des raisons pour lesquelles madame

Gochat a demandé qu'on suive les deux femmes. C'est sur cette question-là que nous devrions concentrer nos efforts, commissaire. Vous pouvez me croire.

Sur ces mots, il se détacha de la portière et s'avança vers sa voiture. Il ne se retourna pas.

Dupin monta dans sa voiture et mit le contact.

Il était parti avant que Morin ne démarre.

De toute façon, le commissaire avait l'intention de voir Vaillant. Bien entendu, les informations de Morin avaient rendu ce projet encore plus urgent, même si Dupin détestait avoir l'air de suivre son « conseil ». Celui-ci avait beau jouer au détective, Dupin continuait à le ranger parmi les suspects les plus crédibles. Morin était un homme rusé, de toute évidence. Cela étant, cette information – si elle se révélait exacte – posait une question cruciale : pour quelle raison Vaillant avait-il suivi les deux femmes en bateau ? Que cherchait-il ? Le capitaine Vaillant serait ainsi le deuxième qui les aurait suivies. Au même endroit qui plus est : dans la baie de Douarnenez.

Dupin allait rencontrer Vaillant au port du Conquet. Nolwenn avait organisé le rendez-vous.

Labat avait joint Frédéric Carrière : le rendez-vous avec Morin avait eu lieu sur un de ses chaluts de haute mer, dans une partie du port interdite au public. Ils devaient jeter un œil sur une panne d'un des bateaux. Bien entendu, seul un employé de Morin les avait vus. Personne d'autre ne pouvait confirmer leurs déclarations. Carrière affirma avoir de nouveau appareillé à onze heures. Labat n'avait pas caché que ce rendez-vous lui semblait suspect. Rien de plus.

Comment pouvait-il en être autrement ? Les alibis étaient tous aussi vaseux : Gochat avait certainement été vue à minuit et la dernière fois le matin à neuf heures et demie, entre-temps elle s'était « retirée » dans son bureau. Jumeau déclarait avoir été en mer jusqu'à dix-huit heures et sans interruption, excepté lors de l'entretien avec Dupin. Une affirmation impossible à vérifier.

Enfin, Dupin s'était entretenu avec Le Ber. Bien entendu, le bureau de poste avait fermé ses portes depuis longtemps.

Un jour, Dupin avait dû faire le tour de la rade de Brest. Cela lui avait pris une heure. Vaillant aurait lui aussi besoin d'une heure, avait-il annoncé. Dupin, lui, serait là dans quelques minutes.

C'est l'année précédente qu'il avait découvert Le Conquet et l'extrême pointe de la côte ouest. Nolwenn avait organisé une « sortie du personnel » à laquelle le commissariat au complet avait été convié. L'excursion les avait menés jusqu'à la pointe de Corsen, l'extrémité de la côte occidentale de la Bretagne. Bien que Dupin opposât à ce genre d'expédition le plus grand scepticisme, il avait dû convenir que l'excursion avait été très agréable. Ils étaient rentrés pleins d'entrain à minuit. Ce n'était pas seulement la pointe la plus occidentale de la France, mais aussi du continent européen – si on faisait abstraction du petit morceau de la côte portugaise et espagnole – et même de tout le plateau eurasien qui s'élevait au-dessus du Pacifique sept mille kilomètres plus loin, comprenant la Chine et la Sibérie.

C'était là un superlatif à la mesure de la Bretagne ! Tout Breton qui se respecte se rendait en pèlerinage à la pointe de Corsen. Il allait de soi que Nolwenn avait eu une arrière-pensée en choisissant cette destination : c'était un pas symbolique de plus vers la bretonnisation de Dupin. Leur balade avait commencé à Saint-Mathieu sous un soleil radieux – un lieu magique aux nombreuses légendes, de hauts rochers battus par les vents et les flots où s'élevaient un très beau phare et les vestiges d'une abbaye du VIe siècle. Puis ils avaient pris un déjeuner copieux au Conquet, d'où ils étaient partis pour la pointe de Corsen et Porspoder, une très jolie bourgade. Ils avaient terminé sur les plages de Lampaul-Ploudalmézeau, dont la beauté semblait quasi surnaturelle. C'était peut-être la côte bretonne qui avait le plus impressionné Dupin. Il savait combien cette phrase était stupide. Il l'avait maintes fois répétée. En tout cas, c'était l'endroit le plus reculé, le plus isolé et le plus sauvage. Dans le « Sud », dans « sa » région, la campagne – les champs, les forêts et les prés – s'avançait jusqu'à la côte puis la mer surgissait. Ici, il en allait autrement. Les forces titanesques de l'Atlantique mugissant et des vents furieux, l'écume incroyablement fine et iodée que le vent emportait sur des kilomètres avaient façonné la nature profondément à l'intérieur des terres, avec pour conséquence un paysage aride à la végétation maigre, hormis quelques chênes et petits bois de pins : une herbe drue, les fougères, les buissons, les broussailles, le sable, les pierres, les rochers, les récifs. On avait l'impression que la surabondance de toutes les nuances de vert, du vert tirant sur le noir jusqu'au vert le plus clair tirant sur le jaune, voulait compenser l'absence d'une autre merveille. C'étaient des paysages puissants et magnifiques. Le plus impressionnant d'entre eux était certainement celui qu'on embrassait depuis la route côtière qui reliait Penfoul et Trémazan, lequel était encore plus spectaculaire quand on empruntait le sentier des Douaniers le long de la côte.

Les maisons aussi paraissaient plus solides, plus massives que celles du Sud, le granit plus sombre, on aurait dit de petits forts déclarant : « Je résiste depuis des millénaires. » Tout comme sur l'île de Sein, elles s'agglutinaient les unes aux autres.

Dupin était arrivé au Conquet et roulait dans les ruelles en direction du centre-ville avant de poursuivre vers la partie moderne du port de pêche d'où partaient les navettes pour Ouessant et Molène.

Tout à coup, la baie fut là ; en forme de boyau, elle marquait l'entrée d'un étroit bras de mer, lequel abritait un port naturel très bien protégé. En face s'étirait une presqu'île rocheuse, recouverte d'une chape verte. Environ deux cents mètres séparaient le quai et la presqu'île, laissant assez de place pour manœuvrer, y compris pour les bateaux plus gros. Une longue jetée s'avançait à l'entrée du bassin. Le vieux port s'étendait au bout du bras de mer, à l'endroit le plus pittoresque.

Dupin gara sa voiture sur la grande place derrière le quai, où se garaient également les excursionnistes d'un jour qui se rendaient dans les îles.

Il s'aventura au bord de l'eau. Personne. Ni là ni sur la jetée. Deux vedettes étaient amarrées ; *Penn-ar-Bed* peint en lettres majestueuses, pouvait-on lire, la même compagnie que l'*Enez Sun III* qu'il avait emprunté le matin même. Eparpillés dans le bassin, quelques bateaux de pêche mouillaient, accrochés à leurs bouées multicolores.

Vaillant – le capitaine Vaillant – ne pourrait amarrer son navire qu'ici, à quai.

Il n'était pas encore arrivé.

Sur la mer non plus, à la sortie du port, on ne voyait aucun bateau. La presqu'île bloquait la vue en direction du nord-ouest, vers Ouessant. Le soleil, lui, était là – alors qu'il était presque vingt-deux heures –, assez haut pour dispenser sa douce lumière laiteuse et éclabousser le visage de Dupin. Il faisait encore chaud, certainement plus de vingt degrés.

Une magnifique soirée d'été.

Dès qu'il s'était garé, Dupin s'était dit que le restaurant où le commissariat au complet avait déjeuné n'était pas loin. Ils avaient flâné jusqu'au port après le repas.

Il serait de retour dans un quart d'heure. Plus vif, plus attentif.

Dupin ne tergiversa pas longtemps. Au pire, Vaillant attendrait.

Cinq minutes plus tard, il se tenait devant le Relais du Port, sur le vieux port. C'était un restaurant tout simple, un restaurant pour tous les jours, qui avait élu domicile dans une vieille maison en pierre dégageant une atmosphère incomparable, comme Dupin les aimait. On pouvait admirer le vieux port tout en mangeant. Que demander de plus ? A marée basse, comme à présent, les bateaux étaient couchés sur le côté, ce qui donnait à la plupart un air mélancolique, même par cette belle soirée d'été. Le soleil illuminait de grandes surfaces recouvertes d'algues d'un vert cru. Au premier plan, un rafiot en bois bleu électrique, plus loin d'autres bateaux orange, turquoise, rouges, formant un puzzle éclatant de couleurs.

Dupin s'assit à une table dans la première rangée, sur l'agréable terrasse recouverte d'un dais.

Parfait.

Il avala son café en une gorgée. Son regard tomba, sans l'avoir voulu, sur le menu du jour. Steak tartare, frites, salade. Un des plats préférés de Dupin, qu'il rangeait juste après l'entrecôte. Pour un tartare, le commissaire était capable de beaucoup de choses.

Il saisit son portable.

— Nolwenn ?

— Commissaire ? fit la voix calme de Nolwenn.

— Je suis… retenu, annonça Dupin sur un ton qu'il voulait sérieux. Dites à Vaillant que je serai là dans une vingtaine de minutes.

Le tartare serait vite servi. Il fallait qu'il avale quelque chose. Son dernier repas remontait à une éternité. De plus, l'Amiral serait probablement fermé quand il rentrerait à Concarneau. Cela le décida.

— Je suppose que vous êtes au Relais du Port. C'est un bon choix, commissaire ! déclara Nolwenn comme s'il n'y avait rien de plus normal. Le pirate devra patienter quelques instants, c'est tout.

Dupin avait été trop souvent témoin de la capacité surnaturelle de Nolwenn à deviner où il se trouvait pour en être encore époustouflé.

— Vous êtes certainement conscient, reprit-elle en choisissant ses mots, montrant que l'heure n'était plus à la plaisanterie, que votre mère a essayé plusieurs fois de vous joindre. Elle est tombée à chaque fois sur moi.

Pour madame Dupin, tous les gens qui vivaient en dehors de la capitale, Nolwenn comprise, étaient des provinciaux. Surtout s'ils venaient de régions aussi reculées que la Bretagne, la quintessence de la province. Et elle ne s'en cachait pas, le leur faisant bien sentir. Nolwenn avait sa façon à elle de faire face. Elle évitait le conflit, laissait sa mère le bec dans l'eau, l'âme tranquille et impitoyable.

— Vous devez lui parler !

Ce qui signifiait qu'elle n'allait plus faire d'efforts.

— Je vais le faire, Nolwenn. Demain matin à la première heure.

— Bien. (Elle avait repris son ton joyeux.) A propos, puisque vous vous trouvez dans la région d'Ys, savez-vous à quel moment la ville d'Ys resurgira des profondeurs ? Quand Paris sera englouti par les flots ! C'est ce que racontent les Bretons depuis des siècles. Par-Is ! C'est-à-dire « l'égale d'Ys ».

Dupin eut un sourire amusé.

— Nous sommes sur le point de fermer boutique, commissaire. Les préparatifs pour demain sont terminés et nous allons essayer de dormir un peu. Afin d'être en possession de toutes nos forces demain. Mais vous savez que j'ai toujours mon portable sur moi. Le Ber va passer la nuit sur l'île, au fait. Nous lui avons réservé une chambre dans l'unique hôtel. Simple mais propre. Ce sera sans doute la première nuit où il ne sera pas réveillé depuis la naissance de Maclou-Brioc. Quant à Labat, il a décidé de rentrer. Et vous ? Vous avez bien une heure et demie de trajet. J'ai…

— Je rentre aussi.

Il avait répondu sans réfléchir.

— Une heure et demie.

— Ce n'est pas un problème, Nolwenn.

— Si vous le dites.

Dupin se massa les tempes. A plusieurs reprises, sa pensée était revenue sur une des histoires que la serveuse du comptoir à la criée lui avait racontées ce matin, une rumeur.

— Autre chose, dit-il. A propos du bateau de Morin soupçonné de servir à la contrebande. On raconte que les douanes l'ont vraiment poursuivi et réussi à le coincer, mais que l'équipage l'aurait sabordé, sur l'ordre de Morin. Pour détruire les preuves.

— Aucune information sur cette histoire ne m'est parvenue aux oreilles. L'inspecteur des douanes avec qui je me suis entretenue ce matin au sujet de Morin ne m'a rien raconté de tel. Mais je vais pousser mes recherches.

— Ce serait bien, Nolwenn. Et demandez où se serait passée cette histoire.

— Je n'y manquerai pas. Alors, bonne nuit, commissaire.

— Bonne nuit, Nolwenn.

Dupin s'adossa et fit un signe à la sympathique serveuse qui venait de déposer un plat à la table voisine.

— Un tartare, s'il vous plaît. Avec un verre de cornas, cuvée Empreintes de 2009.

A bien des égards, Dupin avait une mauvaise mémoire, exécrable même. Mais pas pour tout ce qui touchait les vins, les noms et leurs origines. C'était ce cornas qu'ils avaient bu lors de leur excursion.

— Tout de suite, monsieur.

Dupin devait s'avouer que la « journée d'action » de Nolwenn le rendait nerveux. Il aurait bien aimé savoir de quoi il retournait exactement, pourquoi il était si important d'être « en possession de toutes ses forces ». Mais il devrait certainement suivre son instinct : le mieux pour tous était d'en parler le moins possible. Autre chose lui avait traversé l'esprit. Même si cela lui compliquait la vie, il devait le faire.

Il attrapa de nouveau son téléphone.

— Le Ber ?

— Patron, je voulais justement...

— Je souhaite parler moi-même au jeune garçon, dit-il en baissant la voix. Celui qui vit sur l'île et qui traîne sur le port. Je vais...

— J'ai la lettre recommandée, l'interrompit Le Ber qui piaffait d'impatience. J'ai rencontré Antoine Manet au Tatoon. Il savait que la postière était invitée à dîner ce soir, et où. Il lui a demandé de me confier le recommandé dès que possible. Manet est...

— Et qu'est-ce que c'est ?

— Une réclamation. D'un laboratoire parisien. Une facture impayée.

Le Ber laissa s'étirer un silence inutile.

— Et alors ?

— Un laboratoire spécialisé dans les analyses chimiques, physiologiques et biologiques de toutes sortes de matières, liquides et tissus.

— Comment ?

Voilà qui était inattendu.

— Le labo s'appelle SCI-Analyses.

— Et de quoi s'agit-il exactement ?

— Comme je vous le disais, c'est une réclamation, le duplicata d'une facture. Sur laquelle il n'y a que « Analyse CrL ».

— Rien d'autre ?

— Non, rien. J'ai déjà fait une recherche sur Internet. Je ne trouve qu'une analyse RCL.

— Qu'est-ce que c'est ? Je veux dire, ce que vous avez trouvé.

— Radiographie céphalométrique latérale. Utilisée en orthodontie.

— En orthodontie ?

La serveuse posa sur la table le verre de vin, une corbeille de pain et une coupelle de beurre.

— Exactement.

— Quelle est la date de la facture ?

— 27 avril.

— Le montant ?

— 1 479,57 euros.

Une somme rondelette.

— Vous avez déjà essayé de joindre le labo ?

— A cette heure-là, il n'y a qu'un répondeur.

Evidemment.

Le Ber poursuivit :

— J'ai consulté les mentions légales pour savoir qui étaient les gérants et les appeler directement. Mais aucun ne figure dans l'annuaire téléphonique. Nous allons devoir attendre jusqu'à demain matin. Je m'y colle.

Le Ber avait poussé loin ses investigations. Il savait que, dans de tels cas, Dupin ne reculait devant rien, qu'il acceptait les actions farfelues et compliquées. Malgré tout, s'ils avaient voulu contacter quelqu'un cette nuit même, ils auraient dû employer les grands moyens auprès de leurs collègues de la capitale. Sans savoir si cette piste avait le moindre lien avec leur enquête.

— Bien. Comme je vous le disais, j'aimerais m'entretenir avec le garçon.

— Vous devez donc venir demain matin de bonne heure, monsieur le commissaire. L'école commence à huit heures trente.

— Je… commença Dupin avant de s'interrompre.

Il avait imaginé, sans y avoir réfléchi, que la rencontre se ferait sur le continent. Mais ce serait difficile à organiser : il faudrait faire manquer la classe à l'enfant, l'emmener par la vedette de la gendarmerie jusqu'à Douarnenez. Pour une conversation sans objet concret.

C'était lui qui allait devoir prendre le bateau.

— Goulch vous y emmènera, patron. Vous n'avez qu'à le prévenir.

— Je verrai.

Somme toute, c'était peut-être une idée biscornue de revoir ce gamin.

— La légiste de Brest vient de nous appeler. Elle a comparé les deux entailles et demandé à voir les photos de l'examen de Kerkrom. Il pourrait tout à fait s'agir du même couteau. Mais elle n'a trouvé aucune trace, par exemple un défaut, qui pourrait désigner une lame particulière.

— Hmm. Et sinon, Le Ber ?

— Rien pour le moment. Les médias parlent déjà de la grande journée d'action de demain. Ça va faire les gros titres. Et c'est très bien ! s'enthousiasma le lieutenant.

— Ce qui signifie… A plus tard, Le Ber.

Le commissaire posa son téléphone sur la table et s'empara du verre de vin.

A quoi rimait cette histoire d'analyses que Kerkrom avait demandées ? A un laboratoire spécialisé de Paris ?

Le vin était capiteux et velouté. Tout à fait au goût de Dupin.

Il étala du beurre salé sur un morceau de pain. Cela faisait du bien.

Il avait eu une rude journée, la plus dure de toute sa carrière. Trois meurtres. Perpétrés de sang-froid, l'un après l'autre, en un court laps de temps, dans trois endroits différents à une heure environ de distance. Il était impossible d'enquêter sérieusement. Ils avaient dû aller d'une victime à l'autre, entreprendre de nouvelles investigations sans pouvoir aller au fond des choses, approfondir leurs recherches.

La serveuse apporta le plat et lui resservit un verre.

Le tartare avait l'air fantastique. Et il l'était. Assaisonné de câpres, d'oignons, de moutarde, de piment d'Espelette et d'estragon. Les frites aussi étaient succulentes. Dupin en raffolait depuis l'enfance. A un moment donné, son parrain avait déménagé à Bruxelles ; à chaque visite qu'il lui rendait, ils mangeaient des frites qui remplissaient à ras bord de gros cornets en papier que l'on façonnait devant leurs yeux en un tournemain avec quelques feuilles. On aurait dit un tour de passe-passe. A la fois croustillantes et fondantes. Accompagnées d'une sauce succulente. Un bonheur incomparable. Debout devant un stand qui ne payait pas de mine, sur une place miteuse.

Sa bourgeoise de mère était à chaque fois scandalisée, son père était aux anges. Tout comme lui.

Dupin ne s'était pas pressé.

Il était onze heures moins le quart quand il arriva sur le quai.

Derrière les deux vedettes, il y avait maintenant un autre bateau. Tape-à-l'œil, dans un ton bleu clair passé, une fine ligne blanche soulignant le bastingage. Tout en bois, le bateau avait une proue élégante pointant vers le ciel, à l'image d'un cachalot. Dupin n'avait encore jamais vu une proue pareille. Long d'une quinzaine de mètres, le bateau était d'une belle largeur, lourd et puissant sur l'eau. Les habituels instruments électroniques coiffaient la cabine du capitaine. Ce drôle de bateau semblait sortir d'une adaptation cinématographique d'un roman de Jules Verne. Sur la proue, on lisait *Pebezh abadenn*. Le bateau de Vaillant, à n'en pas douter.

Cela arrivait même le jour le plus long de l'année : la Bretagne avait tourné le dos au soleil qui s'était couché. Il avait embrasé l'océan qui avait viré à l'orange flamboyant. Le ciel aussi semblait en flammes. Comme si une catastrophe cosmique avait eu lieu. L'horizon tout entier paraissait brûler. Une boule d'un rouge-orangé incroyable dont les bords se coloraient soudain de bleu nuit. C'est seulement parce que tout Breton connaissait ce phénomène qu'on pouvait rester détendu sans craindre que le ciel ne vous tombe sur la tête.

Un groupe d'hommes se tenait sur le pont du *Pebezh abadenn*. L'un d'eux était en train d'amarrer le bateau ; cela ne faisait donc pas longtemps qu'ils étaient arrivés.

Dupin s'approcha de la jetée, la parcourut jusqu'aux cales de béton qui s'enfonçaient dans l'eau et qui, comme sur l'île de Sein et tout le long de la côte, permettaient d'amarrer les bateaux, de monter à bord ou d'en descendre, quel que soit le niveau de la marée.

— Voilà le flic.

Dupin l'avait aussi distinctement entendu que tous les autres. Le ton n'était pas pour autant hostile.

Il arriva à hauteur du bastingage.

Un des hommes se détacha du groupe, sans un mot. Un type sec et au visage buriné, avec des cernes sous les yeux, des paupières légèrement gonflées, une chevelure noir de jais, magnifique et hirsute, emblème du personnage, rappelant à Dupin les rockers des années 1970, un look que le reflet orangé dans les boucles brunes renforçait. Une chemise en lin vert foncé, déboutonnée au col, un jean, des bottes en caoutchouc noires. Une quarantaine d'années, estima Dupin.

— On n'a pas pu résister : un énorme banc de maquereaux est passé sous notre bateau, on a vite jeté quelques lignes.

D'un geste de la tête, Vaillant désigna quelques bacs en plastique remplies de poissons irisés et frétillants. C'était certainement l'excuse de leur retard. Cela voulait dire que Dupin aurait attendu trois bons quarts d'heure s'il n'avait pas dîné au Relais du Port.

— Je vous en emballe quelques-uns. Ils sont succulents.

Il parlait sérieusement.

Vaillant ouvrit un portillon intégré dans l'épais bastingage en bois ; alors qu'il était sur le point de sauter sur la cale, Dupin le devança :

— Je monte.

— Bien sûr, répliqua Vaillant avec décontraction en reculant. Vous pouvez inspecter tout le bateau. Regardez bien partout, nous n'avons rien à cacher, ajouta-t-il sur un ton dénué d'agressivité ou de sarcasme.

D'une foulée large, quasiment un petit saut, Dupin monta à bord du *Pebezh abadenn*.

— Monsieur Vaillant, vous avez suivi et surveillé le bateau de Céline Kerkrom sur lequel Laetitia Darot se trouvait parfois. Elles naviguaient dans l'entrée de la baie de Douarnenez. Je parle des deux femmes qui ont été assassinées hier soir et ce matin. Pourquoi ?

Les autres membres de l'équipage s'étaient dispersés sur le bateau, à la proue ou avaient disparu dans la timonerie.

— Ne trouvez-vous pas comme moi qu'elles avaient belle allure ? En ce qui me concerne, j'aime beaucoup être dans les parages de jolies femmes.

Son ton n'était pas désagréable ni méprisant. Il se mit à rire. Un rire grave.

— Pourquoi suiviez-vous Céline Kerkrom ? Qu'est-ce que vous lui vouliez ? demanda Dupin d'un ton brusque.

— Elle était pistée par un pêcheur de Gochat. Il l'a talonnée pendant plusieurs jours ; il naviguait suffisamment loin pour qu'elle ne le remarque pas.

— Vous ne répondez pas à ma question, répliqua le commissaire, même si Vaillant reconnaissait les faits. Pour quelle raison *vous*, vous l'avez surveillée ?

— Peut-être étais-je inquiet. Je n'ai fait que surveiller le pêcheur qui la surveillait.

Les yeux de Vaillant scintillaient.

— Ou peut-être étais-je tout simplement curieux. Curieux de savoir ce que ces deux-là fabriquaient, dit-il d'un air coquin. Non, plus sérieusement, en été et les jours de calme, on aime bien la baie pour les gros calamars bien gras. Ils attirent aussi les dauphins. Nous n'avons suivi personne. Bien que la beauté de ces femmes eût été un motif suffisant.

Vaillant ne lâcherait rien. Il mentait. Cela se voyait comme le nez au milieu de la figure. Il les avait suivies. Rien n'était dû au hasard.

— Connaissiez-vous Céline Kerkrom et Laetitia Darot ?

— Personne ne connaissait la sirène. Moi non plus. Elle était aussi mystérieuse que les abysses de l'Atlantique. Quant à Céline, nous bavardions de temps en temps. J'avoue que j'aurais aimé bavarder plus souvent avec elle. Mais elle… elle n'était pas intéressée. Je ne lui en ai pas tenu rigueur. Je pense qu'elle avait donné son cœur à un pêcheur de l'île.

— Jumeau ?

— C'est bien comme ça que s'appelle le jeunot.

Dupin était tout ouïe.

— On vous a rapporté que Kerkrom et Jumeau avaient une relation ?

— Pas la peine qu'on me le dise. Je l'ai senti.

— Et qu'avez-vous senti, exactement ?

— Qu'elle lui courait après.

— Quand avez-vous parlé avec Céline Kerkrom pour la dernière fois ?

— Cette semaine. Lundi. Dans le port de Douarnenez, à la criée. En fait, il est rare qu'on leur apporte notre pêche. Mais cette fois, nous avions pêché une grosse quantité de rougets.

— De quoi avez-vous parlé ?

— De la grosse quantité de rougets.

Dupin le dévisagea.

— A-t-elle dit quelque chose de particulier ?

— Elle m'a parlé de Laetitia Darot. Des appareils de signalisation.

— A-t-elle cité Morin ?

Il hésita un bref instant.

— Non.

— Est-ce qu'elle a…

Dupin s'interrompit, pris d'un léger vertige. Il l'avait déjà ressenti pendant son trajet entre le Relais du Port et le quai. Ce n'était pas nouveau. La fatigue. Ou, pire, l'épuisement total. Contre lequel le repas et les deux cafés n'avaient rien pu faire.

— Connaissiez-vous le professeur Philippe Lapointe ? reprit-il.

Vaillant interrogea Dupin du regard.

— La troisième victime, précisa le commissaire. On l'a découvert sur la plage de Lostmarc'h.

— Ah oui. On l'a annoncé aux infos.

— Et donc ?

— Non. J'ignorais même son existence.

Dupin contourna les caissons, les bouées et les filets. Un indescriptible capharnaüm régnait sur le pont.

— A part pratiquer la pêche occasionnelle, vous aimez aussi, ai-je entendu, vous adonner à cette activité surannée qu'est la contrebande, déclara Dupin en regardant autour de lui de façon démonstrative.

— On se débrouille. Mais bien entendu, nous agissons dans les limites de notre vénérée loi.

Vaillant minaudait ouvertement.

— Et vous êtes à ce point scrupuleux que vous avez écopé de nombreuses amendes, si je suis bien renseigné. Parce qu'on a trouvé de très grosses quantités d'alcool.

— Mesquinerie. On aime bien boire. Fumer, aussi. Ce qui est considéré de nos jours comme des vices bien plus abominables que les péchés capitaux. Je vous l'ai proposé : ne vous gênez pas pour bien tout inspecter. Nous avons le temps et vous ne trouverez rien.

— Et Morin ? Il s'adonne aussi à la contrebande ? A plus grande échelle ?

Cette question taraudait Dupin.

— Je ne fais pas de contrebande, moi ! s'emporta Vaillant avec un accent théâtral. Et je n'en sais fichtre rien si Morin donne dans ces affaires lucratives. Mais ça ne m'étonnerait pas.

— Céline Kerkrom et Laetitia Darot ont vu quelque chose, affirma Dupin en plissant le front. Peut-être même ont-elles rassemblé des preuves. Ou bien elles ont découvert quelque chose. En relation avec les activités illégales de Morin. (Dupin regardait Vaillant dans les yeux.) Une preuve si solide que, cette fois-ci, il ne s'en sortirait pas. Et vous, vous l'avez compris. D'une façon ou d'une autre, vous en avez eu connaissance. Voilà les faits. Et maintenant, c'est vous qui êtes en danger.

Dupin devait se lancer, émettre des hypothèses, au petit bonheur la chance. Se frayer un chemin à coups de serpe dans la jungle. Si cela s'était vraiment passé comme ça, si les deux femmes avaient vraiment possédé une preuve et que d'autres l'avaient su, deviné ou simplement extrapolé, ç'aurait été un cataclysme tel que l'affolement se serait emparé de toute la région, pas seulement de Morin. Selon ce scénario, Morin ne chercherait pas réellement le meurtrier mais d'éventuels témoins. Cependant, un point restait à éclaircir : quel rôle avait joué le professeur ?

— Si j'avais vraiment su quelque chose, j'aurais depuis longtemps fait en sorte que Morin soit jeté en taule.

— Je n'en crois pas un mot.

— Demandez donc à la dame de fer, madame Gochat, pourquoi elle a envoyé son pêcheur espionner Céline, déclara-t-il avec amertume.

— Vous êtes conscient, n'est-ce pas, que vous êtes en tête de liste de nos suspects, monsieur Vaillant. Vous avez suivi deux des victimes. Vous étiez hier soir sur l'île de Sein. Vous pouvez avoir assassiné d'abord Céline Kerkrom, puis Laetitia Darot ce matin de bonne heure sur l'île…

— Nous accostons régulièrement sur l'île. Ensuite, nous nous rendons la plupart du temps au Tatoon. Nous étions loin de penser que cela pouvait éveiller les soupçons de la police.

— Et ce matin ? Vous avez quitté l'île à sept heures. Pour aller où ? Où étiez-vous entre sept et onze heures ?

— Nous avons pêché le bar jusqu'à midi. Aux Pierres Noires, à l'ouest de Molène. (Un des endroits où Kerkrom pêchait elle aussi le bar, selon madame Gochat.) Nous avons vendu les poissons à deux restaurants d'Ouessant à l'heure du déjeuner. Et, je l'avoue, nous en avons aussi mangé quelques-uns. N'hésitez pas à interroger les restaurateurs.

— Je suppose que vous n'avez pas de témoin pour les quelque quatre à cinq heures qu'a duré votre pêche ?

— Non.

Vaillant afficha une mimique sarcastique. Dupin lâcha prise. Il en avait assez. Il n'avait plus envie, il n'en pouvait plus. Par-dessus le marché, il était évident que Vaillant n'avait pas le moindre alibi. Dupin avait eu l'intention d'inspecter le bateau, mais il laissa tomber.

— Ce sera tout pour ce soir, monsieur Vaillant.

Il tourna brusquement les talons et se dirigea vers le portillon.

— Mais je pense que nous nous reverrons bientôt.

— Vous ne voulez vraiment pas prendre quelques maquereaux ? Vous n'en trouverez de meilleurs nulle part ailleurs que dans la mer d'Iroise, cria Vaillant derrière son dos.

Dupin s'élança et fut de nouveau sur la terre ferme. Il monta la cale sans réagir.

— Je vous souhaite une belle soirée, commissaire.

Ce qui laissa Dupin tout aussi indifférent. Deux minutes plus tard, il se tenait devant sa voiture.

L'entretien qu'il venait d'avoir avec ce pirate foldingue lui avait coûté ses dernières forces. Il était agacé et avait l'impression de ne pas avoir été bon. Pas assez retors. Mais peut-être n'aurait-il pas pu tirer davantage de ce type même s'il avait été en pleine forme.

Il s'adossa à sa portière quelques instants et respira profondément.

Nolwenn avait raison : Concarneau n'était pas la porte à côté. Il pensa avec aigreur au temps que

durerait le trajet. S'il voulait être sur l'île le lendemain de bon matin pour parler avec le gamin, il devrait
rejoindre le bateau de Goulch à sept heures au plus
tard. En résumé : il devrait se lever bien avant six
heures s'il voulait avoir le temps de boire un café.
Encore une nuit trop courte. De toute manière, il ne
verrait pas Claire, puisqu'elle était à Rennes. Il serait
sans doute trop tard pour organiser quoi que ce soit.

Il saisit son téléphone.

— Nolwenn ?

— Commissaire ! répondit-elle, tout à fait réveillée.

— Peut-être dois-je rester, c'est-à-dire passer la
nuit ici.

Nolwenn connaissait tous les endroits où on pouvait
dormir, de la chambre d'hôtel à la chambre d'hôtes.

— Le Château de Sable. A Porspoder. A vingt
minutes de là où vous êtes. Les propriétaires sont des
amis d'Alain Trifin, le patron d'Ar Men Du. La jolie
Vinotière, au Conquet, affichait complet. Vous aurez à
votre disposition dans la chambre un nécessaire de toi-
lette avec brosse à dents et tout ce qu'il faut.

C'était incroyable. Nolwenn était incroyable.

— Merci.

— Je me disais bien, aussi…

— Demain matin de bonne heure, je me rends
d'abord dans l'île. Le Ber aura peut-être besoin de
votre aide. Un truc avec un laboratoire de Paris. Nous
devons obtenir des renseignements de toute urgence.

Il faisait toute confiance à Le Ber, ce n'était pas
la question, mais Nolwenn pouvait faire des miracles.

— Nous avons déjà téléphoné.

— Je…

Mais Dupin était trop exténué.

— Vous avez besoin de dormir, commissaire. Comme nous tous.

— Oui.

Un aveu bien rare.

— A demain matin.

Nolwenn raccrocha.

Tout était fantastique : le lieu, l'hôtel, la chambre. Même si Dupin le découvrait derrière un voile de profond épuisement.

Le Château de Sable nichait au creux d'un austère paysage de dunes ; le sable était piqueté de ces broussailles qu'on voyait partout et parsemé de rochers tranchants. La terre semblait éventrée. Une large terrasse en bois donnait sur l'océan. Des amas de rochers acérés s'avançaient à droite et à gauche, formant une crique délicieuse baignée par une mer tranquille. Leur excursion les avait menés à Porspoder, mais brièvement. Ils s'étaient surtout rendus à la Route Mandarine, chez une amie de Nolwenn qui créait des savons naturels de luxe à partir de plantes et d'algues, de parfums de la terre et de la mer. Comme il avait tendance à toujours exagérer dans des situations pareilles, Dupin avait acheté un assortiment complet pour Claire. Les savons portaient des noms poétiques : « Ciel d'orage sur Ouessant », « Avis de tempête », « Envie d'ailleurs ». L'un d'eux s'appelait « Sous le soleil exactement », qui était le titre de sa chanson préférée de Serge Gainsbourg.

Dupin ouvrit la grande baie vitrée de la terrasse et sortit pour respirer encore une fois cet air merveilleux et, pendant un instant, tenter de trouver, qui sait, le délassement après cette longue journée.

Ensuite, il se coucherait et s'endormirait aussitôt. Le lit semblait très accueillant.

Le ciel, à l'ouest, scintillait encore faiblement. Les derniers rais de lumière. Un rougeoiement sombre, virant au bleu nuit, pas encore noir. La mer miroitait, plus claire que le ciel bien que cela ne fût pas possible. Dupin avait déjà observé ce phénomène à plusieurs reprises ces dernières années, mais jamais de façon aussi évidente que ce soir-là. L'eau dans la crique étincelait. La lumière venait des profondeurs, comme si la mer en était la source même. Comme si elle avait emmagasiné la lumière de la journée. La mer luisait : une couleur entre l'ocre et l'argent, métallique, surnaturelle. Une surface plane pleine de magie qui n'ondoyait ni ne frémissait.

L'éclat devenait de plus en plus clair. Dupin avait l'étrange sentiment que le monde marchait à l'envers, que l'ordre élémentaire des choses était bouleversé : ce n'était pas le ciel qui illuminait la mer, mais la mer qui éclairait le ciel et la terre entière. Cette sensation étrange faisait naître en lui d'étranges pensées et images. Des images de la première traversée de la journée, bizarrement lointaines, des images des côtés sombres de l'île Tristan, des sept tombes. Dupin devait faire attention à ne pas se perdre. Il se cramponna des deux mains à la rambarde de la terrasse.

Soudain, un bruit le fit sursauter. D'abord, il en fut presque soulagé car le bruit avait chassé les étranges visions. Il venait d'en haut, de très haut, quelque part devant lui. On aurait dit le tonnerre qui grondait de plus en plus fort.

Dupin tendit le cou et fouilla le ciel du regard.

Le bruit enfla, menaçant. Il semblait venir de partout et faisait mal aux oreilles. Dupin chercha à repérer un avion, ses feux de position, une traînée de condensation. Rien.

Tout à coup, il eut l'impression d'être pris dans un tourbillon, le bruit venait de derrière lui. Il se retourna lentement. Mais il ne vit rien. Pendant quelques instants, le bruit s'atténua. Ce n'était pas une vue de l'esprit, il devint beaucoup plus faible, puis s'amplifia de nouveau, jaillissant de partout à la fois. La texture de ce bruit était bizarre elle aussi : technique, artificielle tout en étant totalement naturelle. Il faisait penser à un orage ou à l'éruption d'un volcan venue des profondeurs de la terre.

Les diffractions sonores et spatiales de l'écho se répétèrent. Puis, aussi soudainement qu'il était apparu, le bruit cessa.

Dupin resta un moment sans bouger.

Puis il se secoua et se passa les mains dans les cheveux.

Que s'était-il passé ? Son épuisement avait-il créé des hallucinations ? Ses sens lui jouaient-ils un tour ?

Il retourna dans sa chambre et se laissa tomber sur le lit. Il ne réussit qu'avec peine à se défaire de ses chaussures. Il était incapable d'avoir une seule pensée cohérente.

LE DEUXIÈME JOUR

Une fois de plus, la sonnerie du téléphone tira Dupin de son sommeil à une heure indue. Sa nuit avait été très agitée. Certes, il s'était endormi la veille comme une masse, mais il s'était peu après réveillé brusquement. Il avait ensuite plongé dans un demi-sommeil rempli de pensées confuses avant de poursuivre sa nuit en somnolant. Juste avant l'appel de Labat – à cinq heures sept –, il avait sombré dans un profond sommeil qui, hélas, n'avait pas duré plus d'une demi-heure.

— Nous ne pouvons pas, je veux dire, nous n'avons aucun moyen, balbutia-t-il, de remonter jusqu'à l'expéditeur de l'e-mail ?

— Pour l'instant, non. Nous l'avons transmis aux experts de Rennes.

— La cabane de jardin de Gochat ? Il faut la fouiller ?

Dupin était assis, adossé à la tête de lit, position qu'il avait eu du mal à trouver. Il n'était même pas de mauvaise humeur.

— Exactement, déclara Labat d'une voix où perçait un léger découragement. Il n'y a qu'une seule phrase :

« Fouillez la cabane de jardin de Gaétane Gochat. »
Rien d'autre, ni objet, ni expéditeur.

— Et aucune indication sur ce qu'on y trouverait ?

— Il n'y a que cette phrase.

Labat l'avait dit et redit.

— Nous devrions lancer l'opération tout de suite,
asséna l'officier de police sur un ton martial insupportable. Je suis là dans une heure. Au fait, où êtes-vous ?

— A Porspoder.

— Que faites-vous à Porspoder ?

Dupin ignora la question.

— Ça pourrait être une blague. N'importe quel idiot
qui trouverait ça drôle. Ou l'assassin lui-même. Qui
veut détourner l'attention ou semer la confusion. Nous
envoyer sur de fausses pistes.

— Ou alors une information susceptible de clore
l'affaire.

Peut-être.

— Et de stopper l'épidémie de meurtres.

Labat se gargarisait de ses accents dramatiques.
Il était en effet possible que d'autres meurtres aient lieu.

— Bien, nous allons fouiller le cabanon, Labat.

— Vous devez demander une commission rogatoire,
commissaire.

La perquisition était toujours une opération délicate
et avait maintes fois apporté des ennuis à Dupin, ce
dont il se fichait comme d'une guigne. « Mieux vaut
des problèmes plus tard que ne pas agir à temps », telle
était sa devise. Un officier de police devait saisir un
magistrat pour obtenir l'autorisation de perquisitionner.
Nolwenn s'en occuperait.

— Je me mets en route tout de suite, déclara Labat qui s'excitait. Nous nous retrouvons sur place. J'appelle les renforts de Douarnenez, nous allons en avoir besoin.

Dupin n'eut pas à réfléchir longtemps.

— Vous vous en chargez vous-même, Labat. C'est-à-dire que je vous nomme responsable de cette importante opération, lieutenant, se hâta-t-il d'ajouter.

Un court moment de silence s'ensuivit. Dupin devinait la lutte qui se produisait dans le cerveau de Labat : il était tiraillé entre son envie de protester – sans le commissaire sur place, l'opération n'allait pas avoir une envergure suffisante – et la fierté d'être nommé responsable d'une action qui pouvait se montrer décisive.

— Bien. (La fierté l'emportait.) Je vous tiens au courant à la minute près.

— Faites, Labat, déclara Dupin avant de raccrocher.

Il n'était pas question de considérer l'e-mail anonyme comme quantité négligeable, loin de là. Cependant, le programme qu'il s'était fixé pour la matinée lui semblait encore et toujours prioritaire.

Dupin n'avait pas bougé de son lit.

Il prit conscience qu'une migraine le taraudait, le lançait derrière le front et les yeux. Il détestait ça. Il se sentait de toute façon épuisé. La dure journée qui l'attendait allait lui demander une énergie folle.

Qui avait envoyé cet e-mail ? Et que cela pouvait-il bien signifier ? Bien sûr, la tentation était forte de penser à Morin, aux investigations qu'il menait de sa propre initiative.

Il regarda l'heure : cinq heures et quart.

Le plus important était de trouver un endroit où il pourrait boire un café à cette heure matinale.

D'une secousse, il se leva.

Dupin avait eu un espoir – lequel avait été satisfait, bien que partiellement : le petit port de pêche du Conquet où la veille il avait rencontré le capitaine Vaillant et où Goulch viendrait le prendre pour l'emmener sur l'île. Les pêcheurs y seraient à pied d'œuvre de si bon matin, avait-il pensé. Eux aussi auraient besoin de boire un café. Ils le trouveraient, certes pas à un comptoir, mais au moins à un distributeur. C'était mieux que rien.

A cette heure, il ne croisa personne à l'hôtel. Dupin avait pris une douche rapide puis était parti, ayant réglé la note à son arrivée. De sa chambre, il avait appelé Nolwenn, qui, pleine d'énergie, était déjà au courant de l'e-mail anonyme. Elle avait contacté Goulch et allait essayer de joindre le juge.

Tenant dans ses mains deux gobelets en plastique remplis chacun d'un double espresso, Dupin s'était dirigé vers un banc qui se trouvait face à la mer non loin de la criée. Le café avait un goût de plastique mais il était chaud et infusait dans ses veines l'indispensable caféine.

L'aube allait bientôt céder sa place à l'aurore. La marée était très haute, encore dix ou quinze centimètres et la mer recouvrirait le quai. Coefficient 116, avait annoncé Antoine Manet. C'était très élevé. 120 était le maximum, et seule une éclipse totale du soleil amenait la mer à atteindre son niveau le plus haut.

Dans la criée ouverte sur le quai, l'activité était déjà fébrile : les pêcheurs dans leur ciré jaune, les caissons de plastique multicolores disséminés sur le sol ; dans la partie arrière de la halle se trouvait un grand réservoir d'eau, certainement un vivier pour les crabes, les araignées et les homards, supputa Dupin. Trois barques de pêche multicolores – destinées à la pêche côtière – étaient sur le point d'appareiller ; les lourds moteurs Diesel ronflaient déjà.

Chose étonnante, le temps était resté doux pendant la nuit, l'air humide était chargé d'une forte odeur de sel et d'iode.

Dupin s'efforça de rassembler ses esprits, de réfléchir. Avec un succès mitigé.

Lorsque, vingt minutes plus tard, le bateau de Goulch entra dans le port, le commissaire était sur le point de s'endormir. C'est seulement après avoir avalé trois autres doubles espressos que l'effet de la caféine se fit sentir.

D'un pas mécanique, Dupin s'avança jusqu'au bout de la jetée. Goulch, les traits tirés (Dupin était content de voir un autre homme épuisé à cette heure-là), accueillit le commissaire d'un bref salut.

En un rien de temps, le bateau quitta les eaux du port. Ils laissèrent derrière eux le dernier rempart protecteur que formait la presqu'île.

Goulch mit les gaz.

Le seul avantage de la vitesse était le vent vigoureux qu'elle provoquait, faisant plus d'effet que les cinq cafés. Comme d'habitude, Dupin se tenait à l'arrière. Le connaissant, les jeunes gendarmes de l'équipe de Goulch le laissèrent tranquille.

A l'ouest et au nord-ouest s'étirait à perte de vue un chapelet d'îles ourlées de plages de sable et de larges lagunes. On reconnaissait aisément Molène, la deuxième en taille des îles de l'archipel, puis, derrière, Ouessant : les hautes falaises à l'extrémité est de l'île, l'imposant phare aux parages duquel mouillaient Vaillant et son équipage. Malgré la marée haute, d'innombrables îlots et rochers affleuraient autour des îles plus importantes – dont certaines n'étaient éloignées que de quelques centaines de mètres. C'est là que vivaient les colonies de phoques dont parlaient volontiers Nolwenn et Le Ber et qui illustraient de nombreuses cartes postales. La vue était époustouflante, constata Dupin, qui commençait à se réveiller. Ici, on voyait et ressentait à quel point la mer d'Iroise était presque entièrement entourée de terres. Sertie, protégée. Tout semblait paisible. Doux comme l'air. Sous les premiers rayons du soleil, la mer étale miroitait dans les tons bleu argenté. Le bateau avançait tout droit, glissant doucement sur une eau sans vagues. On aurait dit qu'il planait. Dupin n'éprouvait aucune peur sur cette mer si calme invitant à la méditation.

Il était resté quasiment sans bouger pendant un bon moment lorsque le son insistant de son téléphone l'arracha à ses pensées. Il était parti du principe qu'il n'y aurait pas de réseau. Or, cinq barres et le numéro de Le Ber s'affichaient.

— Patron, j'ai essayé de vous joindre cette nuit mais vous n'avez pas pris l'appel.

Dupin n'avait vu aucune notification d'appel manqué sur son portable. Mais il est vrai qu'il dormait encore à moitié.

L'officier de police s'interrompit sans raison.

— Continuez, Le Ber.

— Les experts de Rennes se sont penchés sur les comptes bancaires et les mouvements d'argent des trois victimes. Il y a eu un virement de dix mille euros du compte de Laetitia Darot sur celui de Luc Jumeau, le 2 juin de cette année. Tous deux possèdent un compte au Crédit agricole de Douarnenez.

Avec le vent et le moteur, Le Ber n'était pas facile à comprendre.

— Y a-t-il une quelconque mention ?

— Non. Rien n'est spécifié à la rubrique « objet ».

Jumeau n'en avait rien dit. Ce qui n'était pas très intelligent de sa part, même si c'était un fait anodin. Il aurait dû savoir que ce genre d'information ressortirait tôt ou tard.

— Je me rends à Sein.

— Je sais.

— Je vais m'entretenir personnellement avec Jumeau.

— Il est déjà en mer.

— Appelez-le et dites-lui de rentrer à Sein.

— Bien, patron.

— Avez-vous déjà les relevés des communications téléphoniques des victimes ? Qu'en est-il des comptes de messagerie ?

— Les techniciens s'y attellent. C'est compliqué, ils…

— Qu'ils nous préviennent dès qu'il y a du nouveau.

— Ce sera fait.

Dupin jeta un coup d'œil à sa montre.

— Nous arrivons vers sept heures et quart. Vous prévenez la mère du gamin ?

— Très bien. Vous avez bien dormi ? Vous vous sentez en forme ce matin ? s'enquit Le Ber en se donnant beaucoup de mal pour que cela paraisse innocent, sans succès.

Pour toute réponse, Dupin raccrocha.

Il se demanda quel était le temps d'incubation – il ne savait comment l'appeler – de cette « malédiction » selon Le Ber. Combien de temps elle restait active.

Puis il réfléchit à la dernière information. Dix mille euros était une somme rondelette. Il était curieux d'entendre l'explication de Jumeau.

La perquisition chez Gochat devait bientôt commencer et Labat arriver à Douarnenez incessamment. Dupin sentait que l'affaire rendait malgré tout son adjoint un peu nerveux. Il composa son numéro.

— Où êtes-vous, Labat ?

On entendait un moteur qui tournait à plein régime.

— J'arrive dans dix minutes. Quatre gendarmes de Douarnenez sont déjà dans la rue où habite Gochat, ils m'attendent.

Sa voix vibrait.

Il y aurait un scandale, à n'en pas douter. Dupin imagina Gochat ouvrir la porte et les autorités entrer chez elle malgré ses vives protestations.

— Vous me tenez informé de tout, vous m'entendez ? Et faites en sorte qu'il n'y ait pas d'esclandre.

Un ordre absurde.

— Je procéderai comme il convient.

Dupin remit son téléphone dans la poche de son jean. Son regard glissa sur la mer qui miroitait.

— Bonjour, patron.

Le Ber se tenait sur la jetée, là où, la veille, la directrice du musée avait joué le comité d'accueil. Dupin avait l'impression que des journées entières avaient passé.

— Comment s'est déroulée la traversée ?

Etant donné le ton de Le Ber, la question ne semblait receler aucun sous-entendu. Cependant, à titre préventif, Dupin préféra ne pas répondre.

— Quand puis-je voir le garçon ?

— A sept heures et demie. Devant les cabanons de Darot et Kerkrom.

Dans vingt minutes, par conséquent.

— Très bien, grommela Dupin.

Il avait du temps devant lui.

— Vous êtes arrivés vite, dit Le Ber en faisant un signe de tête reconnaissant.

En effet, ils avaient filé à la vitesse maximale tout du long. Même au large et pendant la dernière partie de la traversée, la mer était restée étale, lourde et alanguie. « De l'huile », disaient les Bretons, et l'image ne pouvait pas être plus parlante. Par des journées pareilles, on aurait pu jurer que ce n'était pas vraiment de l'eau.

Ici aussi, l'air stagnait, chaud et humide. Ici aussi, l'odeur de la mer était forte. Dupin avait appris que les senteurs de l'océan étaient chaque jour différentes, non seulement par l'intensité, mais aussi par « l'arôme », comme on disait en Bretagne : « les arômes de la mer ». D'intense et lourd – comme aujourd'hui – à léger et aérien, de salé et amer à sucré et doux. La palette entière. Les Bretons décrivaient les arômes de la mer comme le parfum, dotés de notes complexes. Aujourd'hui, le goémon dominait.

— Jumeau va bientôt arriver. Il n'a pas ouvert la bouche.

Dupin n'avait pas de mal à l'imaginer.

— Parfait.

Il avança tout droit, dépassant Le Ber, et ce ne fut que quelques mètres plus loin qu'il se retourna.

— Venez, Le Ber.

Cinq minutes plus tard, ils étaient attablés à la terrasse du Tatoon ; pour la première fois de la matinée, le commissaire était presque de bonne humeur. Sur le quai Sud, il se sentait comme à la maison. Chez Dupin, ce sentiment n'était pas lié à la fréquence de ses visites mais seulement à sa relation intime avec un lieu.

De nombreux insulaires étaient déjà debout, l'île se préparait à traverser la nouvelle journée : une ambiance que Dupin aimait beaucoup, y compris le matin à l'Amiral, à Concarneau, où il entamait ses journées, à quelques exceptions près. Chaussée de sabots et vêtue d'un tablier bleu, une femme aux cheveux blancs marchait le long du quai, deux baguettes à la main ; un vieil homme avec une casquette aux couleurs passées et un pantalon large tirait un chariot sur lequel s'entassait du bois. Sifflotant, un jeune homme nonchalant en jean et tee-shirt passa, les jambes écartées, sur un vélo rouillé bien trop petit pour lui. Quelque part sur l'île résonnaient des coups sourds qui, comme tous les sons, s'évanouissaient dans le néant, allaient diminuant comme s'il n'y avait plus d'atmosphère pouvant en porter l'écho.

C'était une belle journée typique de l'Atlantique, aux couleurs radieuses et pures qui enivraient toujours Dupin. Chaque nuance était intense et généreuse. Eclatante et luxuriante. Une débauche de couleurs.

Dupin avait choisi le plus bel endroit de la terrasse, dans la première rangée baignée de soleil avec vue sur le quai. Le Ber s'était assis à son côté, non en vis-à-vis. Ainsi pouvait-il lui aussi offrir son visage au soleil.

— Avez-vous appris quelque chose au sujet de la relation entre Darot et le professeur ? attaqua Dupin.

— Non. Personne n'était au courant. Manet en a fait le sujet numéro un de l'île.

Dupin comprit aussitôt ce que son adjoint voulait dire.

— Mais ça n'a rien donné.

Cela aurait été trop beau.

— En revanche, nous avons trouvé le vieux monsieur à la petite C2 qui rendait visite une fois par mois à Lapointe. Il s'agit d'un professeur de lettres émérite. Ils ont fait connaissance par hasard il y a trois ans au tabac-presse de Crozon. Ensemble, ils se sont adonnés à leur passion pour la littérature classique, en particulier pour Maupassant. On a procédé à toutes les vérifications. Il n'y a strictement rien de suspect.

— Y a-t-il du nouveau du côté de la scientifique ? Où en est-on avec la liste des livres ?

— Au domicile, rien de particulier n'est à signaler. La liste est prête.

— Et alors ?

— Beaucoup de Maupassant. Pratiquement que des auteurs classiques. Beaucoup d'ouvrages sur la région. Histoire, culture, flore, faune, tout ce qu'on veut. Mais il n'y a en effet aucun livre sur la virologie ou d'autres sciences naturelles, pas un seul livre spécialisé. J'ai la liste avec moi.

Il tendit son smartphone à Dupin.

Dupin étudia la liste mais ne put rien en déduire.

C'était la même serveuse sympathique que la veille. Dupin commanda deux cafés et deux pains au chocolat, Le Ber un café et deux croissants. Sourire charmant aux lèvres, elle posa le tout sur leur table.

Cela faisait du bien et c'était succulent. Le breuvage fort, un véritable torré, chassa le goût amer du plastique des premiers cafés.

Le continent était bien visible ce matin-là : la pointe du Raz, les hautes falaises de granit, imposantes et inhospitalières ; malgré l'immobilité de l'air, la vue était de tout premier ordre. Cependant, le continent semblait très éloigné. Quiconque foulait le sol de l'île le ressentait tout de suite : on était loin de tout, beaucoup plus loin que les neuf kilomètres qui les séparaient dans la réalité.

Bien qu'il y eût de nombreux points à aborder, ils s'étaient tus d'un commun accord dès la première gorgée et s'étaient abîmés dans le plaisir du café et la magie du moment.

Hélas, la sonnerie du téléphone rompit brutalement cet agréable silence.

— Oui ?

— Madame Gochat demande à vous parler en personne, aboya Labat. Nous lui avons présenté poliment notre requête de voir sa cabane de jardin, continua Labat qui adressait en fait son discours à Gochat, certainement à côté de lui. Elle a répondu par une fin de non-recevoir. Nous allons donc intervenir sur votre ordre.

Dupin hésita.

— Passez-la-moi.

Impossible de se dérober.

— Auriez-vous l'amabilité de m'expliquer, commença-t-elle sur un ton coupant et sarcastique (elle avait du mal à se maîtriser), le but de tout cela ? Je viens d'informer mon avocat qui va déposer une plainte dans l'instant. Il s'agit d'une violation de domicile d'une extrême gravité.

Dupin savait bien que cette opération lui apporterait son lot d'ennuis.

— Nous avons reçu une information précise selon laquelle vous détiendriez dans votre cabanon un indice de première importance. Je n'ai pas le choix, madame Gochat.

Le ton glacial de Dupin ne recelait aucune espèce d'excuse.

— Mais de quel droit ?

— Le juge est au courant, cela m'autorise à effectuer cette perquisition. Ce que je suis en train de faire de façon tout officielle. Ne vous inquiétez pas, madame Gochat, tout se passe dans les règles de l'art. Votre avocat vous le confirmera. Et puisque je vous ai au téléphone : avez-vous quelque chose à déclarer ? Réfléchissez bien. Au cas où vous auriez quelque chose à nous confier, je vous conseille de le faire maintenant et pas plus tard.

— Je n'ai rien à vous dire, ni maintenant ni plus tard.

Elle raccrocha.

En fait, il avait imaginé que la scène serait beaucoup plus dramatique.

La curiosité se lisait sur le visage de Le Ber.

Dupin s'adossa et enfourna la dernière bouchée de son second pain au chocolat.

— Madame Gochat n'est pas d'humeur joyeuse.

Dupin se leva alors qu'il n'avait pas terminé sa bouchée.

— Je vais aller voir le garçon. Contactez-moi dès que vous apprenez quelque chose du labo parisien.

Il posa un billet sur la table, quitta la terrasse et longea le quai en direction des cabanons.

Quelques mètres plus loin, il reprit son téléphone. Il voulait vérifier un détail.

— Nolwenn ? Nous avons bien l'accord pour la perquisition chez madame Gochat ?

— Il devrait arriver d'un moment à l'autre. Je pense que le juge Erdeven ne nous mettra pas de bâtons dans les roues. J'ai eu une discussion approfondie avec son assistante qui l'a bien en main. Selon elle, ce ne sera qu'une formalité.

— Bien, ce sera tout pour le moment.

— Vous avez appelé votre mère ?

— Je le fais tout de suite.

— Je ne prendrai plus aucun appel.

— Je comprends.

— J'ai quelque chose de plus important à vous communiquer : je viens de parler avec plusieurs personnes des douanes. Cette affaire du navire sabordé est compliquée. Ils…

— Donc, ce ne serait pas une simple rumeur ? l'interrompit Dupin.

Peut-être son flair était-il de nouveau opérationnel ?

— Tout remonte à un inspecteur des douanes, à la retraite depuis. A un rapport qu'il a écrit daté du 23 mai 2012. A cette époque, les douanes soupçonnaient que la contrebande de cigarettes passait par la mer. Elles ont donc renforcé leur surveillance. L'inspecteur a déclaré avoir vu un bateau de pêche à l'heure du crépuscule par gros temps et mer agitée. Un bolincheur. Devant la baie de Douarnenez. Alors qu'aucun pêcheur n'avait appareillé. Il a affirmé avoir reconnu la flotte de Morin à ses couleurs : gris clair, orange, jaune. Un autre membre de l'équipage a fait les mêmes observations ; deux autres n'ont pas pu le confirmer. Les soupçons du douanier ont été éveillés et il a essayé de se rapprocher du bolincheur. Le bateau a alors éteint toutes ses lumières et pris de la vitesse. Ils l'ont pisté pendant vingt minutes au radar. Jusqu'à ce qu'il disparaisse. Puis…

— Où ont-ils perdu sa trace ? Quelle était la dernière position ?

— Derrière l'entrée de la baie, du côté nord, là où la pointe de la presqu'île de Crozon descend, au cap de la Chèvre.

Dupin avait pilé net.

— C'est à peu près là qu'on a vu Kerkrom et son bateau. Les deux femmes.

— Un peu plus au sud, si j'ai bien compris.

Dupin ne releva pas.

— Et selon ses investigations, l'inspecteur en a conclu qu'ils avaient coulé eux-mêmes leur bateau ?

— Exactement. Et qu'ils ont atteint la terre ferme en utilisant leur annexe. Entre-temps, la météo avait empiré – cela pouvant expliquer la perte de leur bateau, c'est vrai. Il est fait état de cette hypothèse dans le rapport. Ou alors, autre possibilité, le bolincheur s'est caché dans une crique. Etant donné les mauvaises conditions, les douaniers n'ont pas pu tout fouiller.

— Ont-ils effectué des recherches les jours suivants ?

— Pendant deux jours. Mais sans résultat. Ils n'avaient pas la dernière position exacte. Les recherches ont été stoppées. Puis ils ont reçu une information selon laquelle la contrebande par voie maritime était sans importance. Des montagnes de cigarettes avaient été découvertes dans des camions réfrigérés qui passaient par le tunnel de la Manche. Les paquets étaient cachés à l'intérieur de carcasses congelées.

— A-t-on trouvé un quelconque indice montrant que le bateau avait été sabordé ? Excepté les supputations de l'inspecteur ? Quelque chose de concret ?

— Non. Il n'y avait aucun motif de suspicion à part le comportement étrange du bateau.

Dupin se mit à réfléchir.

— Le douanier était convaincu qu'ils lui avaient joué un mauvais tour. Qu'ils avaient à leur bord des quantités considérables de cigarettes de contrebande.

— Comment s'appelle cet inspecteur ?

— Marcel Deschamps. Je vous envoie son numéro. Il est à la retraite.

— Bien.

— A plus tard, commissaire.

Dupin se remit en marche.

Plongé dans ses pensées, le commissaire avait atteint les cabanons.

Il s'était attendu à rencontrer la mère d'Anthony, mais l'enfant était tout seul devant le cabanon de Darot qui avait été entre-temps scellé. Il donnait l'impression d'attendre depuis longtemps. Il portait son jean sale aux poches déformées et un tee-shirt vert propre.

— Je vous ai vu arriver avec la vedette de la gendarmerie, annonça-t-il, sourire fier aux lèvres. Je vous ai observé.

Il ne semblait pas du tout excité, il s'exprimait avec calme.

— Tout ce temps-là ? Depuis que j'ai mis pied à terre ?

— Avec votre lieutenant, vous êtes allés tout droit au Tatoon. Vous avez bu deux cafés et mangé deux pains au chocolat. Et vous avez parlé avec votre lieutenant. Et téléphoné plusieurs fois. Vous n'avez pas arrêté de passer votre main dans vos cheveux. C'était très drôle à regarder.

Impressionnant. Dupin n'avait pas remarqué Anthony, alors qu'il était forcément dans les parages.

— Tu ferais un bon espion. Tu es venu tout seul ?

— Ma mère m'a demandé de vous prévenir qu'elle ne pouvait pas m'accompagner. Je suis fils unique, ajouta-t-il en levant les yeux au ciel.

— Mon lieutenant m'a dit que tu observais aussi les pêcheurs au moment où ils prennent le large, quand ils reviennent et lorsqu'ils travaillent au port.

— Je leur donne un coup de main aussi.

— Pour la pêche ?

— Pour tout. Je les aide à débarquer la pêche, à démêler les filets, à trier le poisson.

— Céline Kerkrom faisait une bonne pêche ces temps derniers ?

— Pas mauvaise. Mais elle apporte pas souvent sa pêche ici, la plupart du temps elle la vend à Douarnenez, répondit-il en regardant Dupin dans les yeux. Pourquoi ?

— Comme ça. Elle est sortie plus souvent que d'habitude, as-tu dit.

— Vous posez de vraies questions de policier, non ? J'ai pas raison ?

— De vraies questions de policier.

— Oui, plus souvent.

— Quelqu'un d'autre ? Un autre pêcheur qui sortait plus souvent ? Jumeau, peut-être ?

— Non, pas de changement chez lui.

— Quand as-tu donné un coup de main à Céline Kerkrom pour la dernière fois ?

— La semaine dernière, mais je me souviens plus du jour.

— Tu as parlé avec elle ?

— Oh oui. Elle me parlait de la mer, de ses traversées. Elle connaissait plein d'histoires super.

— Quel genre d'histoires ?

— Des coins secrets.

Dupin tendit l'oreille.

— Des coins secrets ?

— Où on trouve les meilleurs poissons.

— Elle t'a révélé où ils étaient ?

Quelques mètres plus loin, face à la mer, il y avait un banc fait de planches de bois grossières posées sur des plots en béton. Dupin s'y dirigea, suivi par l'enfant.

— Oui, mais je ne vous dirai pas où ils sont.

Anthony prit place à côté de Dupin.

— Dis-moi seulement où ils se trouvent à peu près, dans quelle zone.

— On verra, peut-être, tergiversa le garçon. Peut-être dans le coin de la Vieille.

Dupin mit un moment à comprendre.

— Tu parles du phare ?

Anthony le regarda sans comprendre.

— Quoi d'autre ? Ar Groac'h.

Ils l'avaient aperçu la veille, pendant la traversée. Ce phare au nom si éloquent se dressait quasiment à l'entrée de la baie de Douarnenez.

— Et il y a là un coin secret ?

— Il y a des grottes sous-marines et des courants très forts. Et d'énormes bancs de petits poissons. C'est pourquoi les bars et les lieus jaunes viennent y chercher leur nourriture. Ils peuvent faire plus d'un mètre de long. A cet endroit, il y a beaucoup d'algues. On ne peut pas y pratiquer la pêche à la ligne. Mais avec des plombs plus lourds, expliqua le garçon, les yeux brillants, on atteint le fond et on les attrape. Il faut seulement le savoir.

Anthony lança au commissaire un regard de triomphe.

— Depuis combien de temps pêchait-elle là-bas, tu le sais ?

— Depuis cette année, je crois. Mais elle était déjà venue avant, m'a-t-elle dit.

— Y a-t-il un endroit semblable plus loin dans la baie ? Où elle serait allée plus souvent ces derniers temps ?

— Là-bas, il n'y a pas de coins secrets pour la pêche.

Une réponse claire.

— Peut-être se rendait-elle dans d'autres endroits de la baie pour une autre raison que la pêche ?

— Je ne crois pas. Elle m'a rien dit à ce sujet.

— Tu es sûr ?

Le garçon examina Dupin d'un regard curieux.

— C'est important, n'est-ce pas ?

— Très.

— Je ne suis pas au courant des autres raisons, finit par avouer Anthony qui avait du mal à cacher sa déception.

— Et Laetitia ? Elle aussi, tu l'as observée ?

— Des fois. Mais pas souvent. Je savais jamais quand elle partait ou revenait. C'était toujours différent. Mais elle était très sympa. Elle m'a raconté des histoires de dauphins.

— Quel genre d'histoires ?

— Elle me parlait de son dauphin préféré. Une femelle. Darius. Elle a eu deux petits l'année dernière. Elle m'a raconté tout ce que Darius apprenait à ses petits. Elle leur montre les meilleurs coins de chasse. Elle aussi a ses coins secrets, comme Céline.

— D'autres histoires ?

— Comment les dauphins aident les humains. L'année dernière, un nageur de l'extrême s'est fait attaquer par un requin blanc. Douze dauphins sont venus à sa rescousse et ont formé un cercle autour de lui. Ils ont nagé vingt kilomètres à ses côtés. Ou bien l'histoire du petit garçon qui est passé par-dessus bord un jour de tempête et qui a été ramené à terre par un dauphin. Ce dauphin s'appelle Filippo. Mais eux aussi ont besoin de notre aide. Ils savent exactement qui nous sommes. Dernièrement, un dauphin s'est emberlificoté dans une ligne de pêche, l'hameçon s'était fiché dans sa nageoire. Il s'est approché de deux plongeurs et a attiré leur attention. Lorsqu'ils l'ont délivré, il les a remerciés en leur donnant une petite tape avec sa nageoire. La scène a été filmée, ajouta-t-il d'un air soudain grave. Je peux vous montrer la vidéo si vous ne me croyez pas.

— Je te crois sur parole.

La réponse de Dupin parut le satisfaire.

— Elle t'a parlé aussi des dauphins retrouvés morts ?

— Oui, c'est horrible.

La tristesse se peignit sur les traits de l'enfant.

— Elle a dit quelque chose à ce sujet ? Désigné quelqu'un qui serait responsable de la mort des dauphins ?

— Les gros bateaux et les flottilles. Tout le monde le sait.

— Elle a parlé de ce gros patron de pêche, Morin ? Charles Morin ?

— Non.

Un non sans appel.

Dupin soupira. Ce garçon était formidable. Mais la conversation n'avait rien révélé de nouveau.

— Un jour, Jumeau a trouvé un gros boulet de canon. Antoine dit qu'il est du XVIIe ou du XVIIIe siècle. Peut-être qu'il venait d'un vrai bateau de pirate. Il y avait beaucoup de pirates, ici. (Le garçon dévisagea le commissaire.) Il fait partie maintenant du trésor du musée. On y trouve aussi de vraies pièces de monnaie, plusieurs en argent. C'est ce que pense madame Coquil, même si elles sont recouvertes de calcaire. Vous êtes déjà allé au musée ?

— Pas encore.

— Vous devez voir le trésor ! Madame Coquil m'a nommé représentant spécial du trésor du musée. Je lui apporte tout ce que les pêcheurs trouvent. Dernièrement…

Le téléphone sonna. Labat, de nouveau. Dupin craignit le pire.

— Oui ?

— Commissaire ! Nous avons l'arme du crime.

L'effet était bien plus comique que tragique, même si Labat avait pris un ton théâtral. Et qu'il s'en était tenu là. Dupin se leva d'un bond.

— Répétez ça, Labat !

— Un couteau de pêche, modèle standard noir, que vous trouvez dans tous les ports de Bretagne. Long de dix-neuf centimètres et demi, avec une lame de huit centimètres. Acier inoxydable, manche en plastique rigide. Il…

— Qu'est-ce qui vous fait dire que c'est l'arme du crime ?

— Les traces de sang. Sur la lame et le manche.

— Où l'avez-vous trouvée ?

Les questions les plus diverses fusaient dans la tête de Dupin, qui s'était éloigné de quelques mètres.

— Caché derrière un tas de bois jeté en vrac. C'est moi qui l'ai trouvé ; en fait, on ne le voyait pas. C'est seulement quand je…

— Je veux… commença Dupin avant de s'interrompre.

Il regarda le garçon assis sur le banc qui l'observait, les yeux écarquillés. Il avait tout entendu.

— Je suis désolé, Anthony, mais je dois y aller.

Le gamin hocha la tête. Il n'avait pas l'air ennuyé, au contraire. Il était plutôt fasciné et excité.

— Commissaire, vous êtes encore là ? demanda Labat d'une voix plaintive.

Dupin se dirigea vers le quai.

— Il faut que la scientifique analyse le couteau dans les plus brefs délais. Je veux être à cent pour cent sûr qu'il s'agit bien du sang d'une des victimes, qu'on cherche d'autres traces sur ce couteau. Qu'ils laissent tomber tout le reste !

— Compris.

— Vous avez demandé des comptes à madame Gochat ?

— Elle affirme ne jamais avoir vu ce couteau. Ce n'est pas un des siens. Elle habite cette maison depuis deux ans seulement et prétend qu'elle n'a pas encore inspecté l'intérieur du cabanon, rapporta Labat d'un ton moqueur. Les étagères y étaient déjà. De plus, le cabanon ne serait jamais fermé à clé. Deux grands arbres le dissimulent.

— Vous allez d'abord procéder à son arrestation, murmura Dupin perdu dans ses pensées. Vous l'emmenez à Quimper, Labat.

— Comme je vous disais, on ne pouvait pas voir le couteau, il était très bien caché, j'ai pris des photos...

Dupin raccrocha.

Machinalement, il s'avançait vers le sud. Il cherchait Le Ber. Qui restait invisible. Il n'était pas sur la terrasse du Tatoon ni nulle part ailleurs sur le quai.

Cette trouvaille pouvait avoir mille implications. Une mise en scène n'était pas non plus à exclure.

Tout n'était-il pas bizarre ? Et surtout, trop facile ? Même s'il s'agissait de l'arme du crime, qu'on y découvrait des traces de sang ayant appartenu à Kerkrom, Darot ou Lapointe, plusieurs possibilités s'ouvraient à eux. Quelqu'un pouvait vouloir mettre le meurtre sur le dos de Gochat. Il n'était pas difficile de dissimuler un couteau dans une cabane de jardin ; l'assassin avait entrepris des actions bien plus risquées. Cependant, une chose était sûre : c'était un coup de maître ; même si on ne trouvait pas les empreintes de Gochat sur le couteau, de lourds soupçons pèseraient sur elle – d'autant plus qu'elle avait fait espionner Kerkrom. Ce serait une manœuvre simple mais efficace. En l'absence d'un alibi en béton, ce serait compliqué pour elle. L'assassin était à n'en pas douter capable de tels calculs.

Ou bien Gochat était effectivement la coupable. Même s'ils n'avaient pas encore la moindre idée du mobile. Peut-être quelqu'un avait-il entrepris ses propres investigations et était tombé sur le couteau – avant de leur livrer un indice. Morin.

Dupin ne savait que penser. Pour l'instant son « flair » ne lui disait rien. Aucune intuition, aucune voix intérieure, aucun pressentiment. Quoi qu'il en fût, il devait rester calme, se concentrer, suivre le fil, ne pas se faire balader par tous ces revirements.

— Patron !

Dupin se retourna.

— Ici !

Le Ber, sortant du dangereux labyrinthe de venelles, se précipitait vers lui.

— C'est incroyable, patron ! Nolwenn a joint le laboratoire parisien. Elle a parlé au chimiste qui a procédé aux analyses, déclara-t-il en pilant devant Dupin. Il s'agit d'une analyse par fluorescence X, on l'utilise entre autres pour rechercher des métaux précieux, elle est basée sur un…

— Le Ber ! Accouchez !

— L'or !

— Qu'est-ce que vous voulez dire par « l'or » ?

— L'analyse que Céline Kerkrom a demandée prouve que l'échantillon contient de l'or. Un or très pur. Environ vingt-quatre carats.

— De l'or ?

— C'est incroyable ! Un des côtés de l'échantillon, une sorte de petite plaque de deux centimètres et demi de long, très fine, était très sale, m'a dit le chimiste. Comme s'il était érodé, recouvert d'alluvions. Il était impossible de voir que c'était de l'or. Soit Kerkrom n'était pas certaine de reconnaître le matériau, soit elle savait que c'était de l'or et voulait en connaître la qualité.

— Et qu'y a-t-il de si incroyable là-dedans ?

— Peut-être Céline Kerkom a-t-elle trouvé quelque chose qui contient de l'or, répondit Le Ber lentement. Ou alors Darot. Tout prendrait sens. Tout !

Dupin comprenait bien. C'était tout à fait dans l'esprit de Le Ber : un trésor. Mais il n'était pas d'humeur à suivre les élucubrations du lieutenant.

— Ou bien encore elle possédait une vieille médaille en or, un bracelet ou une chaînette. Un héritage qu'elle voulait faire estimer. Peut-être avait-elle même envisagé de la mettre aux enchères.

Sur le visage de Le Ber se lisaient une profonde déception et une incompréhension totale.

— Sur le formulaire que Kerkrom a téléchargé du site Internet, imprimé et envoyé, il y avait écrit « échantillon », il ne pouvait s'agir d'un petit objet, rétorqua le lieutenant qui ne voulait pas lâcher prise. Deux centimètres et demi, ce n'est pas rien. Personne ne détériore un bijou légué de la sorte. On ne soumet pas une chaînette à une analyse complexe.

— Il existe d'autres objets en or. Des assiettes, des timbales, dont on peut hériter, insista Dupin qui pensait à l'appartement parisien de sa mère (à qui d'ailleurs il devait téléphoner sans plus tarder). Elle n'a rien indiqué sur la provenance de l'échantillon ?

— Non. On ne sait rien à ce sujet.

— Je dois y aller, Le Ber.

Un sentiment d'urgence l'avait saisi. Dupin était mécontent que la conversation avec Anthony ait été interrompue. Il aurait bien aimé approfondir le dernier sujet qu'ils avaient abordé.

Il regarda l'heure. Cela devait suffire, même si c'était juste. Il mènerait sa conversation téléphonique en marchant et passerait intercepter le gamin avant que commence l'école.

Il prit la direction du quai Nord.

— Monsieur Deschamps ?

— Qui le demande ? grogna une voix.

— Georges Dupin. Commissariat de police de Concarneau.

Dupin avait sciemment parlé sur un ton courtois. C'était lui, après tout, qui voulait quelque chose de l'inspecteur en retraite.

— Et alors ?

— C'est à propos de Charles Morin. J'enquête sur le triple meurtre...

— Oui ?

— L'histoire de mai 2012 m'intéresse particulièrement. Celle où vous avez pris en chasse un bateau suspect, que vous pensiez être un bolincheur de la flotte de...

— Oubliez.

— C'est-à-dire ?

— Cette histoire ne m'a apporté que des ennuis. Comme le reste : tout me porte la poisse. Je n'ai pas envie d'en parler.

— Avez-vous changé d'avis ? Vous vous étiez trompé à l'époque ?

— Qu'est-ce que vous voulez dire ?

— Vous ne pensez plus qu'il s'agissait d'un bateau de Morin ? Qu'il transportait des cigarettes de contrebande et qu'il a été coulé par l'équipage parce que vous le serriez de près ?

Dupin venait de passer devant le banc où il s'était assis avec le jeune garçon. Il avait presque atteint le quai Nord.

— Bien sûr que ça s'est passé comme ça. Mais ça n'a intéressé personne. Au contraire. C'était encore moi l'emmerdeur. Je ne dirai plus un mot sur cette histoire. Je possède une petite distillerie avec mon beau-frère ; je suis un homme heureux. Je n'ai plus besoin de ces vieilles histoires.

Dupin ne trouvait pas l'homme antipathique. Mais il ne se laisserait pas embobiner.

— Vous aviez des preuves ? Des indices concrets ?

Deschamps restait silencieux. Puis il parut se secouer :

— Le bateau avançait plus vite que le nôtre. Quel bolincheur a un moteur d'une telle puissance ? D'habitude, les bateaux de pêche vont deux fois moins vite que nos vedettes équipées spécialement pour la surveillance de la contrebande. Je peux vous le dire.

— C'est pourquoi il a disparu de l'écran radar ?

— Je vous répète que je n'ai pas envie de parler de cette histoire.

— A-t-on compté les bateaux de Morin, après coup ? Je veux dire, chaque bateau de sa flotte est immatriculé ; si l'un d'eux venait à manquer soudainement, ça se verrait, non ?

— Je souhaite à monsieur le commissaire de Paris beaucoup de succès dans ses recherches. Si vous voulez bien maintenant m'excuser, dit Deschamps avec condescendance mais sans agressivité.

Il raccrocha avant que Dupin ne puisse ajouter un mot.

Le commissaire se frotta les tempes.

Il avait quitté le quai Nord. La veille, il avait repéré l'école primaire, une bâtisse de pierre d'un blanc éclatant qui se dressait derrière le quai.

Deux enfants, un grand garçon maigrelet et une petite fille aux cheveux en bataille habillée d'une robe bleu outremer, étaient assis sur les marches.

Si Dupin avait correctement jugé le garçon, Anthony serait le dernier à entrer, une fois qu'il aurait bien traîné ici et là.

Il composa le numéro de Le Ber. Son adjoint était un expert en bateaux et en pêche.

— Patron ?

Il se lancerait certainement dans une recherche tous azimuts, mais cela n'avait pas d'importance.

— Le bateau de contrebande présumé que l'équipage aurait éventuellement lui-même coulé : je viens de m'entretenir avec l'inspecteur des douanes, aujourd'hui retraité. Je…

— Je suis au courant. Nolwenn m'a parlé de ses recherches.

Parfait, il pouvait donc aller droit au but.

— Si le navire a vraiment été sabordé, il manque à l'appel, forcément. Je veux dire, continua-t-il en ordonnant ses pensées en même temps qu'il parlait, que nous devrions pouvoir vérifier s'il en manque un ou non.

— En règle générale, les bateaux sont enregistrés auprès de plusieurs administrations. Mais, bien entendu, celles-ci ne vérifient pas au jour le jour leur activité. Ni, d'ailleurs, s'ils sont encore en service.

— Vous voulez dire qu'il pourrait encore exister officiellement ici ou là même s'il gisait au fond de la mer ?

— Tous les bateaux de pêche doivent se soumettre au contrôle technique tous les quatre ans.

— Ça pourrait tomber cette année.

Dupin avait lâché cette phrase sans vraiment savoir ce qu'il entendait par là.

— Vous pensez que, sinon, sa disparition aurait déjà été remarquée ? s'enquit son adjoint.

En effet, c'était sans doute ce qu'il avait voulu dire.

— Pas forcément, reprit Le Ber après réflexion. Morin aurait pu se contenter de le faire radier, avec la mention « réformé » ou « désarmé ». Pour ça, pas besoin d'inspection.

— Il faut savoir si Morin a révoqué un bolincheur au cours des trois dernières années.

— Ou bien il l'a fait remplacer en catimini, observa Le Ber.

— C'est-à-dire ?

— Chaque bateau est identifiable grâce à deux numéros, nécessaires pour l'enregistrement. L'un des numéros figure sur la coque, une sorte de plaque administrative. L'autre est le numéro du moteur.

Dupin avait dressé l'oreille.

— Vous voulez dire que grâce à ces deux numéros on pourrait, aujourd'hui encore, identifier un bateau gisant au fond des mers ?

— Immédiatement et sans doute possible.

Un long silence s'abattit. Le cerveau de Dupin travaillait à plein régime.

— Vous supposez que Darot et Kerkrom ont trouvé le bateau ? demanda Le Ber.

— C'est possible, répondit Dupin, l'esprit ailleurs.

— Et le professeur ? Philippe Lapointe ? Quel rôle joue-t-il là-dedans ?

— Je ne sais pas.

Cela aussi tarabustait le commissaire. Mais il avait tout juste commencé à échafauder un scénario.

— Comment Morin aurait-il pu faire passer un nouveau bateau pour l'ancien à la barbe des inspecteurs, Le Ber ?

— En manipulant les deux numéros d'identification.

— Comment ?

— C'est du boulot, mais pas impossible. Chaque gamme de fabrication comprend plusieurs bateaux de types similaires. Il leur faudrait s'atteler aux numéros d'identification, celui de la coque et celui du moteur. En fin de compte, on peut tout traficoter si on est suffisamment motivé.

Le Ber avait raison. Ce principe de base faisait partie des fondements de leur profession.

Dupin ne lâchait pas du regard l'entrée de l'école. Les deux enfants se levèrent sans enthousiasme et entrèrent dans le bâtiment. La classe allait bientôt commencer. /

— Le Ber, je veux que vous contrôliez tout ça soigneusement. Appelez du renfort. (Cette affaire était très gourmande en personnel, mais Dupin s'en moquait.) Que l'on dresse la liste de tous les bateaux de Morin, de tous les bolincheurs qui étaient enregistrés il y a quatre ans. Puis il faut comparer cette liste avec celle des bateaux enregistrés aujourd'hui. Et enfin examiner chaque bateau avec minutie. Se déplacer en personne, vérifier chaque numéro d'identification, chercher les éventuelles manipulations. Nous devons aussi savoir si, au cours des trois dernières années, Morin a acquis un bolincheur neuf ou d'occasion. (Les ordres fusaient au petit bonheur.) Il faut savoir quels bateaux sont passés au contrôle technique ces dernières années et lesquels doivent le faire. Toutes les hypothèses.

— Je vais lancer toutes ces recherches immédiatement, patron.

— Bien.

— Et l'histoire, hésita Le Ber, pourrait être celle-ci :
Morin nous mène par le bout du nez. Il n'a aucune
intention de coopérer et de nous aider dans nos investigations. En réalité, il a éliminé sans pitié les personnes qui ont trouvé une preuve de ses activités de
contrebande. Son équipage a sabordé le bateau avec
la marchandise de contrebande – et la coque avec le
numéro d'identification, ou celui du moteur.

Dupin ne répondit pas. Mais, en gros, cela avait
pu se passer ainsi. C'était ce qui lui avait traversé
– vaguement – l'esprit la veille au soir. Une histoire
qui commençait par une ribambelle de « si ». C'était
souvent comme ça au début. Presque toujours.

— Nous nous reparlons plus tard, Le Ber.

Dupin se hâta de raccrocher, il venait d'apercevoir
le garçon.

Anthony traversait le pré depuis la mer. Lui aussi
avait vu Dupin.

Il eut un sourire crâne. Dupin s'avança vers lui.

— Vous avez encore des questions de policier ?

Dupin sourit en retour.

— Je peux rater la classe ? demanda le garçon plein
d'espoir.

— Quelques minutes seulement. Mais tu pourras
dire à ton maître…

— Ma maîtresse. Madame Chatoux.

— Tu diras à madame Chatoux que le commissaire
a eu besoin de ton aide.

Le gamin prit un air rusé, l'excuse lui semblait suffisante. Dupin alla droit à l'essentiel.

— Tu m'as dit que les pêcheurs rapportaient parfois des choses qu'ils trouvaient au fond de la mer, des

boulets de canon, des pièces de monnaie. On m'a parlé aussi de vieilles ancres, de morceaux d'épaves et de…

— Vous pouvez voir tout ça au musée. Vous voulez que je vous montre ?

— Je…

Mais, au fond, c'était une bonne idée.

— D'accord. Du coup, ce serait préférable que ce soit moi qui m'entretienne avec ta maîtresse.

Le garçon rayonnait.

— Attends-moi ici.

Dupin monta les marches et entra dans le bâtiment.

— La salle est celle de droite. Il n'y en a que deux.

— Je vais trouver, lança Dupin par-dessus son épaule.

Il réapparut l'instant d'après.

— C'est fait. Tu es excusé pour une demi-heure. Afin d'épauler les forces de l'ordre dans leurs investigations.

— Alors il n'y a pas de temps à perdre.

Le jeune garçon pressa le pas en direction du quai Nord, au bout duquel se trouvait le musée. Dupin avait du mal à suivre le rythme.

— Sais-tu si Céline Kerkrom ou Laetitia Darot ont fait ces derniers temps une… découverte au fond de la mer ? (Dupin s'efforçait de prendre un ton ordinaire.) Si elles sont tombées sur des objets particuliers ? Qu'elles auraient remontés ?

— Céline a trouvé quelque chose.

Dupin s'immobilisa.

— Maman ne m'a pas cru. Papa non plus. Ils ont dit qu'il ne fallait pas plaisanter avec les symboles sacrés. Ils croient que j'ai tout inventé.

— Que veux-tu dire ?

Le garçon avait continué sa route et ne faisait pas mine de s'arrêter. Dupin se remit en marche.

— Je n'ai pas pu bien voir. C'était enveloppé dans un morceau de tissu.

— Céline Kerkrom a rapporté quelque chose ?

— Oui, sur son bateau.

— Quoi ?

— Une grande croix. Une croix immense, même.

— Tu as vu une grande croix ?

Dupin s'arrêta de nouveau. Cela lui semblait saugrenu.

— Oui, répondit le garçon qui hésitait pour la première fois. En tout cas, ça ressemblait à une croix.

— Pourquoi penses-tu que c'était une croix ?

— A cause de la forme. Sous le tissu, on aurait dit une croix, je veux dire, ce qu'il y avait dans le tissu.

— C'était enveloppé dans du tissu ?

— Oui.

— Donc, tu n'as pas vu l'objet de tes propres yeux ?

— Non, mais je pense que c'était une croix.

C'était phénoménal.

Avaient-elles repêché un morceau du bolincheur de Morin ? La partie où figurait le numéro d'immatriculation ? Le moteur ? Ce n'était pas impossible qu'il ait été recouvert ou enveloppé provisoirement et qu'il ait eu une forme de croix. Ou encore un morceau de la coque.

— Quand était-ce, Anthony ?

— Oh… au début du mois. Je le sais parce que je suis allé me baigner ce jour-là. La première fois de l'année. Il faisait chaud, et l'eau aussi était chaude !

Dupin se souvint de la petite vague de chaleur du début du mois.

— Maman dit toujours que mon imagination me joue des tours. Mais c'est pas vrai, monsieur.

Dupin pensa à quelque chose :

— Le bateau avait déjà son nouveau treuil ?

— Oui.

On l'avait sans doute monté la semaine précédente. Peut-être dans ce but. Cela n'était certainement pas fortuit.

— Laetitia était là aussi.

Dupin sonda Anthony du regard.

— Elle aussi était sur le bateau ?

— Oui. Récemment, il leur arrivait de se trouver toutes les deux sur le bateau de Céline. Et avant, parfois sur celui de Laetitia, mais les dernières fois, c'était seulement sur celui de Céline.

Dupin devait rassembler ses idées.

— Elles ont emporté l'objet à terre ?

— Je ne les ai pas vues faire. Je devais rentrer, il était déjà très tard. Le lendemain, je suis allé tout de suite jeter un coup d'œil sur le trésor. Juste avant de rentrer en classe. Mais il n'y avait rien. J'ai demandé à madame Coquil s'il y avait quelque chose de nouveau. A Antoine aussi. Céline était déjà sortie en mer.

— Et alors ?

— Ils m'ont dit que non. Le soir, j'ai posé la question à Céline.

— Et qu'a-t-elle répondu ?

— Elle a dit que c'était une poutre et qu'elle en avait besoin pour sa maison, qu'elle l'avait rapportée du continent. Mais je crois qu'elle me racontait des bobards.

— Elle a parlé d'une poutre ?

— Oui.

— Où est-ce que tu étais caché ? De quel endroit les as-tu observées ?

Ils étaient presque arrivés, le musée était en vue.

— J'étais là où sont les cabanons, entre les deux quais. Quand on est petit, commenta-t-il avec son sourire malin, on peut se glisser entre les casiers à homards sans se faire remarquer.

Le commissaire lui-même avait été témoin de l'habileté avec laquelle Anthony se cachait et espionnait...

— Je voudrais que tu me montres ça rapidement avant qu'on aille au musée.

— Alors, une demi-heure ne sera pas suffisante. Je vais louper encore plus la classe.

Le garçon gloussa et tourna les talons. Ils arrivèrent devant les cabanons en un instant.

— Ici : je me suis caché exactement ici.

Il montra d'un geste une pile d'une dizaine de casiers à homards, à trois ou quatre mètres de la bordure du quai.

— Là, derrière. Ce jour-là, il n'y en avait pas autant, mais elles ne m'ont quand même pas vu. Et c'est ici, dit-il en allant vers l'eau, qu'elles ont amarré. La croix était à l'arrière du bateau, entre plusieurs caisses de poissons. Elle était presque invisible, bien coincée. Je crois qu'elles ne voulaient pas que quelqu'un la voie.

— Qu'est-ce qui te fait dire ça ?

— Parce que c'était bien planqué et parce qu'elles sont rentrées au port à la nuit tombée.

— Mais ça ne t'a pas empêché de les remarquer.

— C'est vrai.

Accroupi derrière les casiers, il n'était qu'à quelques mètres de la scène.

— C'est à cause de la forme que tu as pensé que c'était une croix ?

Ils avaient déjà abordé cette question, mais elle était essentielle.

— Ça avait vraiment la forme d'une croix, et grande.

— Mais tu n'as pas pu observer ce que cachait le tissu.

— Non.

Il n'y avait rien de plus à en tirer.

— On y va.

Dupin se dirigea une fois de plus vers le quai Nord, l'enfant sur ses talons.

— Tu as vu quelqu'un sur le quai ?

— Non.

— Et avant ? Quelqu'un était dans les parages ?

— Les deux autres pêcheurs sont rentrés plus tôt.

— Jumeau en premier ?

— Non, en deuxième.

— Est-il resté sur le quai plus longtemps, je veux dire, une fois qu'il a amarré son bateau ?

— Il était parti quand Céline est rentrée. Il a amarré et il est parti.

— Longtemps avant elle ?

— Non, ça non.

Dupin avait sorti son calepin et gribouillait quelques notes en marchant.

— Vous notez tout ? demanda Anthony en louchant sur le calepin pour happer quelque chose. C'est important, ce que j'ai dit ?

— Selon les circonstances, oui. As-tu vu quelqu'un avant qu'elles aient amarré le bateau de Céline ?

— Antoine Manet est passé au moment où Jumeau amarrait.

— Qu'est-ce qu'il voulait ?

Dupin était conscient qu'il posait des questions impossibles. Mais pour les enfants, les questions impossibles n'existaient pas.

— Ils ont échangé quelques mots. Il était tout près du bateau, je n'ai rien entendu. Puis il est reparti.

— C'est tout ?

— Oui, à part lui, personne.

— Et les jours suivants ? Tu as continué à espionner Céline ?

— Oui.

— Mais tu n'as plus vu… d'objet.

— Non. Le lendemain, la croix n'était plus là. Elles l'ont certainement cachée, mais je ne sais pas où, malheureusement.

Un court silence s'ensuivit. Ils allaient bientôt arriver au musée.

— Tu as dit tout à l'heure que l'objet était vraiment grand. Quelle taille, à peu près ?

— Aussi grand que moi, peut-être.

— Tu en es sûr ?

D'après Dupin, Anthony mesurait un mètre quarante environ. Est-ce qu'il pouvait le croire ? Il était exclu qu'Anthony ait inventé toute l'histoire, qu'il ait voulu le mener en bateau ou attirer l'attention sur lui. La question était tout autre : n'aurait-il pas vu, en fait, quelque chose de tout à fait ordinaire que son imagination aurait ensuite embelli ?

— J'en suis sûr. Peut-être que la croix était en argent ou en or et que Céline a été tuée parce qu'elle avait trouvé un vrai trésor. Vous pensez que c'est ce qui s'est passé ? demanda le jeune garçon sur un ton à la fois triste et fasciné.

Dupin le sonda du regard.

— Qu'est-ce qui te fait penser à l'or ?

— Rien de spécial. Mais c'est ce qu'il y a de plus précieux, non ?

Dupin soupira.

— Allons voir le trésor.

Ils venaient de pénétrer dans la cour du musée. Dupin ne s'attendait pas à ce que Kerkrom et Darot y aient « caché » leur trouvaille, quelle qu'elle fût. Mais sait-on jamais. Il désirait voir ce trésor. Peut-être lui viendrait-il, là, quelques idées ?

— Par ici. La salle est dans le musée de la société de sauvetage en mer.

Les bâtiments étaient magnifiques ; ils formaient un fer à cheval au milieu de la cour pittoresque. Dupin était très impressionné qu'on consacre un musée entier au sauvetage en mer.

Le garçon connaissant bien le chemin, il franchit l'entrée, tourna à gauche, passa devant une grande vitrine au milieu du couloir où était exposé un canot de sauvetage.

— Ah, vous voilà enfin ! Il était grand temps. Venir sur l'île sans visiter le musée est inacceptable.

Madame Coquil, la merveilleuse dame de fer, venait de surgir de nulle part.

— C'est Jacques de Thézac en personne qui a fait bâtir ces maisons ! Il est le fondateur de l'Abri du marin, qui hébergeait les marins naufragés. Ces maisons sont les tout premiers refuges ! Car ici, la situation pour les hommes était pire que partout ailleurs. En plus, autrefois, de nombreux navires faisaient escale sur nos côtes.

La nostalgie embuait ses yeux.

— Quoi qu'il en soit, fin juillet, nous allons célébrer en grande pompe le cent cinquantième anniversaire de la Société nationale de sauvetage en mer. Vous serez des nôtres, commissaire, il n'y a pas à discuter. La SNSM possède deux cent dix-neuf stations, deux cent cinquante-neuf postes sur les plages, elle compte sept mille bénévoles pour seulement soixante-dix salariés. La société a été fondée à Audierne en 1865, dit-elle en mettant l'accent sur l'année comme si elle-même avait du mal à le croire. C'est là-bas que les célébrations officielles auront lieu, mais nous ne manquerons certainement pas l'occasion de fêter l'événement de notre côté. N'oublions pas que la station de Sein a été une des toutes premières à voir le jour, elle n'a été fondée que deux ans plus tard. Le sauvetage en mer est une longue tradition !

Elle avança d'un pas vers Dupin. Une communication importante allait suivre.

— Savez-vous combien de pauvres âmes ont été sauvées par ces hommes courageux depuis ? Dix mille ! Antoine a dressé la liste de toutes les opérations de sauvetage. Vous pouvez la trouver sur Internet. En 1762, le duc d'Aiguillon a proposé aux Sénans de quitter leur île ; il voulait leur offrir les plus belles terres sur le continent. Ils ont tous refusé. Et pourquoi ? « Qui s'occupera des naufragés si l'île est abandonnée ? »

pouvait-on lire dans leur réponse officielle. En guise de remerciement, le duc leur a envoyé des tonnes de biscuits ! Dix mille ! Nous avons sauvé la vie de dix mille naufragés ! Parmi lesquels on compte même deux cent quatre-vingts Anglais ! Jusqu'à ce qu'on construise le phare, un gros navire chavirait tous les deux ou trois ans.

Elle recula d'un pas et sourit.

— Bon, que puis-je vous montrer ? Qu'est-ce qui vous intéresse en priorité ?

— Anthony voulait me montrer quelque chose, s'empressa de répondre Dupin.

— Le trésor. Le commissaire voudrait voir le trésor à des fins d'enquête policière, précisa le gamin.

— Tu sais bien que cette salle n'est pas ouverte au public. Elle ne fait pas partie du musée ! Il y règne en ce moment un vrai capharnaüm. En fait, on ne peut laisser personne entrer dans cette pièce.

Une décision sans appel.

— Je pense que cela ne posera aucun problème, madame. Je voudrais seulement jeter un coup d'œil.

— Et pour quelle raison, si je puis me permettre ? Votre lieutenant est déjà venu.

— Pour l'instant, nous suivons plusieurs pistes. Pure routine.

— C'est fermé, dit Anthony en secouant la poignée.

— Oui. Maintenant, c'est fermé pour toute la saison. Ordre d'Antoine Manet.

— Un bref regard, c'est tout.

Dupin aimait bien madame Coquil. Il essayait de le lui faire savoir en adoptant un ton approprié. Cela parut faire son effet.

— Bon, d'accord.

Elle fourragea dans la poche de son gilet jaune canari qu'elle portait par-dessus une robe rouge carmin. Elle en tira une clé.

— Avant, ce n'était jamais fermé, y compris pendant la saison, déclara Anthony d'un air mécontent. Maintenant, il faut toujours que je demande la permission si je veux y aller.

— Qui a accès à la clé ? demanda Dupin.

— Monsieur Manet et moi-même. Un double est dans le tiroir de la petite table aux brochures, dans le vestibule, expliqua-t-elle avec un signe de tête.

Joséphine Coquil ouvrit la porte et fit entrer ses visiteurs.

— Ensuite, vous devriez visiter le musée historique. L'histoire de l'île devrait vous intéresser autant, sinon plus, que ce que vous trouverez ici. Nous ne sommes rien sans notre passé. Seulement des spectres ! Ne l'oubliez jamais ! (Puis, avec un sourire, elle ajouta :) Pour la visite guidée du trésor, je vous confie au guide le plus compétent de l'île.

Sur ces mots, elle tourna les talons.

Dupin entra dans la salle. Elle était très simple et, de toute évidence, n'avait pas été rénovée depuis belle lurette. Jadis blancs, les murs étaient jaune sale et sentaient mauvais. Toute la pièce empestait : un mélange de poussière – une couche de plusieurs centimètres recouvrait le sol à certains endroits –, de moisissure, de colle et d'huile, supputa Dupin. Une odeur aigre. La pièce ne possédait qu'une fenêtre dont la vitre sale laissait filtrer une lumière trouble.

Capharnaüm était en effet le mot adéquat pour désigner l'endroit. De longues planches à dessin formaient un L. Partout ailleurs s'empilaient des cartons sur lesquels étaient collées des étiquettes portant des abréviations toutes sur le même modèle : « S.-28.-29. / Georges Bradou / 05.2002 ».

Le garçon avait remarqué que le regard de Dupin était attiré par les cartons.

— Sur les tables, il n'y a que les pièces les plus remarquables. Les autres sont en boîte. Les étiquettes donnent les indications importantes : les coordonnées du lieu de la trouvaille, la personne qui l'a découverte, etc. « S » pour Sein. C'est Manet qui a mis ce système en place. Il est utilisé dans tout le Finistère. Manet fait partie d'une association, vous savez, et ils mettent des trucs comme ça au point.

Il parlait certainement de l'association dont le professeur Lapointe était lui aussi adhérent.

— Regardez, commissaire, celles-là sont des vraies pièces romaines, dit Anthony en montrant le centre de la table. On voit l'empereur Maximien. C'est ma monnaie préférée. Et là, Carausius, chargé par l'empereur de défendre la Bretagne contre les Saxons et les Francs. Du bronze. Et là, elles sont en argent, précisa-t-il en désignant une poignée de pièces différentes.

Il était dans son élément. Dupin longea le L.

C'était un bric-à-brac extraordinaire et bizarre. Chaque pièce était munie d'un petit ruban sur lequel étaient inscrits le lieu et la date de la découverte ainsi que l'identité de celui qui l'avait mise au jour.

Arrivé au bout de la table, Dupin s'immobilisa. Il avait aperçu quelque chose : sous la table, entre deux cartons, il y avait un gros moteur rouillé qui faisait bien un mètre de long. Il se pencha.

— Il appartenait à un bateau de pêche qui a chaviré devant la côte ouest de Sein, en pleine tempête. C'est arrivé près du rivage, pas loin du phare.

— Depuis quand est-il là ?

— Oh, depuis des années. Longtemps.

— Il n'y a pas d'étiquette, annonça Dupin qui avait cherché en vain une indication.

— Hmm.

Anthony n'en savait pas plus.

— On sait de quel bateau il s'agit ?

— Oui. Il appartenait à un pêcheur côtier de Douarnenez. Il a pu rejoindre la terre ferme au dernier moment. Sain et sauf.

— Je comprends. Le moteur était-il déjà là, disons au début de l'année ? Ou même avant ?

Le garçon lança un regard interrogateur à Dupin.

— Oui.

— Tu en es bien certain ?

— Je vous l'ai déjà dit.

Ce n'était donc pas le bon.

Dupin s'accroupit. Il n'avait encore jamais vu un moteur de bateau démonté. Il était de forme allongée, d'où sortait un manche de trente à quarante centimètres, une barre rouillée qui servait vraisemblablement à relier le moteur à l'hélice. De l'autre côté, mais fixé bien plus haut, partait un moignon de tuyau, peut-être celui qui reliait le moteur au réservoir. Si on mettait le moteur à la verticale et qu'on le recouvrait d'un tissu, on pouvait, avec de l'imagination, y voir les contours d'une croix. Dupin regarda attentivement : si l'on avait une imagination débordante.

Il se redressa.

— Naguère, cette porte n'était donc jamais fermée à clé ?

— Non, jamais.

— Quand es-tu venu ici pour la dernière fois ?

— Je ne sais pas, répondit Anthony après un temps de réflexion. Peut-être il y a deux semaines. Ou trois. On n'a rien découvert de nouveau récemment.

— Rien du tout ?

— Non, à part le petit cheval en fer, dit-il en désignant le bout de la table où se trouvait un cheval en fer rouillé, façonné grossièrement. C'est Jumeau qui l'a trouvé.

— A ton avis, où les deux femmes ont-elles pu emporter le gros objet ?

— C'est une question très importante, n'est-ce pas ? Dupin hocha la tête.

— Pas ici. Certainement chez l'une d'elles. Ou dans un des cabanons d'abord. Puis à leur domicile. Au milieu de la nuit, quand il n'y a plus un chat dans les rues. Ou très tôt le matin. C'est comme ça que j'aurais fait, moi, conclut-il après mûre réflexion.

Le regard de Dupin glissa encore une fois sur toute la pièce, le long de la table. Il se frotta la nuque.

— Une exposition fabuleuse. Merci beaucoup pour la visite guidée. Et surtout pour ton travail formidable d'enquêteur. Tu as rendu un fier service à la police, Anthony.

Les yeux du gamin lancèrent des étincelles, puis son regard s'assombrit.

— Faut que je retourne à l'école maintenant ?

— J'en ai bien peur. Mais, ajouta Dupin en regardant sa montre, tu as manqué la classe bien plus d'une demi-heure.

Le visage d'Anthony s'éclaira de nouveau.

— Je pense que nous allons nous revoir, déclara Dupin en se dirigeant vers la porte.

Il tendit la main au jeune garçon qui lui rendit une poignée de main ferme.

— Vous pouvez venir me chercher en classe quand vous voulez. Vous savez maintenant où elle se trouve, répliqua-t-il en grimaçant avant de filer.

Ce qui arracha un sourire à Dupin qui fermait la porte de la salle du trésor. Il s'apprêtait à sortir quand madame Coquil se matérialisa devant lui, surgissant une fois de plus de nulle part.

— Alors ? Avez-vous trouvé ce que vous cherchiez ?

— Une collection passionnante, répondit-il après une légère hésitation. Mais ce sont les dernières acquisitions qui m'intéressent surtout. Celles des dernières semaines.

Il dévisageait madame Coquil avec attention. En vain. Rien dans son comportement ne permettait de croire qu'elle savait quelque chose. Elle posa sur Dupin un regard sévère.

— Bien, je vais pouvoir maintenant vous parler de l'histoire de notre île. Nous devons nous rendre dans l'autre bâtiment, et commencer par l'époque préhistorique.

— Je…

Le commissaire soupira de soulagement : son téléphone venait de sonner.

— Je dois prendre l'appel, madame, je suis désolé.

Il s'éloigna de quelques pas pressés et sortit dans
la cour.

— Qu'y a-t-il, Labat ?

— On n'a pas trouvé d'empreintes sur le couteau. On a procédé sur place au relevé d'empreintes,
raconta Labat sur son habituel rythme de mitraillette.
Le couteau a été envoyé au labo pour chercher des
traces d'ADN et analyser le sang qui se trouve sur la
lame. Une voiture emmène madame Gochat au poste
de Quimper. Je dois moi aussi partir. Bien sûr, nous
vous attendons si vous souhaitez procéder vous-même
à l'interrogatoire. (C'était là une formule purement
rhétorique.) Sinon, je m'en occupe. A part ça, les
informaticiens de Rennes ont pu uniquement trouver
l'opérateur qui a permis l'envoi de l'e-mail anonyme.

— Labat, nous allons rendre sa liberté à madame
Gochat, déclara Dupin qui s'efforçait de s'exprimer
sur un ton lapidaire.

— Nous… quoi ? s'écria Labat qui avait du mal à
se contenir. Mais vous ne pouvez pas faire ça !

— Nous la libérons. Immédiatement. Vous m'avez
bien entendu ?

— Nous avons trouvé l'arme du crime chez elle.
Elle n'a pas le moindre alibi. Elle a fait suivre Céline
Kerkrom.

On n'avait pas jusqu'ici confirmation qu'il s'agissait
de l'arme du crime, quasiment personne n'avait d'alibi
parmi tous les protagonistes, et madame Gochat n'était
pas la seule à avoir filé Céline Kerkrom. Certes, les

331

circonstances permettaient la mise en examen de la patronne de la criée, mais le commissaire poursuivait un autre but.

— Si c'est elle, il est plus intelligent de la laisser en liberté et de voir ce qui se passe.

Dupin était convaincu que c'était la bonne marche à suivre.

— Je veux justement voir ce qu'elle va faire. Et vous, Labat, vous allez la suivre incognito et observer ses moindres gestes. Peut-être a-t-elle caché quelque chose (c'était là le point sensible) ou sait-elle où quelque chose a été caché, continua Dupin qui s'adressait moins à Labat qu'à lui-même.

— Vous avez une idée derrière la tête ? demanda Labat qui s'était ressaisi.

L'heure n'était pas encore arrivée et il n'y avait aucune urgence à livrer ses réflexions floues, voire complètement dingues.

— Non, ce ne sont que des considérations générales.

— Je pense que vous faites une erreur. Mais bon, c'est vous qui donnez les ordres.

— Exactement, Labat. C'est moi qui donne les ordres.

Une autre idée venait de traverser l'esprit de Dupin, une variante en quelque sorte, mais géniale.

— Je voudrais m'entretenir avec madame Gochat avant que vous ne la libériez. Vous allez l'amener ici, sur l'île. Et immédiatement, ordonna Dupin à qui l'idée plaisait de plus en plus. Partez tout de suite, avec le gyrophare et tout le tintouin. Directement à Audierne et vous embarquez sur la vedette.

Labat était complètement déboussolé.

— Et si elle refuse ? Je veux dire, si je lui annonce qu'elle est libre et qu'elle ne sera pas interrogée, mais qu'en même temps elle doit se rendre sur l'île pour y être entendue… Son avocat…

— Si elle renâcle, donnez-lui le choix : soit elle est libre après une discussion avec moi, soit on l'expédie dare-dare en garde à vue où elle sera soumise à de multiples interrogatoires. C'est elle qui décide.

— Je pense que vous allez bientôt nous voir sur l'île, déclara Labat après un bref silence.

— Je le pense aussi. Je vous attends.

Dupin raccrocha. Pendant son coup de fil, il s'était faufilé hors de la cour.

Il lui restait une chose à régler : appeler sa mère. Il ne pouvait plus y échapper et ne voulait pas non plus risquer qu'elle continue d'importuner Nolwenn.

Il garda avec courage son téléphone en main.

— Patron ! Patron !

Dupin longeait de nouveau le quai Sud lorsque Le Ber s'était précipité sur lui au sortir des venelles.

— Votre téléphone sonnait occupé. Jumeau est arrivé. Il vous attend Chez Bruno.

— Alors, allons-y.

Dupin se dirigea sans plus attendre vers la petite terrasse du bar.

La conversation téléphonique avec sa mère avait été éprouvante, mais heureusement courte – bienfait qu'il devait peut-être à l'arrivée chez elle du fleuriste qui allait l'occuper. Il avait argumenté : depuis leur dernière conversation, l'affaire était devenue encore plus compliquée, une troisième victime s'était ajoutée, les investigations n'avaient encore rien donné et tout cela rendait encore plus improbable qu'il puisse venir le lendemain. Empêchement qu'elle n'avait pas fait mine d'entendre, même s'il s'était expliqué de façon on ne pouvait plus claire à plusieurs reprises. Elle n'avait pas vraiment réagi, ce qui était sans doute dû à sa faculté d'ignorer purement et simplement ce qui la gênait, technique qu'elle maîtrisait à la perfection. Elle n'entendait pas ce qu'elle ne voulait pas entendre. Point final. Ça n'existait pas. De plus, elle maniait l'art de culpabiliser son interlocuteur.

Le jeune pêcheur, plongé dans ses pensées, était assis devant une tasse de café.

Dupin n'avait pas encore atteint la table et Jumeau venait à peine de tourner la tête vers le commissaire que celui-ci attaqua :

— J'aimerais savoir à quoi correspond la coquette somme que Laetitia Darot a virée sur votre compte.

Dupin s'assit en face de Jumeau, Le Ber à côté. Jumeau ne parut pas perturbé par la question.

— J'ai des problèmes financiers, depuis deux ou trois ans, répondit-il d'une voix dénuée d'apitoiement sur soi ou de regret – on aurait même dit que cet aveu ne lui faisait ni chaud ni froid. La pêche est devenue un secteur difficile, pour quelqu'un comme moi, en tout cas.

— Et elle vous a donné dix mille euros comme ça, en un seul virement, une telle somme ?

— Oui.

— Et je suis censé vous croire ?

Jumeau posa sur Dupin un regard impassible.

— C'était censé être un prêt ?

— Non.

L'ennui était que Dupin ne connaissait pas l'objet de ce virement ni ne savait s'il était d'origine criminelle. Même en tenant compte des hypothèses hasardeuses et fragiles apparues récemment, aucun scénario ne s'était présenté à son esprit. Mais dix mille euros représentaient une sacrée somme.

— Vous avez des dettes ? demanda Le Ber.

— Un crédit pour le bateau. Et mon compte était à découvert. Ce n'est pas moi qui le lui ai demandé. Elle l'a appris par hasard et, sans plus de commentaire, m'a demandé mon numéro de compte.

Pour Jumeau, une réponse d'une longueur exceptionnelle.

Laetitia Darot percevait un salaire régulier, sans doute pas trop mauvais. Dix mille euros devaient cependant représenter pour elle aussi une somme non négligeable. Si des opérations irrégulières étaient apparues sur son compte, comme de grosses rentrées, Le Ber l'aurait mentionné.

— Laetitia a pu par ce biais rémunérer quelque chose, reprit Le Ber, par exemple des missions particulières ? Peut-être vous remercier de l'aide que vous lui avez apportée en récupérant quelque chose ? Ou alors, continua-t-il en fronçant les sourcils, parce que vous avez observé Morin et ses bateaux qui s'adonnaient à des activités illégales ?

C'était tout à fait envisageable. Bien que le premier sujet intéressât Dupin de plus en plus.

Jumeau n'eut aucune réaction, pas même l'ombre d'un mouvement de protestation.

— Elle m'a donné l'argent, c'est tout. Pour m'aider.

— Et en contrepartie, vous ne lui avez rendu aucun service ? insista Le Ber.

— Non, aucun. (Puis, après un silence :) Elle était comme ça, l'argent n'avait aucune importance pour elle.

Sans perdre Jumeau du regard, à l'affût du moindre mouvement d'œil, de lèvres, des traits de son visage, Dupin déclara :

— Au début du mois, pendant la vague de chaleur, les deux jeunes femmes ont pris un jour la mer sur le bateau de Céline Kerkrom ; elles sont rentrées assez tard, à la nuit tombante.

— Je me souviens de ces journées caniculaires. Et alors ?

Il ne laissait rien paraître.

— Vous avez amarré votre bateau peu de temps avant elles. Là, devant.

— C'est toujours à cet endroit que j'amarre mon bateau.

Jumeau ne montrait même pas d'impatience, ce qui aurait été compréhensible compte tenu de la façon détournée que Dupin avait de s'exprimer. Le visage de Le Ber montrait sans doute possible que lui aussi attendait la chute.

— Vous souvenez-vous de ce jour, monsieur Jumeau ?

— J'ai seulement remarqué qu'un soir Céline était rentrée plus tard que d'habitude. J'en avais terminé lorsque je l'ai vue apparaître derrière la première jetée. Je ne sais pas si Laetitia était avec elle à bord.

— Il commençait à faire nuit ?

— Je crois, oui.

— Plus tard, êtes-vous revenu vers l'embarcadère et les cabanons ?

— Non.

Après réflexion, Dupin décida de lancer un hameçon au hasard.

— Où l'ont-elles mis, monsieur Jumeau ? Nous sommes au courant de la découverte, dit-il sur un ton volontairement brusque.

Tout d'abord, cette étonnante question ne provoqua rien chez Jumeau, qui resta imperturbable.

— Je ne sais pas du tout de quoi vous parlez.

Dupin se trompait-il ou le pêcheur avait-il parlé d'un ton étrangement triste ?

— Je n'en crois rien.

— C'est votre affaire.

— Nous savons… commença Dupin.

Il avait voulu faire une nouvelle tentative, mais il abandonna. Ce n'était pas comme ça qu'il y arriverait.

Apprendre qu'ils étaient au courant d'une découverte n'avait pas du tout touché Jumeau. Peut-être était-ce une mauvaise idée d'en avoir parlé, s'agaça Dupin. Il se leva sans crier gare.

— Je vous remercie.

En fait, cela aurait été une bonne occasion d'avaler un café. Mais l'envie lui était passée. Dupin était on ne peut plus mécontent. De tout, mais surtout de lui-même. L'affaire lui restait en travers de la gorge ; un événement chassait l'autre en permanence, ils n'avaient jamais le temps de poursuivre leurs recherches de façon systématique, de suivre un fil à la fois. Certains prota-gonistes s'effaçaient puis revenaient sur le devant de la scène, des faits restaient inexplorés. Son sentiment était qu'ils n'allaient pas au fond des choses.

Il tourna les talons et, sans un mot, quitta la terrasse.

Le Ber se leva, indécis, et regarda Jumeau qui ne semblait pas préoccupé par le départ abrupt de Dupin.

— Au revoir, monsieur, murmura-t-il avant d'emboîter le pas au commissaire.

Arrivé au bout du quai, Dupin bifurqua et suivit le chemin qui longeait la mer et menait au phare, comme toutes les autres voies. Sur le bas-côté se trouvait une énorme hélice rouillée. Telles des sculptures dans un musée en plein air, des carcasses de bateaux échoués parsemaient l'île. Sous l'hélice nichait une famille complète de lapins.

— Avons-nous des informations sur le bateau de Morin qui aurait été coulé ?

— J'ai diligenté les recherches avec une priorité absolue, mais il nous faudra patienter.

C'était comme ça : les vérifications prenaient du temps, même si cela déplaisait à Dupin.

— Nolwenn m'aide. Elle a de bons contacts avec les autorités.

— Parfait.

Cela tranquillisa Dupin.

— Pensez-vous vraiment que ce bateau sabordé joue un rôle crucial ? Que c'est Morin que nous recherchons ? demanda Le Ber, la mine sérieuse, que quelque chose semblait turlupiner.

— Je ne sais pas, répondit le commissaire avec sincérité. Nous devons suivre chaque piste.

Le Ber se racla la gorge. Pas très élégant.

— Vous a-t-on rapporté que le professeur Lapointe était un excellent connaisseur d'Ys ? s'enquit Le Ber avant de formuler autrement son idée : C'était un expert de l'archéologie locale, mais surtout d'Ys. L'histoire de cette ville légendaire était au cœur de ses recherches depuis deux ou trois ans.

— Ys ? Vraiment ?

Dupin n'était pas d'humeur à plonger dans le riche trésor des légendes bretonnes.

— Il est possible que Kerkrom et Darot aient fait une découverte archéologique dans les fonds sous-marins. Voilà ce que je veux dire. Une découverte importante, quelque chose de précieux, d'une valeur inestimable. Peut-être ont-elles rendu visite à Lapointe pour soumettre leur trouvaille à son expertise. Demander conseil. Ce serait cohérent avec la question de l'échantillon ainsi qu'avec les appareils qu'elles ont achetés : le nouveau treuil, le sonar très performant, grâce auquel on peut sonder les fonds marins sous la couche de boue et de sable. Avec ça, vous trouvez tout.

Dupin ne pipa mot.

Deux lapins firent un crochet par le chemin, juste devant eux.

— De plus, cela expliquerait pourquoi Kerkrom pêchait là où elle n'allait jamais auparavant. Peut-être est-ce Darot qui a d'abord fait une découverte. A l'entrée de la baie de Douarnenez, où les dauphins chassent les poulpes en été. Elle a alors entraîné Kerkrom dont le bateau est bien mieux adapté pour transporter des objets. On aura remarqué qu'elles se rendaient dans un coin précis. La patronne de la criée et Vaillant, comme nous le savons. Mais peut-être y a-t-il eu quelqu'un d'autre ? Qui s'est mis à les espionner. Et tout s'est enchaîné.

— Vous voulez dire, commença Dupin, que toute l'histoire tournerait autour d'un trésor ?

Ce fut au tour de Le Ber de se taire et de scruter le commissaire.

— Ces deux femmes auraient fait une découverte archéologique sensationnelle ; une croix, par exemple ? enchaîna Dupin plus pour lui-même que pour son interlocuteur.

Il avait fait son possible pour s'exprimer sur un ton machinal. Mais Le Ber avait haussé les sourcils au mot « croix ».

— D'où sortez-vous cette idée de croix ?

— Au début du mois, entreprit Dupin avec un geste désinvolte, Anthony a vu Kerkrom et Darot rentrer au port à la nuit tombée. Elles transportaient quelque chose. Il m'a dit que l'objet était aussi grand que lui et qu'il était enveloppé dans du tissu. D'après lui, il avait la forme d'une croix.

Dupin marqua une pause ; il avait du mal avec ce genre d'histoire.

— Il était sûr que c'était une croix, reprit-il. Le lendemain, il a questionné Kerkrom, qui lui a répondu que c'était une poutre qu'elle s'était procurée pour sa maison.

Dupin avait mis un point d'honneur à s'exprimer d'un ton laconique, cependant il était difficile de rester neutre en racontant une histoire pareille.

Le Ber s'était arrêté net. Il blêmit, puis des étincelles brillèrent dans son regard : exactement la réaction que Dupin avait crainte. Celui-ci se hâta de poursuivre :

— Je pense qu'il pourrait s'agir du moteur, ou d'un morceau de la coque du bateau sabordé, peut-être un fragment comportant le numéro d'immatriculation.

— Vous savez, patron, ce qu'on dit à propos d'Ys ? demanda Le Ber, qui avait toutes les peines du monde à maîtriser son excitation. Lorsque la messe sera dite dans la plus grande église d'Ys le vendredi saint, la ville ressuscitera, Dahut réapparaîtra, le royaume légendaire renaîtra.

Comme prévu, le sujet avait enflammé Le Ber qui pouvait s'adonner à cœur joie à sa passion du fantastique et de l'épique.

— Et maintenant le clou de l'histoire, même si vous ne voulez pas le croire : la messe, lit-on dans certains rapports, je dis bien rapports, pas légendes, doit être dite ce jour-là sous la grande croix d'or qui s'élève au-dessus de l'autel de l'église ! L'emblème de la cathédrale légendaire.

En fait, Dupin était satisfait : plus les histoires relevaient du fantastique et moins il avait à en tenir compte.

Deux lapins filèrent de nouveau devant eux, on aurait dit qu'ils n'allaient que par paires.

— Certaines versions de la légende prêtent un rôle essentiel à une grande croix d'or ? interrogea Dupin contre sa volonté.

— Exactement.

— Racontez-moi ce mythe en quelques mots, seulement la quintessence, sans fioritures, demanda le commissaire, qui savait pourtant qu'il le regretterait après coup.

Le Ber prit une grande inspiration.

— Gradlon le Grand était roi de la Cornouaille. C'était un célèbre guerrier aux nombreuses victoires. Il était immensément riche. Fils de Conan Mériadec, le premier roi d'Armorique. Tout aurait commencé au IVe ou Ve siècle. Dans les fjords du Nord, Gradlon rencontra Malgven, une femme superbe qui mourut en couches en lui donnant une fille, Dahut. En grandissant, celle-ci devint encore plus belle que sa mère. Gradlon tenait à elle plus qu'à sa propre vie. Comme elle aimait la mer par-dessus tout, il lui fit bâtir une ville au bord de l'océan. On n'avait jamais vu cité plus magnifique : des toits recouverts d'or pur, une cathédrale majestueuse. Des remparts puissants et aussi hauts que les maisons entouraient et protégeaient le petit royaume contre l'assaut des vagues. Une unique grande porte existait dont seul Gradlon possédait la clé. Gradlon était un roi avisé et aimé, qui avait un conseiller, Guénolé. Dahut, quant à elle, était narcissique et cupide. Son père ne s'en apercevait pas, elle était son rayon de soleil. Il la fit reine et lui confia la clé de la porte. Aucun homme n'était assez bien pour elle jusqu'au jour où, lors d'un bal, elle fit la connaissance d'un prince. Elle le voulait, lui, parce que c'était le plus bel homme sur terre. Désormais, elle était reine, possédait le pouvoir, des richesses innombrables et… l'amour. Le prince lui demanda une preuve d'amour : par une nuit de pleine lune, elle lui confia la clé. Or le prince n'était autre que le diable. La nuit même, il se métamorphosa en créature démoniaque et ouvrit la grande porte. En un rien de temps, la ville et ses habitants sombrèrent dans l'Atlantique. Le roi et son conseiller réussirent à y échapper en montant sur la plus haute tour du château. Soudain, deux chevaux sortirent des flots et emportèrent Gradlon et Guénolé, qu'ils déposèrent sur un rivage sûr. Le roi appelait sa fille sans discontinuer : « Dahut, Dahut… » Il ne put l'apercevoir qu'une seule fois au milieu des vagues. « Tout est de ma faute, je suis maudite », cria-t-elle à son père. Puis elle plongea dans les flots, consciente de ce qu'elle faisait. (Le Ber était manifestement ému.) *Poul Dahut*, le trou où disparut Dahut, existe encore ; il se trouve à l'est de Douarnenez. Ses jambes se changèrent en queue de poisson : elle se métamorphosa en sirène. Elle nagea jusqu'à sa ville engloutie, au fond de la baie, où elle vit depuis. Elle sera délivrée le jour où…

— J'ai compris, Le Ber.

— Jusqu'à la fin de ses jours, Gradlon se rendit quotidiennement sur le rivage, espérant apercevoir sa fille. Mais il ne la revit jamais. Pourtant, certains jours, il entendait les cloches de la cathédrale rendant un son étrange, un son qui n'était pas de ce monde. Ce n'était pas un tintement de cloche ordinaire, plutôt une sorte de tonnerre que l'eau et la profondeur déformaient et amplifiaient, emplissant la région tout entière.

Involontairement, le bruit étrange qu'il avait entendu la nuit précédente, ce phénomène extravagant se rappela au souvenir de Dupin. Il le chassa avec vigueur.

— De nos jours encore, on peut l'entendre certaines nuits. Voilà en quelques mots l'histoire d'Ys, patron.

En effet, Le Ber n'avait pas exagéré. Il avait bien fait : même brièvement, Dupin s'était montré disposé à enquêter avec sérieux à propos d'un sujet aussi extraordinaire.

— En fin de compte, on pourrait dire qu'il s'agit pour l'essentiel d'une histoire de diable : *An diaoul !*

Un des genres préférés des Bretons, ces histoires de diable. Dupin le savait déjà : en Bretagne, Dieu était inconcevable sans le diable à ses côtés ; ils formaient un couple indissociable. La légende préférée de Dupin était celle de la limace, *ar velc'hwedenn ruz.* Depuis que le monde était monde, le diable avait toujours tenté d'imiter les créations de Dieu, avec qui il rivalisait. Mais il ne réussissait jamais tout à fait, il manquait toujours quelque chose. C'est pourquoi il existait des créatures imparfaites, à demi finies, ratées, et que le mal courait le monde. Cette conception possédait une force indéniable : il suffisait de regarder autour de soi. Lorsque Dieu créa l'escargot, si noble, le diable voulut faire de même. Mais impossible de façonner la coquille de l'escargot. C'est ainsi que la limace vint au monde.

— Le diable tente les hommes, les séduit, c'est vrai. Mais en réalité, il veut uniquement les tester, mettre leur force de caractère à l'épreuve. Car seuls succombent ceux chez qui la cupidité, l'envie, le besoin de se mettre en valeur et l'égocentrisme sont plus forts que les qualités. Comme chez notre meurtrier. Non parce que ce serait leur destin, mais parce qu'ils ont laissé faire. Ils avaient le choix, conclut Le Ber d'une voix accablée.

— Bien.

Dupin ne savait pas trop ce qu'il voulait dire par ce « Bien ».

— Ne pensez surtout pas que vous avez perdu la tête, patron, si vous songez à tout cela.

En aucune façon, Dupin n'aurait pris « tout cela » – Ys – en considération.

— Je le répète, la quête d'Ys est l'objet d'un intérêt scientifique tout à fait sérieux. Pensez aux expéditions dont je vous ai parlé ou aux historiens réputés qui ont étudié le sujet avec passion.

Sous-entendu : vous ne devez pas en avoir honte.

Entre-temps, ils avaient atteint le cimetière des cholériques – lequel avait accueilli la dépouille de Laetitia Darot dans une paix macabre.

— La poutre que Céline Kerkrom aurait emportée chez elle, ça ne tient pas la route, vous ne trouvez pas ? insista Le Ber.

Dupin ne releva pas, préférant revenir sur un autre point.

— Le professeur Lapointe s'est-il vraiment beaucoup intéressé à l'histoire d'Ys ?

Alors qu'il était dans le bureau de Lapointe, Dupin n'avait rien remarqué en relation avec ce sujet.

— C'était son dada. C'est mon cousin qui me l'a dit. Il fait partie de la même association culturelle que Lapointe et Manet.

Kerkrom et Darot avaient pu toutefois se tourner vers Lapointe pour de nombreuses autres raisons ; il était aussi médecin et biologiste.

— Vous ai-je dit que mon cousin est historien de formation ? Il a fait ses études à Paris.

— Votre cousin connaissait bien Lapointe ?

— Non, seulement superficiellement. A cause de son engagement en faveur du kouign amann, il n'assistait pas souvent aux réunions, ces derniers temps.

— Quelle profession votre cousin exerce-t-il ?

— Capitaine des sapeurs-pompiers de Douarnenez, depuis de nombreuses années. Il a commencé comme bénévole.

— Kerkrom et Darot, commença Dupin en se massant les tempes, savaient certainement que Lapointe conseillait le comité d'action contre l'utilisation de produits chimiques pour l'entretien des bateaux de Morin. Elles ont cherché un allié.

— Mais dans quel but ? Pour quelle raison avaient-elles besoin d'un allié ? En quoi avaient-elles besoin de Lapointe pour cette histoire de bateau de contrebande coulé ? En quoi aurait-il pu les aider ?

C'était une des questions sans réponse. Apparemment, cela préoccupait Le Ber.

Alors que le regard de Dupin balayait l'île et qu'il ne regardait pas le chemin, un lapin solitaire s'assit soudain devant eux. Il ne semblait pas du tout craintif, tout instinct de fuite l'avait abandonné. Le Ber l'avait vu aussi mais il avait décidé de l'ignorer. Dupin fit un grand détour pour éviter l'animal, se demandant (et il aurait presque posé la question) si les lapins aussi pouvaient avoir la rage.

— Que se passe-t-il quand un particulier fait une trouvaille archéologique sérieuse ? Il reçoit une récompense ? demanda-t-il sur un ton aussi neutre que possible.

— Cinq pour cent de la valeur estimée. En ce moment, le cours de l'or s'établit à trente-trois mille euros le kilo. On aurait affaire à une pièce lourde, à n'en pas douter. La valeur d'une grande croix se monterait à plusieurs millions. Et il ne s'agirait que de la valeur marchande du métal. La véritable valeur d'une telle découverte serait bien plus importante. Je veux dire, s'enflamma Le Ber, imaginez ça ! Une relique de la cité légendaire ! La preuve ultime qu'elle a vraiment existé ! Extraordinaire ! La valeur serait inestimable. Et une chose est claire : son découvreur deviendrait riche et mondialement célèbre.

Il jeta à Dupin un regard coupable qui ne dura qu'un instant. Il reprit l'offensive.

— Vous avez bien entendu parler du débarquement des Vikings ? Vous savez à quel point les récits sont précis. Eh bien, les étrangers à la contrée considéraient qu'il s'agissait de fables, de légendes. Or, les faits et leurs localisations exactes, transmis oralement pendant un millénaire, ont été peu enjolivés. Aucune culture ne maîtrise la tradition orale aussi bien que les Celtes. Nous l'avons élevée au rang d'art. Des légendes ! s'écria Le Ber, tout feu tout flamme. Pourquoi ne serait-ce pas la même chose avec Ys ? Un événement d'une importance supérieure au débarquement des Vikings ? Une cité splendide engloutie, peut-être à cause de la montée spectaculaire du niveau de la mer, un fait dont nous avons aujourd'hui connaissance. (Il consolidait maintenant ses élucubrations avec des arguments scientifiques : une technique rusée.) Il pouvait s'agir d'une vieille cité celte que le commerce florissant et la pêche avaient rendue immensément riche. A l'époque moderne, la Bretagne faisait partie des régions les plus prospères d'Europe. Une cité construite au bord de l'eau, sous le niveau de la mer, sur une plaine entourée de hautes dunes, protégée par des digues naturelles, et qui s'est agrandie au fil du temps. Jusqu'au jour où les éléments naturels se sont déchaînés et où un raz-de-marée a tout détruit, déclara Le Ber en regardant Dupin dans les yeux. Un scénario tout à fait réaliste ! Pensez seulement à la marée du siècle qui a eu lieu cette année au moment de l'éclipse du soleil ! Ou à l'année 1904, lorsque tout le littoral breton, Douarnenez compris, a disparu sous l'eau pendant deux jours. Imaginez alors une marée du millénaire, encore plus forte et accompagnée d'une énorme tempête ! Il faut bien sûr s'attendre à ce que dans cent ou cinq cents ans d'autres villes bretonnes soient englouties.

Le Ber avait du métier : ainsi racontée, l'histoire devenait moins fantastique que concrète.

— Savez-vous combien de pêcheurs, au fil des siècles, ont rapporté avoir vu par marée très basse des ruines dans la baie ? Surtout la tour de la cathédrale. On le raconte encore de nos jours, ajouta-t-il avec douceur.

Dupin et Le Ber s'engageaient dans un passage étroit. La mer avait dangereusement grignoté la terre des deux côtés. Bientôt, le chemin formerait une fourche : la branche de droite mènerait au phare, celle de gauche à la chapelle.

— Vous devez considérer que… reprit Le Ber.

Le téléphone de Dupin sonna. Il s'en saisit avec gratitude.

— Votre instinct ne vous a pas trompé, commissaire, déclara Nolwenn. Morin a vraiment fait annuler l'immatriculation d'un bolincheur qui n'avait que dix ans. Ce n'est rien pour un bateau pareil. Il l'a fait radier partout : auprès des autorités de la pêche, de l'administration portuaire. Et le clou : cela s'est passé à peine un an après l'incident et deux mois avant qu'il ne doive passer le contrôle technique. A la lumière de votre hypothèse, cela rend ce comportement extrêmement suspect, d'après moi.

— Formidable, Nolwenn ! (C'était exactement ça : l'instinct.) Et personne n'a jamais revu ce bateau rayé des listes ?

— Ça, il m'est impossible de l'affirmer, bien sûr.

— Et pendant le laps de temps entre l'incident et la radiation ?

— Ça non plus, je ne sais pas.

— Nous devons parler avec Morin et avec le chef de ses bolincheurs, Carrière. Il faut leur demander où se trouve ce bateau et qu'ils nous le montrent !

— Je m'en occupe.

— Le motif de la radiation est-il précisé ?

— Non. Ce n'est pas obligatoire. Les propriétaires ont le droit de retirer leurs bateaux de la circulation sans donner de raison.

Ils étaient presque arrivés au phare qui se dressait, dans toute sa majesté, vers l'azur. En grands caractères élégants se détachant sur un blanc lumineux, un simple nom : SEIN. Plus haut, une coupole en verre, une construction en métal ouvragé, chapeautée d'une coiffe noire. La tour était érigée au-dessus d'un édifice pas moins élégant auquel étaient rattachés, à gauche et à droite, deux pavillons carrés formant une symétrie parfaite. Une architecture impressionnante.

— Je continue de fouiller, commissaire. Par ailleurs, nous allons tous bientôt rejoindre la grande action. Ça commence. A plus tard.

Dupin aurait bien aimé lui sauter au cou. Sa découverte ramenait la réalité au cœur de l'enquête. Enfin une vraie piste.

Ce fut avec un sentiment d'euphorie que Dupin rapporta la conversation à Le Ber. Bien qu'il pût lire de la déception sur son visage, son adjoint était assez professionnel pour s'emparer sur-le-champ de la nouvelle.

— Si c'est vrai, alors Morin joue un rôle très important dans la contrebande de cigarettes, et ce n'est certainement pas la seule opération qu'il aura menée. Nous devons revoir notre façon de penser.

Le Ber avait raison.

— Quel que soit l'objet qui s'est trouvé ce soir-là sur le bateau de Céline Kerkrom, reprit Le Ber en clignant des yeux, les deux femmes l'ont bien mis quelque part. Et…

— Ohé !

Le cri les fit sursauter. On ne voyait personne alentour.

— Bonjour, messieurs ! répéta quelqu'un qui restait invisible, mais dont Dupin reconnut la voix. Là-haut !

Antoine Manet se tenait sur l'étroite plate-forme au sommet du phare.

— Bonjour, lança Dupin à son tour.

— Montez ! leur proposa Manet dont la voix, en l'absence de vent, portait bien. J'aurais de toute façon cherché à vous voir.

— Je… commença Dupin avant de se raviser.

Une conversation avec Antoine Manet n'était pas une mauvaise idée ; il y avait des faits nouveaux et solides qui amenaient d'autres questions et réflexions.

— Nous arrivons, se décida Dupin d'un ton ferme.

— La porte est ouverte. Une fois entrés, prenez à droite et montez. Vous ne pourrez pas me rater.

Sa tête disparut derrière le garde-fou.

— Soyez très prudent, patron, avança Le Ber la mine soucieuse. Le *Goul Enez*, le grand phare, est vraiment très haut. Les escaliers sont si raides qu'ils sont dangereux. A mon avis, il serait préférable que nous restions en bas.

Dupin n'avait pas pensé qu'il leur faudrait grimper, ni qu'il y aurait un nombre incalculable de marches, ni que l'escalier serait en colimaçon et terriblement étroit en haut. En d'autres mots : il n'avait pas pensé à cet espace qui sentait le renfermé, très exigu dès le rez-de-chaussée et qui irait en se rétrécissant au fur et à mesure de la montée, où stagnait un air chaud, humide, confiné, qui empestait la poussière et le fuel. Les minuscules fenêtres étaient si sales qu'on ne pouvait même pas apercevoir le panorama, à coup sûr époustouflant. Aucune trace de romantisme : c'était un phare en activité, pas une attraction touristique.

A déconseiller aux claustrophobes.

Dupin s'était à peine engagé dans l'escalier qu'il fut en nage ; de grosses gouttes de sueur perlaient à son front. Même Le Ber, plus jeune et en meilleure forme physique – et que Dupin avait laissé prendre la tête –, faisait quelques pauses brèves lors desquelles il jetait un coup d'œil inquiet sur le commissaire.

Celui-ci n'aurait pas pu dire depuis combien de temps il grimpait les marches quand elles s'interrompirent brusquement devant une échelle métallique qui se dressait vertigineusement sur quelques mètres. L'espace était devenu trop étroit pour un escalier classique. A l'extrémité de l'échelle, on voyait un hublot, comme dans un sous-marin. Fermé. Il n'y avait plus un souffle d'air. Comme si l'oxygène s'était volatilisé.

Le Ber connaissait les phares et leur architecture. Sans hésitation, il grimpa à l'échelle, ouvrit le hublot qu'il rabattit par le haut, et disparut.

Dupin le suivit.

— Fermez vite le hublot, patron. Sinon, toutes les portes vont claquer.

Dupin était à genoux sur une plate-forme métallique constellée de rivets, sous la coupole où se trouvait la spectaculaire lanterne. L'espace était extrêmement exigu, mais il y avait un peu plus d'air.

— Prêt ?

A quoi ? se demanda Dupin.

Le Ber ouvrit une petite porte également en acier, se baissa et disparut. Dupin l'imita.

— Faites attention à votre tête, patron !

Une seconde plus tard, Dupin s'avançait sur un passage très étroit, le balcon de veille, qui faisait le tour de la coupole. Il se tourna vers l'ouest.

Une lumière stupéfiante, une clarté incroyable, une liberté incommensurable. La vue sur l'Atlantique était époustouflante : on aurait dit que l'horizon s'étirait indéfiniment, qu'il reculait à chaque regard.

L'océan offrait un camaïeu de bleus : bleu saphir, bleu turquoise, bleu cyan, bleu cristallin, bleu azur ; plus on approchait de l'île et plus la couleur fonçait, tirant sur le violet et le noir jusqu'à l'horizon qui s'enfuyait. Dans le ciel, le phénomène était inversé :

d'abord, les nuances bleu foncé puis les tons clairs et légers. Pendant un instant, Dupin eut le tournis, comme s'il était ivre.

Il avait l'impression de flotter, comme si un coup de baguette magique lui avait permis de planer dans les airs, entouré par la mer et le ciel. Majestueux.

Autre phénomène impressionnant : on pouvait voir, ou plutôt comprendre que la Terre était ronde, qu'elle formait un globe. Là-haut, à cinquante mètres au-dessus de la surface, et en même temps au milieu de la mer, on le percevait parfaitement : l'horizon formait une ligne courbe. On ne pouvait faire ce constat qu'en mer. Enfant, Dupin en était fasciné. Mais jamais il n'avait vécu une expérience aussi fondamentale qu'ici et maintenant, au sommet de ce phare.

— La chaussée de Sein, annonça Le Ber qui se tenait tout près de lui.

Il ne lâchait pas le commissaire des yeux tout en le laissant se repaître du panorama. Manet s'était joint à eux.

— Hier, lors de la traversée, nous avons vu les premières formations acérées de granit, si vous vous en souvenez. (Dupin se le rappelait hélas fort bien.) De la pointe du Raz, elles s'avancent dans la mer sur vingt-cinq mètres. Sein se trouve à mi-chemin. Tout au bout de la chaussée se dresse *Ar Men*, le phare le plus éloigné de tous les phares de Bretagne. Il a été construit sur un rocher nu et isolé au milieu de l'Atlantique. C'est dans ce phare que Jean-Pierre Abraham a vécu plusieurs années.

L'écrivain préféré de Nolwenn, dont le livre de chevet était son roman *Armen*, un chef-d'œuvre.

— Dans son roman *Un feu s'allume sur la mer*, Henri Queffélec décrit parfaitement sa construction et la communauté particulière que composent les Sénans.

Cependant, ce n'était pas le moment pour les digressions littéraires, aussi intéressantes fussent-elles.

Dupin longea la rambarde et regarda cette fois vers l'est. L'île s'étirait en un long lambeau en forme de S. Les mots de Joséphine Coquil lui revinrent en mémoire – « Ce petit rien du tout » –, et sa crainte qu'il puisse bientôt disparaître sous les flots. Il la comprenait désormais bien mieux. De là-haut, le « petit rien » paraissait encore plus vulnérable, livré à l'océan pour le meilleur et le pire. Impossible à protéger. Un zeste de terre, de prés, de rochers et de sable.

— C'est votre premier phare ? Pas mal, non ?

Antoine Manet parlait d'une voix enjouée. Il tenait à la main un gros appareil photo.

— Ici, dans la mer la plus dangereuse du monde, les phares jouent un rôle capital. Depuis peu, ils sont classés monuments historiques. Ils sauvent des vies, indiquent la direction à suivre. Ils représentent une sécurité immuable et fiable. Des symboles à nul autre pareils. Des mythes réels. Je viens ici, tout en haut, chaque jour et si possible à la même heure, je prends des photos pour rassembler une sorte de documentation ; c'est un grand projet.

De toute évidence, il n'avait pas l'intention d'en dire davantage. Dupin n'insista pas.

— Le phare d'origine date de 1839, intervint Le Ber qui, bien entendu, connaissait l'histoire du phare. Il était construit en blocs de granit et a servi pendant cent cinq ans, une nuit après l'autre. Les Allemands l'ont fait sauter en 1944. Celui-ci date de 1951. Il est très solide, sa lumière est tellement puissante que vous le voyez jusqu'à cinquante-cinq kilomètres à la ronde. Mais le cœur des insulaires reste attaché à l'ancien phare, continua Le Ber d'une voix aux accents sentimentaux. Les deux bâtiments à droite et à gauche abritent la turbine et l'installation de désalinisation, alimentée au fuel.

— Pour les gens d'ici, l'histoire de l'île est surtout celle des grandes tempêtes, des raz-de-marée et des inondations, commenta Manet qui regardait le village d'un air pensif, les deux bras posés sur le garde-fou.

C'était valable pour toute la Bretagne, avait appris Dupin : les raz-de-marée scandaient l'histoire à l'instar des grandes batailles, des guerres et d'autres faits politiques marquants. Des centaines de livres étaient consacrés à ce sujet ; chaque année, les magazines bretons faisaient paraître des numéros spéciaux : « Les plus grandes tempêtes », « Les tempêtes du siècle », « Les plus grandes tempêtes de tous les temps ».

— En 1756, une tornade a déclenché une grande marée et a balayé Sein. Pendant des jours, les vagues ont assailli l'île. Le duc d'Aiguillon a ordonné l'évacuation. Les survivants ont refusé de partir et se sont réfugiés dans les greniers. La mer a englouti plus d'un tiers de la population. 1761, 1821, 1836, 1868, 1896, etc. Voilà les dates qui rythment notre histoire.

Manet en parlait comme s'il s'agissait de grandes victoires malgré les pertes : des actes d'une affirmation de soi héroïque. Ils avaient bravé les éléments, encore et toujours.

— Les dernières grandes inondations ont eu lieu fin 2013, début 2014, continua-t-il. C'était l'apocalypse, la mer hurlait. La terre a tremblé, ainsi que les murs des maisons. Une déferlante a fait valser sur plusieurs mètres un morceau de la digue de cinq tonnes ; un énorme sac de sable a volé à travers les airs comme un fétu de paille, tuant un homme au passage, raconta Manet dont la mine s'assombrissait. L'avenir connaîtra de plus en plus souvent de tels enfers. A chaque fois, l'île perd un mètre environ.

Malgré ce temps estival radieux et la mer d'huile, on devinait que, sur cette île, les extrêmes se côtoyaient.

— Et les lapins, reprit Manet qui fixait les taches brun et blanc parsemant le pré, ont leur part de responsabilité dans ce déclin. Ils creusent le sol, accélérant l'érosion. Tout comme les touristes d'un jour qui ramassent des galets sur les plages et les emportent comme souvenirs. Nous sommes obligés de les remplacer à grands frais.

Manet maîtrisait l'art du récit ; il savait être à la fois neutre et captivant. Mais Dupin se ressaisit.

— Il y a des faits nouveaux d'une certaine importance, monsieur Manet. Nous pensons que Kerkrom et Darot…

Dupin ne finit pas sa phrase car il pensa soudain qu'il y avait autre chose à faire avant d'en parler. Et sans tarder. Le Ber et Anthony avaient en effet raison : ce soir-là, Kerkrom et Darot avaient forcément mis l'objet quelque part. N'importe où, sur cette île. Laquelle n'était pas immense, comme on pouvait aisément le constater de là-haut.

— Je voulais dire que j'aimerais m'entretenir encore une fois avec vous, monsieur Manet. Pensez-vous que nous pourrions nous retrouver plus tard ? demanda-t-il en jetant un œil à sa montre. Au Tatoon ? Je vous appelle dès que je peux.

Le médecin le regarda d'un air amusé.

— Bien sûr ! Mais en ce qui me concerne, nous pouvons parler maintenant, dit-il, sourire en coin.

— Plus tard, au Tatoon. Très bien.

Dupin se retourna et pénétra sous la coupole sans un mot de plus. Le Ber le suivit en haussant les épaules.

Dupin descendit l'échelle. Il était pressé.

— Faites attention, patron, très attention.

Dupin était déjà dans l'escalier, distançant Le Ber qu'il attendit en bas.

— Je veux voir les maisons et retourner dans les cabanons.

Le Ber n'en dit rien, mais son visage exprimait sans ambiguïté son soulagement que Dupin ait survécu à la descente rapide de l'escalier.

— Vous pensez à l'endroit où elles auraient pu ranger la croix ?

— Le Ber, oubliez Ys et toutes ces histoires. Compris ? (Le ton n'était pas hostile, mais ferme.) Nous concentrons tous nos efforts sur le fait que cet « objet » est éventuellement un morceau du bateau sabordé.

Ils se dirigèrent d'un bon pas vers la sortie. Des bruits, une sorte de martèlement sourd, émanaient des pièces abritant les appareils.

— Elles ont dû le déposer durant la nuit dans un endroit où il est resté quelque temps, peut-être jusqu'aux meurtres, jusqu'à ce que l'assassin tombe dessus. Ou alors il ne l'a pas trouvé et l'objet n'a pas changé de place.

Le Ber plissa le front.

— L'ennui, c'est que nous devons mettre la main dessus, dit-il. Tout en dépend. Sinon, tout n'est que spéculation.

Ils sortirent à l'air libre. Sans un mot, Dupin prit la direction du village.

Ils se retrouvèrent bientôt devant le domicile de Laetitia Darot.

Le commissaire et son lieutenant n'avaient pas échangé un seul mot de tout le trajet.

Le portable de Dupin sonna.

— Oui ?

— C'est vous, commissaire ? demanda Labat, reprenant son habitude qui tapait sur les nerfs de Dupin alors que les deux dernières conversations s'étaient bien passées.

— Qu'y a-t-il, Labat ?

— Je suis avec madame Gochat devant le port, sur le quai Nord, à la jetée principale.

Dupin avait failli oublier le rendez-vous.

— D'accord, j'arrive, mais pas tout de suite.

— C'est-à-dire ? Dans combien de temps ?

Dupin raccrocha et se tourna vers Le Ber.

— On y va. Visitons la maison.

Elle était petite mais très bien entretenue. On voyait qu'elle avait été récemment repeinte, les murs d'un blanc lumineux étaient propres. Une bande étroite d'herbe drue, un muret en béton peint en blanc qui arrivait à mi-corps.

— Les voisins n'ont rien remarqué, y compris hier matin, déclara Le Ber en balayant du regard les environs.

Dupin enleva le ruban de police qui barrait le portillon – de toute façon, il ne servait pas à grand-chose – et l'ouvrit.

Il ne se dirigea pas vers la porte d'entrée mais contourna la maison. A l'arrière, la bande herbeuse était deux fois plus large et pouvait passer pour un jardin.

Dupin déchantait. Pas de cabanon, pas de dépendance. Rien. Seule la vue était extraordinaire : quelques rochers de granit aux formes étranges et l'Atlantique qui miroitait.

Une porte-fenêtre étroite à côté d'une grande fenêtre. Dupin appuya sur la poignée. Ce n'était pas fermé à clé.

Il entra, talonné par Le Ber sur le qui-vive, le visage tendu.

Ils entrèrent directement dans le salon qui servait aussi de salle à manger. Une pièce agréable aux murs bleu clair, avec dans un angle un canapé bleu foncé antédiluvien qui invitait à la détente, une table basse jonchée de magazines, un fauteuil à oreilles placé de façon à pouvoir admirer le panorama par la fenêtre.

Dupin jeta un œil sur les magazines. Des revues spécialisées qui traitaient toutes de la plongée sous-marine. *DiveMaster*, *Plongée*, *Scuba Diving*, *Diver*, d'épais magazines sur papier glacé. Dupin en feuilleta quelques-uns.

Puis il franchit une porte étroite qui menait à la cuisine en forme de boyau, à peine plus large que la porte. Un reste de croissant sur une assiette, un mug à côté.

Du vestibule partait un escalier raide. Pas de débarras, pas de penderie. La maison était vraiment petite. A l'étage, une minuscule chambre à coucher et une autre pièce tout aussi petite qui paraissait inutilisée. La salle de bains possédait une grande fenêtre – ce qui était inhabituel – qui donnait sur la mer. A côté de la baignoire, il y avait une petite table sur laquelle étaient posés un verre et d'autres magazines.

Quelqu'un avait vécu ici, le quotidien avait laissé des traces. A chaque fois, cela créait une atmosphère inquiétante.

— On n'a rien apporté ici. En tout cas rien de la taille mentionnée par le garçon, résuma Le Ber sur un ton déçu une fois que Dupin fut redescendu.

Cinq minutes plus tard, Dupin et son lieutenant se tenaient devant la maison de Céline Kerkrom. Celle-ci était beaucoup plus grande. Construite en pierres gris clair, elle donnait à l'arrière sur le magnifique panorama, comme celle de Laetitia Darot. Egalement plus grand, le terrain était entouré d'un muret de pierre à moitié écroulé et percé d'une porte bleue. Dans le jardin se dressait une annexe à toit plat précédée d'une terrasse en bois où se trouvaient une table, deux chaises, deux chaises longues branlantes et trois pots de terre cuite dans lesquels s'épanouissaient des rhododendrons en pleine floraison. La terrasse n'était pas de plain-pied, on y accédait par une haute marche en bois. Dupin faillit trébucher. Un vrai jardin qu'on utilisait, contrairement à celui de Laetitia Darot qui, il est vrai, n'habitait sur l'île que depuis quelques mois.

Le regard de Le Ber passa de la maison à la dépendance.

— Peut-être ont-elles déposé l'objet la nuit dans un lieu transitoire avant de le déménager.

— Elles auraient pris le risque d'être vues. Par ailleurs, il n'existe pas tant de cachettes que ça sur l'île, c'est-à-dire des endroits auxquels elles seules avaient accès et assez sûrs.

Dupin tenta d'ouvrir la porte de l'extension. En lattes de bois, elle semblait bricolée et provisoire. Il dut la soulever avec vigueur pour l'ouvrir.

Juste à droite, il y avait une autre porte étroite qui ouvrait sur quelques marches menant au corps principal. Dans le coin, une petite fenêtre laissant passer une clarté diffuse, à droite un interrupteur. L'ampoule nue donnait une lumière sommaire mais suffisante pour voir que Céline Kerkrom y avait entreposé tout un bric-à-brac. Près de l'entrée, d'innombrables casiers à homards étaient empilés avec soin ; d'ailleurs tout semblait bien rangé – au contraire de son cabanon sur le port. Une collection de bouées de toutes les tailles et couleurs côtoyait les casiers. Dupin regarda dans les interstices entre les casiers et derrière. Il déplaça certaines des plus grosses bouées. Plus loin, au fond, se dressaient trois vieilles armoires contre lesquelles des cannes à pêche étaient appuyées. Un couloir, qu'on avait eu du mal à laisser dégagé, sinuait au milieu de la pièce. Cela sentait les fruits trop mûrs, une odeur qui rappelait à Dupin son enfance : c'était la même que dans la cave de la vieille maison de famille qu'ils possédaient dans le village du Jura et où son père était né. Au fond de la pièce, il découvrit, posé sur le sol, un gros panier en osier rempli de pommes.

Le Ber avait commencé à ouvrir les armoires.

Dupin se tenait au milieu de la pièce, qu'il fouillait systématiquement du regard. Même si l'objet n'était pas aussi grand que le garçon l'avait dit, difficile de le cacher ici. Les armoires étaient trop collées au mur pour qu'on puisse dissimuler quelque chose derrière.

— Les armoires renferment des provisions, des vêtements, des dossiers plus ou moins vieux. Tout est parfaitement rangé.

Le sol était en terre battue.

— Regardez !

Le Ber avait extrait d'entre deux casiers un châssis équipé de deux grosses roues haut d'une quinzaine de centimètres. Dupin l'avait aussi repéré.

— Une remorque pour un canoë ou un kayak ! s'exclama Le Ber, comme électrisé. Elle est toute neuve, cela ne faisait pas longtemps qu'elle l'avait. Avec ça, on peut transporter sans problème une croix grande et lourde, déclara-t-il la voix vibrante d'émotion.

Dupin s'était approché de lui.

— Regardez, patron, dit Le Ber à Dupin avec un regard d'excuse. Il suffit d'approcher la remorque de la charge, de la basculer, puis de soulever ; la charge glisse pour ainsi dire toute seule sur le rail. Comme ça, vous pouvez la trimbaler partout. Très pratique. Fabriquée en aluminium laqué, facile à manœuvrer et flexible.

Le Ber était doté d'un bon sens pratique. Dupin ressentit un frisson, son explication était brillante.

Le commissaire s'était accroupi pour examiner la remorque. Il se releva d'un coup.

— Nous allons l'examiner à la lumière du jour.

Le Ber la sortit sans peine de l'annexe. Le passage de la porte ne posa aucun problème.

Ils se mirent aussitôt à l'inspecter.

— Elle est neuve. On s'en est à peine servi. La laque n'a aucune égratignure. Quelques semaines, je dirais. Mais là, ajouta Le Ber en pointant du doigt un endroit, justement là où l'objet a pu être chargé, entre les deux patins en caoutchouc, à l'endroit où l'on place le canoë ou le kayak, il y a une grosse éraflure.

Dupin l'avait vue. C'était incroyable. Le frisson s'était intensifié. Il scruta les éraillures creusées dans la laque vert foncé. Elles étaient profondes, il les suivit du doigt.

— Le Ber, téléphonez à la poste. Soit Kerkrom a acheté la remorque sur le continent, soit elle a été livrée dans un grand emballage. Je veux savoir quand cela s'est passé. Si personne au bureau de poste ne se souvient d'un gros colis, adressez-vous à ceux qui font la navette avec le continent. (Puis, après un moment de réflexion :) Ou bien elle est allée la chercher avec son propre bateau.

L'officier de police avait déjà son portable à la main.

Dupin examina de nouveau l'éraflure. Il essaya de suivre en pensée la procédure que Le Ber venait d'expliquer. Ils n'avaient découvert ni kayak ni canoë chez aucune d'entre elles.

— Madame, lieutenant Le Ber à l'appareil… Oui, c'est moi qui suis venu chercher le recommandé de Céline Kerkrom hier… oui… nous avons encore

une question… Non, autre chose… Céline Kerkrom
a-t-elle reçu récemment un colis de grande dimension ?
Probablement d'un mètre sur quatre-vingts centimètres.
Et un peu… (Il n'acheva pas sa phrase, la réponse
avait sans doute fusé.) Et c'était le seul gros colis ?
Une livraison d'un fabricant de matériel maritime de
Douarnenez… Et vous vous êtes demandé pourquoi
Kerkrom avait besoin d'une remorque de bateau ?…
Oui, exactement, elle ne possède pas de kayak ni de
canoë… Non, c'est certain, elle n'en aura plus besoin.
Tout à fait, affligeant… Oui, vous nous avez été d'une
grande aide… Non, je ne peux hélas pas vous dire pour-
quoi… Si, si, vous nous avez grandement aidés, merci
beaucoup.

Le mot « merci » avait conclu la conversation qui
semblait difficile à rompre. Le Ber s'empressa de raccrocher.

— Elle dit…

— J'ai tout entendu, Le Ber.

Dupin arpentait fébrilement la terrasse. Tous les
signes concordaient : le treuil, le sonar, la remorque…
Cependant, ces indices restaient légers et relevaient
de la spéculation la plus pure, laquelle débouchait
sur une théorie du même acabit qui ne répondait qu'à
une partie des questions soulevées par les meurtres.
D'autres personnes étaient sans doute partie prenante
dans la contrebande de cigarettes. Ils avaient affaire
à un système astucieux, à une organisation qui, pour
fonctionner, se servait d'un système existant – un port,
par exemple, une pêcherie.

Ils avaient besoin d'indices plus tangibles. Quelque
chose de probant. Le Ber l'avait bien exprimé : quel

que soit l'objet que les deux femmes avaient découvert, ils devaient, eux, le trouver. Sinon, tout resterait aussi évanescent qu'un fantôme.

Le Ber enleva le ruban qui barrait la porte-fenêtre de la terrasse.

— Patron, je peux fouiller la maison tout seul. Car vous... Madame Gochat vous attend. Je passe tout au peigne fin et je vous fais mon rapport dans la foulée.

Le Ber avait raison. Il devait hélas quitter les lieux.

En un clin d'œil, l'humeur de Dupin s'était assombrie. Une légère dépression qui succédait parfois à un moment d'euphorie quand les avancées de l'enquête n'apportaient pas la lumière escomptée. En outre, l'entretien avec une patronne de criée énervée allait sans aucun doute être extrêmement désagréable. Mais il était important.

Dupin tourna les talons.

— Et pas un mot, Le Ber. Sur aucun sujet.

— Jumeau sait déjà que nous cherchons... quelque chose. Que nous partons du principe que Kerkrom et Darot ont fait une découverte.

— Je sais, grommela Dupin.

Il s'était déjà suffisamment énervé contre lui quand ils se dirigeaient vers le phare. C'était imprudent. Irresponsable. Il aurait été préférable que personne ne sache rien de leurs supputations. Désormais, l'information était certainement éventée, même si Jumeau n'était pas un type bavard.

— A tout à l'heure, Le Ber.

Dupin se mit en marche à contrecœur en direction du port. Le mieux était d'affronter ce désagrément et d'en finir.

Il avait déjà fait quelques pas quand il pila net. Une idée venait de lui traverser l'esprit. Il retourna aussitôt sur ses pas.

Il pénétra chez Céline Kerkrom par la porte d'entrée. Théoriquement, il n'avait qu'à traverser la maison en allant tout droit – vestibule, salon et salle à manger. Il atteignit l'extension en empruntant la petite porte ouverte précédée d'une marche.

— Le Ber, s'écria-t-il, car il ne voyait pas le lieutenant.

— Là, patron. J'arrive. J'étais dans la cuisine où il y a un petit cellier. Mais rien à signaler à part beaucoup de bouteilles de lait, des flocons d'avoine en quantité ainsi que de la Volvic, l'informa Le Ber en apparaissant. Et madame Gochat ?

— Je voudrais essayer quelque chose avant, répondit Dupin en empoignant la remorque que Le Ber avait remise à sa place, à côté des casiers. Venez !

Il tira le chariot sur la terrasse et l'amena au bord. Son regard allait et venait entre la maison, le jardin, la dépendance et la terrasse.

— Ce soir-là, elles ont très probablement déposé l'objet empaqueté à l'aide du treuil avant de l'emporter aussitôt dans un lieu sûr. Il est certain qu'elles se sont facilité la tâche en évitant les marches. Elles devaient faire vite. N'importe qui pouvait arriver et poser des questions.

Dupin souleva d'une main la remorque, la posa sur l'herbe et fit le tour de la maison, suivi par un Le Ber curieux.

— Seule l'entrée de devant est de plain-pied, déclara Dupin qui venait de s'en apercevoir.

Il poussa la porte ; elle non plus n'était pas large. Maintenant, ils verraient. C'était bon : la remorque passait sans problème.

— Il ne fallait pas que l'objet dépasse beaucoup pour pouvoir passer, commenta Le Ber. Mais si nous pensons à un objet en forme de croix, d'environ cent quarante centimètres de haut et quarante centimètres maximum de large, ça pourrait coller.

Dupin s'était immobilisé sans mot dire. Trois portes ouvraient sur le petit vestibule : en face, celle du salon par lequel on accédait à l'extension – des marches raides ; puis celle menant à la cuisine et à gauche celle des toilettes.

Dupin tira la remorque dans le salon. Elle ne pouvait pas être passée par un autre chemin, si…

Le salon-salle à manger était petit et comportait une vieille table en bois rustique et un canapé de velours usé. Le parquet de lattes grinçait. Au mur, des tableaux peints à grands traits mais artistiques – crabes, langoustes, sardines – dans les couleurs flamboyantes de l'Atlantique, qui conféraient à la pièce légèreté et joie. Une vieille armoire vitrée. A droite, une porte fermée.

Dupin regarda autour de lui. Où pouvait-on cacher un objet volumineux ?

Il se dirigea vers le canapé, trop près du mur. Dupin s'en assura malgré tout. L'espace entre le canapé et le sol était lui aussi trop étroit, ce qui ne l'empêcha pas de vérifier.

Rien.

Il ouvrit la vitrine.

Le Ber examina la table et son plateau.

— Bois massif.

Dupin balaya la pièce du regard et réfléchit intensément. Puis il empoigna la remorque et la dirigea vers la porte fermée.

Une chambre à coucher lumineuse avec vue sur le jardin, les rochers et la mer. Il entra, tirant la remorque. Dans cette pièce aussi, on pouvait entrer aisément.

Un lit double, deux chaises en bois, une vieille armoire, une petite table de nuit, et ici aussi un parquet aux lattes usées.

Le Ber s'était aussitôt approché de l'armoire et l'avait ouverte.

— Chou blanc.

— Merde alors, jura Dupin. Elles ont bien dû le mettre quelque part !

Ils restèrent debout côte à côte pendant un moment. Puis Dupin se dirigea vers le lit, s'accroupit, regarda dessous – et pour ce faire, il devait quasiment coucher sa tête sur le sol.

Rien non plus.

Rien d'autre que de la poussière, et beaucoup. De gros moutons. Le sol de la pièce tout entière était recouvert d'une fine couche de poussière qui, là, sous le lit, s'était accumulée.

— Diable ! s'écria Dupin en grinçant des dents.

— Patron, je viens de penser à quelque chose, commença Le Ber sur un ton prudent. Si l'échantillon est bien en lien avec les événements (prudent mais insistant), alors elles ont dû prélever cet échantillon quelque part, sur terre ou en mer (le défi était apparu dans sa voix). Et elles ont certainement utilisé des outils.

Dupin plissa le front.

— Je jette encore un coup d'œil dans la dépendance.

Que Le Ber fasse ce que bon lui semblait.

Dupin était sur le point de se relever lorsqu'il se figea.

Il n'avait pas la berlue.

Aucun doute.

De l'autre côté du lit, la couche de poussière s'interrompait. Elle s'arrêtait sur une ligne droite.

On avait balayé à cet endroit. C'était évident.

Il se leva d'un bond et contourna le lit.

De ce côté se trouvait une petite table de chevet en bois sur laquelle on voyait deux paquets de mouchoirs, un livre, un tube de crème pour les mains et une lampe.

Un mètre cinquante environ séparait la table de nuit du coin ; le mur était en crépi grossier badigeonné de blanc, comme dans toute la maison. De cette place, Dupin le voyait nettement, le sol était d'une propreté impeccable.

On pouvait venir sans encombre avec la remorque jusqu'ici. Se frayer un chemin à travers la maison ne posait aucun problème.

Prudemment, Dupin s'accroupit de nouveau. Il essayait de se représenter la manœuvre de la façon la plus précise possible. Il inspecta avec minutie le parquet aux larges lattes, la partie du sol entre le lit et le mur. Il réfléchit à l'endroit où l'objet avait été posé, ou plutôt placé à la verticale. Les deux femmes avaient pu faire basculer la remorque, faisant glisser l'objet contre le mur ; c'était la façon la plus simple de procéder.

Dupin s'agenouilla. Lentement, prudemment, il progressa centimètre après centimètre vers le mur, en scrutant le sol.

Tout à coup, il la vit. Distinctement. Une éraflure. Une éraflure vraiment longue, une rainure d'une quinzaine de centimètres. Dupin s'en rapprocha, tâtonna, passa son doigt dessus. Elle était profonde d'un bon demi-centimètre et avait des arêtes vives. L'objet devait avoir un rebord tranchant et peser lourd.

Bien sûr, les lattes du parquet étaient marquées de décennies d'éraflures et de traces d'usure. Mais celle-ci était récente, cela ne faisait pas l'ombre d'un doute. L'endroit où la latte avait été enfoncée était plus clair et à vif, laissant apparaître la structure du bois.

Dupin l'examina. Puis il leva les yeux, inspecta le mur. Du regard, il essaya de mesurer la hauteur de l'objet qui devait être incliné pour être stable.

Enfin il découvrit une trace sur le mur blanc. De forme horizontale, d'une taille analogue à celle de l'éraflure sur le sol. Ici, la trace était légère, un simple trait. Mais, et c'était le principal, elle sautait aux yeux.

Dupin se recula un peu, toujours à genoux, fixa du regard les deux traces. Il fut pris d'un léger tournis. Quelque chose avait été posé ici, quelque chose de massif. C'était sans équivoque.

Ils avaient donc trouvé le lieu. Mais qu'y avait-on entreposé ?

Un morceau d'un lourd bordage portant le numéro d'immatriculation ? Certaines parties d'un moteur aussi pouvaient posséder des arêtes tranchantes – parties métalliques, en aluminium, en acier. Mais un bordage pouvait-il être aussi lourd ? Un moteur pouvait-il laisser deux seules empreintes, des empreintes de cette forme-là ?

Une sensation étrange qui se mêlait à son vertige s'empara de Dupin.

Maladroitement, il glissa sur ses genoux vers la gauche. Ici, il n'y avait rien à voir. Absolument rien. Dupin en fut soulagé. Par mesure de précaution, il alla aussi jeter un regard sur la droite. Il examina le mur.

Une trace, il n'y avait pas à tortiller. Ce n'était pas une longue entaille comme en haut, mais une cicatrice d'un centimètre, à vif elle aussi.

Tout était trop extraordinaire, déraisonnable même. Mais cela correspondait parfaitement.

— Patron, je n'ai rien trouvé, annonça Le Ber qui venait d'entrer dans la chambre, la mine défaite.

— Bien, répliqua Dupin, l'esprit ailleurs.

— Qu'est-ce que vous faites agenouillé dans ce coin ?

Dupin se leva.

— Elles ont apporté l'objet ici, Le Ber, exactement ici, répondit-il, l'air absent.

Le Ber le dévisagea, abasourdi.

— Venez, je vais vous montrer.

Labat avait choisi un café du quai Nord où ils attendaient le commissaire depuis plus d'une heure.

La patronne de la criée avait lancé une première pique avant même que Dupin pût s'asseoir. Elle était à deux doigts d'exploser.

Dupin avait fait comme si de rien n'était et avait adressé ses premiers mots à la serveuse en commandant deux cafés. Il était content qu'ils soient seuls : aucun autre client n'était attablé.

Le Ber devait appeler les techniciens afin qu'ils examinent l'éraflure et les empreintes. Il avait abouti à la même conclusion que Dupin, sinon qu'il était encore plus excité que le commissaire.

— Ça va vous coûter cher, commissaire. C'est du harcèlement, vos agissements relèvent de l'arbitraire. Me donner le choix entre venir sans mon avocat ou être jetée dans une cellule ! lança Gaétane Gochat d'une voix sourde qui n'avait rien perdu de son mépris et de son agressivité. Ce sont des méthodes dictatoriales !

— Je suis certain, répliqua Dupin en s'adossant à sa chaise, que jamais le lieutenant Labat – à qui il fit un signe de tête pour montrer sa solidarité – ne l'aurait formulé de cette façon, ni encore moins pensé. Loin de lui cette pensée. Comme de nous tous. (Puis toute ambiguïté disparut de son ton condescendant :) Estimez-vous heureuse d'être encore libre, madame Gochat. Je vais avoir quelque difficulté à le faire comprendre à mes supérieurs et au procureur – ce qui était vrai, d'ailleurs, songea Dupin qui n'avait pas pensé au préfet depuis longtemps. Nous avons trouvé l'arme du crime chez vous et nous avons la déclaration d'un pêcheur qui a suivi la première victime à votre demande. Sans oublier toute une série d'informations que vous avez omis de nous communiquer. Voilà les faits.

— Mon avocat…

— Madame, vous ne resterez pas longtemps en liberté si vous persistez dans votre silence. C'est vous qui choisissez.

Elle savait quelque chose, Dupin en aurait mis sa main au feu. Elle pourrait être la personne qu'ils recherchaient depuis le début.

Gaétane Gochat planta un regard acéré dans les yeux du commissaire, mais resta silencieuse.

— Vous allez passer directement de l'île à la garde à vue. Je ne peux plus rien faire d'autre que de me soumettre aux faits, quel que soit mon avis personnel sur la question, conclut Dupin qui jubilait sans vergogne de la situation.

Dans le regard de la femme brillait à présent la haine la plus pure. Son visage était blême et décomposé.

Elle leva le menton, prête à se battre.

— Je suis innocente. Je n'ai tué personne. C'est tout ce que j'ai à dire.

— Où est l'objet qui a été découvert, madame Gochat ?

Un tressaillement à peine perceptible la saisit.

— Je ne sais pas de quoi vous parlez.

— Où est-il ?

— Je n'ai rien à dire, asséna-t-elle, les lèvres pincées, les pupilles rétrécies, le regard figé.

Entre-temps, les deux petits cafés à l'arôme tentateur avaient été posés devant Dupin.

— Notre entretien est donc terminé.

Sans se presser, il but un café, puis le second. Gaétane Gochat le regardait, incrédule. Il se leva en avalant la dernière gorgée.

— C'est monstrueux ! s'exclama-t-elle, hors d'elle.

— Nous procédons comme prévu, ordonna-t-il d'un ton impassible à Labat comme si la patronne de la criée n'était pas là. Nous la laissons libre de ses mouvements. Nous pourrons l'appréhender à tout moment en fonction des événements.

Il se retourna et quitta les lieux.

— Ah, Labat, s'écria Dupin du bas des marches, contactez Le Ber ! Il vous fera part des derniers développements.

Il avait remarqué que Labat avait lui aussi sursauté au mot « découvert » mais qu'il s'était repris aussitôt.

Gaétane Gochat fulminait dans son dos.

— Et qu'est-ce que je fais ici ? Sur cette île perdue ? Le bateau ne part que l'après-midi. Vous ne pouvez pas me planter là !

Dupin ne ralentit pas. Au cours de toutes ses enquêtes, il lui arrivait d'interrompre brusquement les entretiens et les interrogatoires. Mais, pour cette affaire si complexe, c'était devenu la règle. Son humeur était morose. Il savait cependant qu'il fallait garder des pensées positives, même s'il détestait cette expression.

Récemment, une nuit d'insomnie – Claire avait encore été d'astreinte –, Dupin avait regardé un documentaire sur le premier Américain qui avait atteint le pôle Sud tout seul, sans aucune assistance technique : quarante-six jours déments de marche. A son arrivée, il était à moitié mort, littéralement. Mais il avait réussi. Quand on lui demanda comment, jour après jour, il avait pu repartir malgré les graves gerçures, les atroces souffrances et les innombrables coups du sort – les brusques changements de temps, la défectuosité de la luge qu'il traînait derrière lui –, il répondit : « Je n'ai laissé prise qu'aux pensées me permettant de regarder la situation de façon positive et j'ai rejeté toutes les pensées négatives. » Cela avait l'air bête mais, à deux heures et demie du matin, Dupin avait été profondément impressionné.

Il mit toute son énergie à se concentrer sur le positif : l'objet avait bien été là. Ce qui prouvait qu'il existait réellement ! C'était le point capital. Et un pas gigantesque avait été franchi. Ce n'était plus seulement une hypothèse. Les deux femmes avaient fait une découverte autour de laquelle tout tournait : voilà l'histoire après laquelle ils couraient. Dupin en était convaincu. Trop d'indices, trop de pistes secondaires s'entremêlaient, même s'ils n'avaient encore aucune preuve – alors qu'ils en avaient besoin désespérément, pensée positive ou pas. Ils devaient trouver l'objet.

Dupin connaissait cette étape dangereuse qu'on rencontrait dans chaque enquête : le moment où l'on doit prendre une décision faute de certitude – ce qui était bien entendu périlleux. Bien sûr, ils pouvaient se tromper, se lancer sur une mauvaise voie et sauter à pieds joints dans le vide. Mais cela ne lui avait jamais fait peur.

Il avait atteint la zone portuaire qui s'étendait entre les deux quais et où se trouvaient les cabanons. Il s'arrêta à l'endroit où Céline Kerkrom avait amarré son bateau. Il observa le port.

Il avait établi un plan, tout tournait autour de cette découverte. Cependant : celle-ci consistait-elle vraiment dans le morceau d'un bateau coulé ? En fait, il s'était appuyé sur cette hypothèse. Mais qu'en serait-il si Kerkrom et Darot avaient fait une découverte archéologique ? En principe, le surnaturel, les lubies, les idées et théories farfelues ou tordues n'avaient jamais posé de problème à Dupin, surtout lorsque cela concernait une enquête et encore moins depuis qu'il était en poste en Bretagne – la réalité dépassait la fiction de plusieurs longueurs, surtout quand il s'agissait d'aberrations et de bizarreries. Cependant, il existait une ligne de démarcation entre le rocambolesque et le surnaturel ! Hors de question de spéculer sur Ys. Au pire, il s'agirait tout bonnement d'une découverte archéologique importante, à l'instar des dizaines d'objets qu'on exhumait en France chaque année. Les journaux s'en faisaient régulièrement l'écho.

Dupin se secoua et se mit en mouvement. Il avait sombré dans une drôle d'humeur. Etait-ce dû à l'influence de l'île ? Il devait garder la tête froide.

Qui avait sorti l'objet du domicile de Kerkrom ? De deux choses l'une : soit c'étaient Kerkrom et Darot – mais où l'avaient-elles emporté ? Quelque part ailleurs sur l'île ? Là où l'assassin l'aurait trouvé ? Ou là où il se trouvait encore s'il ne l'avait pas déniché ? Soit l'assassin s'en était emparé juste après le meurtre et l'avait emporté hors de l'île – ou encore, autre possibilité, il l'avait d'abord laissé là avant de revenir le prendre. Quoi qu'il en fût, l'objet, s'ils mettaient la main dessus, les mènerait, tôt ou tard, au meurtrier. Dupin en était persuadé.

Il chercha son téléphone.

— Le Ber, où êtes-vous ?

— Juste derrière vous, patron.

Dupin se retourna. Le lieutenant se trouvait à moins de quinze mètres de lui.

— Je vous ai cherché sur le quai Nord, dit Le Ber sans faire mine de bouger.

Ce fut Dupin, impatient, qui s'approcha de quelques pas de son adjoint.

— Nous devons fouiller l'île, toutes les cachettes imaginables : les bâtiments laissés en déshérence, les cabanons vides, les remises, et jusqu'à la chapelle et l'église. Toutes les pièces inutilisées des bâtiments administratifs.

— Peut-être n'est-elle plus sur l'île.

Dupin fut sur le point de reprendre Le Ber et son « elle », mais cela n'aurait mené à rien.

— Peut-être. Combien avons-nous d'hommes en ce moment ?

— Huit.

— Bien. Pourquoi cherchiez-vous à me voir, Le Ber ?

Ils se dirigeaient vers le quai Sud.

— Ah oui. L'île semble être une destination très prisée aujourd'hui, répondit Le Ber qui avait repris ses esprits.

Dupin le regarda sans comprendre.

— Notre pirate le capitaine Vaillant a amarré son bateau à la première jetée. Jumeau a rencontré Frédéric Carrière, le bolincheur de Morin, alors qu'il rentrait sur l'île après son entrevue avec vous. Le directeur scientifique du parc d'Iroise est lui aussi arrivé il y a une demi-heure pour vérifier les prélèvements.

— Qu'est-ce que Vaillant vient faire ici ?

— Personne encore ne lui a parlé.

— Faites-le. Voyez-le. Je veux… commença Dupin avant de se raviser. Non, laissez, Le Ber. Laissez-le faire et observez le moindre de ses gestes. Mettez-le sous surveillance.

— A vos ordres, commissaire. Au fait, Jumeau a eu l'impression que Carrière le suivait. Le bolincheur a jeté ses filets juste à côté de lui. D'habitude, il ne pêche jamais dans ce coin ; il n'y a pas grand-chose pour lui, là. Ce n'était certainement pas fortuit.

Dupin médita.

— Encore une chose. Je voudrais que vous parliez avec votre cousin, l'historien, en toute discrétion, déclara Dupin qui essayait de s'exprimer de la façon la plus sobre et la plus froide possible. Je veux le secret le plus strict. Demandez-lui ce qui lui vient à l'esprit à l'évocation d'une découverte archéologique de première importance dans la région. Concrètement. S'il existe des récits locaux ou des événements historiques. (Il se tut et vit l'enthousiasme se peindre sur le visage de son adjoint.) Oui, d'accord, interrogez-le aussi sur une croix en or massif. Posez-lui toutes les questions en lien avec l'archéologie. Pas seulement sur Ys, Le Ber. Laissez même Ys en dehors de tout ça. Je veux du concret, des réponses scientifiques, conclut-il, désireux de mettre des limites tout en sachant combien sa démarche était risquée, voire téméraire.

Un soupçon de protestation traversa le regard de Le Ber mais il le neutralisa.

— Ce sera tout pour l'instant. Je…

Le téléphone. Nolwenn.

— Du nouveau, commissaire.

Sa voix trahissait d'une part que son appel était important, d'autre part qu'elle n'avait pas de temps à lui consacrer. Le moment était mal choisi mais elle avait dû juger qu'il était impossible de faire autrement.

— J'ai discuté avec Carrière, avec le responsable du port du Conquet où le bateau en question a été enregistré, avec l'administration de la pêche et enfin avec Morin en personne.

Derrière Nolwenn, on entendait des portières claquer.

— Le plus intéressant a été rapporté par le responsable du port. A l'époque, il avait été très étonné que le bateau soit retiré de la circulation : son état était impeccable. Officiellement, il était question de l'enregistrer dans un autre port. Mais ça n'a jamais été fait, selon l'administration de la pêche. Aucun bateau de Morin, sous ce numéro d'immatriculation, n'a été enregistré dans un autre port.

— Que disent Carrière et Morin ?

— J'ai parlé longuement avec Carrière. Il s'est montré coopératif. D'ailleurs, le sujet n'avait pas l'air de le perturber outre mesure. Il affirme que la coque pourrissait à certains endroits et que le bateau devait être mis en cale sèche. Il est sur un terrain qui appartient à Morin, où se trouvent d'autres bateaux plus petits. Il a ajouté que la remise en état demanderait beaucoup de travail et qu'il ne savait toujours pas quand la remise à flot serait possible. Je lui ai dit qu'on aimerait le voir. Il m'a répondu de contacter son patron.

Même si, de toute évidence, le sujet n'avait pas intrigué Carrière, l'histoire semblait cousue de fil blanc.

— Monsieur Morin a été très direct, même s'il est resté correct. En fait, il n'a rien révélé, sinon que tout avait été fait dans les règles et que lui seul était en droit de décider lequel des bateaux pouvait prendre la mer et lequel ne le pouvait pas. Contrairement à Carrière, il n'a pas demandé pourquoi on s'intéressait soudain à ce bateau. (Morin restait maître de lui, Dupin connaissait bien sa manière, mais cela ne prouvait rien.) Malgré tout, il n'a pas l'intention de nous autoriser à inspecter son bateau. Il n'a pas voulu non plus nous dire où il se trouve.

Evidemment !

— Quel est le nom de ce bateau ? s'enquit Dupin qui voulait poser cette question depuis un moment.

— L'*Iroisette*.

— Découvrez à quel endroit Morin garde ses bateaux, ainsi que les pièces détachées.

— S'il y a quelque chose de louche, il ne l'aura pas mis avec les autres. Même si l'on fouillait partout à la recherche de cet endroit et qu'on ne le découvrait pas, cela n'impliquerait pas nécessairement que le bateau soit quelque part au fond de la baie, ajouta Nolwenn dont l'esprit vif travaillait à plein régime, comme d'habitude. Ce serait loin de constituer une preuve.

— Et si nous faisions fouiller la baie ?

— N'y songez pas. Vous trouveriez plus vite une aiguille dans une botte de foin. Si toutes nos spéculations se vérifient, il ne nous reste plus qu'à trouver les morceaux du bateau que Kerkrom et Darot ont découverts. Si le criminel ne les a pas d'ores et déjà fait disparaître. Ou alors le mystère est tout autre, commissaire. Le Ber m'a tenue au courant. Ne l'oubliez pas : vous êtes en Bretagne !

Le ton qu'elle avait employé annonçait sans ambiguïté que la conversation était terminée : « Je dois m'en aller », devina-t-il en sous-titre.

— Le convoi s'ébranle, commissaire. Et c'est moi qui prends la tête. Je vous rappelle.

Elle avait déjà raccroché.

Dupin et Le Ber avaient emprunté le même chemin qu'une heure et demie auparavant : ils longeaient le rivage vers le cimetière aux cholériques. D'en haut, si on était un oiseau – par exemple une des innombrables mouettes –, il devait être amusant de les voir arpenter sans relâche cette petite île, pensa Dupin.

— Qu'est-ce que Nolwenn a dit ? demanda Le Ber.

Dupin lui rapporta les nouvelles.

— Je m'occupe des recherches.

— Le Ber ?

— Oui, patron ?

Dupin ne savait pas trop comment le formuler. Il ne voulait pas donner trop d'importance à l'affaire.

— Nolwenn et sa tante... Elles prennent la tête du convoi. Elles...

Il valait mieux laisser tomber.

— La grande journée d'action débute par une jonction des convois de véhicules qui partent de plusieurs villes, surtout de Lannion, bien sûr, et convergent vers Quimper. Voitures, camions, tracteurs. En empruntant la quatre-voies (« l'autoroute bretonne ») et les nationales. La circulation va être bloquée pendant des heures.

Le Ber jubilait.

Dupin s'efforça de chasser les images qui avaient aussitôt envahi son esprit : une fonctionnaire de la police menait pendant ses heures de travail une action illégale afin d'entraver massivement la circulation, action contre laquelle les autorités n'auraient pas d'autre choix que d'intervenir. Et tout ça à Quimper ! La préfecture !

Le mieux était encore de ne plus y penser. Son adjoint semblait du même avis.

— A plus tard, patron.

Sur ces mots, Le Ber tourna les talons.

Dupin poursuivit son chemin. Il se réjouissait d'être tout seul.

Le commissaire se trouvait à mi-chemin entre le cimetière et le phare, avec la jetée à sa droite, la seule qui existait en dehors de la zone portuaire. Un Zodiac à l'énorme moteur y était amarré. Le Ber aurait été capable d'en réciter sur-le-champ les données techniques : la cylindrée, la puissance, la taille.

Sans doute Leblanc qui relevait les mesures.

Peut-être devraient-ils parler ouvertement de la « trouvaille », songea Dupin. Et même des différentes hypothèses. Lorsqu'ils parleraient des morceaux du bateau, il ne faudrait cependant pas que le nom de Morin apparaisse. Les insulaires y viendraient d'eux-mêmes lorsque les gendarmes se mettraient à fouiller tous les bâtiments. Ils se lanceraient dans de folles spéculations qui seraient ensuite colportées à la vitesse du vent. Une perquisition de cette ampleur ne passerait pas inaperçue. Parfois, un piège au moment opportun pouvait engendrer une révélation intéressante. Et faire activer les choses. Bien qu'ils n'en aient pas parlé, il serait judicieux que Le Ber dise aux gendarmes ce qu'ils devaient chercher.

En tout état de cause, il y aurait une conséquence : le criminel prendrait peur. Et dans le meilleur des cas agirait de manière imprudente ou précipitée. On pourrait même demander son aide à la population. Pourquoi ne pas changer la donne ? Déclarer la chasse au criminel ? Dupin n'aurait aucun scrupule. Mais serait-ce efficace ? Atteindraient-ils ainsi leur objectif ? De telles manœuvres pouvaient aussi amener l'assassin à observer une prudence extrême, voire à disparaître. A faire le mort.

Après avoir quitté la route asphaltée, Dupin se dirigea vers le ponton en escaladant les énormes amoncellements de galets qui bordaient la crique en forme de croissant de lune. En bordure, portant un caisson en acier sur le toit, un petit bâtiment qui ressemblait un peu aux cabanons en béton du port, et des équipements techniques. Le ponton était plus long qu'il n'y paraissait de loin. A son extrémité se dressait une construction complexe. Une sorte de cage tout en longueur qui s'avançait dans la mer. Sans doute les appareils de mesure.

— Commissaire !

Leblanc avait soudain surgi de derrière le bâtiment et faisait signe à Dupin.

Celui-ci se dirigea vers lui.

— L'enquête progresse ?

— Nous connaissons l'histoire et le motif. Nous savons de quoi il retourne – il ne nous manque plus que le coupable.

— Quel soulagement ! s'écria Leblanc en baissant les yeux. Je ne me rends pas encore bien compte. Ici, sur l'île, je pense tout le temps que Laetitia va bientôt amarrer son bateau.

Puis, levant le regard sur Dupin, il poursuivit :

— Je suppose que vous voulez garder l'histoire pour vous ? Je veux dire, ce qui s'est joué ici ?

— Je ne sais pas encore.

Dupin n'avait pas eu l'intention de répondre aussi franchement. Leblanc était soucieux. Il aurait bien aimé continuer à poser des questions, mais il s'en abstint.

— Je viens de relever les mesures de la semaine dernière. Voulez-vous voir l'installation au bout de la jetée ? Elle est petite mais excellente. Elle nous livre tout ce que permet la technologie la plus pointue.

Il était redevenu le scientifique enthousiaste.

— Je… commença Dupin qui hésitait. Et dans le petit bâtiment ?

— C'est un local technique qui fait partie de la station. Il renferme des instruments pour mesurer le vent, la pluviosité et la pression atmosphérique.

— Rien de plus ?

— Quelques matériaux de construction. Du matériel. Des choses de ce genre.

— Vous voyez un inconvénient à ce que je le visite ?

— Non, pas du tout. Mais franchement, il n'y a rien de palpitant à voir.

Dupin se dirigea vers le bâtiment.

Une porte en acier. Une seule petite fenêtre donnant sur la mer. Au coin, à côté de l'entrée, une table en aluminium avec une chaise devant. Un ordinateur portable. Branché à un appareil métallique muni de nombreux boutons et loupiotes accroché au mur. Des câbles qui menaient à un trou dans le mur et sans doute reliés aux appareils sur le toit.

— D'ici, je peux relever toutes les mesures enregistrées par les instruments en laiton qui se trouvent sur le ponton. Le pH, la teneur en oxygène, des choses comme ça.

Dupin n'avait écouté que d'une oreille. L'intérieur l'intéressait bien davantage.

— Laetitia Darot avait accès à ce bâtiment, n'est-ce pas ?

— En théorie, oui. Néanmoins, je pense qu'elle se rendait rarement ici. Je ne vois pas pour quelles raisons elle serait venue. Elle a relevé plusieurs fois les mesures pour moi. Lorsque le mauvais temps durait longtemps. Mais seulement en de telles occasions.

Dupin avait commencé à arpenter la pièce d'un pas lent. Quatre mètres sur quatre mètres, mesura-t-il. Il ne semblait pas y avoir d'ampoule électrique.

Sur deux côtés, des plaques d'aluminium paraissaient faire partie de l'installation du ponton. Dans un coin, une ancre imposante, des bidons en plastique, remplis d'essence ou d'huile, supputa Dupin ; au milieu de la pièce, sur le sol de béton grossier, une échelle. Des couches de poussière recouvraient le tout. Dans le coin opposé à la table, il y avait un canot pneumatique, petit mais professionnel.

Leblanc avait intercepté le regard de Dupin.

— Il arrive que je doive régler quelque chose à la station côté mer. Je prends alors le canot.

Quoi que ce soit, l'objet qu'il cherchait n'était certainement pas petit. Et donc, pas facile à dissimuler.

Ce n'était pas là qu'il se trouvait.

— Y a-t-il une autre pièce, une annexe ou quelque chose comme ça ?

— Non, seulement celle-ci.

De toute évidence, les questions de Dupin troublaient Leblanc.

— J'aimerais bien voir la station de mesure sur le ponton.

L'objet avait été longtemps immergé, il pouvait donc rester encore un peu sous l'eau. Un endroit calme et sûr sous la mer serait une bonne cachette.

— Avec plaisir. Avant, on aurait eu besoin de laboratoires entiers pour bénéficier de toutes ces fonctions. Venez !

Leblanc sortit du bâtiment, Dupin fit un dernier tour du regard avant de le suivre.

— Laetitia Darot avait-elle accès à toutes les pièces de l'institut de l'île Tristan ?

— En principe, oui. Mais à part dans le département technique, je ne l'ai croisée nulle part. Comme je vous l'ai dit, elle ne voulait même pas avoir de bureau.

Ils mirent le pied sur la jetée.

On entendait des voix lointaines, ou plutôt de faibles échos. Dupin se retourna. Il vit quatre gendarmes en uniforme qui longeaient le chemin vers l'extrémité de l'île. L'opération avait commencé.

Dupin eut une idée.

Il sortit son téléphone.

— Un instant, monsieur Leblanc. Je vous rejoins.

Dupin fit quelques mètres sur la plage.

— Patron ?

Le Ber était à peine audible car il chuchotait.

— Vous devriez fouiller le phare, dit Dupin. Ainsi que les bâtiments qui abritent les turbines et l'installation de désalinisation.

— Ce sera fait. Quatre gendarmes s'acheminent vers la chapelle.

— Je les ai vus. Qu'ils fouillent chaque pièce.

— Vaillant, murmura Le Ber encore plus doucement, a quitté son bateau. Accompagné de trois hommes. Je les file.

— Où vont-ils ?

— A la supérette.

— A la supérette ?

— Oui.

— Pour quoi faire ?

— Je ne sais pas encore. Mais j'ai la caisse en point de mire. Ils n'ont pas encore payé.

C'était grotesque. Surtout en imaginant Le Ber tapi derrière un muret.

— Appelez-moi si vous avez du nouveau.

Dupin remit le portable dans la poche de son pantalon.

Leblanc s'était avancé jusqu'au bout du ponton. Il l'attendait.

— Vous cherchez quelque chose en particulier, commissaire ? Je peux vous aider ?

Dupin l'avait rejoint. Il s'avança jusqu'au bord, là où l'installation émergeait.

Incroyable comme l'eau était claire. Elle miroitait sous le soleil dans les tons turquoise et émeraude. On voyait chaque caillou, chaque coquillage, chaque vaguelette de sable. Un banc de poissons verts fila, leurs ventres lancèrent mille étincelles argentées comme si on avait allumé un feu d'artifice sous la mer. Deux crabes noirs décampèrent.

Pas besoin de perdre beaucoup de temps pour se rendre compte qu'ici, il n'y avait rien.

Dupin se retourna.

— C'est bon, monsieur Leblanc.

— Et maintenant, vous en savez plus ?

Leblanc ne pouvait masquer sa perplexité.

— Je dois continuer, répliqua Dupin, le front plissé. Je vous remercie pour votre aide.

— J'espère que vous allez bientôt boucler cette enquête. C'est une catastrophe. L'ensemble.

Il fixa l'horizon d'un regard attristé. Il paraissait encore plus ébranlé que la veille.

— Oui.

— A propos de mesures, s'écria Leblanc que le sujet rendait plus guilleret, la pression atmosphérique baisse beaucoup depuis une demi-heure. Cela annonce un orage. Si vous voulez vous rendre sur le continent à temps, il ne faut pas tarder.

Dupin regarda le ciel de tous côtés.

Il était toujours aussi bleu, sans aucun signe avant-coureur. Pas le moindre nuage. Pas le plus petit indice annonçant un changement brutal du temps, encore moins un orage. Bien sûr, Dupin n'était pas un expert en prévisions météorologiques, surtout comparé à un vrai Breton. Mais ce n'était plus un débutant ; il s'entraînait depuis des années. Il connaissait les prémices. Et rien, ici, ne présageait une tempête. Son intuition non plus ne prévoyait pas de perturbation.

Les perquisitions des bâtiments publics étaient terminées. Les gendarmes avaient fouillé chaque recoin. Madame Coquil avait d'abord refusé de déverrouiller les pièces fermées au public avant de se résoudre à obtempérer. Elle avait aussi la garde de la clé de l'église et de celle du petit phare du quai Nord.

Dupin n'avait pas du tout pensé à certains bâtiments – comme l'ancien bureau du port, désaffecté. Contrairement à Le Ber. Au bout du compte, il y en avait eu beaucoup. Les gendarmes avaient dû se séparer pour les fouiller.

Sans rien trouver. Pas de bordage de bateau suspect, pas de moteur, pas d'objet métallique dans les dimensions requises, pas de croix non plus. Pas la moindre trace suspecte. Rien d'inhabituel ou d'étrange. Absolument rien.

Une opération au résultat nul.

C'était décourageant. Les obstacles s'accumulaient, et il était extrêmement difficile de les ignorer et de ne relever que les aspects positifs. Dupin ne voyait plus rien.

Après avoir quitté la station, il était allé jeter lui-même un regard dans les quelques bâtisses qu'il avait trouvées sur son chemin. Il n'avait rien découvert. Ni dans la caserne des pompiers, ni dans l'église. Ce qui l'avait rendu nerveux, plus qu'il ne l'avait admis de prime abord. Et son agacement s'était amplifié au fil de l'opération, se muant progressivement en rogne. Un état dont il était coutumier, il fallait bien le reconnaître. Mais cette fois, cela prenait des proportions plus importantes.

Comme prévu, la nouvelle selon laquelle la police cherchait « quelque chose » s'était répandue telle une traînée de poudre. On cherchait un autre mort, disait-on même. Puis on entendit parler d'un « trésor », une baguette en or sertie de pierres précieuses, comme celle d'un magicien. Ou d'un druide. Qu'on aurait trouvée au fond de la mer. Antoine Manet avait tenu Dupin au courant. Bientôt cela circulerait sur les réseaux sociaux et donnerait lieu à des annonces tonitruantes sur les ondes. Dupin ne se faisait aucune illusion.

Il avait demandé aux gendarmes de rester bouche cousue sur l'objet de leurs fouilles. Ils ne devaient même pas démentir, mais se contenter de la formule « Pas de commentaire ». Les rumeurs ne le dérangeaient pas.

Le coupable savait sans doute à présent ce qu'il en était – ou il le découvrirait bientôt, en tout cas. Et il penserait qu'eux étaient au courant.

Le Ber avait du nouveau. Il attendait le commissaire à l'Ar Men, l'unique hôtel de l'île, où il avait passé la nuit. Ce jour-là, la navette avait amené un grand nombre d'excursionnistes d'un jour, lesquels s'étaient installés confortablement dans les cafés et les bistrots qui donnaient sur le port. Dupin les comprenait fort bien. Hélas, cela faisait belle lurette que les cafés ne pouvaient plus lui servir à mener des interrogatoires discrets.

Le Ber aussi faisait grise mine. Son enthousiasme avait disparu, il paraissait abattu. A l'instar de Dupin, il était debout depuis cinq heures du matin. Et certainement, comme la veille, n'avait-il rien mangé. Ce n'était donc pas sans arrière-pensée que Le Ber avait choisi l'Ar Men, qui possédait un restaurant. L'estomac de Dupin commençait à gronder. L'importante chute de pression atmosphérique qu'avait annoncée Leblanc pesait aussi sur son estomac sous la forme d'une boule, sensation légère et néanmoins déplaisante. Manger aurait un effet bénéfique ; un estomac vide n'était jamais une bonne chose. Le ciel était encore vide de tout nuage ; peut-être était-il un peu plus blanc, un peu laiteux, si l'on cherchait bien. Mais vraiment à peine.

— Vaillant et ses hommes sont tout bonnement retournés sur leur bateau après leur virée dans la supérette ? Avec du coca, des chewing-gums, des chips et de la bière ?

Dupin secoua la tête, incrédule.

Le Ber venait de lui rendre son rapport sur sa filature.

— Oui, c'est comme s'ils se fichaient de nous.

— Et ils ont appareillé sans attendre ?

— Oui, sans tarder. Ils ont accosté, se sont rendus à la supérette, sont retournés au bateau puis ils ont appareillé. Au fait, on ne voit plus Carrière nulle part au large ; idem pour Jumeau. Sans doute est-il allé plus loin, en direction de la chaussée des Pierres-Noires.

Dupin était plongé dans ses réflexions. En fait, ils devraient également filer Vaillant et son équipage lorsqu'ils seraient en mer. Ce qui serait loin d'être simple. Pour passer inaperçu, il faudrait qu'ils empruntent un bateau de pêche. Mais, à ce compte-là, il faudrait filer tous les candidats potentiels. Ils auraient alors besoin de nombreux navires.

La mer était un terrain difficile pour les enquêteurs, rendant le travail encore plus compliqué qu'il n'était d'ordinaire.

Le Ber interrompit Dupin dans ses pensées vaines.

— Comme vous me l'avez demandé, j'ai parlé de nouveau avec mon cousin, commença-t-il en choisissant ses mots avec soin sans lâcher Dupin du regard.

Puis il marqua une pause avant de poursuivre :

— En tant que scientifique, il pense qu'une telle découverte, dirions-nous, la découverte d'une croix en or massif au fond de la baie de Douarnenez, nous obligerait, je cite, patron, même si cela ne va pas vous plaire, à envisager une relation avec Ys. Ni à Douarnenez, ni dans n'importe quelle paroisse ou bourg autour de la baie, il n'a existé d'église, de couvent ou de lieu en général qui aurait été suffisamment important pour posséder une telle croix ou receler une trouvaille archéologique de même type.

Le débit de Le Ber s'accélérait de peur que Dupin ne l'interrompe.

— Mais surtout : il m'a dit qu'il y avait très peu de croix en or de cette taille dans l'histoire de la France chrétienne. Et aucune ne manque. Elle doit être « en évidence dans un lieu exposé ». Pour reprendre ses mots. Rien d'autre n'est envisageable.

Dupin ne l'avait pas interrompu. Il était trop épuisé. De plus, c'était lui qui avait demandé à Le Ber de consulter son cousin. Mais à quoi s'attendait-il donc ?

Dupin avait espéré entendre une version bien différente, un épisode de l'histoire de l'art incluant une croix. Une explication comme : dans la cathédrale de Quimper, de Rennes ou de Vannes, se dressait jusqu'à tel siècle une croix en or d'une taille impressionnante. Mais, un jour, elle a été dérobée, puis embarquée sur un bateau par les Normands, les Angles ou les Saxons jusqu'à Douarnenez. Or, par une nuit de tempête, le bateau sombra… quelque chose dans ce genre.

Dupin se taisait.

— Qu'allons-nous faire, patron ?

— Je voudrais dans un premier temps qu'on s'occupe de Morin.

Certes, il s'était exprimé avec énergie mais il avait l'air mortifié.

Il ne savait quelle attitude adopter. C'était à en devenir fou.

— Non. Nous les gardons tous en ligne de mire, corrigea-t-il sur un ton moins déprimé.

— Le coupable ne va pas nous faciliter la tâche, grommela Dupin. La cachette est bien choisie, n'en doutons pas. Cependant, nous allons élargir nos recherches. Jusque sur le continent. Nous devons en donner l'ordre sur-le-champ.

Beaucoup de travail. Beaucoup de frustration.

Un énorme soupir s'échappa de Dupin. Mais tout cela ne l'aidait pas.

— On va s'y mettre, réussit à articuler Le Ber d'une voix sourde.

— Mais avant, Le Ber, avant, nous allons manger un morceau.

Le visage du lieutenant s'illumina aussitôt. La perspective d'un bon repas lui avait rendu son énergie.

— La spécialité du restaurant est célèbre dans la France entière, le ragoût de homard, claironna-t-il. Vous allez être ravi, patron. Le ragoût se prépare dans un gros faitout. Coupez le homard partiellement décortiqué en petits morceaux. Ajoutez des oignons rosés de Roscoff, du céleri, des graines de fenouil, des moules fumées, faites revenir le tout dans de l'huile de noix chaude, puis mouillez avec de l'eau-de-vie de cidre et trois ou quatre verres de vin blanc. (Cette recette était en effet un vrai poème.) Accompagnez-le de pommes de terre Amandine, qui sont uniques, d'une cuillerée de crème fraîche, de piment d'Espelette ; ajoutez du gros sel et, en guise de bouquet final, un bon morceau de beurre salé. Puis faites mijoter à feu doux.

— Oui ?

Une femme brune et mince, souriante mais qui ne semblait pas avoir une patience infinie, se tenait devant eux, un petit bloc et un stylo à la main.

— Nous prenons la même chose, lança Dupin.

— Avec plaisir, monsieur, mais qu'est-ce que je dois vous servir ?

— Le ragoût de homard ! s'écria Le Ber. Avec deux verres de quincy.

— Plutôt une bouteille, rectifia Dupin.

La dame remercia d'un hochement de tête et disparut.

Ici aussi, la cuisine était épatante. Assis sur les bancs autour des tables de l'Ar Men, une bâtisse badigeonnée d'un rose audacieux, ils avaient vue sur la partie arrière de l'île, le phare, la chapelle et le chemin qui passait devant le cimetière des cholériques. Des prés tapissés de petites fleurs roses s'étendaient ici et là. Et la mer de tous côtés.

Le blanc laiteux du ciel, qui avait remplacé le bleu splendide, se métamorphosait – impossible de le nier – peu à peu mais irrésistiblement en un gris clair brumeux.

En veine d'histoires, Le Ber paraissait encore loin de tout.

— Merlin, le magicien le plus célèbre du monde, un Celte, était un très bon ami des prêtresses de Sein, les Neuf Sœurs. Il se rendait régulièrement sur l'île pour s'entretenir avec elles de l'art de la magie.

Plus Le Ber parlait et plus son récit gagnait en souffle.

— Elles lui ont confié leurs visions, y compris celle qui annonçait l'arrivée d'un grand roi, Arthur, comme nous le savons tous, que Merlin rencontra peu de temps après. A partir de là, l'enchanteur devint le guide d'Arthur. Un jour, lors d'une terrible bataille à Camlann, Arthur fut si grièvement blessé que même Merlin ne pouvait le sauver. Aussi l'amena-t-il sans tarder sur l'île de Sein pour le confier aux neuf prêtresses. Celles-ci lui confectionnèrent une couche en or pur. Velléda, la druidesse parmi elles, la femme de l'autre monde[1], s'occupa d'Arthur. Il était à l'article de la mort, mais elle le fit revenir à la vie, sans que même Merlin sût comment. Elle possédait le pouvoir d'ouvrir les portes du monde souterrain – vous voyez, l'île de Sein joue un rôle majeur dans la légende arthurienne, conclut Le Ber dont les yeux brillaient.

Dupin ne dit mot.

Il se sentait sans défense.

— Commissaire !

Dupin sursauta.

Labat. Il l'avait presque oublié. Une seconde plus tard, le lieutenant se tenait devant leur table, à bout de souffle. Contrairement à ses habitudes, il n'en menait pas large.

L'impression était juste.

— Elle m'a échappé ! déclara-t-il sur un ton où se mêlaient le dépit et la colère. Elle s'est fait la malle ! Elle a certainement appelé son mari juste après vous

---

1. En français dans le texte. (*N.d.T.*)

avoir parlé. Elle a arpenté le port sans se faire remarquer. D'une jetée à l'autre…

— Mais de quoi parlez-vous, Labat ?

— Gochat ! Elle n'est plus là. Elle a quitté l'île.
Son mari est venu la chercher en bateau. A un moment
ou un autre, alors qu'elle se baladait devant la grande
jetée, un bateau a soudain contourné le gros rocher,
à l'entrée du port, a accosté, et, l'instant d'après, elle
était partie.

Cela n'étonna pas Dupin outre mesure. Mais c'était
agaçant.

— Comment savez-vous qu'il s'agissait de son mari ?

— J'ai pu reconnaître le nom du bateau. *Ariane DZ.*
Il est immatriculé au nom de François Gochat. De plus,
j'ai bien vu un homme.

— Avec un bateau pareil, ils peuvent aller partout,
intervint Le Ber en expert. Et vite. Il est doté d'un
moteur hors pair. Je l'ai vu hier à Douarnenez.

Labat était indigné. Un drôle de spectacle.

— Mettez Gochat sous surveillance dès qu'elle aura
touché le port de Douarnenez. Et chargez-vous-en en
personne. Mais pour l'instant, ajouta Dupin sur un ton
inhabituellement enjoué, vous aussi vous allez d'abord
manger un morceau, lieutenant Labat.

Labat était debout depuis encore plus longtemps
qu'eux. Et ça se voyait à sa mine ! Même si, pour
l'heure, sa stupéfaction était manifeste : il s'était
attendu à une tout autre réaction.

Il n'éleva cependant aucune protestation.

— Le ragoût de homard ? s'enquit-il, plein d'espoir.

— Oui.

Quelques instants plus tard, il partageait le banc avec Le Ber, face à Dupin. Chacun était plongé dans ses pensées. Heureusement, ils n'eurent pas à attendre longtemps avant que la serveuse ne revienne avec la bouteille de quincy et trois grandes assiettes, puis avec la grande marmite pleine à ras bord d'où dépassaient, de part et d'autre, les pinces de homard. Comme si le cuisinier, devinant leur humeur morose, avait voulu leur remonter le moral. Ils auraient pu inviter quelques gendarmes affamés et tous auraient été rassasiés.

— Sublime, n'est-ce pas, patron ?

Dupin hocha la tête. Il était on ne peut plus d'accord. La saveur était en effet extraordinaire : le plat était à la fois savoureux et relevé – on sentait la mer tourmentée, le caractère de l'île – ; la chair du homard, quant à elle, était moelleuse et fondante, un mélange déconcertant mais succulent. Avec le vin blanc frais en accompagnement. Un pur bonheur.

La sonnerie du téléphone de Dupin les sortit de leur état partagé entre épuisement et ravissement.

— Oui ? répondit Dupin en avalant le dernier morceau.

— J'ai mis la main sur le frère de Lucas Darot, qui est âgé de quatre-vingt-six ans, annonça Nolwenn sur un ton où perçait une grande satisfaction. Le frère du père putatif de Laetitia Darot. Il vit retiré dans un bled paumé du côté de la pointe du Raz et me paraît encore bien vigoureux.

Voilà qui était inattendu mais prometteur.

— Un neveu de mon mari possède une boucherie dans le coin ; le frère va y faire ses courses de temps à autre.

Dupin avait encore du mal à suivre.

— Je lui ai parlé. Tout est vrai ! Il y a bien eu une liaison entre la mère de Laetitia et Morin. Qui n'a pas duré longtemps. Lucas lui a pardonné et a élevé Laetitia avec amour comme sa fille unique. Il ne l'a jamais dit à personne. Sauf à son frère. Qui a gardé le secret jusqu'à aujourd'hui. Mais maintenant, depuis la mort de Laetitia, tout a changé pour lui.

C'était donc vrai. C'était ce que son intuition lui disait depuis tout ce temps.

— Une histoire émouvante, commissaire. L'affaire devient sérieuse. Elle exige que chacun se donne à fond… Mais le ragoût de homard donne des forces. Vous verrez.

Mais comment pouvait-elle le savoir ?

— Le Ber, Labat et moi sommes ici… hésita Dupin. Tous ensemble, à l'Ar Men. Nous pouvons parler en toute tranquillité.

En arrière-fond on entendait des bruits de moteur, quelqu'un qui rétrogradait. Nolwenn était encore en voiture. Dupin voyait littéralement le chaos devant ses yeux : voitures, camions, tracteurs avançant à une allure d'escargot. La quatre-voies complètement bouchée.

— Ma foi, pour la fête de votre mère, ça va être raté. Mais c'est comme ça, dit-elle sur un ton dénué d'ironie. On n'y peut rien. Le travail c'est le travail. Bon, à la prochaine, commissaire.

Dupin rempocha son portable.

Il leva les yeux vers le ciel. Le gris clair brumeux s'était transformé en un gris menaçant qui allait s'épaississant, formant une sorte de couche nuageuse. Le ciel tout entier était touché. Un mur gris nébuleux et informe. Toujours pas un souffle de vent, l'air stagnait. Dupin n'avait jamais rien vu de tel. Pourtant, durant ces cinq dernières années, il avait été témoin de maints phénomènes météorologiques, des caprices du temps aux cataclysmes, il avait été exposé aux éléments primitifs celtes. Il croyait avoir tout vu.

Ils devaient s'y remettre, se secouer.

— Nous élargissons le périmètre des recherches au continent, déclara Dupin d'une voix où perçait un sentiment d'urgence. Nous n'avons plus rien à faire sur l'île pour le moment.

— Jusqu'à quel point ? demanda Labat, la bouche pleine.

Bien entendu, c'était lui qui appuyait là où le bât blessait.

— Nous allons rechercher tous les biens fonciers, les terrains, les maisons, les résidences secondaires, les locations saisonnières, tous les bâtiments, les cabanons, les remises, les caves que nos « protagonistes » possèdent. A commencer par Morin.

— Ils vont bien se garder de nous dire où ils ont caché l'objet, commenta Labat en cassant, la mine réjouie, sa dernière pince de homard. Au cas où l'objet existerait vraiment, personne ne l'a vu, poursuivit-il en avalant la pointe de la pince, si savoureuse, si tendre. Toute cette histoire pourrait n'être qu'une élucubration. Un jeune garçon qui s'ennuie et invente des histoires extraordinaires ! Un bateau neuf, quelques égratignures sur un mur et sur le sol. Tout cela est bien mince.

Cela avait été une mauvaise idée de permettre à Labat de reprendre des forces. Dupin aurait dû y penser. Le pire était que Labat ne faisait pas exprès d'être malintentionné. Il ne critiquait pas Dupin dans un but précis, il disait ce qu'il pensait. Et en un certain sens, il ne faisait qu'exprimer les doutes qui gagnaient aussi le commissaire.

— Levons le camp. (Dupin s'était mis debout sans crier gare.) Nous pourrons discuter des détails en bateau.

Il regarda de nouveau le ciel. Il se sentait de plus en plus mal. Il lança une dernière phrase d'un ton qu'il espérait plein d'énergie :

— Dès que je serai arrivé sur le continent, j'irai m'entretenir avec Morin.

Ils étaient sur le point d'appareiller.

Le commissaire et ses deux lieutenants s'étaient rassemblés à la proue du bateau de Goulch, aux lignes si élégantes.

— Amarres lâchées, cria un des jeunes hommes haut en jambes.

Il s'était adressé à Goulch qui avait déjà disparu dans la cabine de pilotage. L'instant d'après, les puissants moteurs Diesel, qui jusque-là ronflaient gentiment, se mirent à vrombir.

Dupin avait préféré ne pas s'enquérir des prévisions météorologiques auprès de Goulch. La nébuleuse grise allait-elle se transformer en tempête ? Goulch le préviendrait à temps, au cas où il verrait un grain s'annoncer.

— Je voudrais d'abord que nous…

Tout à coup, les moteurs s'étaient tus. Goulch sortit de la cabine. Il faisait montre d'une fébrilité inhabituelle.

— Un message radio que nous venons de recevoir.

Il s'arrêta devant Dupin.

— Charles Morin. Il a été repêché. Blessé, perdant son sang, à bout de forces. Il a failli se noyer. Il semblerait qu'il ait été sauvé in extremis.

Dupin n'en croyait pas ses oreilles.

— Morin ?

— Lui-même.

— Que s'est-il passé ?

— On ne sait pas encore.

— Qui c'est, ce « on » ?

— Un bateau de la surveillance côtière. C'est un goémonier qui a sauvé Morin. Il l'a hissé à son bord et appelé les garde-côtes, qui sont partis de Molène. Ils seront sur les lieux dans quelques minutes.

— Je dois savoir ce qui s'est passé.

— Comme je vous disais, nous n'avons pas plus d'informations.

— Morin n'a rien dit au goémonier ?

— Le goémonier n'a en tout cas rien dit aux garde-côtes. Cela vient juste d'avoir lieu. Ou plutôt, l'annonce radio vient de nous parvenir.

— Où a-t-il été repêché ?

— A quatre milles marins de Molène, en direction du sud, donc de l'île de Sein. Une zone traversée par de forts courants. Sans oublier que la visibilité est à présent réduite.

Autant dire que c'était un coup de bol qu'on l'ait trouvé vivant.

— Peut-on parler avec Morin, l'interroger ?

— Je n'en sais rien.

— Où l'emmène-t-on ?

— A Douarnenez, à l'hôpital.

Il ne restait qu'une chose à faire.

— Bien, nous nous rendons à Douarnenez aussi vite que possible.

Dupin savait ce que cela signifiait : vitesse maximale. Mais impossible de faire autrement.

— D'accord. Prenez ma radio. On va rappeler.

Goulch tendit à Dupin l'appareil jaune vif.

Quelques secondes plus tard, les moteurs hurlaient, deux fois plus fort que précédemment. La vedette fit carrément un bond en avant.

Un quart d'heure plus tard, ils avaient atteint le large. En théorie ils auraient dû voir, à l'est, la pointe du Raz, mais la nébuleuse grise formait une sorte de purée de poix sombre, tremblotante et vicieuse qui n'avait rien à voir avec le brouillard ou la brume habituels. La mer avait pris une teinte de béton gris pâle et on peinait à voir au-delà de deux cents à trois cents mètres. Cet amas mystérieux avait depuis longtemps englouti l'horizon. Goulch non plus ne verrait plus rien, aucun écueil émergeant de l'eau ou, pire, des rochers plats invisibles qui étaient ici légion. En un mot, il ne pourrait se fier qu'aux instruments de navigation ultramodernes. Ce qu'il faisait avec une confiance absolue car il n'avait pas encore réduit sa vitesse ! Dupin n'avait pipé mot depuis un quart d'heure.

— Ici le *Stelenn*. Répondez, *Bir*.

La voix hachée qui sortait de la radio le fit sursauter. Il se ressaisit.

— Ici, le *Bir*. Dupin, je… c'est moi à l'appareil, Goulch est au gouvernail.

Le garde-côte ne prêta pas attention à ses bafouillages.

— Nous avons Morin à bord. Il refuse d'être emmené à l'hôpital de Douarnenez. Il exige d'être rapatrié à Molène où il possède une maison. D'après lui, il y aurait là-bas un bon médecin. Morin est très affaibli et souffre d'hypothermie. Il devrait être hospitalisé, rapporta le garde-côte sur un ton professionnel et sans émotion. Mais il assure qu'il va bien. Alors qu'on comprend à peine ce qu'il dit.

Ça dépassait l'entendement.

— Vous a-t-il raconté ce qui s'était passé ?

— Il prétend que c'était un accident, une maladresse. Il…

— Une maladresse ?

Le garde-côte conserva son sang-froid.

— Il dit qu'il était en train de pêcher et qu'il est passé par-dessus bord en relevant sa ligne. Il aurait été pris par un courant. Son bateau se trouve à plus de deux kilomètres. Il a été trouvé par un goémonier. Le problème est que les positions ne concordent pas, continua-t-il sur le même ton sec. Je parle de la position où Morin a été repêché et celle où on a trouvé son bateau.

— Que voulez-vous dire ?

— Les courants ne vont pas dans le bon sens.

— Et comment se fait-il alors qu'il se retrouve là-bas ?

— Aucune idée.

Le garde-côte n'était pas du genre à se lancer dans des spéculations.

— Quand est-ce arrivé ?

— Monsieur Morin dit qu'il a nagé une demi-heure environ. Donc, vers treize heures quarante-cinq, c'est à peu près à cette heure-là qu'il s'est retrouvé à l'eau.

Dupin ne pipa mot pendant quelques instants.

Diverses pensées lui traversèrent l'esprit. Ou plutôt virevoltèrent dans son cerveau, comme dans une boule à neige qu'on secoue.

— Vous êtes encore là, commissaire ?

— Oui.

— Il est conscient et ne veut pas en démordre, il nous dégage de toute responsabilité. (Dupin savait ce que cela signifiait, il connaissait la formule.) Nous sommes obligés de le conduire à Molène.

Le commissaire n'eut aucune hésitation.

— Alors je m'y rends moi aussi.

Il devait voir Morin.

— Comme vous voulez.

— Où est-il blessé ?

— En haut du bras. Il saigne abondamment. Il dit qu'il s'est blessé en tombant du bateau. Je me demande bien comment. Mais qu'importe. Il saigne.

Cet incident paraissait d'une absurdité totale.

— Vous ne le croyez pas ?

— S'il le dit comme ça…

— Vous émettez des réserves sur l'histoire qu'il a racontée, n'est-ce pas ? demanda Dupin qui, pour sa part, avait de gros doutes. Vous ne croyez pas à la thèse de l'accident, pas vrai ?

— Je n'y crois pas, en effet, répondit l'homme avec flegme.

— Nous sommes en chemin. Terminé.

Le Ber et Labat s'étaient approchés de Dupin et avaient tout entendu en dépit des rugissements du vent.

Dupin voulait juste avertir Goulch.

— Evidemment que ce n'était pas un accident ! s'exclama Le Ber sur un ton catégorique. Le garde-côte, qui est un expert, connaît les courants comme sa poche. Cela s'est passé exactement comme il l'a dit.

Dupin partageait cette opinion. Un accident aurait été une coïncidence bien trop grande.

Le Ber avait le regard sombre.

— C'était une agression.

— Une tentative de meurtre, précisa Labat froidement. Une tentative de meurtre sur la personne de Morin.

Dupin ne dit rien.

Les conséquences seraient phénoménales. Et anéantiraient en premier lieu le scénario préféré de Dupin. Ou bien : quelqu'un aurait-il voulu se venger parce qu'il savait que Morin était l'assassin et qu'il était très proche d'une des victimes ? Cela pourrait expliquer les mensonges de Morin. Pourquoi il ne révélait rien et leur avait servi cette histoire d'accident.

Dupin se pencha par-dessus le bastingage. Cela lui éclaircirait la tête ; il inspira et expira plusieurs fois, le visage offert au vent. Puis il se planta devant ses lieutenants. Quand tout allait mal et qu'on ne savait plus à quel saint se vouer, il n'y avait qu'une seule issue : la fuite en avant.

— Je veux savoir, dit-il d'une voix ferme et claire d'une implacable autorité, où tous nos suspects se trouvent en ce moment et où ils étaient pendant l'heure passée. Je veux avoir des détails, des témoins, des preuves. Pas de réponses floues. A partir de maintenant, c'est la seule chose qui nous intéresse. Rien d'autre.

— De quelles personnes exactement s'agit-il ? demanda Le Ber par prudence.

Dupin plissa les yeux :

— Notre jeune pêcheur Jumeau, Vaillant le pirate, notre charmante patronne de criée, Pierre Leblanc et Frédéric Carrière, bien entendu.

Morin était avachi dans un fauteuil de cuir marron. Il se trouvait dans le salon de sa maison, fort différente de celle de Douarnenez où Dupin lui avait rendu visite. Simple, sobre, de taille plus modeste, c'était une vieille maison de pêcheur typique de l'île de Molène. Cependant, une différence sautait aux yeux par rapport aux autres : sa situation exceptionnelle. Elle s'élevait juste derrière le vieux port et sa plage de sable de type lagunaire que la purée de poix empêchait d'admirer.

Morin était vêtu d'un jogging et enroulé dans plusieurs couvertures à motifs multicolores. Il faisait peur à voir : il était sans ressort. Les stigmates de l'accident étaient flagrants ; à intervalles irréguliers, il était secoué de tremblements, et il paraissait très faible, au bord de l'évanouissement. Dupin, pourtant, devinait combien il était tendu ; ses muscles faciaux se contractaient et déformaient ses traits.

Le médecin lui avait bandé le bras, si bien que Dupin ne put voir sa plaie – « une blessure sérieuse ». Le médecin lui avait prescrit un analgésique ainsi qu'un médicament pour la circulation sanguine. Il avait également fait comprendre à Dupin, avec une attention toute médicale, qu'il demeurerait au côté de Morin pendant tout « l'entretien » que le commissaire s'apprêtait à mener.

Dupin était seul, Le Ber et Labat étaient restés dehors.

— J'étais parti pêcher, en effet dans un coin secret, chuchota Morin. Je m'y suis mal pris et je suis passé par-dessus bord ; ce faisant, je me suis blessé. C'est tout. C'est aussi simple que ça.

— Vous avez failli y rester. C'est un coup de chance qui vous a sauvé la vie, répliqua un Dupin énervé qui ne ressentait pas une once de compassion.

Dès le moment où ils s'étaient salués, à demi-mot, Morin n'avait pas caché qu'il trouvait cet entretien inutile, que le commissaire et la conversation le laissaient indifférent, au contraire de ce qui avait pu se passer jusque-là.

— Les positions auxquelles vous et votre bateau avez été trouvés ne concordent pas du tout avec les courants de la zone. Avez-vous une explication, monsieur Morin ?

Dupin se tenait au milieu de la pièce. Il avait refusé le fauteuil placé en face de Morin que celui-ci lui avait désigné d'un geste faible de la main.

— Pensez ce que vous voulez, répliqua-t-il d'une voix lasse, son regard se portant ostensiblement vers la grande fenêtre.

— Avec quel bateau êtes-vous sorti ? De quelle taille ?

— Huit mètres quatre-vingt-dix, un Antarès, un modèle ancien.

Un bateau qu'on pouvait manœuvrer seul, parfait pour la pêche, comme Dupin le savait grâce aux nombreuses explications de Le Ber. Ce n'était pas un bateau de course, sans être lent pour autant.

— Comment vous êtes-vous blessé ?

— Je ne sais pas.

Il ne faisait aucun effort. Il donnait l'impression de se moquer du monde.

— Je n'en crois pas un mot, monsieur Morin.

— Ça m'est égal.

— Vous avez été victime d'une agression. Quelqu'un voulait vous éliminer.

— Pensez ce que vous voulez, répéta Morin.

Bien entendu, Dupin avait eu l'intention de lui parler de l'affaire de contrebande, de lui dire ce qu'ils savaient. De le menacer en lui présentant des preuves irréfutables. Mais Morin se contenterait de ricaner avec mépris.

— Vous savez qui est l'assassin. Vous l'avez compris d'une façon ou d'une autre. C'était juste une question de temps.

Tout en parlant, Dupin s'était mis à arpenter la pièce.

Malgré un frisson qui l'avait de nouveau secoué, Morin avait plaqué sur son visage un sourire satisfait.

— Vous avouez, donc.

Dupin avait lancé son affirmation au petit bonheur la chance. Avec succès. Mais une nouvelle idée venait de lui traverser l'esprit : il était possible que Morin ait réussi. Qu'il y ait eu une bagarre au cours de laquelle Morin avait tué son adversaire, même si lui-même était passé par-dessus bord. Ou bien, ils étaient tombés tous les deux à l'eau. Et seul Morin avait été sauvé. Toutefois, la tension palpable de Morin plaidait contre cette hypothèse. Pour lui, l'affaire, quelle qu'elle fût, n'était pas achevée.

— Je n'avoue rien. J'ai eu un accident. Maintenant, j'aimerais me reposer.

— D'un point de vue médical, c'est tout à fait obligatoire, intervint le pâle médecin qui ressemblait à un petit pot à tabac. Je vous recommande vivement le plus grand repos, monsieur Morin.

— Oui, j'ai encore besoin de mes forces.

Sa voix n'avait été qu'un filet. Pendant une fraction de seconde, il avait serré les poings, cela n'avait pas échappé à Dupin. Et Morin avait remarqué le regard du commissaire ; mais même ça, il semblait n'en avoir cure.

Un grondement lointain se fit entendre, bien qu'il ne fût pas très fort : le tonnerre qui allait de pair avec l'orage. Encore loin. Mais quand même.

Un silence hostile s'était installé.

Morin ne dirait pas un mot de plus. Et ils ne pourraient pas le forcer à quoi que ce soit. Si l'incident devait connaître des conséquences judiciaires, il s'en tiendrait à sa thèse de l'accident. C'était insupportable : Dupin était impuissant. Il n'y avait rien de pire pour lui. Cela le mettait en rage.

— Je vais maintenant faire un somme. Si vous voulez bien m'excuser.

Morin arrangea ses couvertures de manière ostensible.

— Nous avons parlé au frère de Lucas Darot. Nous connaissons l'histoire. Laetitia était votre fille.

C'était comme si Dupin n'avait pas prononcé cette phrase. Elle avait fait un flop.

— Je vous ai promis que nous ferions toute la lumière sur cette affaire, monsieur Morin. (Dupin marqua une pause.) La vérité éclatera.

Les mots étaient sortis sans force de la bouche de Dupin. Ils ne faisaient plus d'effet depuis longtemps. C'était ridicule.

Dupin tourna les talons et se dirigea vers la porte. Quelques secondes plus tard, il avait quitté la maison.

Il bifurqua à gauche, prit un chemin boueux et escarpé qui débouchait sur un étroit sentier menant au rivage.

Quelques mètres plus loin, il s'immobilisa.

— Quelle merde !

Le juron avait fusé, sorti du plus profond de son corps. Il avait serré les mâchoires si fort qu'elles le faisaient souffrir.

Les choses partaient à vau-l'eau et il restait planté là, désarmé.

— Quelle merde !

Le juron résonna dans toute l'île.

L'air était lourd. La masse nébuleuse absorbait tous les sons. Il régnait un silence de mort. On n'entendait même pas le léger clapotis de la mer qui grossissait. Ni les mouettes. Ni aucun être humain. Aucun moteur. Tout était fantomatique.

A sa gauche s'élevaient des rochers acérés, aux formes bizarres, et des plaques de granit lisses. Quelques mètres plus loin, ils sombraient dans les ténèbres de l'Atlantique. La marée montait. Plus au large, scintillaient les silhouettes d'îlots rocheux abrupts dont certains étaient recouverts d'une chape vert foncé. Panorama irréel. On aurait dit des paysages imaginaires de planètes inconnues sorties d'un film de science-fiction.

L'air empestait et mordait quasiment les yeux ; c'était un cocktail d'algues putrides, d'entrailles maritimes décomposées, que soulevait la marée montante. Pourtant, le commissaire ne percevait plus le grondement, même au loin. La tempête s'était donc apaisée.

La distance entre Sein et Molène n'était pas grande, mais Molène était fort différente de Sein, ne fût-ce que par sa forme. L'île de Sein était toute en longueur, déchiquetée, alors que Molène était une île idyllique, digne d'un livre d'images : elle formait un arrondi harmonieux, presque un cercle. Son littoral s'élevait deux ou trois mètres plus haut qu'à Sein et continuait de grimper vers le centre de l'île. On la sentait capable de résister aux assauts tumultueux de l'océan. Tout paraissait plus doux qu'à Sein, plus suave, même si la végétation sur Moal Enez – l'île chauve, son nom breton – était tout aussi maigre. Pas d'arbres, mais de gros bosquets ou des haies. Le village et ses deux cents habitants étaient regroupés autour du port, à l'est.

Dupin avait longé le chemin solitaire qui suivait le rivage et faisait le tour de l'île. Il s'était efforcé de recouvrer un esprit aiguisé et clair. De se calmer. Ses pensées étaient par trop fiévreuses et intenses. Il voulait les juguler. Avec violence. Avec hâte. Au risque d'être déstabilisé.

Il avait commencé à passer en revue tout ce qui s'était produit depuis la veille au matin, depuis que, éreinté et frissonnant, il avait pénétré dans le local carrelé de la criée. Peut-être avait-il tout bonnement raté quelque chose. A un endroit, à un moment donné, peut-être avait-on dit quelque chose, peut-être lui-même avait-il vu quelque chose qu'il avait peut-être même noté dans son calepin, qui s'avérerait un indice. Il avait sorti son calepin et le compulsait en marchant. Il avait failli trébucher à plusieurs reprises.

Soudain, un bruit déchira le silence. Dupin était certain de n'avoir jamais entendu son portable sonner aussi fort.

Un numéro masqué.

— Oui ? grogna-t-il.

— J'ai bien réfléchi, Georges, annonça sa mère. (Dupin n'en croyait pas ses oreilles, sa mère avait le chic pour l'appeler aux moments les plus inopportuns). Je ne sais pas si ce matin je me suis exprimée de façon claire, pendant que le fleuriste était là. C'est tout simplement impensable que tu ne sois pas présent demain. Il n'existe aucune excuse que nous puissions prendre en considération. Je comprends bien que tu es au milieu d'une enquête et qu'il s'agit d'une histoire extrêmement désagréable – je suis très compréhensive – mais il te suffit de boucler cette enquête avant demain matin.

— Je...

— Tu es occupé, Georges, je sais. Je te laisse à ton travail. A demain, mon chéri.

Une conversation abracadabrante.

Avant que Dupin, sidéré, n'ait le temps d'empocher son téléphone, celui-ci sonna de nouveau. Encore un numéro masqué.

— Ah ! Commissaire !

Hélas, il reconnut aussitôt la voix.

Sur le moment, il aurait carrément préféré que ce soit de nouveau sa mère. Car c'était encore pire : le préfet. Qui lui était encore une fois sorti de l'esprit – d'ailleurs c'était peut-être à cet égard l'enquête la plus heureuse de toutes ses affaires bretonnes –, c'est pourquoi le rappel de son existence explosa comme une déflagration à travers sa conscience.

— Il y a des problèmes, attaqua le préfet, de sérieux problèmes.

Ces quelques mots annonçaient une de ses tirades notoires. Le seul point déconcertant était son ton dénué de colère.

— Madame Gochat, la patronne de la criée, a déposé plainte. Contre vous et les agissements de la police. Elle connaît quelques personnes à Rennes qui ont le bras long. Le lobby de la pêche, précisa-t-il sur un ton devenu plus acéré au fil de son discours, annonçant une crise. Coercition, séquestration, dans ce style. Ecoutez-moi bien, dit-il avant de faire une pause rhétorique, laissant Dupin s'attendre au pire. Nous ne nous laisserons pas intimider par cette personne imbue d'elle-même. Qu'elle jure comme un charretier, qu'elle devienne folle furieuse ! Vous m'avez bien compris ? Ne prenez pas de gants ! Soyez sans pitié. Faites tout ce qui doit être fait.

Dupin crut être victime d'une hallucination auditive.

— Je… je ferai comme vous dites, monsieur le préfet. S'il le faut, si les procédures policières l'exigent.

— Que me parlez-vous de procédures policières ! Balivernes ! Ne soyez pas aussi chichiteux ! Vous savez bien que ma femme est de Douarnenez. Nous possédons encore la maison de ses parents. (Non, Dupin ne le savait pas, et il ne voyait pas non plus pourquoi il devait le savoir.) Nous avons acheté un nouveau bateau il y a quelques années, et, bien entendu, nous voulions un mouillage dans le vieux port. Où d'autre sinon ? A un des plus beaux emplacements. Gochat n'a rien voulu savoir. Elle a refusé tout net de faire quelque chose pour moi. De la pure malveillance !

Ah, c'était dans cette direction que le vent soufflait. Dupin aurait dû le deviner.

— Encore une chose, cher commissaire. (Une telle formule exigeait la plus grande attention, Dupin se caparaçonna.) Je pense que vous êtes conscient que l'exercice crucial pour la sécurité des routes de notre pays au milieu duquel je me trouve dure jusqu'à après-demain soir. Jusqu'à dimanche soir, dix-huit heures. N'est-ce pas ?

— Tout à fait.

Jusque-là, il aurait plus ou moins la paix. Mais Dupin ne voyait pas du tout où le préfet voulait en venir.

— Comme je vous le disais : c'est de la plus haute importance pour la France ! D'ici lundi matin je ne pourrai donc donner aucune conférence de presse pour annoncer l'issue victorieuse de l'enquête.

Il s'interrompit et ne semblait pas prêt à poursuivre. La chute devait donc être déjà tombée.

Dupin mit quelques secondes avant que cela fasse tilt.

— Je…

Les mots se dérobaient.

— Il n'y a donc aucune urgence, vous n'avez pas besoin de précipiter les choses, de faire du zèle. Il suffira amplement que vous mettiez la main sur l'assassin en début de semaine, précisa le préfet sur un ton complice que Dupin trouva plus difficile à supporter que n'importe quel accès de colère. L'annonce de notre commun succès sera une façon magistrale de commencer la semaine !

C'était absolument monstrueux. Chaque affaire apportait son lot de nouveauté. Cette fois, le préfet s'était surpassé, difficile de faire mieux à l'avenir. Chaque enquête dessillait un peu plus les yeux du commissaire.

— Ah, commissaire, puisque je vous ai en ligne. J'ai entendu parler d'une manifestation à cause de cette dune. Qui s'achève par un grand rassemblement devant la préfecture de Quimper. Vous êtes au courant ?

— Je…

— Patron !

Dupin sursauta.

— Tout va bien, patron ?

Le Ber, Labat dans son sillage, arrivait en courant sur l'étroit sentier littoral.

Dupin réagit aussitôt :

— Je suis désolé, monsieur le préfet. Une urgence. Je vous rappelle.

Il raccrocha sans attendre, ne voulant courir aucun risque.

— Soyez prudent, prévint Le Ber. Entre les touffes d'herbe se cache du granit glissant, on a vite fait de déraper.

Dupin ne répondit pas.

— Votre ligne était occupée, embraya Le Ber. Nous avons rencontré le médecin. Il vous a vu prendre le chemin de la côte et il s'en est étonné. Avez-vous vu que vingt-cinq bancs bleus ont été placés le long du sentier aux plus beaux points de vue ? C'est le circuit officiel de l'île.

Dupin avait été à ce point absorbé par ses pensées qu'il n'en avait pas remarqué un seul.

Tous trois se remirent en mouvement.

— Si on voyait quelque chose, continua Le Ber, on aurait d'ici, du côté nord-ouest, un panorama époustouflant. Surtout si nous étions à marée basse. (Deux phrases hypothétiques absurdes.) Vous pourriez embrasser l'archipel tout entier. Au sud, ajouta Le Ber en faisant un geste aussi vague qu'insensé vers la mélasse grise, il y a quelques îlots plus gros. Sur l'un d'eux on peut voir une maison en ruine, jadis habitée par un pêcheur fou. Sur un autre, le parc possède une station de mesure. Un autre encore est peuplé d'ornithologues. Tout l'archipel est un paradis pour les oiseaux. D'un point de vue géologique, c'est un immense plateau de granit qui était raccroché à la Bretagne pendant la dernière période glaciaire avant de former peu à peu le fond de la mer. Excepté les quelques îlots, justement. Savez-vous ce qu'on dit ?

Encore une question rhétorique. Dupin était bien trop préoccupé par les deux appels téléphoniques qu'il venait de recevoir pour s'intéresser à la conversation.

— A marée haute, la terre cède sa place à la mer ; à marée basse, c'est la mer qui laisse sa place à la terre.

Le Ber se tut et coula un regard perçant à Dupin. Sans doute essayait-il de savoir dans quel état d'esprit était le commissaire. Puis il s'empressa d'ajouter à sa digression une question sur l'affaire :

— Comment s'est passée l'entrevue avec Morin ?

Dupin se sentit obligé de clarifier un point, impossible d'y couper, même si cela dérogeait à sa devise :

— Le Ber, vous avez entendu parler de ce « grand rassemblement » qui aboutit devant la préfecture ?

— Bien sûr. La manifestation s'est ébranlée du quai de l'Odet. Il va de soi que le défilé arrive devant la préfecture. Le rassemblement devrait commencer maintenant. Il y a des centaines de personnes. A n'en pas douter, l'ambiance est survoltée, les gens sont en rage. Il y a de quoi ! On devrait avoir de belles photos qui feront leur petit effet dans la presse, même si le préfet en personne ne sera pas présent.

C'était justement là le problème ! Dupin voyait ça d'ici : Nolwenn en gros plan, tenant une banderole au premier rang juste devant le bureau de Guenneugues. Il voyait les œufs et les tomates voler. Les vitres des devantures brisées.

Tout à coup, Dupin ne put réprimer une grimace : pourquoi se faisait-il du mouron ? C'était Nolwenn ! Elle n'aurait pas besoin de son aide. Et si elle en avait besoin, il serait là, bien entendu. A ses côtés.

— Alors, que dit Morin ?

Le Ber avait raison : il y avait des sujets autrement plus importants.

Dupin restitua la discussion du mieux qu'il put.

— C'est inacceptable, nous devons le contraindre à parler, s'insurgea Labat.

— Comment voulez-vous vous y prendre ? Le torturer ? A partir de maintenant, Labat, vous ne lâchez pas Morin des yeux. Qu'il s'en rende compte, pas de problème ! Vous restez ici, à Molène. Quelqu'un d'autre filera Gochat à votre place. Et demandez du renfort. Quoi qu'il fasse, vous collez aux basques de Morin.

— Il ne va plus commettre d'impair.

— Qu'importe, insista Dupin qui sentait sa combativité revenir. Revenons à l'essentiel : qui était où entre une heure et deux heures et quart aujourd'hui ?

Un roulement sourd se fit entendre. Cette fois-ci, il semblait assez proche.

— Cela venait du sud, remarqua Le Ber qui, de façon absurde, tendit le bras vers la masse diffuse. C'est quelque part par là que ça s'est passé pour Morin.

— Au fait, réagit Labat qui, de façon tout aussi absurde, avait suivi du regard le geste de Le Ber, nous avons enquêté sur le goémonier qui a repêché Morin. Il semble au-dessus de tout soupçon. Nous n'avons aucun indice qui pourrait nous faire croire qu'il puisse être impliqué dans cette histoire.

— Bien, conclut Dupin en hochant la tête en guise de remerciement.

— Il vient de Lanildut, précisa Le Ber, le plus grand port goémonier d'Europe. Les gens appellent les algues le « pain de mer » et les laminaires, qui peuvent mesurer quatre mètres de long, les « spaghettis de mer ».

Dupin savait que les algues étaient un sujet important en Bretagne.

Ils marchaient d'un pas plus lent ; le sentier était si étroit qu'ils avançaient en file indienne, mais très près les uns des autres afin de pouvoir se comprendre : Dupin, Le Ber, Labat.

— Les légendes parlent d'algues marines magiques multicolores dont se nourrit *Mor-Vyoc'h,* la vache de mer magique, raconta Le Ber en reprenant sa digression.

Mais c'est seulement de nos jours que la science a découvert le potentiel phénoménal des différentes espèces d'algues. Elles sont utiles en médecine et en biotechnologie, pour la pharmacopée et les cosmétiques, comme engrais naturels et comme isolant alternatif. Mais c'est dans l'alimentation que les algues offrent leur plus grand potentiel. Comment nourrir les neuf milliards d'habitants qui vont bientôt peupler notre planète ? interrogea Le Ber sur le ton de celui qui allait s'atteler en personne au problème. Avec les algues ! C'est uniquement grâce aux algues que nous pourrons relever le défi !

— Revenons à notre enquête, s'impatienta Dupin.

— Les algues sont excellentes pour la santé ! Riches en iode et en magnésium, en sels minéraux et en antioxydants. Certains grands chefs bretons créent les plats les plus succulents avec cet aliment ! Nous avons même une chaîne dédiée aux algues : Breizh Algae TV. Elle…

— Les alibis, où en sommes-nous avec les alibis ? coupa Dupin, exaspéré.

— Gaétane Gochat n'est toujours pas rentrée à son bureau. Elle reste injoignable, répondit Labat avec vigueur en devançant Le Ber. Personne ne l'a vue sur le vieux port, où se trouve son mouillage ; son mari non plus…

— Ne devraient-ils pas être revenus depuis belle lurette ? demanda Dupin, tout à fait réveillé.

— En tout cas, en quittant Sein, ils ne sont pas allés directement à Douarnenez, c'est sûr.

— Doit-on l'arrêter de nouveau dès qu'elle refait surface ? s'enquit Labat sur un ton de condescendance ironique.

Dupin resta de marbre.

— Quelqu'un doit l'interroger dès qu'elle réapparaîtra. Madame Gochat sera aussitôt placée en garde à vue si les renseignements qu'elle fournit sur sa localisation après avoir quitté Sein sont insatisfaisants. Sur-le-champ, c'est bien entendu ?

Labat roula des yeux.

— Le Ber, combien d'hélicoptères les garde-côtes ont-ils à leur disposition ? reprit Dupin.

— Je ne peux pas vous le dire avec précision, patron. Peut-être cinq pour le Finistère sud.

— Je veux qu'on parte à la recherche de Gochat.

— Je ne pense pas que cela ait un sens avec ce temps.

— C'est vrai, soupira Dupin.

— Vous pensez que c'est elle ?

— Possible. En tout état de cause, elle est à la recherche de quelque chose. Comme nous. J'en suis convaincu. Continuons : qu'en est-il des alibis des autres protagonistes ?

— On a vu Leblanc sur l'île de Sein à midi, répondit Le Ber qui s'était manifestement occupé des scientifiques. Il s'est ensuite rendu à Ouessant pour relever les mesures. C'est là que je l'ai joint. Pendant la traversée. Il était quatorze heures trente-trois. L'institut possède une petite station de mesure à Ouessant. Et deux collaborateurs. J'ai parlé avec l'un d'eux. Il confirme que Leblanc était là depuis un bon bout de temps, mais il ne pouvait pas dire depuis quand exactement. Leblanc affirme qu'il était sur place à treize heures quarante-cinq. Si c'est vrai, cela aurait été trop juste pour qu'il ait fait collision avec Morin. S'il ment et qu'il est arrivé une demi-heure plus tard à Ouessant, c'est différent. Cela dépend aussi de la vitesse que peut atteindre son bateau.

— Hum, grommela Dupin.

Encore un de ces alibis bancals dont ils avaient déjà eu leur content la veille. Stricto sensu, cela n'avait aucune valeur.

— Je pense…

Soudain, Dupin sursauta et pila. Le Ber faillit le tamponner.

Devant lui se dressaient des rochers de granit aux formes étranges. Tout près du chemin. Lentement, calmement, mais sûrement : ils bougeaient. Pas d'erreur possible.

Dupin fixait l'endroit.

— Un gros phoque gris. Epuisé d'avoir tant mangé. Ils chassent et puis viennent se reposer ici, tranquilles, s'enchanta Le Ber.

Le phoque tourna la tête vers eux. Il sembla scruter le petit groupe d'humains pendant un moment, avant d'en conclure, sur la foi d'une raison quelconque, qu'ils n'étaient pas dangereux. Doucement, il reposa sa tête sur le rocher. Dans un parfait mimétisme gris anthracite avec le granit, sauf autour du mufle et des yeux sombres où le pelage était un peu plus clair. Dupin s'aperçut alors qu'il n'était pas seul, huit autres phoques l'accompagnaient. Ceux-ci n'avaient pas cru utile de lever la tête, ne serait-ce que faiblement, pour voir ce qui se passait. Tout avait l'air paisible, ils étaient couchés serrés les uns contre les autres, dans une décontraction totale. C'étaient de splendides bêtes, de presque deux mètres de long.

— Quant à Vaillant, poursuivit Labat qui était de nouveau d'attaque, au contraire de Dupin encore impressionné par les phoques, il était à l'ouest d'Ouessant lorsque j'ai réussi à le joindre par radio. A la pêche au maquereau.

— Aurait-il pu être à treize heures quarante-cinq là où ça s'est passé ?

— Eventuellement. Comme pour Leblanc. Ce n'est pas exclu.

Merveilleux. Tout était de la même veine.

— Il a débarqué à Sein pour acheter du soda, des chewing-gums, des chips et de la bière. Et puis, il est parti pêcher ? Qu'a-t-il fait avant de se rendre à la supérette ? demanda le commissaire.

Ils dépassèrent les phoques vers lesquels Dupin se retourna une dernière fois.

— Il prétend avoir dormi longtemps.

Quelle farce !

— Je…

Labat, dont le téléphone venait de sonner, s'éloigna avant de rester un long moment immobile, l'appareil collé sur l'oreille.

— Trois de ses gros bateaux ? Trois chalutiers de haute mer ?

Un silence, puis de nouveau Labat :

— Qu'en est-il des bateaux côtiers ?

De nouveau, Labat écouta longtemps avant de raccrocher. Il s'approcha de Dupin et de Le Ber avec une mine qui en disait long.

— Trois chalutiers de haute mer appartenant à Morin et mouillant à Douarnenez viennent de quitter le port, tous en même temps. Alors qu'ils ne devaient prendre la mer que demain.

Dupin fourragea dans ses cheveux. Rien n'était fortuit.

— Où se trouvent les autres chalutiers ? demanda Dupin qui se souvenait qu'il y en avait six en tout.

— Entre l'Ecosse et l'Irlande. Très loin. Trop loin.

— Il aura aussi rameuté tous ses pêcheurs côtiers, remarqua Le Ber d'un ton lugubre.

— Certainement, confirma Labat.

Dupin n'était pas étonné. Voilà pourquoi Morin avait eu besoin de toutes ses forces. Pour lancer une opération de grande envergure.

— Cependant, ce ne sera pas facile pour eux, grommela Le Ber. La mer est vaste. Par ailleurs, la personne en question peut être sur la terre ferme depuis belle lurette.

— Pouvons-nous, lâcha Dupin qui réfléchissait à haute voix, faire suivre la flotte de Morin ?

— Même si nous le voulions, nous n'aurions pas assez de bateaux.

— Continuons, déclara Dupin qui voulait accélérer les choses. Qu'en est-il de Jumeau ? Où se trouvait-il ?

Ils s'étaient remis en mouvement ; Labat ouvrait cette fois la marche, suivi de Le Ber puis de Dupin. Le tour de l'île était bientôt achevé.

— Je viens de le joindre. Il est au nord de l'île, au même endroit qu'hier. Il affirme y être resté pendant tout ce temps.

— Pour sûr.

Un de plus avec un alibi bien vague. Ce qui était dans une certaine mesure dans la logique des choses. Jumeau était lui aussi en mer. Pour mesurer et estimer les distances et les durées sur mer, ils devaient combiner la puissance des moteurs, le mouvement de la mer et les courants. Ce qui compliquait les calculs et les rendait très élastiques.

— A quatorze heures quinze, reprit Labat, Frédéric Carrière n'était qu'à deux milles marins d'Ouessant, non loin du théâtre des événements. Il a été vu par un autre bolincheur qui n'a rien à voir avec Morin. Or Carrière a déclaré qu'il était bien plus au nord quand je l'interrogeais. Presque hors des eaux territoriales. Cela veut dire qu'il a menti. Un mensonge flagrant.

Peut-être le pêcheur de Morin jouait-il un rôle central dans l'affaire.

— Passez-lui un savon, Labat, et…

Dupin s'interrompit.

Il resta figé. Comme foudroyé.

— Le Ber, qu'avez-vous dit à l'instant ?

Le lieutenant se retourna, décontenancé.

— Moi ? En rapport avec Jumeau ou Vaillant ? Que la mer est vaste et…

— Non, non. Ce truc avec la station technique. Que le parc d'Iroise a une autre station, en pleine mer, répliqua Dupin en désignant la nébuleuse grise à l'instar de Le Ber. Vous avez dit, sur une île, au sud de Molène, à peu près là où l'incident avec Morin a eu lieu.

— Oui. L'île de Trielen. Mais…

— Attendez !

Dupin s'empara vivement de son portable.

Il avait déjà appelé ce numéro le jour même.

Le Ber et Labat l'observaient, perplexes.

Cela dura un moment.

— Allô ?

Une voix féminine pleine de chaleur.

— Je suis bien avec la collaboratrice de monsieur Leblanc ?

— Elle-même.

— Commissaire Dupin, j'étais hier…

— Je m'en souviens.

— Je n'aurai qu'une question : quel itinéraire monsieur Leblanc suit-il quand il fait le tour des stations de mesure le vendredi ?

— Toujours le même : Sein, Trielen, Ouessant, Béniguet puis Rostudel sur la presqu'île de Crozon.

Dupin se tut un instant.

— Trielen, l'île au sud de Molène ?

— Exactement.

— Toujours le même itinéraire ? Dans cet ordre-là ?

— Il peut en changer mais seulement si la météo est très mauvaise. Trielen est la station la plus risquée à cause de la houle et des courants. Quand les conditions sont trop difficiles, il ne s'y arrête pas, et ne relève les mesures que la semaine suivante.

— Comme aujourd'hui ?

— Je pense, commença-t-elle en hésitant. Franchement, je ne sais pas. Nous nous préparons depuis ce midi à un gros orage, mais par ailleurs la mer est encore assez calme. Dois-je lui poser la question ?

— Non. Laissez. Je vais l'appeler moi-même. Je vous remercie.

Le Ber et Labat s'étaient approchés pendant l'appel. Labat prit la parole :

— Leblanc a prétendu être allé directement à Ouessant. Il n'a pas évoqué Trielen. Il l'aura sans doute laissée tomber pour aujourd'hui.

— Vous, commissaire, dit Le Ber d'un air entendu, vous pensez que Leblanc s'est arrêté à Trielen, n'est-ce pas ? Par conséquent, ce serait probablement notre homme.

Dupin resta coi.

— Mais même s'il avait été sur Trielen et que Morin l'y avait guetté – ce qui cadrerait parfaitement –, comment pouvons-nous le prouver ? reprit Le Ber. Quelqu'un devrait avoir vu Leblanc par hasard. Et cela serait tout à fait improbable par ce temps. Et même exclu.

Dupin resta silencieux.

Hélas, Le Ber avait raison. Cela avait été comme une illumination soudaine. Et c'est de cela qu'ils avaient besoin de toute urgence.

— Il doit y avoir un moyen, déclara Dupin.

Une phrase qui avait tout de l'invocation.

— Je veux m'entretenir avec Vaillant. Il sait…

Dupin se figea de nouveau.

L'instant d'après, il collait son téléphone à l'oreille.

Il appuya sur la touche *bis*.

— Allô ?

— J'ai une dernière question, commença Dupin sans préambule, les mesures que relève monsieur Leblanc et qu'il intègre dans son ordinateur (il était devenu soudain fébrile, autre chose venait de lui traverser l'esprit), vous n'en prenez connaissance qu'à partir du moment où elles sont dans le système, n'est-ce pas ? Quand Leblanc est de retour dans son bureau ? Je voudrais savoir s'il charge les données dans le système à ce moment-là ou s'il le fait avant, grâce à une connexion sans fil ?

— Non. Pas avant.

— Et s'il effaçait les données avant, vous ne verriez jamais les mesures ?

— C'est exact. (Dans la voix de la collaboratrice, on percevait – et c'était normal – de la confusion.) Je viens de parler avec monsieur Leblanc. Je devais clarifier certaines choses avant le week-end. Vous m'avez posé la question. En effet, aujourd'hui il ne s'est pas arrêté à Trielen parce qu'il pensait que l'orage allait éclater. Mais il le fait maintenant, sur la route de Béniguet.

— Je…

Pendant quelques secondes, Dupin fut incapable de parler. Une idée venait de le frapper de plein fouet. Cette fois, c'était très clair.

Une pensée qui éclairait tout.

Ça y était, il avait compris.

Il en était convaincu.

— Avez-vous dit à monsieur Leblanc que je m'étais renseigné sur son itinéraire ?

— Juste en passant.

C'était inévitable.

Il tenait la solution.

— J'ai besoin de Goulch. Qu'il vienne immédiatement nous prendre !

Le Ber et Labat dévisageaient le commissaire.

— Pas le temps d'expliquer. Le Ber, prévenez Goulch. Qu'il vienne tout de suite.

Dupin avait quitté le chemin et se dirigeait vers le rivage en passant par les rochers.

Ils devaient faire vite.

Etre plus rapides que lui.

Sinon, ils perdraient la partie.

— Où voulez-vous qu'il accoste par ici ? demanda Le Ber qui avait déjà son portable contre l'oreille.

— Il doit venir tout de suite.

Dupin était sérieux. Il continuait de s'avancer vers le rivage.

Ce serait très juste.

Il ne devait pas détruire la preuve. Celle-ci devait exister.

Dupin avait atteint le bord de l'eau. Il regarda autour de lui. Il n'y avait ni sable ni galets, seulement de gros rochers noirs. Heureusement la marée était haute. Peut-être Goulch parviendrait-il à s'approcher. L'eau était d'une couleur gris foncé, déprimante. D'épaisses couches d'algues tapissaient le fond.

Quelques instants plus tard, Le Ber et Labat l'avaient rejoint.

— Goulch arrive.

— Bien.

Dupin était plongé dans ses pensées.

— Où allons-nous ? demanda Labat d'une voix contenue.

Même lui sentait que ce n'était pas le moment de brusquer le commissaire.

Dupin n'entendit même pas la question.

Il avait commencé à aller et venir d'un pas impatient, la tête penchée.

— Le *Bir* sera bientôt là, déclara Le Ber qui semblait vouloir calmer son supérieur.

Tout à coup, Dupin se raidit. Son visage exprimait une profonde détermination. Puis il s'élança. Et entra dans l'eau.

Labat et Le Ber restèrent bouche bée, les bras ballants.

Dupin eut bientôt de l'eau jusqu'aux genoux.

Jusqu'aux hanches.

Puis il s'immobilisa. Il ne ressentait pas la morsure du froid.

Il attendit.

— Patron, ce n'est pas une bonne idée.

Le Ber s'était enfin secoué et s'approchait du rivage.

Soudain un bruit s'éleva. Le moteur puissant du bateau de Goulch venant de la droite. Mais la purée de poix faisait qu'on n'y voyait rien.

— Là ! Nous sommes là ! cria Dupin à pleins poumons.

— Tout va bien, commissaire.

Goulch. Comme toujours, le calme incarné. On l'entendait distinctement car il utilisait un mégaphone. Quelques secondes passèrent avant que Dupin puisse distinguer le *Bir*.

— Je prépare l'annexe, commissaire. Je ne peux pas m'approcher davantage.

— C'est trop long.

D'un pas déterminé bien que prudent, Dupin avança dans l'eau. Le fond était tapissé d'algues et de cailloux. Ce n'était pas facile de garder l'équilibre.

L'eau lui montait à la poitrine. Il sentit alors le froid. Seize degrés, supputa-t-il. Ou quinze. Ou même quatorze.

— Faites attention, patron, vous allez tomber !

Le Ber voyait déjà une catastrophe arriver.

Dupin s'arrêta. Plus que dix mètres avant d'atteindre le bateau.

Il se laissa glisser dans l'eau. Sans faire un pas de plus.

Et se mit à nager vers la poupe.

Goulch se précipita avec deux membres d'équipage à l'arrière de la vedette.

Le Ber et Labat pataugeaient à leur tour dans l'eau. Ils avancèrent en marchant avant de se lancer à la nage. Ils accélèrent sur les derniers mètres car ils savaient que le commissaire ne les attendrait pas.

Dupin avait atteint le bateau et la marche d'accès à l'arrière. Aidé par Goulch, il fut à bord en un rien de temps. On lui tendit une couverture qu'il refusa.

— A Trielen. Aussi vite que possible.

Son cœur battait la chamade.

— Compris.

Goulch disparut dans le cockpit.

Le Ber et Labat crawlaient à toute vitesse sur les derniers mètres. Ils se hissaient à bord lorsque les moteurs hurlèrent.

— Nous sommes là.

Pendant que le bateau avançait à une allure folle, Dupin avait rejoint Goulch dans le cockpit. L'eau ruisselait de son tee-shirt, de son pantalon, des chaussettes et des chaussures sans qu'il y prête attention. Pendant toute la traversée, il avait fixé un horizon invisible. La masse nébuleuse était devenue plus impénétrable encore.

— Il existe deux passages, déclara Goulch en montrant à Dupin une projection cartographique détaillée sur son immense écran. La station de mesure est ici, sur la pointe effilée. A priori, on peut s'approcher de la station à une distance plus ou moins égale, qu'on vienne du nord ou du sud. Nous arrivons par le nord.

Entre-temps, Labat et Le Ber avaient rejoint Goulch et Dupin ; ils commençaient à se sentir à l'étroit dans la cabine de pilotage.

Rien ne signalait l'île, aucun contour, aucun rocher.

— A quelle distance pouvons-nous approcher ?

— Quelques mètres, c'est tout, même à marée haute.

— Il n'y a pas de ponton ?

— Non. Il faut une annexe.

— Arrêtez le moteur, Goulch.

A défaut d'y voir, ils devaient s'orienter à l'oreille. En espérant surtout ne pas arriver trop tard.

Soudain, tout fut silencieux. D'un calme absolu.

On entendait seulement le clapotis de l'eau qu'engendrait le doux balancement du bateau.

— Trois possibilités, déclara Dupin d'une voix étouffée. Soit il est déjà parti, et si loin qu'on n'entend plus son bateau ; soit il est encore sur l'île et les moteurs sont à l'arrêt, ce qui signifie qu'il sait que quelqu'un d'autre est là ; soit il n'est pas encore arrivé et nous allons bientôt entendre le bateau.

Pendant un moment, personne ne pipa mot.

— Allons à terre ! s'écria Dupin en se précipitant vers la poupe. Je veux me rendre à la station.

— Cette fois, il vaudrait mieux prendre l'annexe, observa Goulch de son ton professionnel.

Soudain, des rochers plats et sombres apparurent. Peut-être à vingt mètres de là. Ils étaient juste devant l'île.

— Ce sera vite fait, annonça Goulch en pressant un bouton jaune.

Et en moins de temps qu'il ne fallut pour le dire, deux bras massifs laissèrent tomber l'annexe à l'eau.

— Bien.

Dupin sauta sur le bord en caoutchouc dur de l'annexe, suivi par Labat et Le Ber.

— Prenez ça, dit Goulch en tendant une radio au commissaire. Je reste sur le bateau, je ne bouge pas. Une fois sur l'île, vous devriez avoir la station à une centaine de mètres sur votre droite. Sur le rivage.

Dupin hocha la tête.

Goulch poussa l'annexe.

Se saisissant chacun d'une rame, Labat et Le Ber firent avancer l'embarcation.

Le bateau glissa presque en silence vers les rochers. Dupin dégaina son arme.

Encore quelques mètres et ils accostèrent.

Le Ber regarda où ils pourraient sauter à l'eau. On n'entendait toujours aucun bruit. Ici non plus il n'y avait pas de mouettes, ni d'êtres humains. Rien.

Le Ber fut le premier à quitter le canot.

— Ici, ça va.

Dupin l'imita, puis ce fut au tour de Labat.

L'eau leur montait jusqu'à la taille.

Il n'y avait aucun doute : si Leblanc était sur l'île, il savait qu'ils étaient là – mais pas où précisément. Lui non plus ne les verrait pas. Dupin rejoignit le rivage.

Il escalada les rochers sombres et atteignit l'herbe drue. Il prit à droite comme le lui avait indiqué Goulch. Ses lieutenants suivaient quelques pas derrière.

L'atmosphère était fantomatique. La purée de poix, le silence absolu, comme si la nature, l'île et l'océan retenaient leur souffle.

Dupin se déplaçait lentement, son Sig Sauer à la main.

Un peu plus loin, le sol s'élevait.

A droite, sur les rochers au bord de l'eau, on apercevait des constructions en béton. Sans doute une partie des installations qui abritaient les instruments de mesure.

Tout à coup, un bruit énorme retentit.

Dupin sut tout de suite de quoi il retournait.

Un moteur de bateau qui s'emballait.

Il était donc là.

— Cela vient de l'autre côté de l'île !

Le Ber s'était précipité bille en tête, ainsi que Labat. Dupin non plus n'hésita pas. Le bruit avait un peu faibli mais restait constant.

Ils couraient sur l'herbe et les cailloux sans savoir où ils allaient. Droit vers la source sonore. L'île était plus grande que Dupin ne l'avait supposé.

Ils atteignirent le rivage.

Ici non plus, ils ne virent tout d'abord rien.

Le bateau devait être plus loin sur la gauche. Les rochers paraissaient encore plus acérés et abrupts que de l'autre côté. Ils devaient faire attention à ne pas glisser. Il était facile de se rompre le cou.

Quelques mètres plus loin, ils virent le bateau. Un Zodiac. Dupin le reconnut aussitôt. Il était amarré à un rocher devant eux.

On ne voyait âme qui vive.

— Il a mis au point mort.

Evidemment. Le Ber avait raison. Dupin avait déjà remarqué le ronflement monotone du moteur pendant qu'ils couraient.

La réaction suivit une fraction de seconde après : Dupin fit volte-face d'un bond et s'élança dans la direction d'où ils venaient.

— On rebrousse chemin ! Tous à la station ! Vite !

Il les avait menés par le bout du nez. Une manœuvre de diversion. Et ils étaient tombés dans le panneau.

On voulait les éloigner de la station. Et on avait réussi. Alors que Dupin avait bien compris que tout tournait autour de la station.

Le commissaire courait aussi vite qu'il pouvait. C'était invraisemblable, absurde. Allaient-ils échouer ? Au tout dernier moment ? A cause d'une ruse grossière ?

Sans ralentir, Dupin brandit son arme.

— Police ! Ne vous approchez pas de la station, cria-t-il aussi fort que possible en direction de la purée de poix. Rendez-vous !

Il continua sa course sans attendre de réponse.

— Je vais tirer ! Eloignez-vous de la station et rendez-vous !

Aucune réaction.

Il courait en tenant son arme dirigée vers le ciel.

Il fit feu.

Une fois. Deux fois. Trois fois.

Rien ne se passa.

Quelques instants plus tard, l'océan lui apparut. Ils avaient rejoint le côté de l'île où ils avaient accosté. Il entendait Le Ber et Labat derrière lui ; il tourna à gauche.

Son sens de l'orientation ne l'avait pas abandonné. Encore quelques mètres et le bâtiment en béton fut visible. Les installations de mesure.

Si la station était construite de la même façon qu'à Sein, la remise devait se trouver quelque part dans le coin.

Dupin trébucha et faillit tomber. Il se remit à courir.

Et s'arrêta brusquement.

A gauche, on devinait des contours. Ce devait être là.

Quelques pas encore et il aperçut le local en béton. Et une porte sur la droite.

C'était une question de seconde, et même d'une fraction de seconde.

D'un bond, il se rua à l'intérieur. Sur le qui-vive, arme au poing.

Personne.

Labat et Le Ber se précipitèrent à sa suite dans le local.

— Il n'est pas là, dit Labat, hors d'haleine.

— Aucune importance, répliqua Dupin qui avait repris son souffle et paraissait tout à fait maître de lui.

Il fouilla la pièce du regard. Elle ressemblait à celle de Sein. Une table en aluminium, une chaise. Des appareils accrochés au mur au-dessus de la table, un caisson, de petites diodes qui clignotaient.

Il devait rassembler ses souvenirs. Où le câble était-il rattaché ?

Quelque part sur le côté.

Exactement.

Il y avait là deux raccordements. Des ports USB tout ce qu'il y avait de réglementaires, si Dupin ne se trompait pas.

— Je voudrais savoir ce qui se passe ici, aboya Labat qui ne se retenait plus. Qu'est-ce que tout cela signifie, commissaire ?

Des moteurs de bateau s'emballèrent avant que Dupin ne puisse répondre.

— Il s'enfuit, s'exclama Le Ber en bondissant vers la porte. Il nous a encore eus !

— Laissez-le. S'il a pu venir ici, c'est que tout était déjà perdu. Et si ce n'est pas le cas, nous avons ici tout ce dont nous avons besoin.

La radio de Dupin grésilla.

— Ici Goulch. On dirait qu'un bateau est en train de quitter l'île. Que dois-je faire ?

— C'est Leblanc. Suivez-le.

— Devons-nous l'arraisonner si nous le rattrapons ?

— Je vous le dirai le moment venu.

— Bien. Terminé.

Dupin se tourna vers l'appareillage.

— Nous avons besoin de toute urgence d'un ordinateur portable.

Il n'y avait pas pensé.

De nouveau, on entendit des moteurs tourner à plein régime. Encore une fois, le bruit était assourdissant.

— Vous voulez… commença Le Ber.

Soudain, un sourire illumina son visage ; il avait compris.

— Vous voulez établir une connexion avec les appareils d'ici ! s'écria-t-il d'une voix étranglée par l'émotion. Là-bas, l'heure de la dernière récupération des données a été enregistrée. Il était donc déjà venu ; il nous a menti. Leblanc est venu ici et il a relevé les données. Juste avant que l'accident avec Morin ait lieu.

La preuve, la voilà, la preuve irréfutable. La station de mesure va nous la donner. C'est pourquoi il devait revenir ici pour effacer l'heure du transfert des données. L'heure qui le trahissait.

On pouvait littéralement voir comment les pièces du puzzle s'agençaient sous les yeux de Le Ber.

— Surtout après avoir entendu de la bouche de son assistante que vous vous étiez renseigné sur son itinéraire, reprit-il. L'heure du transfert des données est enregistrée à deux endroits : dans son ordinateur personnel et ici. Il peut aisément effacer la trace sur son ordinateur. Mais pour l'effacer ici, il devait revenir. En aucun cas Leblanc n'est allé directement de Sein à Ouessant, il est passé ici. Et ici, je dis bien ici, Morin a essayé de le coincer. Sur l'île ! Il l'a guetté. Sans doute l'a-t-il vu au moment où Leblanc quittait l'île. Il a certainement pu charger les données.

Dupin en était arrivé à peu près aux mêmes conclusions.

— Nous allons faire venir un portable de Molène. Il doit y avoir deux vedettes de police sur l'île, déclara Labat, de nouveau à pied d'œuvre.

Il sortit du local pour passer son coup de fil.

— En tout cas, nous savons maintenant que c'est lui le coupable, clama Le Ber.

— S'il a pu supprimer la date du transfert de données d'aujourd'hui, nous nous retrouverons les mains vides.

— Sa simple présence et le fait qu'il se soit fichu de nous sont une preuve éclatante.

Dupin ne se faisait aucune illusion. Il avait déjà imaginé la suite :

— Il dira qu'après être passé à Ouessant il avait décidé de faire un saut à Trielen parce qu'il n'y avait pas eu d'orage, contrairement aux prévisions. Qu'il n'a pas du tout remarqué que nous étions sur l'île. A cause du bruit du moteur. Et qu'il a laissé le moteur tourner parce qu'il ne faisait qu'un saut, comme à son habitude. Et ainsi de suite.

Labat était de retour.

— On nous apporte un ordinateur ; ce ne sera pas long.

A son ton, on comprenait qu'il avait débusqué quelqu'un de haut placé.

— Bien.

Dupin arpentait lentement le local. Calme en apparence, il ressentait une grande tension intérieure, prête à exploser à tout moment.

De terribles minutes passèrent.

Ils étaient obligés d'attendre, d'être patients.

Dupin s'efforçait de penser à autre chose. Une question le taraudait : où était l'objet autour duquel tout se jouait ? Celui que Kerkrom et Darot avaient caché ? Car, et Dupin en était persuadé, rien n'avait changé : cette trouvaille était au cœur de l'affaire. Cependant, de quoi s'agissait-il ? Maintenant qu'ils couraient après Leblanc et non plus après Morin – en tout cas pour ce qui concernait les meurtres. Dorénavant, tout était différent. Il n'était pas question d'un bordage ou du moteur d'un bateau de contrebande.

Sans se concerter, les deux lieutenants avaient laissé Dupin tranquille, lequel continuait à faire les cent pas dans le local.

— Donnez l'ordre de perquisitionner la maison de Leblanc. Ainsi que tous les bâtiments et terrains qu'il possède ou avec lesquels il est en rapport. Remises, cabanons, débarras, quel que soit le nom. Même chose pour l'institut : tous les bâtiments qui font partie du parc d'Iroise. Surtout ceux de l'île Tristan. Mais pas uniquement. (Après un temps de réflexion, Dupin poursuivit :) Qu'on fouille aussi toutes les stations de mesure du parc. Officiellement, nous recherchons un objet précieux, en or selon toute vraisemblance. Je veux les grands moyens, dit-il en se tournant vers ses adjoints.

— C'est très clair, patron, répondit Le Ber qui semblait soulagé.

Labat fit un bref signe de tête.

Les deux hommes quittèrent le local.

Dupin resta seul. Il s'était arrêté devant l'appareillage. Il le fixa sans bouger.

Labat portait l'ordinateur portable en le tenant devant lui comme s'il s'agissait d'une relique sacrée. Il le posa sur l'étroite table en aluminium avec une précaution exagérée. Dupin piaffait d'impatience.

— Et voilà le câble USB, annonça Labat en le tirant de sa poche de pantalon.

Dupin s'en saisit et le brancha sur le côté de l'appareil.

Le portable s'alluma. Le Ber prit la relève et s'installa devant le clavier. Labat le laissa faire.

— Nous ne possédons bien sûr pas le logiciel de l'institut avec lequel les mesures sont transférées et enregistrées. Je vais tenter ma chance à partir du système d'exploitation. Le port USB de l'installation doit pouvoir nous communiquer, en tant que matériel externe, quand il a été contacté pour la dernière fois.

Dupin ne comprenait pas un traître mot de ce que jargonnait Le Ber. Mais cela n'avait aucune importance.

Très concentré, Le Ber pianotait avec entrain.

— Pas comme ça (un grognement, le cliquetis des touches, encore un grognement), pas comme ça.

Une pause.

Le Ber tapait avec les dix doigts.

— Flûte ! s'exclama-t-il avant de respirer à fond. Mais… (longue pause) comme ça !

Il sembla soudain ragaillardi.

Sur l'écran, on ne voyait pas grand-chose, excepté, en bas à gauche, une série de lettres, de signes, de chiffres. Dans une police de caractères minuscule.

Le regard de Dupin resta fixé sur la dernière ligne : « Synchronisation : 22.06. - - - 13.25 »

— La voilà, notre preuve. A treize heures vingt-cinq exactement, quelqu'un a récupéré des données. On pourra s'en servir comme preuve à charge.

Dupin ne bougeait pas d'un cheveu et restait muet.

Pendant un instant – empreint de solennité – le calme régna.

Jusqu'à ce que tout à coup un bruit éclate. Des tombereaux d'eau en colère. Venant de nulle part, la pluie s'était abattue. Avec une force apocalyptique.

Puis un coup de tonnerre déchira l'univers, faisant trembler le ciel et la terre.

L'orage. Il avait fini par arriver.

— Le Ber, prévenez Goulch. Qu'il arrête Leblanc dès qu'il l'aura rattrapé.

Un bref sourire illumina le visage de Dupin.

— Goulch s'est signalé lorsque nous étions dehors. Ils ont repéré le bateau de Leblanc au radar, ils le serrent de près. Mais Leblanc essaie à toute force de semer le *Bir*. Il conduit le bateau de façon très périlleuse en le manœuvrant dans tous les sens. En ce moment, et alors que la mer est grosse, il se dirige vers les îlots devant Quéménès, où l'eau est peu profonde.

Un éclair aveuglant illumina le ciel et l'île, comme s'il avait franchi tous les obstacles, jusqu'aux murs épais, tant sa lumière était vive. Le tonnerre qui l'accompagnait suivit dans la foulée. Le fracas était encore plus impressionnant que celui du coup de tonnerre précédent.

— Nous devrions quitter l'île au plus vite et rejoindre la terre ferme. Ça va barder.

Le Ber paraissait inquiet, ce qui n'était pas bon signe, car au milieu des pires conditions météorologiques, il avait toujours été le plus coriace d'eux trois.

A la pluie, aux éclairs et au tonnerre s'ajoutèrent de violentes bourrasques.

— Le bateau qui a apporté le portable a jeté l'ancre à peu près là où était celui de Goulch. Deux gendarmes m'accompagnaient. Ils attendent près de l'annexe, les informa Labat, le front barré d'une profonde ride d'anxiété.

— Alors allons-y.

Le commissaire avait les pires souvenirs d'une tempête qui s'était abattue sur les Glénan. Elle l'avait obligé à passer une nuit sur un minable lit de camp dans une chambre étroite et humide qu'il avait dû partager avec Le Ber et un autre policier. Mais ici, il n'y avait même pas de lit de camp.

— Je laisse l'affichage comme il est. Mais je fais plusieurs captures d'écran par mesure de précaution.

Après quelques clics, Le Ber éteignit le portable.

— Comment allons-nous réussir à le garder au sec jusqu'au bateau ?

Bonne question. Ils ne pouvaient même pas le mettre sous leurs vêtements. Depuis leur bain de mer, ils étaient trempés comme des soupes.

Dupin regarda autour de lui.

Il avisa dans un coin deux plaques de polystyrène au milieu de tout un fatras.

— Ça devrait aller, déclara-t-il en les prenant. On n'a qu'à coincer l'ordinateur entre les deux.

Elles étaient maculées mais sèches.

— Bien, approuva Le Ber en hochant la tête.

Dupin plaça l'ordinateur entre les deux morceaux de polystyrène.

Encore un énorme éclair, un coup de tonnerre fracassant.

— Au bateau !

Ils s'arrêtèrent un bref instant sur le pas de la porte.

— Labat, dès que nous aurons atteint la terre ferme, faites en sorte que le portable arrive à Quimper rapidement et en toute sécurité.

— Et où allons-nous maintenant ?

— A l'île Tristan, répondit-il sur un ton catégorique.

— A l'institut ?

— Oui.

Ils se précipitèrent dehors et foncèrent au cœur du déluge. Au cœur de l'orage qui était désormais juste au-dessus d'eux.

Les soixante-sept minutes que dura en ce 22 juin le trajet entre les îles Trielen et Tristan firent partie des pires moments de sa vie, Dupin en était convaincu.

Ils n'avaient pas largué les amarres depuis longtemps qu'un terrible mal de mer était apparu. Outre les réactions typiques telles que les nausées, les vertiges et les vomissements, Dupin avait été assailli par d'autres symptômes. Il n'était pas blême, mais pâle comme un mort, des perles de sueur froide lui couvraient le front, il était saisi de pénibles mouvements de déglutition compulsifs. Son cœur ne s'était pas seulement mis à battre plus fort, il était affolé. La migraine aussi avait été fulgurante. Quant au tournis, il s'était mué en vertige incontrôlable.

Si d'ordinaire la victime du mal de mer ressent le roulis *ou* le tangage, Dupin, lui, endurait roulis *et* tangage. Cependant, il y avait pire. Tout était secoué simultanément vers l'avant et vers le bas : le bateau et son équipage, et même l'Atlantique tout entier. C'était comme si l'univers avait fait la culbute, que la planète avait perdu son axe, victime d'un cataclysme. Or, ces sensations de panique pouvaient durer très longtemps…

Un cauchemar !

Par comparaison, la traversée de la veille, qui avait tant malmené Dupin sur le plan physique et psychique, avait été un voyage d'agrément.

Aussi étonnant que cela puisse paraître, les éléments déchaînés l'avaient cueilli à froid, comme s'il ne s'y était pas préparé. Il avait été si absorbé par les derniers événements qui s'étaient déroulés sur l'île de Trielen, si obnubilé par ses diverses réflexions qu'il s'était attendu à ce que l'épreuve de la traversée passe au second plan, comme tout ce qui ne concernait pas l'enquête elle-même. D'ordinaire, la réalité environnante cessait tout bonnement d'exister. Mais pas ce jour-là. Le mal de mer avait été plus fort.

Les vagues – des montagnes d'eau – s'étaient transformées en monstres imprévisibles, comme si un Titan pris de rage frappait de son poing redoutable la surface de la mer, distribuant des coups désordonnés et terrifiants. L'air manquait, ne restaient que l'écume et les embruns qu'on avalait à chaque inspiration. Le fracas assourdissant de l'océan avait épousé le tumulte de la tempête. Lorsque les énormes crêtes des vagues explosaient, l'eau déferlait à l'horizontale. C'était la première fois que Dupin était témoin d'un tel phénomène.

L'Atlantique hurlait littéralement. Dupin avait toujours pensé que les nombreuses histoires racontant de grosses tempêtes employaient des métaphores, des images d'une poésie extraordinaire. Pas du tout : rien n'était plus réel. La mer hurlait, roulait, fouettait. Le Ber lui avait mille fois expliqué les signes permettant de classifier les tempêtes ; à présent, il les vivait. Force neuf, forts coups de vent : grosses lames, rouleaux ; force dix, tempête : lames déferlantes grosses

444

à énormes, visibilité très réduite par les embruns ; force onze, violente tempête : la mer est déchaînée, les rafales de vent dépassent les cent kilomètres à l'heure ; force douze, ouragan : un cauchemar d'écume blanche.

De plus, Dupin était persuadé que la foudre allait d'un moment à l'autre s'abattre sur le bateau. Etant donné le nombre impressionnant d'éclairs qui zébraient le ciel à tout bout de champ au-dessus de leur tête, c'était statistiquement miraculeux qu'aucun ne les ait pas d'ores et déjà foudroyés.

Regarder Le Ber n'avait pas été non plus d'un grand secours. A peine avait-il embarqué que son visage s'était pétrifié. Tout comme Labat, pâle comme un linge, il n'avait pas desserré les dents de tout le trajet. Sauf une fois – et encore peut-être avait-ce été une hallucination auditive : Le Ber s'était soudain tourné vers Dupin et avait prononcé, plein d'effroi, quelques mots rendus inintelligibles par la tempête. Dupin crut avoir entendu « On ne s'en sortira pas », mais c'était absurde. Tout comme l'avait été la scène de la veille, avec les sept tombes. Contre son gré – c'était vraiment ridicule –, la malédiction s'était rappelée à son bon souvenir pendant la traversée. Il avait tenté de la refouler. En vain. Des bribes d'images confuses du cimetière des cholériques lui étaient apparues, il se voyait debout devant la septième tombe.

Le tangage (le roulis avait disparu) persista quand Dupin posa le pied sur la terre ferme. Même maintenant, alors qu'il foulait le sol de l'île Tristan, il ne retrouvait pas son équilibre.

445

Lorsqu'il avait quitté le bateau, Dupin avait dû s'accrocher au bastingage pour tenir sur ses deux jambes. Puis il avait dû veiller à ne pas trébucher.

D'un pas décidé bien que chancelant, il tenta de rejoindre l'institut vers lequel Le Ber et Labat se hâtaient déjà. Il avait le cœur au bord des lèvres.

La pluie n'avait pas faibli et avait fraîchi, comme la température ambiante qui avait chuté de plusieurs degrés.

Dupin était trempé. Le seul côté positif, si l'on peut dire, était qu'il ne se rendait pas compte de son état lamentable. Tout au plus remarquait-il qu'il grelottait. Il se dirigea vers le mur de la maison. Il ne se sentait pas encore capable de mener une conversation sérieuse, ni même une conversation à moitié sérieuse.

D'abord s'adosser là, entre les deux fenêtres.

Dès qu'il sentit le mur contre son dos, il s'obligea à respirer sur un rythme calme et régulier. Inspirer, retenir son souffle pendant cinq secondes, expirer et retenir son souffle pendant cinq secondes. Une méthode que le docteur Bernez Pelliet lui avait conseillée en cas de stress majeur.

Le plus important cependant – et cela devrait l'aider – était de se concentrer sur l'enquête, de rassembler ses idées. De les ordonner, c'est-à-dire de mobiliser toutes ses forces sur ce qui l'attendait. Fouiller toutes les pièces en lien avec Pierre Leblanc. Et lui passer les menottes.

Un moment s'écoula avant qu'il ose prudemment se détacher du mur. Son estomac ne supporterait pas une goutte de café, bien qu'il en eût un besoin urgent.

Dès le vestibule de l'institut, l'activité était fébrile. Un groupe de six gendarmes en tenue s'approcha, à sa tête le lieutenant Labat qui déclara :

— Nous irons ensuite fouiller les bâtiments techniques une seconde fois. Mais à fond, cette fois.

C'était cette partie-là qui intéressait surtout le commissaire.

Un des gendarmes, un jeune homme joufflu, s'immobilisa devant Dupin.

— Nous venons de procéder à une fouille méticuleuse, commissaire, déclara-t-il d'une voix claire et assurée. Nous n'avons rien trouvé.

Dupin se contenta de hocher la tête. Ce ne serait quand même pas malavisé de tout repasser au peigne fin. La première inspection n'avait pas pu être aussi poussée.

Dupin pensa rejoindre Labat. Mais il devait d'abord avoir une vue d'ensemble. Il avança dans le petit vestibule en trébuchant, passa une deuxième porte menant à une sorte d'accueil où il aperçut Le Ber. Il n'était toujours pas dans son assiette, tant s'en fallait.

Son adjoint s'approcha de lui, manifestement excité.

— Leblanc a fait demi-tour en direction du Conquet, peut-être pour se mettre à l'abri de la tempête. Goulch continue à le serrer de près, bien que le Zodiac de Leblanc soit plus rapide et maniable que la vedette de la gendarmerie maritime. Néanmoins, les manœuvres risquées ne lui seront d'aucune aide. Goulch est sur le point de l'attraper. Je suppose que vous voulez voir Leblanc sur-le-champ.

— Sur-le-champ. (Chaque mot lui coûtait.) Qu'on l'amène ici.

Dupin brûlait d'impatience.

— Ici, à l'institut ?

— Oui, ici.

Par un temps pareil, il était hors de question que le commissaire mette un pied sur un bateau, même pour faire les deux cents mètres qui le séparaient de Douarnenez. Rien que l'idée lui donnait le vertige.

— Bien, patron. La première perquisition de son domicile est terminée, déclara-t-il sur un ton frustré. Ainsi que celle de la petite résidence secondaire qu'il possède non loin de la pointe du Raz, à Kermeur. Chou blanc. Même chose ici. Pour l'instant, nous n'avons rien trouvé. Pourtant, l'objet n'est pas petit. Par ailleurs, nous recherchons dans l'entourage de Leblanc des personnes qui pourraient savoir s'il possède d'autres locaux. Professionnels ou privés.

— Je…

Dupin tressaillit.

Il dut s'adosser au mur. L'horrible sensation l'avait de nouveau submergé : il avait l'impression que le sol s'inclinait en avant.

Il attendit que ça passe. Respira à fond. Appliqua la recette des cinq secondes.

— Tout va bien, patron ? s'inquiéta Le Ber.

— Il faut que je sorte quelques instants.

L'air frais lui fit du bien. Les rafales de vent et de pluie étaient désormais moins cinglantes.

Peu à peu son malaise diminua d'intensité et il put de nouveau réfléchir. Il devait rentrer. Poursuivre sa conversation avec Le Ber. Ils devaient aborder de nombreux autres points.

Il fit demi-tour. Quelques instants plus tard, il aperçut entre les arbres les fenêtres de l'institut éclairées *a giorno*.

Et une silhouette qui se hâtait vers lui. Le Ber.

— Patron, c'est vous ? Je vous ai cherché.

— Tout va bien, je…

De nouveau Dupin tressaillit.

Cette fois, ce n'était pas à cause du vertige mais d'une idée qui semblait surgir de nulle part.

Il glissa la main dans la poche arrière de son pantalon et en retira son calepin que les différents bains – dans l'Atlantique et sous l'averse bretonne – n'avaient pas épargné.

— Que voulez-vous dire, patron ? Ne devrions-nous pas entrer ? La pluie n'est plus aussi forte, mais…

— Allez-y, répondit Dupin, l'esprit ailleurs.

Son calepin était en piteux état. La couverture était ramollie, la fine pellicule de plastique en lambeaux ; l'eau avait pénétré jusqu'au cœur des pages, bien que le calepin ait été bien serré dans la poche du pantalon.

Ce n'était qu'une idée. Mais si c'était la bonne ? Certes, elle recelait un aspect fantastique, mais pourquoi pas ?

— Je voudrais seulement jeter un coup d'œil sur une chose, Le Ber.

Du regard, Dupin suivit le sentier du littoral qu'il venait d'emprunter sur quelques mètres – sans s'en rendre compte.

— Je dois vous accompagner ? demanda Le Ber d'une voix hésitante.

— Non, non. C'est un détail.

— Vous êtes sûr ?

Le Ber n'avait pas l'air convaincu.

— Absolument, répliqua Dupin d'une voix qu'il espérait ferme. Je reviens tout de suite.

Il tourna les talons et se remit en marche. Le Ber, désorienté, haussa les épaules ; le commissaire ne le vit pas. Il s'éloignait d'un pas pressé et déterminé.

Il n'avait pas besoin de son calepin. Du moins pas pour s'assurer de ce que la propriétaire de Ty Mad lui avait raconté la veille. Le ponton à moitié effondré à l'extrémité ouest de l'île. Et les grottes. Par lesquelles on accédait à des cavernes cachées et des galeries, selon la légende. Où dormaient les trésors extraordinaires du forban sanguinaire.

En fait, Leblanc n'avait pu faire sortir l'objet de Sein que par bateau. Très probablement le choix d'une cachette avait-il été conditionné par l'existence d'un ponton. C'était comme dans la maison de Céline Kerkrom, ils devaient réfléchir concrètement et avec logique, se mettre dans la peau de Leblanc : où et comment pouvait-on transporter facilement un objet aussi lourd ? Et le dissimuler au mieux ?

Les éclairs et le tonnerre s'étaient déplacés vers l'est. Le ciel laissait toutefois passer un peu de lumière. Ici ou là, malgré tout, on pouvait apercevoir les contours de gros nuages bas.

Le chemin était bordé des deux côtés par de grands arbres qui formaient une allée. Si son sens de l'orientation ne trompait pas le commissaire, le sentier continuait tout droit.

Dupin était essoufflé ; il avait accéléré, bien que pas encore tout à fait rétabli. Son idée – très pertinente – laissait maintenant place aux doutes. Des doutes perfides. Tout à coup, sa conviction fut ébranlée. Et si cette histoire de trouvaille n'était qu'une lubie ? Et si le tissu avait vraiment enveloppé une poutre destinée à la maison ? Et si les entailles sur le sol de la chambre de Céline Kerkrom avaient été causées par un objet banal ? Et si son imagination s'était enflammée comme celle de Le Ber ? Sans oublier ce qui venait de se passer sur l'île avec Leblanc : peut-être cela avait-il une explication rationnelle ? Et si tout tournait finalement autour de Morin et de son bateau ? D'une façon alambiquée qu'il ne comprenait pas encore ni même ne devinait ? Ou cela n'avait-il aucun rapport ? Auquel cas il poursuivait une chimère.

Les doutes soudains – qui, l'espérait-il, n'étaient que la conséquence de son indisposition – lui avaient fait ralentir le pas.

Mais il poursuivit tout de même sa route. En regardant droit devant lui.

A présent, on discernait bien les contours des lourdes masses nuageuses. D'une certaine façon, cela réjouissait Dupin, le soulageait. Cela donnait une certaine réalité au monde qui l'entourait. La toute-puissance de la sombre matière grise qui avait accouché de l'orage avait disparu.

Désormais, le sentier descendait abruptement vers le rivage. Dupin devait faire attention.

Puis il distingua les contours d'une bâtisse. Une vieille maison de pierre dont ne subsistait qu'une moitié de toit et dont un des murs latéraux n'était plus que ruine.

Le chemin passait devant.

Dupin aperçut alors le ponton à moitié effondré dont il ne restait que des vestiges. Le reste avait sans doute été emporté depuis longtemps par les tempêtes.

Si le ciel s'était apaisé, il n'en était pas de même de l'Atlantique. Dupin s'avança jusqu'au bout de la jetée – en faisant bien attention à garder une distance de quelques mètres avec les déferlantes. La place suffisait pour y amarrer un Zodiac.

Un bon endroit pour accoster.

Dupin se retourna.

Se concentra.

Il était évident que Leblanc avait eu lui aussi un appareil à sa disposition, du même genre que la remorque de Céline Kerkrom. Il ne pouvait en être autrement.

La maison en ruine se dressait à une vingtaine de mètres de là. Le sentier pierreux était relativement bien entretenu. A sa droite, un autre chemin, lui aussi en bon état, longeait la mer. Derrière le chemin s'élevaient des parois abruptes. A l'entrée, un panneau annonçait « Accès interdit – Danger de mort ». Un deuxième comportait un symbole que Dupin connaissait bien, l'ayant souvent vu le long des côtes bretonnes : une falaise dont un rocher se détachait et tombait dans le vide. Assorti d'un gros point d'exclamation rouge.

Dupin s'élança.

Il prit le chemin du littoral et ses doux méandres, avec la falaise à gauche, la mer à droite. Vingt à trente mètres.

Le sentier déboucha soudain sur une sorte de plateforme en pierre. On voyait deux orifices dentelés percés en hauteur dans la roche ; l'un se trouvait juste derrière la plate-forme, on atteignait l'autre une fois passés quelques mètres de caillasse. Par un temps pareil et sous la faible luminosité, on aurait dit deux gueules béantes. A côté, le même signal de danger : « Accès interdit – Danger de mort ».

Dupin sortit son téléphone, un modèle hyper résistant dont Nolwenn avait équipé tout le commissariat et qui avait mieux survécu aux dernières heures qu'il ne l'aurait imaginé.

Il actionna la fonction lampe de poche. Qui donnerait un rai de lumière ridicule, mais c'était mieux que rien.

Sans hésiter, il pénétra dans la première grotte.

L'obscurité était totale à l'intérieur. Et le froid était glacial.

Dupin éclaira les parois. Le portable permettait plus de choses qu'il ne l'avait cru. Il révéla la taille de l'endroit, qui était imposante, moins en termes de longueur ou de largeur – la grotte ne faisait pas plus de dix mètres de long sur six mètres environ de large – qu'en hauteur. La lumière se perdait, on ne distinguait pas le plafond. Ici et là, la paroi scintillait ; lorsque Dupin y braqua son faisceau, celui-ci révéla des incrustations minérales, du quartz.

Le sol était tapissé d'épaisses couches d'algues séchées. Seul, au milieu, un fin corridor de roche avait été déblayé. Les algues avaient dû y être apportées par les marées montantes et les fortes tempêtes. Et ce depuis des années, comme le suggérait l'amoncellement.

Nulle trace d'une activité quelconque ; rien ne laissait apparaître que quelqu'un fût venu ici récemment. Dupin fureta à droite et à gauche. Jeta un coup d'œil. Eclaira le sol. A son grand étonnement, il remarqua que la grotte était sèche, les algues crissaient sous ses pas.

Il s'obstina quelques instants – enfoncé jusqu'aux chevilles dans le tapis d'algues – et secoua la tête sans s'en rendre compte. Il tourna les talons et se hâta de sortir de la grotte.

La seconde caverne était sans doute deux fois plus grande que la première. Là non plus on ne voyait pas le plafond. Mais, au contraire de la première, le sol de cette grotte était dénué d'algues. Juste après l'entrée, à gauche, s'ouvrait une brèche d'environ un mètre cinquante de haut sur un mètre de large. Dupin y dirigea le faisceau de sa loupiote. Bien que celui-ci n'éclairât pas très loin, il put observer que la brèche donnait sur une espèce de passage naturel creusé dans la roche.

Devait-il explorer le passage ? Ou bien valait-il mieux revenir avec des renforts et le matériel approprié ? Avec une vraie lampe, par exemple ? A n'en pas douter, Le Ber savait ce qu'il fallait faire quand on s'engageait dans l'exploration de la galerie d'une caverne.

Dupin hésita. Puis il se pencha, prêt à pénétrer dans la grotte.

Au moment où il posait le pied dans la brèche – la tête tendue le plus possible vers l'avant, une posture extrêmement exigeante –, une idée fulgurante lui traversa l'esprit.

Il faillit faire un bond.

Une image. Un flash de la grotte aux algues. Lorsqu'il avait dirigé le faisceau de sa lampe vers le sol.

A un moment donné, quelque chose avait brillé, qu'il avait enregistré du coin de l'œil. Sans doute n'y avait-il pas prêté attention sur le coup, car le quartz scintillait un peu partout. Mais maintenant qu'il y songeait, il se souvenait que seuls les murs brillaient. Or ça… c'était par terre.

Il rebroussa chemin à la hâte, sortit de la caverne et fut en un rien de temps dans la première grotte, à bout de souffle.

Le tapis d'algues semblait homogène.

Il allait tout simplement essayer.

Il s'accroupit au milieu, dirigea la lampe de son portable vers le sol. Pivota lentement sur lui-même.

Rien.

Il avança de deux pas. Recommença.

Encore rien.

Recommença de nouveau.

Avait-il rêvé ?

— Quelle merde !

Dupin se releva. Bien que prononcés à voix basse, les mots résonnèrent de façon exagérée, sa voix paraissait étrangement déformée.

— Très bien, alors, murmura-t-il, obstiné.

Il se dirigea vers le coin à droite de l'entrée. Puis il se retourna et commença à avancer en faisant glisser un pied à travers les algues.

Le sol rocheux était plus inégal qu'on pouvait s'y attendre, les algues nivelaient creux et bosses.

Il progressait avec lenteur.

La couche d'algues avait parfois jusqu'à un demi-mètre d'épaisseur – ça non plus, on ne le voyait pas au premier regard. Ailleurs, quelques centimètres. Dupin avait l'impression de redevenir un enfant comme lorsque, en automne, il faisait tourbillonner les tas de feuilles que son père avait laborieusement ramassées dans le jardin.

Soudain, il perdit l'équilibre. Sans savoir comment il avait glissé.

Il vacilla, tenta en vain de garder l'équilibre, puis chuta vers l'avant. D'un geste instinctif, il avait tendu ses deux mains sur lesquelles il tomba brutalement.

Une douleur aiguë irradia ses mains, ses bras et ses épaules, anesthésiant toutes ses sensations pendant quelques instants.

Il essaya de recouvrer son sens de l'orientation.

Il était couché sur l'épaule gauche.

Mille particules d'algues virevoltaient dans les airs, le faisant tousser.

Son portable lumineux devait être tombé dans les algues. Ses yeux mirent du temps à s'adapter à l'obscurité. Seul l'accès de la grotte laissait entrer une lueur sépulcrale.

Dupin tenta de s'appuyer sur ses mains, une tentative que sanctionna une vive douleur dans les poignets. Prudemment, il tapota le sol autour de lui.

Il sentit le bord d'un rocher haut d'une quarantaine de centimètres. Alors il comprit.

Il était tombé dans un trou dissimulé par les algues. Une vraie crevasse de plusieurs mètres carrés. Son tibia aussi lui faisait très mal, il s'en rendait compte à l'instant. Il s'était sans doute cogné sur une corniche acérée. Dupin remua sa jambe avec circonspection. La douleur était moins forte que celle qui irradiait ses poignets. Cependant, ce n'était pas une corniche... la sensation était tout autre.

Il roula tant bien que mal sur le côté et se souleva. Dans la pénombre, il aperçut au milieu des algues une arête tranchante. Sombre.

Il y avait là quelque chose.

Fébrilement, il dégagea quelques algues, tâta l'objet. La surface semblait douce au toucher, organique, mais c'était dur en dessous. Il se mit tout de suite à genoux.

Il continua de creuser, ignorant la douleur de ses mains.

Une sorte de poutre. A quatre arêtes. Large d'une quinzaine de centimètres et épaisse de cinq.

Il essaya de faire bouger l'objet. Impossible.

Il poursuivit ses tâtonnements fébriles vers le haut.

Puis il s'interrompit.

Comme foudroyé.

Il avait le souffle coupé.

Une entretoise. Un angle droit.

Il dégagea la poutre transversale. Elle était plus courte que l'autre.

Il retenait sa respiration.

C'était à ne pas croire.

Une croix.

C'était une croix.

Une grande croix. Dans un matériau massif.

Dupin avait la chair de poule.

C'était complètement dingue. Dément. Ce n'était pas vrai. Etait-il tombé sur la tête ? Etait-il victime d'une hallucination ? Ses poignets douloureux, par exemple, étaient on ne peut plus réels. Il mit un moment avant de pouvoir sortir de sa transe.

Il se secoua et observa de nouveau. Il ne reconnaissait pas grand-chose. On aurait dit qu'une espèce de mousse recouvrait les barres. Avec, à certains endroits, de longs filaments. Quelques-uns des objets se trouvant dans le trésor du musée de l'île de Sein et qu'on avait rapportés du fond des mers étaient recouverts d'une substance semblable.

Tout à coup, il mit la main sur quelque chose. Juste à côté de la croix. Sur le sol.

Son téléphone.

C'est seulement une fois en main qu'il se rendit compte que l'écran était cassé. Le tiers inférieur manquait, la coque aussi était endommagée. Le pire était que la lumière était éteinte. Dupin appuya sur le bouton. Rien.

Il devait se lever. Quelle que fût la douleur qui en résulterait. Il parvint à se mettre debout. Il avait atrocement mal aux mains, aux bras et aux épaules, dans tous les os.

Son regard ne quittait pas la croix. Il remarqua alors un scintillement sur la partie inférieure.

Il s'accroupit, exercice tout aussi pénible.

Sur une longueur de quelques centimètres, un peu de mousse avait été enlevé. Un matériau luisant apparut – c'était sans doute ce qui avait scintillé à travers les algues lorsqu'il avait éclairé le sol.

Etant donné le peu de lumière, il était difficile de dire s'il s'agissait d'or. Mais ce n'était pas à exclure. Dupin caressa l'objet du doigt. Il sentit une entaille, une arête vive. Le matériau était endommagé, ou plutôt il en manquait un bout. Un petit morceau longitudinal et mince.

Dupin se figea.

Qu'avait dit Le Ber à propos du recommandé de Céline Kerkrom ?

« L'échantillon » qu'un laboratoire parisien avait identifié comme de l'or ?

Dupin se releva.

Ce devait être ça.

Kerkrom et Darot avaient vraiment trouvé une croix. Une croix en or. Au fond de la mer. Dans la baie de Douarnenez. Elles l'avaient transportée dans le bateau de Kerkrom et entreposée chez elle. Puis, une fois les meurtres commis, Leblanc s'en était emparé et l'avait transportée jusqu'ici.

Peut-être avaient-elles fait appel à lui et au professeur Lapointe pour examiner leur découverte ? Pour savoir de quoi il s'agissait. Pour réfléchir à ce qu'il convenait de faire. Peut-être avaient-elles pensé en faire don à un musée, à la région ou à l'Etat ? Et Leblanc ne voulait pas en entendre parler ? Peut-être en avait-il eu connaissance fortuitement, et ignoraient-elles qu'un autre était au courant ?

En théorie, la croix pouvait venir de n'importe quelle époque, du XIXe, du XVIIIe ou du XVIIe siècle, voire du Moyen Age, quoi que le cousin de Le Ber en dise. Les récits les plus fous traversaient l'Histoire. Tant de saints missionnaires avaient sillonné la Bretagne à la fin de la domination romaine, la foi avait été embrassée avec une telle ferveur, qui savait quelles offrandes avaient pu faire les hommes pour s'assurer une place au paradis ? Ou bien ce que les armées de Napoléon avaient rapporté de la campagne de Russie par des chemins détournés, ce qu'elles avaient subtilisé d'une de ces églises orthodoxes à la richesse légendaire ?

A n'en pas douter, il existait d'innombrables possibilités, toutes aussi réalistes.

— Je dois aller chercher les autres, dit Dupin à haute voix.

La phrase qui se répercutait en écho lui redonna courage.

Avec peine, il s'extirpa de l'excavation et jeta un dernier regard sur la croix gisant dans les ténèbres. Il la voyait distinctement – mais tout lui paraissait irréel. Fantastique. C'était effroyable.

D'un coup, il se détourna et avança d'un pas pressé vers la sortie.

Dehors, la lumière crue l'aveugla. Il dut mettre sa main devant ses yeux.

Çà et là, la couche nuageuse était trouée ; les rayons du soleil traversaient les déchirures aux bords dentelés, dispensant une lumière à l'ambiance théâtrale.

— Une croix. Oui, Le Ber. Une découverte archéologique.

Le lieutenant ouvrait grand les yeux. Dupin crut percevoir un léger tremblement de tout son corps. En fait, Le Ber avait songé à cette hypothèse – et l'avait même espérée –, mais maintenant qu'elle se vérifiait, la réalité l'effrayait. Ce que Dupin comprenait parfaitement.

Labat, qui se tenait juste à côté de lui, était tout aussi hébété.

— Vous voulez dire que vous avez…

— Revenons à Leblanc. Que s'est-il passé ? Le Ber. Racontez-moi.

Les deux lieutenants s'étaient précipités sur Dupin dès que celui-ci avait franchi le seuil de l'institut. Dans un grand état d'excitation, Le Ber avait prononcé quelques mots où il était question de Goulch et de Leblanc, et répété « toujours en fuite ». Dupin lui avait coupé la parole. Il ne pouvait plus se contenir. Pour autant, il avait narré son expédition avec sobriété, choisissant ses mots avec soin, son langage corporel tout en retenue. A la lumière du jour, à l'extérieur de la grotte, la trouvaille semblait encore plus extraordinaire.

De toute évidence, Le Ber était encore sous le choc du récit de son chef. Il s'efforçait de rassembler ses esprits pour livrer son rapport.

— Alors qu'il entrait dans le port et quelques mètres avant de contourner les rochers pour pénétrer dans le boyau, il a soudain redressé la barre, mis les gaz à fond et a foncé en direction du nord. Vous savez à quelle vitesse ces Zodiac peuvent aller. Mais Goulch va le rattraper, même si le fuyard change sans cesse de direction.

— Il n'a pas l'ombre d'une chance, approuva Labat. Entre-temps deux autres vedettes de la gendarmerie maritime sont venues participer à la chasse.

— Bien. Selon moi, nous avons besoin de quatre hommes pour la grotte.

Dupin était pressé.

— Il y a un véhicule, ici ?

— Une vieille Land Rover Defender. Nous voulions justement la prendre pour aller à votre recherche, répondit Le Ber qui était encore tout chose. Je n'ai pas arrêté d'appeler votre portable, mais il…

— Où est la voiture ?

— A votre gauche, derrière le bâtiment.

Dupin se mit en route. Les douleurs qui le lançaient un peu partout avaient peu à peu baissé d'intensité, seuls ses poignets blessés le faisaient encore souffrir.

Trente secondes plus tard, ils étaient tous, renforts compris, devant la Land Rover.

Dupin prit place devant. Il avait eu quelque peine à monter dans le véhicule. Malgré le marchepied, il fallait littéralement se hisser en prenant appui à une poignée – c'était une des caractéristiques de cette voiture.

Le Ber fit hurler le moteur et partit sur les chapeaux de roue.

La voiture cahotait sur le chemin non asphalté, malmenant l'estomac de Dupin. Ils atteignirent la maison en ruine en un rien de temps et sautèrent aussitôt à l'air libre.

Dupin prit la tête, le reste de la troupe le suivant de près.

Les hautes parois de la falaise, le chemin court et sinueux le long de la mer, la petite plate-forme en pierre, les panneaux.

Dupin s'arrêta quelques instants devant l'entrée de la grotte. Les autres faillirent lui rentrer dedans.

Puis il entra.

Derrière lui, Le Ber alluma une grosse torche. A elle seule elle éclairait toute la grotte. D'autres lampes furent allumées.

— Là, devant.

Dupin avança prudemment. Il avait déjà atteint le tapis d'algues.

— Ici ! Faites attention, il y a une déclivité d'un demi-mètre environ, on a vite fait de tomber. Elle est sous…

Il ne termina pas sa phrase.

Il avait bien dégagé la croix.

Et enlevé un gros tas d'algues de la cuvette. Or, on ne voyait presque plus le trou ; seule dépassait, à un endroit, l'arête d'un rocher. Les algues étaient de nouveau répandues partout et formaient une surface plane. Un souffle de vent avait sans doute balayé la grotte et chassé les algues bien que Dupin n'eût pas alors, ni maintenant, senti le moindre courant d'air.

Il tâtonna de son pied droit le bord de la cuvette et descendit avec mille précautions.

— Là, sous les algues ?

Labat était lui aussi descendu.

Dupin n'eut aucune réaction. Du pied droit, il fouillait la mer d'algues.

Il avança d'un pas et poursuivit son manège.

Le Ber et les autres étaient restés au bord, observant le commissaire et Labat, leur torche dirigée vers le tapis d'algues.

Rien.

C'était impossible.

— Il y a certainement une autre cavité.

Le Ber avait pénétré un peu plus profondément dans la grotte.

C'était la seule explication. Même si Dupin aurait parié que c'était à cet endroit-là. En fait, il en aurait mis sa main au feu. Et pourtant…

Suivant l'exemple de Le Ber, les autres gendarmes s'étaient dispersés.

— Ici, il y a quelque chose, annonça Labat qui était agenouillé.

Dupin se rapprocha.

Dans un geste de triomphe ridicule, le lieutenant tendit le portable cassé de Dupin, que celui-ci avait négligé de ramasser.

Sans commentaire, tous se retournèrent et reprirent leur recherche.

Personne ne parlait.

L'incrédulité de Dupin augmentait de seconde en seconde.

Après plusieurs vaines fouilles du tapis d'algues, un des quatre gendarmes creva le silence pesant en disant tout haut ce qui sautait aux yeux :

— Ici, il n'y a rien. Pas de croix. Absolument rien.

— C'est tout bonnement impossible. Elle *doit* être là. Elle était là, exactement à cet endroit. Dans cette grotte, dans cette cavité creusée dans la roche.

— Mais maintenant, elle n'y est plus, répliqua Labat.

— Mon absence n'a duré que vingt minutes, dit Dupin qui, certes, avait parlé assez fort pour que tout le monde l'entende, mais qui s'adressait en fait à lui-même.

— Apparemment, cela a suffi, conclut Labat. Quelqu'un a eu le temps de venir prendre la croix. Ou bien, réfléchissait-il avec calme, il n'y a jamais eu de croix. Comme vous n'aviez pas de lampe et que votre portable était cassé, il devait faire très sombre là-dedans.

Qu'est-ce qu'il insinuait ? Que Dupin avait pris l'arête rocheuse pour une croix en or ? Qu'il avait été victime d'une hallucination ?

— La traversée vous a rudement éprouvé, commissaire, ajouta Labat sans une once de méchanceté, renforçant la portée de ses paroles. Votre mal de mer était d'une extrême gravité. Un truc pareil vous met la tête à l'envers, vous met sens dessus dessous. L'entendement, pareil. Sans oublier les séquelles qui peuvent se ressentir pendant des heures. Ou bien – et ce serait aussi compréhensible – vous vous êtes cogné la tête au cours de la tempête.

Dupin était trop préoccupé pour réagir aux impertinences de Labat.

— Elle pourrait être dans l'autre grotte, patron ? demanda Le Ber, tentant de soutenir Dupin. Ne faut-il pas l'inspecter ?

Cela partait d'une bonne intention, tout en aggravant la situation. Il ne se trompait pas. Une fois le mal de mer passé – qui certes avait été violent –, il avait recouvré l'usage de ses cinq sens. Il n'avait pas couru après une chimère.

— C'était là !

La seule explication plausible était l'hypothèse de Labat.

— Quelqu'un a subtilisé la croix. Quelqu'un m'a observé et est venu la prendre.

La conséquence était claire : ils devaient mettre le turbo !

Dupin se précipita vers la sortie devant les gendarmes médusés.

— Qui qu'elle soit, cette personne ne peut être loin. Le Ber et Labat, donnez l'ordre de sécuriser l'île et de la fouiller de fond en comble. (Dupin était bien conscient qu'il avait donné un ordre semblable le jour même, mais pour une autre île.) Qu'on engage plusieurs bateaux dans l'opération et qu'on contrôle tous ceux qui se trouvent dans les parages de l'île.

Puis, après un bref moment d'hésitation, il ajouta :

— En fait, tous les bateaux qui se trouvent dans la baie de Douarnenez. Que chacun soit fouillé, qu'il soit petit ou gros, et quelle qu'en soit l'utilisation. Et (peut-être était-ce le point le plus important) découvrez où sont Gochat, Jumeau, Vaillant et Carrière. Et ce que Morin fabrique à Molène (ordre déjà donné ce même jour). Je veux que vous interrogiez chacun d'eux en personne.

Il l'avait eue en sa possession. Il avait eu la croix ! Vingt minutes auparavant. Mais il avait commis une erreur fatale. Il n'aurait jamais dû la laisser sans sur-veillance.

Leblanc avait tablé sur le fait qu'ils commenceraient par chercher sur l'île Tristan. Avait-il un complice ? S'étaient-ils trompés sur toute la ligne ? Si tel était le cas, il avait dû prévenir son comparse juste après l'incident avec Morin. Si bien que celui-ci était parti sans attendre. Il était arrivé après que Dupin eut quitté la grotte, ou alors qu'il y était encore – et cela sans que Dupin s'en aper-çoive. Auquel cas, il lui avait suffi d'attendre quelques instants. Et il avait embarqué la croix loin de l'île.

Cela s'était certainement passé ainsi : quelqu'un la leur avait dérobée.

Dupin se rua vers l'embarcadère, suivi de près par Le Ber, Labat et les quatre gendarmes.

Il s'arrêta tout essoufflé devant la jetée. Regarda autour de lui. Pivota. Fouilla la mer des yeux. L'île.

— Il faut monter sur la colline ! De là-haut, nous avons vue sur les environs et la mer, s'écria Le Ber.

De nouveau, Dupin piqua un sprint sur le chemin qui montait sec. Le Ber le talonnait.

— En haut, à gauche, précisa-t-il. Je vais vous montrer.

Dupin entendit Labat, resté sur la jetée, hurler des ordres dans son téléphone.

Le cœur de Dupin battait la chamade.

Le Ber arriva à sa hauteur.

— Par là ! s'exclama-t-il en quittant le sentier.

Ils foncèrent à travers champs, louvoyant entre les grands arbres. Bien que la course fût brève, l'effort réactiva la douleur dans les poignets de Dupin.

Soudain, un panorama sublime s'ouvrit devant eux.

Toute la baie de Douarnenez s'étalait à leurs pieds. Ils n'étaient qu'à cinquante mètres au-dessus du niveau de la mer, mais cela suffisait pour leur offrir un point de vue exceptionnel. Et une vue d'ensemble. Le Ber avait raison.

D'abord, Dupin resta planté au bord de l'abîme. Dangereusement près.

Tandis qu'il parcourait les derniers mètres, il avait commencé à sonder du regard la mer encore démontée. De puissantes vagues se fracassaient contre les falaises. Dupin sentait sur son visage la fine écume.

On ne voyait aucun bateau.

Pas un seul.

— Par une mer aussi grosse, dit Le Ber en s'efforçant de reprendre son souffle, le plus sensé serait de prendre à gauche du ponton et de longer la côte, puis de se réfugier dans le port de plaisance de Douarnenez, d'y amarrer son bateau parmi les dizaines qui y sont déjà. Ensuite, transporter la croix par la route ou la mettre sur un autre bateau qui prendrait la mer une fois qu'elle se serait calmée.

Dupin comprit aussitôt.

— Faites fouiller le port de plaisance et chaque bateau qui y mouille.

— Tout de suite, patron, répondit Le Ber qui se saisit immédiatement de son téléphone.

Dupin avança de quelques pas sur les rochers. Il fourragea dans ses cheveux, encore et encore.

— Au diable !

Le commissaire et le lieutenant étaient descendus de la falaise et avaient rejoint la voiture laissée devant le ponton à moitié écroulé. Puis ils étaient revenus à l'institut.

Labat et les quatre gendarmes avaient commencé leurs recherches à la jetée. Des collègues étaient venus en renfort.

Jusque-là pour un résultat nul, que ce soit sur terre ou sur mer ; quatre bateaux sillonnaient la mer, six gendarmes passaient le port de plaisance au crible.

Une colère noire s'était emparée de Dupin. Leblanc les avait bernés dans les grandes largeurs en s'enfuyant, surtout après avoir usé de stratagèmes quand il était sur l'île.

Il ne fallait pas le sous-estimer. Leblanc était un homme rusé qui agissait avec sang-froid. Même s'il faisait partie de ces citoyens au-dessus de tout soupçon qui se révèlent des assassins. Dupin connaissait ce genre de personnes. Il brûlait littéralement de le passer à la moulinette.

Sa colère contre Leblanc ne le lâchait pas, ni, surtout, sa colère contre lui-même. Pas seulement à cause de son erreur stupide, mais aussi parce qu'il s'était fait rouler à plusieurs reprises.

Dupin poussa la porte de l'institut, Le Ber sur ses talons.

— Nous devons nous attaquer au complice et découvrir son identité.

Le téléphone de Le Ber sonna.

— C'est Goulch.

Dupin lui arracha le portable des mains.

— Avez-vous… ?

— Un chalutier de haute mer, le *Gradlon*, il est sorti de la baie de Lanildut, du port. Il… bégaya Goulch au grand étonnement de Dupin qui ne l'avait jamais connu dans cet état. Il est difficile d'y voir clair dans cette zone. Il a tout simplement foncé sur le Zodiac. On n'a rien pu faire. Le bateau est pulvérisé, il…

— Quoi ?

Dupin était comme paralysé.

Il entendait des cris, des appels, des ordres frénétiques. Les membres de l'équipage de Goulch.

— Ça vient juste d'avoir lieu. Il y a quelques secondes. Nous cherchons Leblanc. Le Zodiac est passé sous la quille du chalutier, à grande vitesse, il…

— Morin.

Goulch saisit instantanément.

— Oui, le chalutier fait partie de sa flotte. Nous lui avons donné l'ordre de retourner au port sur-le-champ. Il est en train de faire demi-tour.

Dupin avait perdu sa langue.

— Il aura écouté la radio des autorités.

Goulch parlait sur un ton résigné. Cela s'était sans doute passé comme il le disait. Morin était équipé à la perfection.

C'était insupportable.

Trop, c'est trop.

— Là ! Il est là !

Un cri avait fusé. Un des hommes de Goulch. Un moment s'écoula avant que Goulch reprenne la parole :

— Nous voyons le corps de Leblanc, il est... il est mort, c'est certain, commissaire. Nous... Je vous rappelle tout de suite.

Goulch raccrocha.

Dupin n'avait pas bougé d'un pouce.

Soudain, il s'ébranla.

Il se rua dehors, le portable de Le Ber collé à l'oreille.

Quelques instants s'écoulèrent avant que l'on décroche.

— Oui ?

Un grognement flegmatique.

— Il a été exécuté, réussit à articuler Dupin. Votre bateau a été lancé contre lui. C'est un meurtre.

— Ah, commissaire Dupin, répondit un Morin impassible sans une trace d'épuisement dans la voix. Bien entendu, je ne sais pas de quoi vous parlez.

— Un de vos chalutiers est passé sur Leblanc et son Zodiac.

— Vous voulez dire qu'un accident regrettable vient d'avoir lieu ?

Morin ne faisait pas le moindre effort pour paraître surpris ou choqué, sans pour autant se montrer provocant. Son intention n'était pas de décourager Dupin ou de se moquer de lui. Il poursuivait un tout autre but.

— Vous l'avez surveillé à Trielen, et maintenant vous avez terminé le travail.

C'était à devenir fou. Comment allaient-ils coincer Morin ?

— C'est absurde de nier. Nous avons compris toute l'histoire.

— Il semble donc, continua Morin sans se démonter, que vous ayez vous aussi découvert l'assassin. Cela signifie que vous avez résolu l'affaire. Cela doit être pour vous – pour nous tous – un grand soulagement. Je vous félicite. (Le ton débonnaire de Morin lui faisait froid dans le dos.) L'assassin était d'une brutalité extrême et tout ça par appât du gain. Il avait trois meurtres sur la conscience. Deux merveilleuses jeunes femmes. Si je comprends bien, il n'a eu en quelque sorte que ce qu'il méritait.

— Vous avouez ?

— Je n'avoue rien.

Dupin faisait les cent pas devant l'institut.

— Nous allons en fournir la preuve, monsieur. Faites-nous confiance.

En vérité, il en irait tout autrement. Dupin n'était pas dupe, il serait très difficile de démontrer quoi que ce soit.

— Par un temps pareil, une mer aussi déchaînée, des accidents tragiques arrivent hélas parfois. Surtout dans un tel environnement, avec tous ces récifs. Je suppose que par ailleurs Leblanc conduisait beaucoup trop vite.

— Que faisait donc votre chalutier dans le port de Lanildut ?

— Je ne peux pas vous le dire. Vous pensez bien que je ne suis pas en contact permanent avec chacun de mes capitaines. Mais je suppose qu'ils ont cherché à s'abriter. Sans doute sont-ils partis de Douarnenez et ont-ils pris la direction de la mer d'Iroise. Cela tombe sous le sens qu'ils aient caboté là-bas.

Cet homme était la perfidie incarnée. Mais ce serait la version officielle. A coup sûr.

Le capitaine serait le seul capable de charger Morin. Mais il ne dirait pas un mot, il se rangerait du côté de son patron. Dupin en aurait mis sa main à couper.

— Je ne pense pas que les gens et l'opinion publique trouvent à redire parce qu'un triple assassin sans scrupule a perdu la vie dans un accident dont il s'est lui-même rendu coupable en fuyant la police.

C'était sans fin.

Le pire était que Morin avait raison.

Cela se passerait ainsi.

— Et surtout, continua Morin lentement sur un ton désormais tranchant, pensez aux difficultés que vous auriez eues à prouver sa culpabilité. Il va de soi qu'il aurait nié en bloc. Et vous n'auriez rien eu de plus qu'une chaîne d'hypothèses et d'indices plus ou moins plausibles. Qui n'auraient jamais suffi à le mettre sous les verrous. Et ça, vous le savez bien ! C'est ça que vous auriez voulu ? Vous auriez été totalement à la merci de mon témoignage, si tant est que j'aie consenti à l'apporter. Peut-être – ce n'est que pure spéculation, bien sûr – un de mes pêcheurs a-t-il vu quelque chose qui serait susceptible de confirmer votre théorie. Ou encore je raconterai comment Leblanc a tenté de me tuer…

Il n'attendait pas de réponse.

— Vous êtes un homme intelligent, monsieur Dupin. Vous savez que je n'avais aucun intérêt à voir

Leblanc en prison. Même si mon témoignage avait pu le condamner à perpétuité.

C'était de plus en plus sournois, de plus en plus aberrant. Et en même temps de plus en plus évident. Dupin comprenait fort bien – et c'était là le plus cruel – ce que Morin voulait dire. Un Leblanc protégé par les murs d'une prison était la dernière chose que Morin aurait souhaitée. Il le voulait libre. Afin d'assouvir sa vengeance. Si Leblanc avait tenté de disparaître de la circulation, Morin l'aurait pourchassé sans pitié. Jusqu'à ce qu'il le retrouve.

C'était terrifiant.

Quelque chose se rebellait en Dupin. Il ne pouvait pas accepter tout ça sans réagir. Il ne pouvait pas laisser faire.

— La croix. Elle a disparu, monsieur Morin. (Peut-être pouvait-il l'avoir comme ça.) Quelqu'un l'a sortie de l'endroit où Leblanc l'avait cachée.

Morin ne répondit pas.

Un long silence s'installa. Un silence éloquent. Morin semblait au courant de l'existence de la croix. Mais pas qu'elle avait disparu. Peut-être était-ce le seul détail dont il n'avait pas connaissance.

— Leblanc avait un complice, c'est certain, reprit Dupin. Peut-être est-ce ce complice qui a tué votre fille, et pas Leblanc.

Morin resta sans réaction.

— Ou alors, ajouta Dupin que l'idée venait de traverser, c'est vous qui avez mis la main sur la croix.

Peut-être Morin avait-il profité de son altercation sur Trielen avec Leblanc pour lui extorquer le lieu de la cachette. Avant que lui-même ne fût attaqué. Il n'avait eu ensuite qu'à attendre le moment propice et à envoyer quelqu'un prendre la croix. Un de ses pêcheurs côtiers peut-être. Leurs bateaux croisaient quelques centaines de mètres plus loin.

— Je me contrefiche de la croix, commissaire, répliqua Morin avec mépris.

De nouveau, le silence s'installa. Dupin entendait Morin respirer.

— Laissez tomber, commissaire, s'exclama Morin sur un ton presque joyeux. Si le cœur vous en dit, continuez de chercher la croix. Faites toutes les démarches que votre obstination vous impose. Vous pouvez fouiller chez moi. Mes portes vous sont grandes ouvertes. Sachez-le cependant : il n'avait pas de complice. Quoi qu'il en soit, c'est de toute façon terminé.

— Rien n'est terminé, monsieur Morin. Rien.

Dupin raccrocha.

Sans s'en rendre compte, il avait atteint l'extrémité du quai en longeant la plage de galets. Un bon bout de chemin.

— Patron ? Patron ?

Le Ber, quelque part au loin.

— Je suis là.

Il finit par apercevoir le lieutenant sur la pelouse devant l'institut. Le Ber se précipita alors vers lui. Dupin alla à sa rencontre.

— Le corps de Leblanc a été évacué. Il a été horriblement mutilé, l'hélice l'aura harponné. (Puis il ajouta en guise de bilan :) La mort a dû être atroce, son bras gauche et ses épaules sont…

— C'est bon, Le Ber.

— J'ai déjà interrogé le capitaine du chalutier. Il est sous le choc, ce sont ses mots.

Bien sûr. Dupin n'en attendait pas moins.

— Il affirme qu'il n'a pas vu le Zodiac. Ils étaient contents de reprendre la mer après la tempête. Trois voitures de police font route vers Lanildut. Nous allons emmener le capitaine et tout l'équipage à Quimper pour les interroger.

— Faites.

Ce serait vain, mais ils devaient tout tenter.

— Et maintenant, il faut qu'on s'occupe de la croix.

Le Ber avait déjà accepté la mort de Leblanc.

Comme tous les autres le feraient après lui. Morin l'avait prophétisé. Personne ne trouverait à redire à la mort brutale d'un assassin.

Dupin se passa la main sur la nuque.

— Je veux que… commença-t-il avant de s'interrompre. Il faut que je réfléchisse.

Seul un Breton ne s'en serait pas étonné : il n'y avait plus aucun nuage dans le ciel. La tempête avait disparu comme par enchantement. Comme si, deux heures auparavant, on n'avait pas été à deux doigts de la fin du monde. Tout était mouillé, y compris Dupin, ses lieutenants et tous les hommes qui avaient participé aux opérations : c'était la seule trace qu'avaient laissée les intempéries.

Dupin avait poursuivi sa déambulation.

Jusqu'à une petite crique.

Le monde entier était enveloppé de vapeur, Douarnenez, la ville – qui était à droite – l'île, les arbres, les rochers, la terre. Le déluge s'était abattu sur un sol gorgé de soleil. C'était un spectacle grisant que Dupin aimait beaucoup d'ordinaire, ces nappes légères, éthérées, qui s'élevaient de partout. Or, il n'y prêtait guère attention. Ni d'ailleurs à la chaleur et à la force du soleil qui se laissaient ressentir même le soir venu.

Son regard, vague et vide, effleurait l'eau. Ses poignets le faisaient souffrir en permanence.

— Patron ?

Le Ber s'approchait avec prudence, Labat à ses côtés.

— Nous avons… commença Le Ber.

Mais Labat l'interrompit :

— Nous avons fouillé l'île. Elle n'est pas grande. Nous n'avons rien trouvé, ni personne. S'il n'y a pas d'autres grottes secrètes, je ne vois pas où on pourrait cacher une croix d'un mètre cinquante de haut. Surtout quand on a peu de temps devant soi. D'ailleurs, on a regardé la brèche de la deuxième grotte. Le boyau va en rétrécissant et devient de moins en moins praticable. Personne ne peut passer par là.

Dupin resta silencieux.

— Nous avons fouillé deux bateaux qui étaient dans la baie, déclara Le Ber qui ne faisait pas mystère de sa déception. Ce sont les seuls qui ont appareillé après la tempête. Aucun n'est suspect. Dans le port de plaisance, on n'a rien trouvé non plus. Le chef du port n'a remarqué aucun bateau en particulier qui aurait appareillé à l'heure dite ; son bureau est juste à l'entrée et permet une bonne vue d'ensemble.

— Quelqu'un est venu la chercher, lâcha Dupin d'une voix atone. Quelqu'un est venu la chercher, ce n'est pas possible autrement, conclut-il sur un ton presque geignard.

— Ou alors, c'était à cause du mal de mer. Je le répète, ce sont des choses qui arrivent, intervint Labat avec calme et sans donner l'impression de vouloir se moquer de Dupin.

— Où se trouvaient Vaillant, Jumeau, Gochat et tous les autres pendant la dernière heure ?

— Gochat et son mari sont réapparus à Douarnenez, nous venons de leur téléphoner à leur domicile. Gochat avait quelque chose à régler à Morgat, elle s'y est rendue directement après avoir quitté Sein. Nous avons vérifié. Il est exclu qu'elle ait pu entreprendre une virée à l'île Tristan pendant l'heure en question.

— Qu'en est-il de Frédéric Carrière ?

— Nous n'avons pas encore réussi à le joindre. J'ai son numéro. Je vais tout de suite réessayer, déclara Le Ber en se saisissant de son téléphone.

— Pour Vaillant, pareil, pas joignable, informa Labat qui paraissait manquer de motivation.

— Dès que vous le chopez, envoyez quelqu'un à sa rencontre.

Labat leva les sourcils.

— Vous ne pensez pas que c'est exagéré ?

Dupin passa outre à la remarque de Labat.

— Je ne voudrais pas vous froisser, commissaire, commença le lieutenant qui s'efforçait de prendre un ton cordial qui n'augurait rien de bon. Je ne crois pas que vous ayez perdu la raison, mais comme je l'ai dit, nombreux sont ceux qui à cause du mal de mer ont…

— Ça suffit, Labat. Vous avez compris ? C'était la dernière fois.

Dupin avait éclaté avec toute la force qu'il lui restait.

— Essayez de joindre Vaillant. Maintenant.

Vexé, Labat s'éloigna.

Dupin remarqua que Le Ber s'était écarté de quelques mètres pour téléphoner. Il avait manifestement réussi à joindre quelqu'un. Peu de temps après, il fut de retour.

— Carrière a mis le cap sur Ouessant peu avant que n'éclate la tempête. Il est resté tout le temps là-bas, dans un café du port. Il y a une foule de témoins. Si vous voulez…

— Ça ira, Le Ber.

Il s'était de nouveau planté.

— Et Jumeau ?

— Il est Chez Bruno. Dès que l'orage a éclaté, il est rentré à Sein. Il est lui aussi hors jeu.

Nom d'une pipe ! Quelqu'un était forcément allé chercher cette croix !

— Il ne faut pas perdre courage, patron, déclara Le Ber avec émotion. Vous avez résolu l'affaire.

La compassion de Le Ber était louable, mais n'était d'aucun secours au commissaire.

C'était insupportable. Ils avaient trouvé le coupable. Oui. La résolution de ce crime resterait l'une des enquêtes les plus difficiles et des plus éprouvantes de toute sa carrière. Mais le coupable leur avait échappé avant d'être assassiné sous leurs yeux. Exécuté par le père d'une des victimes, lui-même un criminel, et désormais un assassin. C'était la dernière péripétie violente au cours d'une affaire d'une grande brutalité. Une affaire aux abîmes sombres et terrifiants d'un point de vue moral. Un assassin qu'ils ne pourraient pas arrêter.

C'était tout sauf glorieux. Ils avaient perdu le « butin », l'objet autour duquel tout tournait, une croix en or massif d'une valeur inestimable. Dupin l'avait possédée – puis on la lui avait volée. Au bout du compte, c'était une cuisante défaite.

La journée avait été longue, effroyablement longue. Comme la journée de la veille. Il n'avait presque pas dormi pendant deux nuits. Et depuis ce midi, il n'avait pas eu sa dose de caféine. Par-dessus le marché, il y avait cette douleur aux poignets, qui empirait. Et pour couronner le tout, le préfet venait de se rappeler à lui. Lui qui ne voulait pas que l'enquête soit bouclée avant lundi allait apprendre sans tarder qu'elle l'était. D'une manière on ne peut moins brillante.

— Patron ! (Dupin avait presque oublié qu'il n'était pas seul.) J'ai réfléchi, dit Le Ber qui avait pris une voix aussi douce que possible. Honnêtement, le laps de temps permettant de dérober la croix était très court. Je veux dire, bredouilla-t-il, ne sachant pas s'il devait poursuivre, vingt minutes, ce n'est pas beaucoup. Quelqu'un a dû vous observer de son bateau lorsque vous avez pénétré dans la grotte, l'île grouillait de gendarmes. Celui qui vous observait a dû attendre que vous sortiez et que vous vous éloigniez. Puis il aura amarré son bateau au ponton, se sera rendu dans la grotte et aura mis la croix sur une remorque ou quelque chose de ce genre avant de la sortir et de la transporter jusqu'au ponton. Ensuite, il l'aura transbordée sur le bateau. Et il sera parti si vite que nous ne l'avons pas vu lorsque nous sommes arrivés en Defender. Une opération quasi militaire !

A maintes reprises, Dupin en était arrivé à de semblables conclusions, même s'il les avait mises de côté. Pour autant, aucune d'elles n'était convaincante.

— Dans cette affaire, on n'arrivera à rien si on se cantonne à une explication naturelle. C'est certain : il y a cette croix, vous l'avez vue – mais la voilà disparue, murmura Le Ber d'une voix lourde de sous-entendus. Il y a là quelque chose de mystérieux.

Ce n'étaient pas ces pensées-là qui avaient traversé l'esprit de Dupin.

— Ce n'est pas le moment, Le Ber !

Il venait de penser à une chose :

— Qu'en est-il de l'assistante de Leblanc ?

— Pendant tout ce temps, elle était avec nous, en bas, à l'accueil. Elle se montre très coopérative, même si elle est quelque peu bouleversée.

Ce ne pouvait donc pas être elle.

— Je pense, chuchota Le Ber, que c'était la croix qui...

Il ne termina pas sa phrase.

Dupin en fut heureux. Le ton de Le Ber laissait deviner de quoi il allait retourner : Ys. Ou une autre histoire aussi irréelle. Mais c'était bien la dernière chose qu'il était capable de supporter : qu'on considère sérieusement un événement surnaturel.

— Vaillant est à Ouessant, déclara Labat qui s'était approché sans se faire remarquer, faisant sursauter Dupin. Ils se sont abrités là-bas. Il va de soi que le réseau était hors service pendant l'orage. Il affirme qu'ils ont des témoins et que nous pouvons...

— Les interroger à tout moment, enchaîna Dupin qui n'en doutait pas. Sapristi !

— Au fait, les équipes qui ont perquisitionné au domicile de Leblanc et dans sa résidence secondaire demandent si on a encore besoin d'elles.

— Qu'ils rentrent chez eux, répondit Dupin avec lassitude.

— C'est bien ce que je pensais, conclut Labat en s'en allant.

Dupin traîna des pieds au bord de l'eau. Puis il s'immobilisa.

Le Ber le suivait discrètement.

Pendant un moment, le commissaire et son adjoint se tinrent, silencieux, côte à côte, auréolés par les derniers rayons de soleil.

— Labat et moi nous chargeons de l'interrogatoire du capitaine à Quimper. Peut-être arriverons-nous à quelque chose.

Le Ber s'essayait à l'optimisme.

— Faites.

— Et, dit le lieutenant, cette fois sur un ton déterminé, je pense que vous devriez rentrer chez vous, patron. C'est fini pour aujourd'hui.

D'abord, il ne se passa rien. Il n'était même pas certain que Dupin eût entendu la phrase.

Puis un gros soupir s'échappa de lui.

— Vous pouvez avoir confiance : les gendarmes continuent à passer le port au peigne fin. S'ils trouvent quelque chose, nous le saurons tout de suite. Bien entendu, nous allons laisser quelques hommes en surveillance sur l'île. Y compris pendant la nuit.

Ils ne pouvaient vraiment pas faire plus.

— En outre, vous devriez faire examiner vos poignets.

Dupin jeta un coup d'œil sur ses mains. Les deux poignets étaient très enflés. C'était nouveau. La peau avait bleui.

— Je... Bien, Le Ber.

Dupin essaya de cacher ses mains dans ses poches de pantalon. C'était une mauvaise idée.

— Allons-y.

Un profond soulagement se lut sur le visage de Le Ber.

— Vous êtes à bout, patron. C'est terminé. Encore une fois, vous avez eu beaucoup de chance. Dans votre malheur. Ça ira bien comme ça. Vous devriez être content.

Dupin ne voyait pas du tout de quoi parlait son lieutenant.

— C'est grâce à l'aura de l'île. A son aura lumineuse. On dit que la tombe de Tristan et Iseut, leur dernière et éternelle demeure, conjure le malheur. Elle se trouverait quelque part dans la falaise, en surplomb des grottes.

Dupin ne comprenait toujours pas où son adjoint voulait en venir, mais il savait à coup sûr qu'il n'avait aucune envie de le suivre sur ce terrain.

— Vous comprenez ? Le mauvais sort a été contrebalancé par la bonne fortune. La malédiction des sept tombes était certes trop forte pour être totalement neutralisée, poursuivit Le Ber en jetant un regard à la dérobée sur les mains de Dupin. Plus d'une fois, cela a conduit à la mort, mais...

— Arrêtez, Le Ber ! Stop ! Je ne veux plus rien entendre.

— D'accord, patron. Je vais prévenir Labat et le capitaine. Nous nous retrouvons au bateau.

Dupin avait sursauté au mot « bateau », mais il s'était vite repris. Il n'y avait qu'un saut de puce jusqu'au continent.

Mais il y avait mieux : une pensée lui était venue, une pensée merveilleuse, une promesse si séduisante qu'elle lui donna de l'énergie. Dans une heure, il serait attablé à l'Amiral. Devant une sublime entrecôte-frites et un languedoc capiteux et velouté.

— Puis-je emprunter votre portable, Le Ber ?

— Vous me le rendrez sur le bateau, répondit le lieutenant en le tendant à Dupin avant de tourner les talons.

C'était un des rares numéros que Dupin connaissait par cœur et que son cerveau retenait sans problème.

— Allô ?

— Claire, c'est moi.

— Georges ? Mais ce n'est pas ton numéro.

— Je t'expliquerai plus tard. Nous pourrions dîner ensemble ce soir ?

— Je... je ne peux pas, Georges. Je pensais... Tu en as terminé ?

— En un sens, oui.

— Je pensais que tu n'aurais pas le temps. C'est pourquoi j'ai accepté de rester jusqu'à minuit. Je pourrais, après... mais c'est idiot, ajouta-t-elle après un silence. Je serais là au plus tôt à une heure moins le quart du matin à l'Amiral. Bien sûr, je peux te rejoindre chez toi. Je suis désolée...

— Ça ne fait rien, Claire, répondit Dupin qui avait fait son possible pour adopter un ton convaincant, mais en vain. On se retrouve donc chez moi. Je m'en réjouis d'avance, conclut-il sur un ton plus énergique.

— A tout à l'heure, Georges.

Quelle tristesse ! Quelle terrible tristesse.

La perspective d'une bonne entrecôte vint à sa rescousse. Même si elle ne pouvait pas tout réparer à elle seule.

Le soleil n'était pas encore couché, mais ça n'allait pas tarder. A l'ouest, le ciel s'était déjà paré de tons de rouge, d'orange, de mauve et de rose qui se mêlaient avec douceur. Le spectacle était grandiose, la mer à l'unisson. En guise d'adieu, le soleil s'était lui-même drapé d'un jaune classique.

Les ombres étaient devenues immenses, y compris celles des rangées de platanes sur la place devant le quai où Dupin garait quotidiennement sa voiture depuis des années. La douce lumière enveloppait les arbres et le reste du monde de son chaleureux voile doré. Les faisait resplendir d'une façon féerique.

L'ombre que jetait le restaurant – une belle bâtisse datant de la fin du XIXᵉ siècle – atteignait presque la voiture.

La vue de l'Amiral suffit à métamorphoser l'humeur de Dupin.

A la pensée de l'entrecôte, il avait appuyé sur l'accélérateur. Mais c'était surtout son désir de rentrer qui avait renforcé son sentiment d'urgence. Rentrer à Concarneau, chez lui. Et dans la réalité tangible. Laisser derrière lui l'île fabuleuse, la région légendaire, ses mythes et ses histoires sauvages. La sombre affaire. Le ténébreux destin.

Dupin poussa la lourde porte.

Entra.

Et vit sa table réservée. Dans le coin à gauche près du comptoir. Il se détendit. Il n'avait pas prévenu Lily Basset, la propriétaire.

En route, il avait passé quelques appels de son téléphone de voiture. En premier lieu, il avait essayé de joindre le préfet. Il pressentait le pire si un autre que lui tentait de résumer les événements. Lui-même ne savait que raconter ni comment. Il avait eu la messagerie vocale du préfet. Dupin l'imaginait caché dans un fossé au bord d'une route très chargée et plongé dans une intense félicité devant les radars hautement perfectionnés que l'on testait.

Si sa table était restée inoccupée, cela signifiait que Claire n'avait pas pu venir. Il avait secrètement espéré qu'elle parvienne à le rejoindre.

A l'autre bout du comptoir, Lily Basset débouchait une bouteille de vin. Elle jeta à Dupin un long regard amical et chaleureux. Ce qui équivalait pour elle à une démonstration expansive de bienvenue. Son coup d'œil insistant avait aussi pour objectif de vérifier s'il y avait un changement dans la commande rituelle, le menu pour les jours difficiles et éprouvants.

Evidemment non.

Dupin s'assit à la table dressée pour deux couverts ou plutôt, pour être plus précis, il s'affala sur le coussin bleu foncé et moelleux qui capitonnait le banc. Il y avait jeté ses dernières forces. Il enleva sa veste encore humide qui sentait le sel et le goémon. Comme toute sa personne. Il se dit qu'il devait avoir l'air totalement confus. Il était laminé. Mais il n'en avait cure.

Les plus grandes tablées, celles où s'installaient les familles, s'étaient déjà vidées. Aux autres, de deux couverts, les clients en étaient au dessert.

On était vendredi soir, l'ambiance était décontractée.

Dupin aimait les sons du restaurant. Un concert de bruits intimes qui donnait une atmosphère joyeuse et animée.

Entre-temps, le capitaine du chalutier était certainement arrivé à Quimper. Labat et Le Ber allaient commencer l'interrogatoire incessamment. Mais Dupin ne voulait plus y penser. Cela le rendait furieux. Et ne changeait rien.

La disparition de la croix le désorientait. A mesure qu'il s'était éloigné de l'île mythique, l'histoire lui avait semblé perdre de sa réalité. Alors qu'il avait vu la croix de ses propres yeux, qui ne lui avaient pas joué un tour diabolique, quel que soit le nombre de démons qui surgissaient dans les innombrables légendes. Cette croix existait bel et bien. Une trouvaille archéologique exceptionnelle – le commissaire en était convaincu. Qui avait été à l'origine d'un triple meurtre d'une rare violence. Il allait être obligé de parler de cette croix en or, de dire toute la vérité, l'histoire tout entière. Même s'il allait déclencher un désordre indescriptible, un raz-de-marée médiatique. Quoi qu'il en fût, pour ce soir, il allait éloigner ces pensées.

De toute façon, il devait appeler sa mère. Pour la soulager. Et, surtout, pour se soulager, lui. Il n'aurait plus à supporter son insistance entêtée. Il serait là le lendemain, oui. La fête était sauvée. Ainsi que son âme.

Il devait aussi appeler Nolwenn. La « grande action » devait avoir pris fin. La conversation avec Nolwenn qui concluait chaque enquête faisait partie des rituels immuables.

Lily Basset se dirigea vers lui en tenant une carafe de décantation qu'elle posa sur la table d'un geste solennel, ce qui ne lui était pas habituel.

— J'ai déniché une dernière bouteille, domaine du Vieux Télégraphe. Ton châteauneuf-du-pape préféré, 2004. La bouteille qu'on garde pour les événements extraordinaires – ou en cas d'urgence, déclara Lily avec un sourire de conspiratrice.

Elle était bien bavarde ce soir.

— Formidable.

Dupin, qui adulait ce vin, était ému.

Lily versa le précieux liquide dans son verre bien arrondi qu'elle remplit bien plus qu'on ne le fait d'ordinaire. Elle était très attentionnée à l'égard du commissaire.

Elle posa la carafe sur la table avant de disparaître.

Dupin s'empara du verre. Il ignora les élancements de douleur dans son poignet. Plein de vénération, il commença la cérémonie.

La première gorgée.

— Tu ne vas quand même pas boire sans moi !

Dupin sursauta. Une goutte de vin déborda du verre et éclaboussa son polo.

Cela n'avait aucune importance. Rien n'avait d'importance.

— J'étais allée me rafraîchir. Moi aussi, je viens d'arriver.

Claire s'assit sans plus de cérémonie. Elle prit la carafe et se servit. Pas moins largement que Dupin.

— L'interne pouvait venir plus tôt.

Dupin n'avait pas prononcé un mot.

Il était trop perplexe. Et si heureux.

Claire.

Quels que soient les mots, ils ne pourraient jamais exprimer son bonheur.

Dorénavant, tout allait bien.

Claire avait ce pouvoir. Elle n'avait pas besoin de faire quelque chose, ni même de parler. Elle n'avait qu'à être là.

Certes, ils n'avaient pas pu se voir aussi souvent qu'il l'aurait voulu, au cours de cette première année de leur installation commune en Bretagne. Mais ce n'était pas la question.

Elle était là. Elle serait toujours là.

— Qu'est-ce qu'a donné l'enquête ? Que s'est-il passé avec ton portable ? (Comme il aimait son ardeur !) Et tes poignets ? Si les tuméfactions ne diminuent pas, il faudra passer une radio.

— Je…

— Georges, les interrompit Lily Basset, un appel pour toi…

Dupin prit le combiné de mauvaise grâce.

— Oui ?

— Bon appétit, commissaire. Je ne veux pas vous déranger longtemps, déclara Nolwenn de sa voix gracieuse. Vous devez voir ça de manière positive. Vous avez résolu l'affaire. C'est vous qui avez fait la lumière sur les crimes. Vous avez fait votre travail. Mais vous n'aviez pas toutes les cartes en main, ajouta-t-elle avec sérieux. Même si je sais que vous avez du mal à l'accepter. C'est difficile, mais… il ne peut en être autrement. Et un jour, nous coincerons Morin, vous verrez, dit-elle sur un ton cette fois combatif, personne en Bretagne n'a le droit de se faire justice soi-même ! Où irait-on ? Que Leblanc ait été une créature à ce point sans scrupule ne change rien. Au fait : il faut éviter à tout prix de parler avec le préfet avant demain matin. Avant que toutes les perquisitions ne soient terminées. L'affaire est en cours aussi longtemps que les recherches ne sont pas abandonnées. Bon, et maintenant, passez une belle soirée avec Claire. Demain matin, vous devez vous lever tôt. Appelez-nous de Paris quand vous y serez. Nous parlerons de tout ça. Jusque-là, oubliez tout. Nous aussi, nous allons dîner, à la brasserie. Alors bonne nuit, commissaire.

Des directives on ne peut plus claires.

Avant de raccrocher, Nolwenn avait attendu une petite seconde, le temps que Dupin puisse rebondir sur un point de l'enquête. En fait, il aurait aimé parler de la croix, du moins échanger quelques idées avec Nolwenn. Mais il avait laissé passer l'occasion.

Il avait à peine reposé le combiné sur le coin de la table pour que Lily l'emporte qu'il avait déjà tout oublié.

Claire lui jeta un regard curieux.

— Tout va bien. Il y a encore quelques… détails à régler, hésita-t-il avant de poursuivre d'une voix ferme, mais ils se régleront d'eux-mêmes.

— Cela veut dire que nous partons demain matin à Paris ?

Claire s'en réjouissait ouvertement.

— Demain, de bonne heure. Paris !

— Alors nous pourrons nous balader dimanche matin au Luxembourg et ne revenir que le soir ?

Par ces belles journées d'été, ils aimaient se rendre de bon matin au jardin du Luxembourg, à deux pas de l'appartement de Dupin. Ils s'asseyaient alors sur les chaises, face au soleil. Plongés pendant des heures dans la lecture des journaux du dimanche. Les chaises si proches que leurs bras se touchaient. De temps en temps, Dupin allait chercher pour eux deux un café, un croissant et une brioche.

— C'est ce que nous ferons.

Philippe Basset réapparut avec une très grande assiette, suivi d'un de ses serveurs qui portait un support rond en métal.

— J'en avais tant envie, s'exclama Claire, des étincelles dans les yeux. Nous avons tout notre temps. L'entrecôte viendra après.

Le garçon avait placé le support au centre de la table, sur lequel Philippe posa le plateau. Huîtres, langoustines, praires, palourdes, bigorneaux et bulots, un gros crabe.

C'était parfait.

Claire lui tendit son verre rempli de Vieux Télégraphe.

Un joli tintement.

— Tout notre temps.

Dupin regarda Claire.

Et avala une grande gorgée.

ÉPILOGUE

Quatre semaines avaient passé.

Dupin avait raconté le drame à tout le monde – exactement comme il pensait que les événements s'étaient déroulés.

Pour la première fois, le préfet l'avait laissé prendre la parole pendant la conférence de presse. L'affaire était à maints égards trop épineuse, avait-il déclaré sans ambages, tout en appréciant le cirque médiatique.

Pour Dupin, les choses n'étaient en rien épineuses.

Il s'était exprimé avec beaucoup de sérieux. Il avait dû décrire les actes criminels de Leblanc. Le meurtre de sang-froid de trois personnes innocentes. Les homicides avaient été reconstitués avec minutie. Il avait attiré l'attention sur le fait qu'un complice avait pu exister, une hypothèse réaliste du fait de la disparition de la croix.

Le Ber, Labat et lui-même avaient poursuivi leurs recherches tous azimuts, ils avaient tout repassé au peigne fin, mené de nouveaux entretiens avec les protagonistes et même avec des personnes qu'ils n'avaient pas interrogées jusque-là. Toute la vie de

Leblanc avait été fouillée : ses appels téléphoniques, son ordinateur, sa messagerie, ses comptes bancaires. Mais ils n'avaient rien trouvé qui eût pu les mettre sur la piste d'un complice. Leblanc avait agi avec intelligence et une grande prudence. Si bien qu'on dut officiellement abandonner la thèse du comparse. Dupin fut obligé de s'y ranger, bien à contrecœur, comme tous ceux qui avaient travaillé sur l'affaire.

Il avait fallu aussi raconter avec la même exactitude le meurtre sans scrupule de Leblanc. Dupin avait exprimé sans détour sa conviction d'une vengeance à son encontre. De façon étonnante, le préfet ne s'était pas insurgé. Même si on n'avait pas la moindre preuve.

Bien entendu, cela s'était passé comme Dupin l'avait imaginé : la presse, les médias, l'opinion publique avaient exposé la brutalité du coupable de manière si convaincante que nombreux furent ceux qui virent finalement dans la mort de Leblanc une « juste sanction ». Dupin avait ressenti la puissante influence de Morin, qui certes n'apparaissait nulle part sur le devant de la scène, mais qui faisait intervenir à sa place d'innombrables intermédiaires zélés, lesquels donnaient de longues interviews et parlaient d'un « malheureux concours de circonstances ». C'était ainsi. Dupin ne s'était cependant pas laissé impressionner. Il avait fait reprendre l'enquête concernant le bolincheur suspecté de contrebande que la police avait poursuivi. Certains avaient applaudi, d'autres avaient secoué la tête. Il ne lâcherait rien jusqu'à ce qu'il sache si ce bateau existait encore.

Une plainte avait été déposée contre le capitaine du *Gradlon*, bien que les chances fussent minces d'aboutir à un procès, encore moins à une condamnation. On avait reconstruit cet « incident » avec minutie. De longs rapports d'experts avaient été rédigés. Le capitaine et les sept membres d'équipage avaient confirmé la thèse de l'accident, que par ailleurs ils n'avaient pas provoqué. La faute en revenait au Zodiac qui naviguait beaucoup trop près de la côte et allait beaucoup trop vite alors que la mer était démontée et la zone délicate. Les expertises avaient établi toutes ces fâcheuses circonstances. Il restait cependant de nombreux points inexpliqués – par exemple, pourquoi le chalutier avait-il appareillé du port de Douarnenez alors que, cinquante kilomètres plus loin, la mer avait soudain paru trop mouvementée ?

On avait abandonné les poursuites contre la patronne de la criée chez qui l'arme du crime avait été retrouvée – arme sur laquelle on avait bien découvert des traces du sang des trois victimes. De son côté, madame Gochat avait retiré sa plainte contre Dupin et les forces de l'ordre, et admis avoir subodoré l'existence d'un trésor et fait suivre Céline Kerkrom pour cette raison.

La grande croix en or dont Dupin avait parlé, voilà ce qui avait passionné le monde entier pendant ces quatre semaines.

Même si, à ce jour, ils ne l'avaient pas retrouvée. Il n'y avait aucun indice, pas la moindre trace. Pas d'autre témoin. A part Dupin.

Une équipe d'experts scientifiques, venue exprès de Paris, avait inspecté la grotte, en particulier la cavité creusée dans le sol. Mais sans mettre au jour le moindre élément.

Or, il y avait plus fou encore : que la croix eût disparu n'était finalement pas une mauvaise chose, au contraire. Sa disparition donnait lieu aux spéculations les plus folles ; l'imagination et l'affabulation ne connaissaient pas de bornes. Un raz-de-marée d'histoires extraordinaires avait déferlé. Que ce soit le matin chez le boulanger, à la maison de la presse ou à l'Amiral, on ne parlait que de ça. Les journaux, les stations de radio, les chaînes de télévision – locales, régionales et nationales ! – et en premier lieu Internet, le plus bavard des médias, avaient étalé pendant des jours et des semaines les histoires les plus extravagantes. Bien entendu, la plupart tournaient autour d'Ys. Quelques-unes – et elles n'étaient pas rares – annonçaient le retour imminent du royaume légendaire, tant et si bien que, un midi, alors qu'il lisait son quotidien, un Le Ber en colère s'était écrié : « N'importe quoi ! » et « Quelle fumisterie ! »

Le chef de l'expédition scientifique qui, l'année suivante, devait fouiller la baie de Douarnenez à la recherche des ruines d'Ys avait décidé d'avancer le départ grâce à trois dons importants. Le conseil régional avait aussitôt approuvé le projet. Seuls quelques scientifiques et historiens d'art avaient demandé à consulter le rapport de Dupin – qui était resté très vague. Mais aucun d'entre eux n'avait osé avancer une hypothèse ou déterminer l'âge de la croix.

En revanche, on avait omis de dire que la police avait abandonné les recherches. Dupin avait du mal à l'accepter.

Puis, peu à peu, le nombre d'articles avait diminué, ce qui était dû au fait que rien de nouveau ne se présentait. Ces trois derniers jours, pas même une brève n'avait paru.

Au commissariat aussi, le sujet de la croix n'était plus abordé.

Seul Dupin ne trouvait pas la sérénité.

Lors de ses conversations avec Claire ou Nolwenn, il s'était entendu dire qu'un jour la croix réapparaîtrait. Et s'était rendu compte que cet oracle donnait à l'affaire une tournure encore plus mystérieuse.

JEAN-LUC BANNALEC

Les marais
sanglants de
Guérande

POCKET

Jean-Luc
BANNALEC
LES MARAIS
SANGLANTS DE
GUÉRANDE

Un splendide coucher de soleil teinte de rouge et de rose les grandes étendues blanches. Le commissaire Dupin, seul au milieu des marais, ne perd pas une miette du spectacle. Soudain, un sifflement métallique. Puis deux, puis trois. Dans des nuées d'oiseaux paniqués, Dupin se met à couvert. Faut-il que les mystérieux « barils bleus », que son amie Lilou Breval lui a demandé d'inspecter, aient tant d'importance qu'on le canarde ? Il y a quelque chose de pourri au pays de l'or blanc. Et Dupin est bien décidé à y mettre son grain de sel...

POCKET N° 16584

JEAN-LUC BANNALEC

Étrange printemps aux Glénan

POCKET

« *Un suspense fort en iode.* »

Centre Presse

Jean-Luc BANNALEC
ÉTRANGE PRINTEMPS AUX GLÉNAN

Bienvenue au paradis de la voile, les Glénan, archipel paradisiaque au large de Concarneau.

En ce matin de mai, la mer bleu lagon est tachée du sang de trois cadavres échoués sur le rivage. Accident ? Naufrage ? Le commissaire Dupin flaire l'embrouille. L'une des victimes est un homme d'affaires lié à la politique locale, une autre est un navigateur qui possède une célèbre école de voile.

L'immersion en eaux troubles commence pour le commissaire. Au fil de son enquête, il va devoir apprivoiser l'archipel et ses habitants. Et révélera des secrets explosifs aux enjeux écologiques dramatiques...

Retrouvez toute l'actualité de Pocket sur :
www.pocket.fr

« Un pol'art en pays bigouden. »

Femme actuelle

Jean-Luc BANNALEC
UN ÉTÉ À PONT-AVEN

Alors que le commissaire Dupin, auparavant rattaché à Paris, goûte avec joie aux plaisirs de sa vie finistérienne, il est confronté à l'assassinat du propriétaire du célèbre hôtel-restaurant de Pont-Aven, le Central.

La saison est sur le point de s'ouvrir, et le commissaire va devoir se dépatouiller avec un crime qui le laisse perplexe. Heureusement, il peut compter sur l'appui d'une jeune experte en art. Car tout, ici, se rapporte à Gauguin. Le Central, le meurtre, la vérité. Et le célèbre peintre, à défaut de pouvoir être l'accusé, n'est peut-être pas non plus totalement innocent...

Composition et mise en pages
Nord Compo à Villeneuve-d'Ascq

Imprimé en France par CPI
en décembre 2019
N° d'impression : 3036973

S29130/03